D1440010

BASTEI
LÜBBE
TASCHENBUCH

Weitere Titel der Autorin:

Die Kamelien-Insel
Die Frauen der Kamelien-Insel
Winterliebe auf der Kamelien-Insel
(Diese Novelle ist zunächst nur als E-Book erschienen.)
Heimkehr auf die Kamelien-Insel

Alle Titel sind in der Regel als E-Book und Hörbuch erhältlich.

Eine neue Saga von Tabea Bach ist in Vorbereitung.

Über die Autorin:

Tabea Bach war Operndramaturgin, bevor sie sich ganz dem Schreiben widmete. Sie wurde in der Hölderlin-Stadt Tübingen geboren und wuchs in Süddeutschland sowie in Frankreich auf. Ihr Studium führte sie nach München und Florenz. Heute lebt sie mit ihrem Mann in einem idyllischen Dorf im Schwarzwald, Ausgangspunkt zahlreicher Reisen in die ganze Welt. Die herrlichen Landschaften, die sie dabei kennenlernt, finden sich als atmosphärische Kulisse in ihren Frauenromanen wieder. Mit ihren Romanen *Die Kamelien-Insel* und *Die Frauen der Kamelien-Insel* gelangte sie sofort auf die Bestsellerliste.

Tabea Bach

HEIMKEHR AUF DIE
KAMELIEN
INSEL

Roman

BASTEI
LÜBBE
TASCHENBUCH

BASTEI LÜBBE TASCHENBUCH
Band 17740

Dieser Titel ist auch als Hörbuch und E-Book erschienen

Originalausgabe

Copyright © 2019 by Bastei Lübbe AG, Köln
Titelillustration: © www.buerosued.de; © Arcangel/Ildiko Neer;
© Matthijs Wetterauw/Alamy Stock Photo
Umschlaggestaltung: www.buerosued.de
Satz: hanseatenSatz-bremen, Bremen
Gesetzt aus der Stempel Garamond
Druck und Verarbeitung: CPI books GmbH, Leck – Germany
ISBN 978-3-404-17740-0

2   4   5   3   1

Sie finden uns im Internet unter
www.luebbe.de
Bitte beachten Sie auch: www.lesejury.de

1

Der Anruf

Einen Moment lang herrschte erwartungsvolle Stille. Dann erfüllte ein rhythmisches Klopfen den Untersuchungsraum, gedämpft, so als käme es aus der Tiefe des Meeres.

»Ist das …« Sylvias Kehle war mit einem Mal wie ausgetrocknet.

»Ja, das ist der Herzschlag Ihres Kindes«, beantwortete die Frauenärztin ihre unausgesprochene Frage. Maëls Hand schloss sich liebevoll um die Sylvias.

»Unser Mädchen«, flüsterte er.

»Ob es ein Junge oder ein Mädchen ist, wollten Sie ja nicht wissen, oder?«, wandte die Gynäkologin schmunzelnd ein. »Jedenfalls ist alles in bester Ordnung, Madame Riwall«, fügte sie an Sylvia gewandt hinzu. »Auch die Lage des Kindes. In gut vier Wochen ist es so weit.« Sie warf einen Blick auf Sylvias Patientenakte und stutzte. »*Tiens*«, sagte sie lächelnd. »Heute ist Ihr Geburtstag? Herzlichen Glückwunsch und alles Gute!«

Während der Heimfahrt hielt Maël weiter Sylvias Hand, wann immer es der Verkehr erlaubte. Sie sprachen wenig, doch das war überhaupt nicht notwendig, das Glück füllte sie beide aus – von der großen Zehe bis zu den Haarspitzen. Wenn Sylvia daran dachte, wie turbulent das vergangene Jahr gewesen war und wie lange es gedauert hatte, bis sie endlich schwanger geworden war, konnte sie es kaum glauben. Obwohl sie schon

Ende dreißig war, hatte sie eine völlig problemlose Schwangerschaft, und trotz ihres beträchtlichen Bauchumfangs fühlte sie sich selbst jetzt noch fit genug, um sich um die Geschäfte der Inselgärtnerei zu kümmern.

Je näher sie der Küste kamen, desto klarer wurden die Farben. Es war ein herrlicher Frühlingstag Mitte April, die Luft prickelnd wie Champagner und der Himmel von einem so leuchtenden Blau, als wölbte sich ein riesiger Saphir über die bretonische Landschaft und das Meer. In der Ferne schimmerten die Granitfelsen der Kamelieninsel in der Mittagssonne wie altes Silber.

»Den Rest des Tages machen wir aber frei, ja?«, schlug Maël vor. Seine meerblauen Augen blitzten, als er sie angrinste. »Oder hast du etwa vor, heute zu arbeiten?«

Sylvia lachte. »Sag bloß«, gab sie zurück, »du lässt deine Kamelien im Stich? Musst du nicht mehr ins Labor?«

»Nein«, antwortete Maël. »Meine Frau hat heute Geburtstag! Und es ist ihr letzter Geburtstag ohne Kind.«

»Was ist mit Noah?«, fragte Sylvia fröhlich. »Zählt er etwa nicht? Schade, dass der Junge erst morgen kommen kann«, fügte sie bedauernd hinzu. Maël warf ihr einen zärtlichen Blick zu. Noah war Maëls Sohn, die Frucht einer früheren Beziehung. Es war gerade mal ein Jahr her, dass Chloé völlig überraschend mit dem Kleinen auf der Kamelieninsel erschienen war. Das war nicht nur für Sylvia ein Schock gewesen, sondern vor allem für Maël, der bis dahin nichts von der Existenz seines Sohnes geahnt hatte. Acht Jahre zuvor hatte ihm diese Frau beinahe das Herz gebrochen, als sie von einem Tag auf den anderen einfach aus seinem Leben verschwunden war. Was er damals für die große Liebe gehalten hatte, war für Chloé nichts weiter als ein Urlaubsflirt gewesen.

Dass die junge Pariserin aus reichem Hause von ihm schwanger geworden war, hatte sie Maël verschwiegen. Ob Chloé wirklich geglaubt hatte, wie sie behauptete, ihr damaliger Verlobter Alain sei Noahs Vater, oder ob sie ihm das Kind bewusst untergeschoben hatte, das würde wohl für immer ihr Geheimnis bleiben. Erst Jahre später, als sich kein weiteres Kind einstellen wollte, hatte Alain Dufèvre erfahren, dass er unfruchtbar war und nicht Noahs Vater sein konnte. Tief verletzt hatte er sich nicht nur von Chloé getrennt, sondern auch von dem Jungen losgesagt, den er all die Jahre für seinen Sohn gehalten hatte, was für den damals Siebenjährigen kaum zu verkraften gewesen war.

Mittlerweile hatten sich die Wogen geglättet. Zwar hatte Chloé versucht, Maël wieder zurückzugewinnen, doch sie hatte einsehen müssen, dass das aussichtslos war, denn Maël liebte Sylvia über alles. Noah besuchte auf eigenen Wunsch ein Internat in England, wo seine Mutter inzwischen lebte. Die schulfreie Zeit verbrachte er stets bei Maël und Sylvia. Nun standen die Frühjahrsferien bevor.

»Vielleicht hätten wir eine Party organisieren sollen«, meinte Maël und warf ihr einen kurzen, prüfenden Blick zu. »Hätte dir das gefallen?«

»Eine Party?«, fragte Sylvia überrascht. »Mit wem denn? Sie sind ja alle so weit fort. Nicht einmal Vero hat Zeit.«

Ja, ein bisschen enttäuscht war sie schon. Es müsste ja nicht gerade ein großes Fest sein, überlegte sie. Und doch hätte sie gern mit den Menschen, die ihr lieb und teuer waren, den Tag verbracht. Das hätte sie schön gefunden, zumal ihr Geburtstag im vergangenen Jahr in der Aufregung um Noahs Ankunft völlig untergegangen war. Aber so war das nun einmal. Jeder hatte sein eigenes Leben.

Und zu ihrem großen Bedauern hatte ihre engste Vertraute Solenn, die eigentliche Besitzerin des *Jardin aux Camélias*, die einst gemeinsam mit Sylvias Tante Lucie die Gärtnerei aufgebaut hatte, vor einem halben Jahr die Insel verlassen. Was keiner für möglich gehalten hatte, war eingetreten: Nach Lucies Tod hatte sich Solenn tatsächlich noch einmal verliebt. Mit ihrer neuen Partnerin Aaltje lebte sie jetzt in den Niederlanden. Sie hatte Sylvia zwar versprochen, zur Geburt ihres Kindes zu kommen und einige Wochen zu bleiben. Doch heute, an ihrem Geburtstag, hatte sie keine Zeit …

Sie hatten die Auffahrt zu dem schmalen Fahrdamm erreicht, der die Kamelieninsel mit dem Festland verband. Die Ampel stand auf Rot, und Sylvia sah erfreut, dass ihnen einige Autos entgegenkamen, Besucher, die den Morgen zu einem Abstecher in den *Jardin aux Camélia*s genutzt und in der Inselgärtnerei oder im Laden des Besucherzentrums hoffentlich gut eingekauft hatten. Schließlich erreichte der letzte Wagen das Festland, und die Ampel sprang auf Grün.

Die Flut lief zwar ein, doch der Damm war noch befahrbar. In knapp einer Stunde würden die ersten Wellen den Damm überspülen, dann war die Insel bis zum Abend nur per Boot erreichbar.

»Pierrick, wie immer bei der Arbeit«, bemerkte Maël und wies auf ein altes Baggerboot an der Flanke des Dammes. »Jedes Jahr ist es mehr oder weniger dieselbe Stelle, an der die Winterstürme das Fundament aushöhlen. Hoffentlich ist es diesmal nicht so schlimm.«

Der Damm war der Überrest einer Landzunge, mit der die Insel vor langer Zeit mit dem Festland verbunden gewesen war. Die Gezeiten hatten im Lauf der Jahrhunderte so lange an ihr genagt, bis dieser schmale Fahrweg übrig geblieben war. Pierrick, der schon auf der Insel gelebt hatte, als sie noch im Besitz einer Fischerfamilie gewesen war, besserte ihn Frühjahr für Frühjahr aus. Ohne seine außergewöhnlichen Kenntnisse der Strömungen wäre die Verbindung zur Küste wohl längst dem Atlantik zum Opfer gefallen.

»Wer ist denn der junge Mann bei Pierrick?«, erkundigte sich Sylvia, als sie das Baggerboot passierten.

»Das ist Tristan, der jüngste Sohn von Brioc«, antwortete Maël. »Er ist mit seinem Militärdienst fertig. Sein Vater möchte ihn gern am Hafen beschäftigen. Dafür müssen ihm die Behörden allerdings erst eine neue Stelle bewilligen. Solange hilft er Pierrick.«

»Sie scheinen fertig zu sein«, sagte Sylvia erstaunt, die im Rückspiegel beobachtete, wie das Baggerboot die Schaufel einholte und Kurs auf die Insel nahm. »Wieso bringen sie das Monstrum denn nicht zum Festland wie sonst?«

»Keine Ahnung«, meinte Maël und warf ihr einen raschen Blick zu.

Auf beiden Seiten der Fahrstraße schlugen die Wellen heran, und Sylvia war wie vom ersten Tag an fasziniert von diesem kühnen Zufahrtsweg mitten durch das Meer. Nun hatten sie die Hälfte der Strecke hinter sich gebracht, und die Einzelheiten der Insel wurden immer deutlicher erkennbar.

Seitlich des Fahrdamms befand sich der Naturhafen, in dem die inseleigenen Boote vertäut lagen und wo das Wassertaxi, das bei Flut zwischen dem Festland und der Insel verkehrte, anlegen konnte. Eine steile, in die Klippen gehauene Treppe führte zum höher gelegenen Parkplatz vor dem Herrenhaus des *Jardin aux Camélias*, einem stattlichen Gebäude mit zwei Stockwerken, das schon so manchem Wetter getrotzt hatte.

Sie erreichten das Ende des Damms, und Maël lenkte den Wagen die steile Auffahrt zur Insel hoch. Sylvia lebte nun seit drei Jahren hier, und doch schlug ihr Herz jedes Mal höher, wenn sie zu diesem herrlichen Fleckchen Erde mitten im Atlantik zurückkehrte. Sie konnte sich kaum noch vorstellen, dass sie vor gar nicht so langer Zeit in einer Großstadt wie München gelebt hatte. Als gefragte Unternehmensberaterin war sie rund um die Uhr unterwegs gewesen, ihr Privatleben hatte stets zurückstehen müssen. Das hatte sich vollkommen geändert. Nach wie vor besuchte sie zwar ihre treusten Kunden, wenn diese sie brauchten, doch das war inzwischen zur Ausnahme geworden. Sylvia hatte die Geschäftsleitung der Inselgärtnerei in die Hand genommen und den vor sich hin dümpelnden Betrieb zu einem tragfähigen Unternehmen ausgebaut. Diese Aufgabe füllte sie vollständig aus.

»Würdest du bitte kurz halten?«, bat sie Maël, als sie am Besucherzentrum gegenüber dem *Jardin aux Camélias* vorbeifuhren. »Ich möchte Suzanne gern fragen, ob die Proben aus der Kosmetikmanufaktur angekommen sind.«

»Hat das nicht Zeit bis morgen?«, fragte Maël, doch als er Sylvias erwartungsvolles Gesicht sah, hielt er schmunzelnd an.

»Ich bin sofort wieder zurück«, beteuerte Sylvia und stieg aus dem Wagen, als Suzanne, die den Laden des Besucherzentrums führte, schon aus der Tür trat – einen kleinen Karton in den Händen.

»Herzlichen Glückwunsch zum Geburtstag«, rief sie und küsste Sylvia auf beide Wangen. »Hier sind die Proben. Vor einer halben Stunde sind sie gekommen. Ach, ich bin ja so gespannt.«

»Hast du sie noch gar nicht geöffnet?«, fragte Sylvia.

Die zierliche junge Frau schüttelte ihre dunklen Locken. »Nein«, antwortete sie mit einem herzlichen Lächeln. »Ich dachte, dass du das sicher lieber selbst tun möchtest, *n'est-ce pas?*«

»Du bist ein Schatz, Suzanne«, sagte Sylvia. »Warum

kommst du später nicht runter zu uns? Dann sehen wir uns die Proben gemeinsam an. Bei Flut sind ohnehin keine Besucher zu erwarten.«

»Gern«, antwortete Suzanne und versuchte ein Grinsen zu unterdrücken.

»Was ist?«, fragte Sylvia.

»Nichts, überhaupt nichts«, wehrte Suzanne ab. »Ich hab nur gerade an was Lustiges denken müssen. Bis später also!« Und damit kehrte sie zurück in den Insalladen.

»Am liebsten würde ich es sofort öffnen«, erklärte Sylvia, als sie wieder im Wagen saß.

Statt durch das imposante hölzerne Tor in den Hof einzubiegen, über dem ein riesiges Holzschild hing mit dem Schriftzug LE JARDIN AUX CAMÉLIAS – BIENVENUS, folgte Maël einem unbefestigten Weg, der außen an der hohen Mauer entlangführte, die das gesamte Anwesen umschloss. Sie war wie das Herrenhaus im vorletzten Jahrhundert aus dem grauen Gestein der Insel erbaut worden und schützte den Park des Kameliengartens vor den rauen Atlantikwinden. So behütet gediehen hier uralte Kamelienbäume, die noch aus den Zeiten der Vorbesitzer, der wohlhabenden Fischerfamilie Kerguénnec, stammten, sowie jüngere Exemplare aus Maëls Züchtung.

Dank seiner Gabe, außergewöhnliche Sorten zu kreieren, und nicht zuletzt dank Sylvias umsichtigem Management hatte sich die Kamelieninsel zu einer wahren Touristenattraktion an der bretonischen Atlantikküste entwickelt. Hatten früher vor allem Spezialisten und Sammler den weiten Weg auf sich genommen, um seltene Sorten zu finden, so kamen inzwischen Blumenliebhaber aus aller Welt an dieses äußerste Ende Europas, um sich an der Schönheit der Winterblüher zu erfreuen. Anders als die meisten anderen Pflanzen entfalteten die Kamelien nämlich von November bis ins Frühjahr hinein ihre außergewöhnlichen Blüten. Im Augenblick standen die allerletzten Sorten in voller Pracht.

Sie hatten das untere Ende des Parkgeländes erreicht, und Maël hielt vor einem einfachen Eisentor. Gleich dahinter lag das *Ti Bag*, ihr Zuhause. *Ti Bag* bedeutete »Bootshaus« auf Bretonisch, und es hieß deshalb so, weil hier einstmals die Fischkutter der Kerguénnecs instand gehalten worden waren. Maël hatte das frühere Werkstattgebäude zu einem großzügigen Wohnhaus umgebaut.

»Vielleicht hätte ich doch rasch im Büro vorbeischauen sollen«, meinte Sylvia schuldbewusst und sah auf ihre Armbanduhr. Es war kurz nach ein Uhr. »Oh, und wartet nicht Elise oben mit dem Essen?«

»Heute nicht. Komm nur ins Haus, *chérie*. Das Büro hat wirklich Zeit bis morgen.«

Sylvia folgte ihm widerstrebend. In Gedanken war sie bei einem schwierigen Kunden, der für eine Betriebsfeier am Wochenende unbedingt zwei Dutzend rot blühende Kameliensträucher geliefert haben wollte. Das war an sich kein Problem, nur neigte sich die Blütezeit der Kamelien gerade dem Ende entgegen, und …

»*Joyeux Anniversaire!*«, schallte es ihr vielstimmig entgegen. »Alles Gute zum Geburtstag!«

Verblüfft sah Sylvia sich um. Die große Halle, wie sie ihren loftähnlichen Wohnraum nannten, in dem einmal Fischerboote mit einer Länge von bis zu zwölf Metern Platz gefunden hatten, war voller Menschen. Bunte Girlanden waren von der Galerie bis zur gegenüberliegenden Seite gespannt, Trauben von Luftballons schmückten die Decke, und Wunderkerzen versprühten ihre silbernen Strahlen. Verwirrt blickte sie in die Gesichter jener Menschen, die ihr in den vergangenen Jahren zur Wahlfamilie geworden waren, und die sie an diesem Tag weit weg geglaubt hatte.

»Solenn!«, rief sie und nahm ihre Freundin in die Arme. Sie war Anfang sechzig, von kleiner, ein wenig gedrungener Gestalt. In ihrem dunklen, wie immer kurz geschnittenen Haar entdeckte Sylvia die ersten silbernen Fäden. »Was machst du denn hier?«, fragte sie gerührt. »Ich denke, du und Aaltje, ihr seid verreist.« Die resolute und doch so feinfühlige Bretonin war einst die Lebensgefährtin von Sylvias verstorbener Tante Lucie gewesen. »Mein Gott, Solenn, du hast mir so gefehlt!«

Dann entdeckte Sylvia den feurigen Lockenschopf von Veronika, ihre Freundin aus Studienzeiten, mit ihrer knapp zweijährigen Tochter Lilianne auf dem Arm. Die Kleine mit den leuchtend roten Korkenzieherlocken strahlte über das ganze Gesicht.

»Du hast gesagt, du hättest keine Zeit«, beschwerte sich Sylvia lachend, drückte ihre Freundin und gab der kleinen Lili, ihrem Patenkind, *bisous*.

»Ich habe ja auch keine Zeit«, antwortete Veronika. »Meine beste Freundin hat heute Geburtstag. Alles Gute, Sylvia!«

Jemand zupfte an Sylvias Pullover, und als sie sich umsah, glaubte sie, ihren Augen nicht zu trauen. Vor ihr stand ein Junge mit dunkelbraunem Wuschelhaar.

»Noah«, rief sie aus. »Ich denke, du kommst erst morgen!«

»Du hast doch *heute* Geburtstag«, entgegnete der Kleine, dessen Ähnlichkeit mit Maël unübersehbar war. »Happy Birthday!«

»Ich kann es nicht fassen«, brach es aus Sylvia gerührt heraus, als sie erst Noah und danach Morgane umarmte, die Schulleiterin auf dem Festland war. »Über eines sprechen wir aber noch«, fügte sie dann mit gespielter Empörung hinzu, während sie herzlich ihre Assistentin Gwen und all die anderen Mitarbeiter begrüßte. »Ihr habt mich alle angeschwindelt! Die einen haben behauptet, verreist zu sein. Und die anderen konnten sich vor Arbeit nicht retten …«

»Ach, das gehört doch dazu«, erklärte Coco grinsend, die seit vielen Jahren als Gärtnerin bei ihnen arbeitete. »Sonst ist es ja keine Überraschung!«

»Genau!«, pflichtete Gurvan, der Maëls engster Mitarbeiter war, seiner Kollegin bei. »Schneide lieber den Geburtstagskuchen an. Ist das etwa ein deutsches Rezept, Elise? Mir läuft das Wasser im Mund zusammen.«

»Den Kuchen gibt es erst zum Dessert«, wies ihn Elise, die Hauswirtschafterin, zurecht und legte fürsorglich den Arm um Sylvia. »Wie war die Untersuchung? Ist alles in Ordnung mit der Kleinen?«

»Ich habe keine Ahnung«, entgegnete Sylvia amüsiert, »woher ihr alle zu wissen glaubt, dass es ein Mädchen ist. Die Ärztin sagt …«

»Ach was, die Ärzte«, unterbrach Pierrick sie, der soeben mit Tristan gekommen war, und Sylvia begriff jetzt, warum es das Baggerboot so eilig gehabt hatte, ihnen zu folgen. »Die haben doch keine Ahnung. *Deiz-ha-bloaz laouen!*«, sagte der alte Bretone feierlich und nahm Sylvia in seine knorrigen Arme.

»Fest steht«, mischte sich Morgane ein, »dass Sylvia einen ziemlich spitzen Bauch hat. Und meine Mutter sagt immer, ein spitzer Bauch gibt ein gewitztes Mädchen.«

Gelächter brandete auf.

»Sylvie hat keinen spitzen Bauch«, erklärte die kleine Lili empört. »Ihr Bauch ist rund. Weil da ein Baby drin ist!«

»Ganz genau.« Maël hob die Kleine liebevoll hoch und gab ihr einen Kuss auf die Wange. »Und bald bekommen wir so ein gewitztes Mädchen wie dich!«

»Egal, was es ist«, sagte Solenn mit Nachdruck, »wir lieben es bereits. So, und jetzt endlich zu Tisch! Elise hat sich heute nämlich mal wieder selbst übertroffen.«

Das ließ sich die Geburtstagsgesellschaft nicht zweimal sagen und nahm an der riesigen Tafel Platz, die Maël gemeinsam mit Pierrick einst aus alten Schiffsplanken geschreinert hatte.

Es gab Elises Spezialität *Poulet à l'armoricaine*, Hähnchen in einer wundervollen Sauce, deren Rezept die Hauswirtschafterin nicht preisgeben wollte, sooft Sylvia sie auch danach fragte. Als Vorspeise hatte sie eine riesige Platte mit überbackenen Austern auf den Tisch gebracht, die hier an der Küste gesammelt worden waren, und Maël entkorkte einige Flaschen Sauvignon Blanc.

»So schön, dass du schon jetzt gekommen bist«, sagte Sylvia zu Solenn und drückte ihre Hand. »Du bleibst doch bis zur Geburt?«

»Nein, Sylvie«, erklärte Solenn bedauernd. »Die ist ja erst in einem Monat. Aaltje hat nächste Woche einen Termin in der Augenklinik. Der graue Star. Das ist zwar eine Routine-OP, aber sie wünscht sich trotzdem, dass ich bei ihr bin.«

»Natürlich«, antwortete Sylvia ein wenig enttäuscht. Einmal mehr fühlte sie, wie die ältere Freundin ihr fehlte.

»Sie hat den Termin extra so gelegt, dass bis zur Geburt alles vorbei ist«, fügte Solenn beruhigend hinzu. »Und dann bin ich zur Stelle, keine Sorge! Außerdem ist meine Schwester ja auch noch da. Wo steckt Rozenn überhaupt? Hat ihr etwa keiner Bescheid gesagt?«

»Doch, natürlich«, versicherte ihr Gwen. »Sie muss auf Übernachtungsgäste warten und kommt ein bisschen später.«

Solenns jüngere Schwester Rozenn war Keramikerin und wohnte auf dem Festland in einem verwunschenen Haus, außerdem vermietete sie Zimmer an Sommergäste.

»Kann ich noch etwas Brot haben?«, fragte Noah und angelte sich zwei Scheiben von Elises hausgebackenem *pain breton*, das halb aus Weichweizen- und halb aus Vollkornmehl bestand. Durch die Zugabe von ein wenig gesalzener Butter im Teig schmeckte es herrlich saftig und mürb. Elise beobachtete mit Freuden, wie Noah sich eine weitere Auster nahm.

»Was gibt es denn im Internat so zu essen?«, erkundigte sie sich. Bevor Elise zu ihnen gekommen war, hatte sie die Küche eines Internats in Nordfrankreich geleitet.

»Och«, meinte der Junge, »das Essen ist schon in Ordnung. Aber Austern hat es noch nie gegeben.«

Die Erwachsenen lachten.

»So gut wie hier bei uns isst du nirgendwo, mein Junge«, erklärte Pierrick. »Wollen wir die Tage mal wieder miteinander zum Angeln gehen und ein paar schöne Fische fangen?«

»Klar«, erklärte Noah mit einem Strahlen. »Gleich heute Nachmittag?«

»Jetzt mal sachte«, meinte Pierrick mit einem breiten Grinsen. »Du bist ja gerade erst angekommen.«

»Bald kommt Alain mich besuchen«, berichtete Noah eifrig, und Sylvia horchte auf. Noahs Ziehvater wollte wieder Kontakt zu dem Jungen aufnehmen?

»Hat er sich denn bei dir gemeldet?«, fragte Sylvia.

Noah hatte sich gerade die zweite Scheibe Brot einverleibt und nickte mit vollem Mund.

»Er hat mir geschrieben«, erklärte er, nachdem er geschluckt hatte. »Stell dir vor, er möchte auf die Insel kommen. Dann zeig ich ihm, wie gut ich segeln kann.«

Sylvia dachte an den smarten Jungpolitiker mit der vielversprechenden Zukunftsperspektive, der bei ihren Begegnungen stets so unnahbar gewirkt hatte. Wie konnte man einen Jungen, den man sieben Jahre lang für seinen Sohn gehalten hatte, einfach so aus seinem Leben streichen? Sie hatte das bedauert und gehofft, dass Alain Dufèvre es sich irgendwann anders überlegen würde. Offenbar war dies nun der Fall.

»Wann kommt er denn? Und … sag mal, wer hat dich eigentlich vom Flughafen abgeholt?«, fragte Sylvia, einen Moment lang besorgt wegen Maëls Aufsichtspflicht dem Jungen gegenüber.

»Wir haben ihn am Pariser Flughafen eingesammelt«, erklärte Solenn. »Das lag ja auf unserer Strecke. Maël hat alles bestens organisiert.«

Staunend betrachtete Sylvia ihren Mann. Normalerweise war sie diejenige, die alles bis ins kleinste Detail organisierte. Vielleicht nahm sie ihm immer zu viel ab? Ein Gefühl der Erleichterung durchströmte sie. Wenn das Kind erst einmal da war, würde sie sich nicht mehr um alles kümmern können. Es war so gut, Maël an ihrer Seite zu wissen. Er würde auch bei der Entbindung dabei sein, das hatte von Anfang an festgestanden. Erst in der vergangenen Woche hatten sie die Geburtsklinik besucht.

Rozenn erschien mit einem riesigen Blech *Kouign Amann* und wurde mit großem Hallo empfangen. Elise nahm ihr den berühmten bretonischen Butterkuchen ab und trug ihn hinüber zur offenen Küchenzeile.

»Wo hast du denn Maart gelassen?«, erkundigte sich Pierrick.

»Der hat leider zu tun«, antwortete Rozenn und hob Lili hoch, um ihr Küsschen zu geben. »Ich soll euch alle schön grüßen. Vor allem dich, Sylvie.«

»Wer ist denn Maart?«, fragte Veronika erstaunt.

»Ach, habt ihr euch noch nie getroffen?«, fragte Rozenn.

»Maart ist Rozenns Winterliebe«, antwortete Pierrick an ihrer Stelle. »Sie kennen sich schon seit ihrer Jugend, doch damals wurde nichts aus den beiden. Er ist einer der erfahrensten Lotsen hier an der Küste.«

»Was ist denn eigentlich das für ein Wagenrad hier?«, erkundigte sich Elise und wies auf einen großen Käselaib, der einen Teil der Arbeitsfläche beanspruchte.

»Den hab ich aus Holland mitgebracht«, sagte Aaltje und lachte verlegen. »Ich weiß, Käse nach Frankreich zu bringen ist ein bisschen wie Eulen nach Athen zu tragen. Aber so ein durchgereifter, zwölf Jahre alter Gouda ist schon etwas Besonderes.«

»Und ob er das ist«, stimmte Sylvia ihr zu. »Ganz lieben Dank! Ihr habt wirklich einen ganzen Laib davon mitgebracht?«

Suzanne, die inzwischen zu ihnen gestoßen war, half Elise, den Käse anzuschneiden, ihn auf mehreren Brettern anzurichten und zu Tisch zu bringen. Lili griff gleich mit beiden Händen nach Aaltjes Gouda und knabberte andächtig an einem Stück, und selbst Noah, der außer dem einheimischen *Palet de Chèvre*, den ein alter Freund von Pierrick herstellte, kaum Käse mochte, fand den Gouda akzeptabel.

Elise hatte gerade all die vielen kleinen Kerzen auf Sylvias Geburtstagskuchen, einem überdimensionalen Frankfurter Kranz, angezündet, als das Telefon läutete.

»Das ist sicher jemand, der dir gratulieren will«, meinte Noah und lief, um Sylvia den Hörer zu bringen.

»*Zut alors*«, maulte Coco. »Ausgerechnet jetzt, wo Sylvie die Kerzen ausblasen muss!«

»Ich mach's kurz«, beschwichtigte Sylvia sie und nahm das Gespräch an.

»*Bonjour*, Madame«, erklang eine förmliche Männerstimme. »Kann ich mit Monsieur Riwall sprechen? Maël Riwall?« Sylvia reichte den Hörer weiter. »Das ist ohnehin nicht für mich«, sagte sie fröhlich in die Runde und wandte sich den vielen Kerzen zu.

»Wer ist es denn?«, wollte Maël wissen.

»Ein Kollege, nehme ich an«, sagte sie. »Oder ein Kunde.«

Maël runzelte die Stirn. »Der uns auf unserer Privatnummer anruft?«

Er nahm den Hörer, und während Sylvia es tatsächlich schaffte, alle Kerzen mit einem einzigen Atemzug auszublasen, und ihre Gäste damit zum Jubeln brachte, zog er sich ins Schlafzimmer zurück.

Maël kam erst zurück, als alle anderen ihren Kuchen bereits aufgegessen hatten, und zeigte kein Interesse an seinem eigenen Stück.

»Wer war es denn?«, fragte Sylvia leise und musterte ihn besorgt. Alle Farbe war aus seinem Gesicht gewichen. Er wirkte geradezu verstört.

»Ich erzähl es dir später«, antwortete er ebenso leise.

»Du siehst aus, als ob jemand gestorben wäre«, sagte Solenn und betrachtete ihn genau.

Es gab nur wenige Menschen, die Maël so gut kannten wie sie. Schließlich hatte sie ihn gemeinsam mit Lucie großgezogen, nachdem er eines Tages im Alter von zwölf Jahren bei ihnen aufgetaucht war. Aller Augen wandten sich nun ihm zu.

»Niemand ist gestorben«, antwortete er unwirsch. Er wollte sich Kaffee einschenken, doch die Kanne war leer. »Es ist alles in Ordnung. Soll ich noch mal Kaffee machen?«

»*Mais non*«, erklärte Elise und erhob sich. »Das erledige ich.«

»Willst du deinen Kuchen nicht?«, erkundigte sich Noah mit Blick auf Maëls unberührten Teller.

Da endlich lächelte er. »Möchtest du ihn haben?«, fragte er. »Nimm ruhig und lass ihn dir schmecken.«

Er legte den Arm um Sylvia, und sie konnte seine Anstrengung fühlen, an der allgemeinen guten Laune teilzuhaben. Etwas war nicht in Ordnung, sie spürte deutlich, dass Maël sich Sorgen machte. Und was ihn betraf, das ging auch sie etwas an. Sie wechselte einen Blick mit Solenn, die offenbar Ähnliches dachte. Beide kannten Maël allerdings gut genug, um abzuwarten, bis er von selbst anfing zu berichten.

»Möchtest du jetzt mein Geschenk öffnen?«, riss Noah Sylvia aus ihren Gedanken. Er reichte ihr ein flaches, rechteckiges Päckchen.

»Das ist ja ganz schön schwer«, sagte Sylvia erstaunt.

Noah nickte eifrig und bekam rote Wangen. »Gib acht, es ist zerbrechlich«, warnte er sie. »Ich hab es den ganzen Flug über auf dem Schoß behalten, damit nichts passiert.«

Sylvia löste das Klebeband und mehrere Lagen Papier. Zum Vorschein kam eine bemalte Glasscheibe, und als sie sie vorsichtig mit beiden Händen hob und gegen das Licht hielt, konnte sie einen Ausruf der Bewunderung nicht zurückhalten.

»Glasmalerei«, rief sie aus. »Wie zauberhaft! Hast du das gemacht?«

»Ja«, antwortete Noah vor Stolz strahlend. »Gefällt es dir?«

»Und wie! Es ist wunderschön«, erklärte Sylvia bewundernd.

»Lass mal sehen«, bat Pierrick, zu dem der Junge als Erstes Vertrauen gefasst hatte, als ihn seine Mutter ein Jahr zuvor ohne Vorwarnung aus Paris auf die Insel gebracht hatte. »*Dis donc*, ist das etwa ein Boot?«

Noah nickte stolz. »Es ist die *La Brise*. Und an Bord, da stehen wir alle: Du, Sylvie, Maël und ich.« Gerührt betrachtete Sylvia die Malerei. Das Boot war gut getroffen, und auch die vier kleinen Gestalten konnte man deutlich erkennen. »Es ist früh am Morgen«, fuhr Noah fort, »seht ihr? Da hinten geht gerade die Sonne auf.«

»Dafür müssen wir einen besonderen Platz finden. Was hältst du von dem Fenster hier, das nach Osten zeigt?«, schlug Sylvia vor. »Dann sehen wir beim Frühstück, wie die ersten Morgenstrahlen dein Bild erleuchten.«

Noah nickte zustimmend und begleitete Pierrick, um das nötige Werkzeug zu holen. Während die beiden die bemalte Scheibe vor das Fenster hängten, packte Sylvia noch weitere Geschenke aus. Eine praktische Babywippe von ihrer Freundin Veronika. Einen federleichten und doch kuschelwarmen Bademantel mit passenden Pantöffelchen aus einem Wolle-Seide-Gemisch von Solenn und Aaltje.

»Gefällt dir die Farbe? Man nennt sie Rosenholz, glaube ich«, erkundigte sich Aaltje gespannt.

»O ja«, antwortete Sylvia.

»Die steht dir ausgezeichnet«, stimmte Veronika zu. »Sie passt perfekt zu deinem dunkelblonden Haar und bringt deine blauen Augen zum Leuchten. Damit wirst du die eleganteste Mutter der Entbindungsstation sein, Sylvia!«

»Das ist sie sowieso«, bemerkte Maël stolz.

Die größte Überraschung bereitete ihr Pierrick. Er hatte auf dem Dachboden des Herrenhauses eine antike bretonische Wiege gefunden und wieder hergerichtet, ein wunderschönes Stück aus Kastanienholz mit geschnitzten Seitenteilen und gedrechselten Griffen.

»Die gehörte bestimmt zu einem *lit clos*«, erklärte er, »so wie man es hier üblicherweise hatte.« Er erzählte Sylvia, dass man früher in der Gegend in einer Art Schrankbett schlief, das aussah wie ein Himmelbett, nur dass Dach und Seitenwände nicht aus Stoff, sondern aus geschnitztem Holz waren, und mit einer Schiebetür statt Vorhängen. »In diesen alten Häusern zog es fürchterlich, besonders im Winter«, erzählte Pierrick und schmunzelte. »Außerdem schliefen alle in ein und demselben Raum. Da war es praktisch, ein Bett mit einer Tür zu haben, die man schließen konnte.« Von einem *lit clos* hatte er allerdings auf dem Speicher nichts mehr entdecken können. »Viele dieser alten Kästen hat man später zu begehbaren Schränken umgebaut«, erklärte er. »Oder man zerlegte sie und verwendete ihre Einzelteile anderweitig. Und so manch eines landete wohl auch als Brennholz im Kamin, wer weiß.«

Sylvia lauschte ihm aufmerksam und fuhr mit der Hand über die feine Schnitzarbeit der Wiege, deren Holz Pierrick mit Leinöl aufpoliert hatte.

»Was für ein wundervolles Geschenk«, sagte sie. »Vielen Dank, Pierrick! Wer wohl früher in diesem Bettchen gelegen haben mag?«

»Vielleicht Nolff, der Letzte aus dem Clan der Kerguénnecs«, sinnierte Pierrick. »Er war mein Freund, und er würde sich gewiss freuen, wenn er wüsste, dass jetzt euer Kind darin schlafen wird.«

»Bevor es so weit ist«, ergriff Gwen das Wort und reichte Sylvia einen Umschlag, »solltest du unser Geschenk öffnen. Es ist von uns allen.«

Sylvia öffnete das Kuvert und zog eine Doppelkarte daraus hervor.

»Was ist das?«, fragte sie erstaunt. »Ein Gutschein für ein Wochenende in einem Hotel?«

»In einem fabelhaften Wellnesshotel«, korrigierte Gwen sie. »Für euch beide. Ich war einmal dort, es ist ein Traum.«

»Ihr solltet den Gutschein unbedingt vor der Geburt einlösen«, warf Morgane ein, »denn danach wird es aus sein mit der Ruhe, fürchte ich.«

Der Klang von Metall gegen Glas ließ sie alle verstummen.

»Wir wollen euch etwas mitteilen«, erklärte Coco, die mit ihrer Gabel gegen ein Glas geklopft hatte. Sie stupste Gurvan leicht in die Rippen, worauf er sich erhob.

»Die Sache ist die«, begann er verlegen und suchte nach den richtigen Worten, was noch nie seine Stärke gewesen war. »Ich meine, Coco und ich, wir kennen uns ja seit einer ganzen Weile. Und da … na ja, da dachten wir …«

»Herrje«, unterbrach ihn Coco und verdrehte die Augen. »Mach's kurz, Gurvan. Kurz und bündig.«

»Wir … wir wollen heiraten«, brach es aus dem Gärtner hervor. Er ließ sich erleichtert zurück auf seinen Stuhl fallen.

Für eine Millisekunde war es still in der großen Halle. Obwohl die beiden Tag für Tag zusammen arbeiteten, war nicht einmal Elise, von der man sagte, dass sie das Gras wachsen höre, darauf gekommen, dass die beiden, die sich tagtäglich kabbelten und zankten, ein Paar werden könnten. Dann redeten alle gleichzeitig los, sprangen auf und schlossen Coco und Gurvan in die Arme. Wenn Sylvia es sich recht überlegte, passten sie ausgezeichnet zueinander, und das nicht nur, weil sie beide ihr stoppelkurzes Haar in leuchtenden Farben trugen, Coco in Karottenrot und Gurvan in Neongrün. Der dritte im Bunde, der Auszubildende im zweiten Lehrjahr, Iven, der seinen Haarschopf zitronengelb gefärbt hatte, frotzelte: »Na, wenn da mal nichts im Busch ist«, und erntete prompt eine schmerzhafte Kopfnuss von seiner Chefin.

»Ja, wir erwarten was Kleines«, erklärte Coco stolz und funkelte Iven zornig an. »*Attends un peu!*«, fügte sie halblaut hinzu, nachdem der allgemeine Jubel über diese Neuigkeit verebbt war. »Ich weiß jetzt schon, wer morgen Glashaus IV putzt. Und zwar ganz allein.«

»Dann feiern wir heute also auch Verlobung«, sagte Maël und erhob sich. »Darauf müssen wir unsere Gläser erheben.

Elise, bist du so lieb und holst uns die Sektkelche? Ich geh mal nachsehen, ob ich einen passenden Tropfen finde.«

Während sie ausgelassen miteinander anstießen, die Schwangeren und Kinder mit Mineralwasser und alle anderen mit einem erlesenen Crémant Brut aus Maëls Spezialreserven für besondere Anlässe, beobachtete Sylvia nicht ohne Sorge, wie ihr Mann trotz der fröhlichen Stimmung abwesend vor sich hin starrte.

»*Alors, les enfants*«, rief Solenn schließlich, der das ebenfalls nicht entgangen war. »Sylvie ist müde. Wir lassen die beiden jetzt ein bisschen in Ruhe. Und wisst ihr was? Ich leg mich ebenfalls ein Stündchen hin. Wir treffen uns wie jeden Abend um sieben oben im großen Haus. *D'accord?*«

Es dauerte eine Weile, bis jeder seine Siebensachen beisammenhatte. Pierrick schlug Noah vor, mit ihm in sein kleines Häuschen auf der anderen Seite des Gartens zu kommen, um den Seewetterfunk abzuhören, was dieser für sein Leben gern tat. Elise wiederum erklärte, nicht eher zu gehen, bevor sie den Tisch abgedeckt und das schmutzige Geschirr in die Spülmaschine geräumt hatte.

»Und wenn ich schon dabei bin, kann ich auch noch rasch die große Halle durchfegen«, fügte sie hinzu.

In der Zwischenzeit zeigte Sylvia ihrer Freundin Veronika und Lili die Kammer neben ihrem Schlafzimmer, die sie für das Baby hergerichtet hatten. Sie war gerade groß genug für ein Kinderbett, eine Wickelkommode und einen bequemen Sessel unter dem quadratischen Fensterchen, durch das man direkt aufs offene Meer hinausblickte.

»Das ist zauberhaft geworden«, schwärmte Veronika. Und angesichts der zartrosa gestrichenen Wände fügte sie hinzu: »Wie ich sehe, rechnet ihr tatsächlich mit einem Mädchen?«

Sylvia lachte, und Lili klatschte in die Hände.

»Maël ist davon nicht abzubringen, das stimmt«, meinte

sie. »Aber ich wollte ohnehin diese Farbe, egal, ob es ein Junge wird oder ein Mädchen. Ich habe nämlich gelesen, dass Babys im Mutterleib das Tageslicht durch den Bauch hindurch schimmern sehen. Stell dir vor, sie sehen alles wie durch eine rosarote Brille! Vielleicht kommt die Redewendung ja daher. Deswegen wirkt diese Farbe auf jeden Fall beruhigend auf Neugeborene, egal ob Mädchen oder Junge. Es erinnert sie an ihre ersten visuellen Eindrücke vor der Geburt.«

»Wie interessant! Das wusste ich gar nicht«, sagte Veronika staunend. »Wie gefällt dir die Farbe?«, fragte sie Lili.

»*C'est joli!*«, antwortete sie ernsthaft.

Sylvia öffnete eine Schublade der Wickelkommode. Zum Vorschein kamen winzig kleine, aus feinem weißem Garn gehäkelte Jäckchen, Mützen, Schühchen und Fäustlinge. Lili griff nach einer Mütze und versuchte, sie überzuziehen, merkte jedoch gleich, dass sie viel zu klein für sie war.

»Die Sachen sind für Sylvias Baby«, erklärte Veronika. »Komm, wir legen sie zurück zu den anderen.«

»Das sind alles Geschenke von den Frauen aus der Handarbeitsgruppe, die damals die Spitze für mein Brautkleid geklöppelt haben«, sagte Sylvia glücklich. »Du weißt ja, sie haben mich quasi adoptiert. Ich glaube, sie hoffen, dass ich eines Tages ihrer Gruppe beitrete und selbst mit dem Häkeln und Klöppeln anfange.«

Veronika lachte schallend. »Da können sie lange warten«, prustete sie.

»Wer weiß«, sagte Sylvia und kicherte. »Vielleicht wenn ich mal alt bin und mich langweile?«

»Ich werde schon dafür sorgen«, gab Veronika zurück, »dass du dich niemals langweilst.« Dann wurde sie ernst. »Ist alles in Ordnung mit Maël?«, erkundigte sie sich. »Er sieht so besorgt aus.«

»Das stimmt«, pflichtete Sylvia ihr bei und schloss die Schublade. »Seit diesem Anruf heute Mittag. Ich habe keine Ahnung, wer das war.«

»Wir lassen euch jetzt mal ein bisschen allein, nicht wahr, Lili? Wollen wir bei dem schönen Wetter einen Spaziergang machen und nach den Blumen sehen? Weißt du noch, wie die heißen?«

»Die heißen … Kamele«, antwortete Lili, und brachte Sylvia und Veronika erneut zum Lachen.

2

Der leuchtende Name

Mit einem Seufzen ließ sich Sylvia auf das Sofa fallen und legte die Beine hoch.

»Willst du dich nicht in deinen Schaukelstuhl setzen?«, fragte Maël fürsorglich.

Sylvia winkte ab. »Seit ein paar Tagen fürchte ich, dass ich dann nicht mehr hochkomme«, sagte sie schmunzelnd. »Das Gesetz der Schwerkraft.« Maël lachte und breitete eine Decke über Sylvias Beinen aus. »Komm«, bat sie, »setz dich zu mir. Magst du mir die Beine massieren?«

Er nahm neben ihr Platz, legte ihre Beine über seine Knie und begann, mit der Handfläche vorsichtig von unten nach oben über sie zu streichen. Sylvia legte sich zurück, genoss seine Berührung und schloss die Augen.

»Du hast ja das Päckchen mit den Cremes gar nicht ausgepackt«, sagte er. »Soll ich es dir bringen?«

Doch sosehr Sylvia sich darauf gefreut hatte, die ersten Proben ihrer eigenen Kosmetikserie mit dem Namen *Jardin aux Camélias* zu prüfen, Cremes, die das kostbare Öl von Kameliensamen der Insel enthielten – im Augenblick beschäftigte sie etwas ganz anderes.

»Danke, das hat Zeit bis später«, antwortete sie. »Möchtest du mir nicht erzählen, wer das vorhin am Telefon war?«

Maëls Miene verdüsterte sich. Seine Hände hielten mitten in der Bewegung inne.

»Es geht um meine Mutter«, sagte er.

Sylvia stockte der Atem. Maël hatte seine Mutter das letzte Mal gesehen, als er von zu Hause weggelaufen war. Noch nie hatte er sie ihr gegenüber erwähnt. Das wenige, was Sylvia wusste, hatte ihr Solenn erzählt, die ihn gemeinsam mit Lucie aufgenommen hatte. »Sie war nicht sonderlich interessiert an ihrem Sohn«, hatte sie gesagt, als sie schilderte, wie sie Fabienne Riwall ausfindig gemacht hatte, um mit ihr die Angelegenheit zu regeln. »Sie hat uns, ohne zu zögern, das Sorgerecht überlassen und sich nie wieder nach ihm erkundigt.« Und nun sollte diese Frau der Grund des Anrufs gewesen sein?

»Willst du mir davon erzählen?«, bat sie behutsam, denn sie wusste nur zu gut, wie schmerzhaft das Thema seiner Herkunft für Maël war. »Wer war der Mann am Telefon?«

»Ein Polizeibeamter«, antwortete Maël. »In der Küche meiner Mutter hat es gebrannt. Es ist niemand zu Schaden gekommen, aber offenbar war es nicht das erste Mal. Die Nachbarn haben sie angezeigt.«

Maël schwieg und sah zum Fenster hinaus.

»Und jetzt?«, fragte Sylvia nach. »Was will die Polizei von dir?«

»Sie wissen nicht, was sie mit ihr tun sollen«, erklärte er. »Sie sagen, man kann sie nicht mehr allein wohnen lassen. Es sei zu gefährlich.«

»Wie kommt es, dass es schon mehrfach bei ihr gebrannt hat?«, fragte Sylvia erstaunt. »Ist sie … ich meine, ist sie verwirrt?«

Maël zuckte die Schultern. »Keine Ahnung«, antwortete er niedergeschlagen und seufzte tief. »Offenbar lebt sie allein. Ich möchte wissen, wo dieser verdammte Kerl geblieben ist, mit dem sie damals zusammen war und der sie nach Strich und Faden ausgenutzt hat.«

Es war kühl geworden. Maël schob sanft ihre Beine von seinem Schoß, erhob sich, ging zum Kamin und begann Holzscheite aufeinanderzustapeln. An der Heftigkeit seiner Bewegungen konnte Sylvia erkennen, wie sehr ihn die Sache mitnahm.

»Wo lebt Fabienne überhaupt?«, fragte Sylvia.

»In Le Havre. Wie es scheint, noch immer in derselben Wohnung wie damals.« Maël entzündete ein Streichholz, doch seine Hand zitterte dermaßen, dass er drei Hölzchen benötigte, um das Feuer in Gang zu bringen. Als es endlich brannte, richtete er sich auf und starrte in die Flammen. »Sie wollen, dass ich komme und mich um sie kümmere.« Er wandte sich zu ihr um und sah sie an, als verlangte man etwas Ungeheuerliches von ihm.

»Nun«, sagte sie sanft, »sie ist deine Mutter. Oder nicht?«

»Meine Mutter?«, brüllte er so heftig, dass Sylvia zusammenfuhr. So zornig hatte sie ihn nie zuvor erlebt. »Fabienne ist seit Langem nicht mehr meine Mutter. Sie hat mich … Ach was, lassen wir es dabei.« Er wandte sich heftig atmend ab, die Erinnerungen wühlten ihn sichtlich auf. Endlich fasste er sich wieder. »Tatsache ist«, fuhr er schließlich fort, »ich kann das nicht, Sylvie. Es ist einfach unmöglich. Nach allem, was war, bin ich der Letzte, der sich um sie kümmern kann.«

In diesem Moment klingelte das Telefon erneut. Maël stand einen Atemzug lang da wie erstarrt. Dann griff er nach seiner Jacke und verließ fluchtartig das Haus.

Sylvias erster Impuls war, ihm nachzueilen, doch sie war viel zu schwerfällig, und als sie die Haustür endlich erreichte, war von Maël nichts mehr zu sehen.

Das Telefon verstummte.

Es war später Nachmittag, der Kameliengarten lag friedvoll vor ihr, ein paar Vögel flogen aus den Baumkronen auf, von ferne hörte Sylvia das sanfte Rauschen des Meeres. Es hatte keinen Sinn, die Insel nach ihrem Mann abzusuchen. Wenn er allein sein wollte, musste sie das respektieren. Sylvia schloss die Tür und wollte sich gerade wieder hinlegen, als das Telefon abermals zu läuten begann. Zuerst wollte sie es einfach ignorieren. Als das Klingeln nicht verstummte, nahm sie den Hörer endlich doch ab. Es war ja nicht gesagt, dass es die Polizei aus Le Havre war.

Es war auch nicht die Polizei, sondern eine Ärztin aus der Aufnahme einer psychiatrischen Klinik.

»Wir sind dazu verpflichtet, die Angehörigen zu informieren«, erklärte sie Sylvia, nachdem sie sich vorgestellt hatte. »Und um ehrlich zu sein, Madame, ist es mir in diesem Fall ein persönliches Anliegen. Denn ich finde nicht, dass Ihre Schwiegermutter in der geschlossenen Abteilung unserer Einrichtung verbleiben sollte.« Sylvia hielt den Atem an. So weit war es bereits? »Wenn Ihr Mann nicht binnen der nächsten vierundzwanzig Stunden herkommt und für eine geeignete Unterbringung sorgt«, fuhr die Ärztin fort, »wird genau das geschehen.«

Sylvia schluckte. »Worunter leidet Fabienne Riwall?«, erkundigte sie sich.

»Um das herauszufinden, hat man sie eingewiesen«, lautete die Antwort. »Aber man könnte sie natürlich ambulant untersuchen, wenn sie ein Zuhause hätte. Was ich Ihrem Mann unbedingt sagen möchte: Nach meiner Erfahrung ist die Einweisung in eine geschlossene Abteilung eine Einbahnstraße. Es ist sehr schwierig, wieder entlassen zu werden, wenn man erst einmal dort ist. Ich muss leider sagen, dass die Umgebung und das Miteinander mit psychisch weit schwerer betroffenen Patienten meist einen negativen Einfluss auf die Entwicklung von leicht verwirrten Menschen hat. Bitte richten Sie ihm das aus. Sie sitzt mir übrigens gegenüber. Möchten Sie mit ihr sprechen?«

Sylvia schnappte nach Luft, doch ehe sie etwas antworten konnte, hatte die Ärztin den Hörer offenbar weitergereicht.

»Ich will nach Hause«, hörte sie eine heisere Stimme verzweifelt sagen. »*Âllo?* Wer ist dran? Bitte! Ich will nach Hause ...«

»Sie wirkt meiner Einschätzung nach vollkommen normal«, hörte Sylvia erneut die Stimme der Ärztin. »Ein bisschen durcheinander. Wer wäre das nicht nach einem Brand und Stunden auf der Polizeiwache. Was sie bräuchte, wäre ein liebevolles Zuhause. Damit man sie in Ruhe untersuchen und herausfinden kann, was ihr Problem ist.«

Ein liebevolles Zuhause. Wie sollte sie dieser Ärztin, die es mit Sicherheit gut meinte, erklären, dass es genau das war, was Maël seiner Mutter wohl schwerlich bieten konnte?

»Mein Mann hatte seit rund dreißig Jahren keinen Kontakt mehr zu seiner Mutter«, sagte sie leise.

»Richten Sie es ihm aus«, insistierte die Ärztin. Dann gab sie den Namen der Klinik und ihre Telefonnummer durch.

Seufzend erhob Sylvia sich, schlüpfte in einen Poncho aus bretonischer Schafswolle – Jacken und Mäntel passten ihr längst nicht mehr – und verließ das Haus. Vielleicht würde sie Maël finden. Und wenn nicht, würde ihr ein Spaziergang nach diesem Gespräch guttun. Noch immer hatte sie Fabiennes ängstliche Stimme im Ohr. Mein Gott, dachte sie, kann man einen Menschen in dieser Situation wirklich allein lassen?

Draußen sog sie tief die prickelnde Atlantikluft in sich ein und versuchte, ihre Gedanken zu ordnen. Sie kehrte dem Park den Rücken und ging durch das Metalltor, durch das sie hereingefahren waren. Kaum hatte sie den *Jardin aux Camélia*s hinter sich gelassen, umfing sie der Atlantikwind, wirbelte ihr das Haar um den Kopf und zerrte an ihrem Poncho.

Sie stellte sich mit dem Gesicht zum Wind und schloss die Augen. Wie wohl das tat! Seit einiger Zeit schlief sie nicht mehr gut. Sie wusste nicht, wie sie liegen sollte, Veronika hatte erklärt, das sei normal gegen Ende der Schwangerschaft. Wenn Sylvia an die Geburt dachte, klopfte ihr Herz vor Freude und Nervosität. Sie empfand die Tatsache, Mutter zu werden, als ein unverhofftes Geschenk und ein Abenteuer zugleich.

Als hätte das Kind ihre Gedanken gehört, regte es sich. Sie blieb stehen, legte eine Hand auf die Stelle, wo sie das neue Leben spürte, und wurde von großer Zärtlichkeit für dieses Wesen, das da in ihr heranwuchs, erfüllt. Du bist so willkommen, dachte sie.

Unwillkürlich musste sie an Fabienne denken, und ihr Glücksgefühl erstarb. Auch sie hatte Maël unter ihrem Herzen getragen, ihn in sich gespürt, hatte ihn zur Welt gebracht und in ihren Armen gehalten. Was um alles in der Welt war nur passiert, dass das unsichtbare Band zwischen Mutter und Kind reißen konnte? Oder war das alles nur Gerede, diese tiefe Verbindung nichts weiter als das romantisierende Idealbild davon, wie eine Mutter zu fühlen hatte? Sah die Wirklichkeit womöglich ganz anders aus?

Als die sanften Bewegungen in ihrem Bauch nachließen, setzte Sylvia den vertrauten Weg an der Küste entlang fort. Viele Male war sie ihn schon gegangen, und doch verzauberten sie auch heute der Anblick der zerklüfteten Klippen und das Schauspiel der anstürmenden Wellen, das Aufschäumen der Gischt und der strudelnde Rücklauf der Brandung. Denn *ar Mor Atlantel*, wie der Atlantik von den Bretonen genannt wurde, verwandelte sich unablässig unter dem steten Wechselspiel des Lichts, der Wolken und der Gezeiten.

Und dann sah sie Maël. Sylvia blieb beinahe das Herz stehen. Er stand auf dem schmalen Grat einer steil emporragenden, von Wasser umspülten Klippe, die der Steilküste vorgelagert war. Sylvia hätte nicht sagen können, wie man zu dieser

Stelle überhaupt gelangte, ohne sein Leben zu riskieren. Sie beschloss, nicht zu rufen, sondern abzuwarten, darauf vertrauend, dass Maël wusste, was er tat. Und den Weg zurückfand. Zu ihr. Zu ihrem Kind. Zurück ins Leben.

Schließlich bewegte sich die einsame Gestalt auf dem schroffen Felsen. Sylvia hielt den Atem an. Da begann Maël, als wäre es das Einfachste von der Welt, an der Flanke des steilen Granitblocks entlang hinunterzusteigen. Knapp über dem Meeresspiegel wartete er einen Moment, bis sich die Welle, die gerade an den Fels schlug, wieder zurückzog, setzte mit einem kühnen Sprung über das Wasser und verschwand unterhalb der Steilküste aus Sylvias Blickfeld.

Es dauerte nicht lange, und er erschien einige Hundert Meter von Sylvia entfernt auf dem Küstenpfad. Als sie einander gegenüberstanden, klopfte ihr Herz noch immer vor Schreck. Sie holte tief Luft, um von dem Gespräch mit der Ärztin zu erzählen, doch ehe sie etwas sagen konnte, nahm er sie in die Arme und verschloss ihr die Lippen mit einem Kuss.

»Lass uns zu Solenn gehen«, sagte er und griff nach ihrer Hand. »Sie wird wissen, was zu tun ist.«

»Was sagst du da?« Sylvia kannte Solenn lange genug, um zu wissen, dass es wenig gab, was sie aus der Fassung bringen konnte. »Man hat sie in eine Nervenklinik gebracht?«

»In ein psychiatrisches Krankenhaus«, korrigierte Maël sie gereizt. »Oder nicht, Sylvie? Zur Beobachtung. Weil sie nicht wissen, was sie sonst mit ihr anfangen sollen. Was macht man mit Menschen, die versuchen, das Haus samt seiner Bewohner abzufackeln? Sie hätten sie genauso gut ins Gefängnis stecken können. Ich finde, sie hat unverschämtes Glück.«

»Da wäre ich mir nicht so sicher«, wandte Aaltje ein. »Ist es denn eine geschlossene Abteilung?«

Sylvia wollte etwas sagen, doch Maël kam ihr zuvor. »Was weiß ich«, antwortete er verärgert. »Ich habe keine Lust, mich darum zu kümmern. Hat sie sich etwa um mich gekümmert all die Jahre?«

Ein unbehagliches Schweigen entstand. Sylvia kam es so vor, als könnte sie die unerfreulichen Gedanken knistern hören, die sie alle beschäftigten. Sie hatten sich in Solenns Privaträume zurückgezogen, während die anderen in der geräumigen Küche des Herrenhauses Sylvias Geburtstag weiterfeierten.

»Was passiert, wenn du dich weigerst zu kommen?«, fragte Solenn.

Maël fuhr sich mit beiden Händen durchs Haar und stöhnte. Er zuckte mit den Schultern.

»Ich fürchte«, sagte Sylvia vorsichtig, »dann kommt sie dort nicht so schnell wieder raus. Jedenfalls hat das die Ärztin gesagt.«

»Na und? Dann ist es eben so. Es ist mir gleichgültig!«

Sylvia war sich nicht sicher, ob es ihm tatsächlich egal war, oder ob er sich nur gegen das Unvermeidliche wehrte.

»Und wenn ich mit dir fahre?«, schlug sie vor.

Maël sah sie an, als hätte sie den Verstand verloren.

»Das kommt überhaupt nicht infrage«, erklärte er. »So kurz vor der Geburt …«

»Bis dahin ist es noch ein ganzer Monat«, unterbrach ihn Sylvia. »Solange wird es ja hoffentlich nicht dauern, den geeigneten Aufenthaltsort für Fabienne zu finden.« Schließlich, dachte sie, haben wir in der Vergangenheit ganz andere Probleme gelöst. »Es muss geklärt werden, was mit ihr ist. Die Ärztin sagt, wir brauchen eine Diagnose. Wir müssen ein Pflegeheim finden, das …«

»Ich will das alles nicht«, unterbrach Maël sie heftig und schlug mit der flachen Hand auf den hübschen Beistelltisch vor

Solenns Sofa, dass es nur so klirrte. »Diese Frau darf keinen Platz in unserem Leben einnehmen. Ich will nicht, dass du dich um sie kümmerst. Ich will keinesfalls, dass unser Kind, und sei es in deinem Bauch, mit dieser ... dieser ... Frau in Berührung kommt. Hörst du? Ich will das einfach nicht!«

Die Stille, die nun folgte, lastete schwer auf ihnen. Sylvia fühlte, wie sich das Kind in ihr regte, sanfte Tritte gegen ihren linken Arm, den sie wie zum Schutz um ihren Bauch gelegt hatte. Sie legte beruhigend ihre Hand auf die Stelle.

»Du wirst dich dieser Pflicht nicht entziehen können«, erklang Solenns ruhige, tiefe Stimme. »Glaub mir, ich hege keine freundlichen Gefühle Fabienne gegenüber. Aber sie ist nun mal deine Mutter. Sie hat niemanden mehr außer dir. Und wenn du sie jetzt im Stich lässt, wirst du es eines Tages bereuen.« Maël wollte aufbegehren, doch Solenn fasste ihn sanft am Arm und brachte ihn damit zum Schweigen. »Denn dann«, fuhr sie fort, »verhältst du dich keinen Deut besser als sie damals.« Sylvia hielt die Luft an. So etwas hätte sie niemals zu sagen gewagt. Und doch stimmte es. Offenbar wusste das Maël. In seinem Gesicht zuckte und bebte es in einer Weise, wie sie es nie an ihm gesehen hatte. Er presste seine Lippen und die Augen fest zusammen und rang verzweifelt um Selbstbeherrschung. »Ich bin ganz deiner Meinung«, fuhr Solenn fort, »dass Sylvie hier bei Noah bleiben sollte. Es wäre ein gefundenes Fressen für Chloé, wenn ihr ihn in seinen Ferien allein lassen würdet.«

Sylvia gab ihr im Stillen recht. Noahs Mutter war das gute Verhältnis zwischen ihnen und dem Jungen ohnehin ein Dorn im Auge. Es war mühsam genug gewesen, mit ihr eine gütliche Einigung über das geteilte Sorgerecht zu erzielen.

»Ich habe als junges Mädchen einmal einen Sommer lang in einer solchen Einrichtung gejobbt«, meldete sich jetzt Aaltje zu Wort. »Es war das Schrecklichste, was ich jemals erlebt habe. Die Zustände waren fürchterlich. Als Pflegepersonal hatten wir überhaupt nicht die Zeit, uns angemessen um diese Menschen zu kümmern. Zeigte jemand auch nur die geringste Form von Aggression, wurde er fixiert oder durch Medikamente ruhiggestellt. Und wenn ich ehrlich bin, unter den Umständen dort wäre sogar ich aggressiv geworden.« Aaltje schüttelte sich allein bei der Erinnerung. »Ich habe jede Nacht geweint damals«, fügte sie leise hinzu. »Das ist zwar viele Jahre her, und inzwischen mag sich manches gebessert haben, aber trotzdem: Lass nicht zu, dass man deine Mutter in der geschlossenen Abteilung einer psychiatrischen Klinik unterbringt. Egal, was sie getan hat. Denn das wünschst du nicht einmal deinem schlimmsten Feind.«

Maël ließ mit keiner Regung seiner Miene erkennen, ob er Aaltje überhaupt zugehört hatte. Sylvia konnte jedoch sehen, wie seine Wangenknochen zuckten, so als presste er die Kiefer fest aufeinander.

In diesem Augenblick klopfte es an der Tür. Es war Rozenn, die zum Abendessen bat.

»Was ist denn bei euch los?«, fügte sie erschrocken hinzu, als sie die ernsten Mienen sah. »Ist etwas Schlimmes passiert?«

»Nein«, antwortete Maël und erhob sich. »Alles bestens. Du hast recht, Rozenn, wir sollten uns um unsere Gäste kümmern. Kommst du, Liebes?«

Es fiel Sylvia schwer, den Rest des Tages zu genießen. Elise hatte es besonders gut gemeint und in Erinnerung an die bayerische Herkunft des Geburtstagskindes Sauerkraut mit Eisbein gekocht, dazu Kartoffelknödel, was Veronika, die ebenfalls aus München stammte, zu wahren Begeisterungsstürmen hinriss. Sylvia hingegen, ohnehin keine Anhängerin der deftigen Küche ihrer Heimat, aß kaum etwas, die Neuigkeiten um Fabienne hatten ihr den Appetit verdorben.

Wenn ich nur wüsste, überlegte sie, während sie Noah einen zweiten Kartoffelknödel auf den Teller legte und für sich selbst eine weitere Portion Sauerkraut ablehnte, wie man diese Sache am besten lösen könnte. Am liebsten würde sie selbst nach Le Havre fahren. Sie war sich sicher, dass sie im Nu eine geeignete Unterbringung für Maëls Mutter finden würde. Für sie wäre es leichter, da sie emotional kein bisschen voreingenommen war, sie kannte ihre Schwiegermutter ja nicht einmal. Und doch war klar, dass sie sich nicht in Maëls Familienangelegenheiten einmischen durfte, ganz besonders nicht in diesem Fall. Sie wusste nicht, was zwischen ihm und seiner Mutter vorgefallen war. Sylvias Herz wurde schwer bei dem Gedanken, welch eine unglückliche Kindheit der Mann, den sie liebte, gehabt haben musste, dass er einen solchen Groll gegen seine Mutter hegte.

Nach dem Essen verschwanden Gurvan, Coco, Iven und Pierrick samt Tristan nach draußen, sie wirkten wie eine kleine Bande von Verschwörern. Noah rutschte von seinem Stuhl und lief ihnen nach.

»Was führen die denn im Schilde?«, fragte Solenn amüsiert.

»Eine Überraschung.« Rozenn schmunzelte und begann, den Tisch abzuräumen. »Wer möchte noch Kaffee? Oder lieber eine *tisane?*«

»Ich hätte gern einen Kräutertee«, antwortete Sylvia und warf Maël einen besorgten Blick zu.

Während des gesamten Abendessens hatte er kein Wort gesprochen. Schon seit einer Weile drehte und wendete er einen Salzstreuer zwischen seinen Fingern. Sylvia war sich ziemlich sicher, dass er gar nicht bemerkte, was er tat. Er sah nicht einmal auf, als Rozenn ihm eine Tasse Kaffee, stark und schwarz, wie er ihn am liebsten trank, hinschob.

Da platzte Noah wie ein Wirbelwind in die Küche. »Ihr

könnt jetzt kommen!«, schrie er ausgelassen. »Sylvie, los, beeil dich! Es ist so weit!«

»Nun mach mal halblang, Junge«, ermahnte ihn Elise, doch Noah beachtete sie nicht. Eifrig griff er nach Sylvias Hand und zog sie mit sich.

Es war bereits kurz vor zehn, eine samtige Dunkelheit hatte sich über die Insel gelegt.

»Wir müssen raus zum Parkplatz«, sagte Noah aufgeregt und führte sie durch das große Tor. Im ersten Moment konnte Sylvia kaum etwas erkennen, eine dichte Wolkendecke verhüllte den Mond. Auf einmal erfüllte ein Zischen die Luft, und dort, wo der Fahrdamm an die Insel stieß, schoss ein ganzer Strauß bunter Feuerwerkskörper in die Höhe. Vielfarbiges Licht erleuchtete den Himmel, silberner Sternenregen ergoss sich verschwenderisch über Land und Meer.

»O mein Gott, ist das schön!«, rief Sylvia aus und fühlte sich von hinten sanft umfangen. Es war Maël, und als Sylvia sich umblickte, sah sie, dass ihnen alle anderen gefolgt waren. »Du hast das gewusst, nicht wahr?«, flüsterte sie ihm zu, und er drückte sie stumm an sich.

»Das war erst der Anfang«, hörte sie Noah sagen, als die vielfarbigen Lichter erloschen. Kurz blieb es dunkel, dann stiegen blaue Feuerwerksraketen auf und liefen einige Hundert Meter den Damm entlang wie eine Kette aus Licht, gefolgt von weißen und roten.

»Was für Patrioten!«, bemerkte Solenn amüsiert. »Das sind die Farben der französischen Flagge!«

»Jetzt kommt das Schönste«, verriet Noah und hüpfte von einem Bein auf das andere vor Erwartung. »Du musst da rüberschauen, Sylvia!«

Er wies zu dem Fahrweg, der zum Inselinneren anstieg. Sylvia kniff die Augen zusammen, um besser zu sehen. Huschten dort nicht ein paar Gestalten in der Dunkelheit herum? Plötzlich flammte rotes Feuer auf, bildete einen Buchstaben, einen zweiten, und schließlich formten die Flammen einen Namen, ihren Namen: S – Y – L – V – I – E.

»Ist das …?«

»Das nennt man bengalisches Feuer«, platzte es aus Noah heraus. »Lauter einzelne Fackeln sind das. Ist es nicht schön?«

»Wunderschön«, flüsterte Sylvia, bis zum Äußersten gerührt. »Wer hatte nur all diese fantastischen Einfälle?«

»Maël«, ließ sich die knarzige Stimme des alten Pierrick vernehmen. »Es war seine Idee.«

»Nur die Idee«, entgegnete Maël. »Umgesetzt hat sie Pierrick.«

»Wir alle zusammen«, wehrte der Bretone bescheiden ab. »Alle haben mitgeholfen!«

Im Schein der bengalischen Fackeln wirkte das Gesicht des alten Mannes wie das eines Zauberers, geheimnisvoll und verschmitzt.

»Schade«, sagte Noah in die Stille hinein, »dass das Baby das nicht sehen kann.«

»Wer weiß«, antwortete Sylvia. »Vielleicht kann es das ja.«

»Durch deinen Bauch hindurch?«, fragte Noah zweifelnd.

Und dann sahen sie alle schweigend zu, wie die Buchstaben langsam erloschen. In ihrem Rücken fühlte Sylvia die Wärme ihres Mannes, und noch immer hielt Noah ihre Hand. Eine große Zuneigung zu ihrem Stiefsohn erfüllte sie.

Ein schwieriges Jahr lag hinter ihnen, und Sylvia war froh, dass sich mittlerweile alles zum Guten gewendet hatte. Wirklich alles? Auf einmal hatte sie wieder die heisere, verängstigte Stimme im Ohr. »Ich will nach Hause«, hatte Maëls Mutter gesagt. Wenn sie daran dachte, wurde ihr mitten in diesem wunderschönen Fest das Herz schwer.

3

Alte Wunden

»Du machst so ein besorgtes Gesicht«, sagte Veronika am anderen Morgen, als sie im Gästezimmer des großen Hauses ihre Sachen packte. »Ist es wegen der Geburt? Hab keine Angst, es wird alles super laufen, da bin ich mir sicher.« Sie zog energisch den Reißverschluss ihrer Reisetasche zu und wandte sich ihrer Freundin zu. »Oder möchtest du, dass ich herkomme?«, fragte sie. »Ich müsste Lili mitbringen«, fuhr sie fort. »Wenn dich das nicht stört ...«

»Danke«, unterbrach Sylvia sie. »Das ist total lieb von dir. Solenn wird kommen und ein paar Wochen hierbleiben.«

»Hast du eine gute Hebamme?«, erkundigte sich Veronika.

»Ja, Vero«, beruhigte Sylvia ihre Freundin. »Armelle ist großartig. Sie hat mir alles erklärt und Übungen für die Geburtsvorbereitung gezeigt.«

»Und? Machst du sie?«

Sylvia lachte. »Klar! Keine Sorge.«

Ihre Freundin warf ihr einen langen, forschenden Blick zu. »Und warum bist du dann so angespannt?«

Sylvia seufzte. Sie sank auf das Bett und begann, ihrer Freundin die Sache mit Fabienne zu schildern.

»Mir ist klar geworden«, schloss sie, »dass ich nicht die geringste Ahnung habe, was Maël während seiner ersten zwölf Lebensjahre widerfahren ist. Er hat nie darüber gesprochen.«

Veronika pfiff leise durch die Zähne. »Die Gespenster der

Vergangenheit«, sagte sie nachdenklich und setzte sich neben Sylvia. »Weißt du was? Es ist womöglich ganz gut, dass er sich damit endlich auseinandersetzen muss. Vielleicht kann er ja eines Tages seinen Frieden damit machen?«

»Das wäre schön«, meinte Sylvia skeptisch. »Ich hab da allerdings meine Zweifel. Manchmal ist es besser, nicht an alte Wunden zu rühren.«

»Glaubst du wirklich?« Veronika schien überrascht. »Denk nur daran, wie es dir mit Tante Lucie erging. Im Nachhinein hättest du dir doch gewünscht, sie vor ihrem Tod noch einmal gesprochen zu haben. Oder nicht?«

Sylvia blickte ihre Freundin schmerzerfüllt an. Veronika hatte einen wunden Punkt berührt. Es stimmte. Sie hatte sich nie die Zeit genommen, ihre Tante hier in der Bretagne zu besuchen, immer war etwas anderes wichtiger gewesen. Trotz der vielen Briefe, die Lucie ihr geschrieben hatte, war sie nie gekommen. Bis es zu spät gewesen und ihre Tante durch einen Hirntumor viel zu früh aus dem Leben gerissen worden war. Davon hatte Sylvia erst erfahren, als es hieß, sie sei die Erbin der Kamelieninsel. Es blieb ihr größter Schmerz, Lucie seit ihrer frühsten Kindheit nicht mehr wiedergesehen zu haben.

»Du hast recht«, antwortete sie betroffen. »Ich hab mir das bis heute nicht verziehen. Aber ist das nicht etwas vollkommen anderes? Lucie war ein Engel. Während Fabienne …«

»Darauf kommt es doch gar nicht an«, unterbrach Veronika sie. »Auch wenn Fabienne nicht gut an ihm gehandelt hat, ändert das nichts daran, dass sie seine Mutter ist. Wenn sie erst einmal tot ist, kann es zu keiner Begegnung mehr kommen. Und zu keiner Aussprache. Es heißt ja nicht, dass er ihr verzeihen muss. Vielleicht täte es Maël sogar gut, wenn er ihr seine Wut ins Gesicht schleudern könnte.«

Sylvia blieb skeptisch. »Ich weiß nicht ...«, sagte sie zweifelnd.

»Mein Opa hat immer gesagt: Wer mit seiner Vergangenheit keinen Frieden schließen kann, der hat es schwer im Leben«, bemerkte Veronika und erhob sich. »Und ich wünsche mir ein leichtes Leben für Maël. Ich mag ihn so gern.«

Fiel ihr der Abschied von Veronika und Lili schon nicht leicht, so ging der von Solenn Sylvia noch mehr zu Herzen. Die besonnene Art der Bretonin tat ihr immer so wohl. Und gerade jetzt, da sie sich hilflos fühlte und ausnahmsweise nicht wusste, was zu tun war, hatte Sylvia das Gefühl, ihren Beistand dringend zu benötigen. Doch Solenn lebte ihr eigenes Leben, viel zu lange hatte sie sich für die Kamelieninsel aufgeopfert. Es war nur allzu verständlich, dass sie endlich an sich selbst denken wollte. Aaltje war zum wichtigsten Menschen in Solenns Leben geworden, das mussten sie alle akzeptieren, auch wenn das mitunter ein bisschen wehtat.

»Du kannst Maël nicht alles abnehmen«, sagte Solenn, als sie Sylvia in die Arme schloss, was nicht ganz einfach war bei ihrem Bauchumfang. Dann sah sie ihr in die Augen. »Das mit seiner Mutter muss er allein regeln.« Sie zögerte kurz, ehe sie weitersprach. »Im Grunde ist es längst überfällig. Er kriegt das hin, glaub mir.«

Was macht dich da so sicher?, wollte Sylvia fragen, doch sie schwieg. Solenn kannte Maël schon so lange. Sylvia konnte nur hoffen, dass sie recht behalten würde. Und nahm sich vor, sich nicht weiter einzumischen. Wenn Maël seine Mutter in eine psychiatrische Klinik einweisen lassen wollte, war das seine Sache.

Es wurde Zeit, dass sie nach dem Überraschungsfest wieder in den Alltag zurückfand.

Sylvia kümmerte sich darum, dass ihr Kunde seine zwei

Dutzend rot blühenden Kameliensträucher rechtzeitig erhielt. und bearbeitete weitere Anfragen.

»Wie sind denn nun die Proben?«

Sylvia sah Suzanne, die ins Büro gekommen war, einen Moment lang verständnislos an, dann schlug sie sich mit der flachen Hand gegen die Stirn.

»Ach du liebe Zeit«, rief sie. »Die habe ich doch glatt vergessen in dem Trubel. Das Päckchen liegt im *Ti Bag* auf der Kommode. Bist du so lieb und holst es uns hoch? Die Tür ist wie immer offen.«

Wenig später erfüllte ein feiner Duft das Büro. Die Kosmetikmanufaktur hatte zwei verschiedene Sorten Gesichtscreme angefertigt – für trockene und für normale Haut –, eine Handcreme und eine Bodylotion. Als Dreingabe, so schrieb der Laborant, habe er einen Lippenbalsam kreiert.

»Gwen, bitte komm doch zu uns herüber«, bat Sylvia ihre Assistentin. »Mich interessiert, was du darüber denkst.«

Eine Weile war es andächtig still im Büro. Sylvia öffnete eines der neutralen weißen Kunststoffdöschen nach dem anderen, und die Frauen tupften behutsam ihre Zeigefinger in die sahnige Masse, verteilten die Proben auf verschiedenen Stellen ihrer Haut und sogen kritisch den Duft ein.

»*Merveilleux*«, brach Gwen schließlich das Schweigen. »Was man nicht alles aus unseren Kamelien machen kann!«

»Ist es egal, welche Sorte man da nimmt?«, erkundigte sich Suzanne.

»Als ich hierherzog, haben wir eine bestimmte Sorte angebaut, die *Camellia Oleifera*«, erklärte Sylvia. »Ihre Samen enthalten besonders viel Öl. Der Duft allerdings stammt von einer *Camellia Sasanqua*. Wie findet ihr ihn?«

»Speziell, aber sehr angenehm«, antwortete Suzanne. »Er hat etwas … na sagen wir mal … etwas Bitteres, oder?«

Sylvia nickte. »Der Laborant riet mir, Rosenduft oder etwas von einer Zitrusfrucht hinzuzumischen. Zuvor wollte ich es erst einmal ganz puristisch nur mit Kamelien ausprobieren.«

»Die Gesichtscreme für trockene Haut finde ich ein bisschen zu fetthaltig«, erklärte Suzanne. »Die Bodylotion dagegen zieht toll in die Haut ein. Die gefällt mir am besten.«

»Man merkt, dass du früher im Drogeriemarkt gearbeitet hast«, sagte Gwen anerkennend.

»Ich bin gelernte Kosmetikerin«, korrigierte Suzanne sie freundschaftlich, doch mit unverkennbarem Stolz in der Stimme.

»Deshalb ist mir dein Urteil wichtig«, bemerkte Sylvia mit einem Lächeln. »Und die Handcreme? Wie findet ihr die?«

»Man müsste sie einen Tag lang ausprobieren«, schlug Gwen vor. »Dann erst kann man sagen, ob sie reichhaltig genug ist.«

»Gute Idee«, stimmte Suzanne ihr zu. »Darf ich von dem Lippenbalsam probieren?«

»Natürlich!« Sylvia reichte ihr das winzige Döschen. »Behalt es und sag mir in ein paar Tagen, wie du es findest.«

In einem Notizbuch hielt sie alles genau fest. Die Rezeptur der Hautcreme wollte sie korrigieren lassen und von allem eine größere Menge ordern. Sie würde sie Veronika zusenden lassen und natürlich Solenn.

»Warum lässt du nicht auch Chloé Proben zukommen?«, fragte Suzanne, die sich im vergangenen Jahr als Einzige mit Noahs Mutter gut verstanden hatte. »Sie hat einen ausgezeichneten Geschmack«, fügte sie hinzu, als sie Sylvias Zögern bemerkte. »Außerdem kennt sie all die großen Marken und könnte also gut vergleichen.«

»Das stimmt«, sagte Sylvia nachdenklich. Sie und Chloé standen nicht auf allerbestem Fuß miteinander. Vielleicht war dies jedoch eine Möglichkeit, einige ihrer Differenzen zu überwinden? Chloé würde sich mit Sicherheit geschmeichelt fühlen, wenn Sylvia ihren Rat einholte. »Ich werde es mir überlegen«, erklärte sie und räumte die Cremedosen zurück in den Karton.

Sylvia beschloss, vor dem Mittagessen die Pflanzungen im Inselinneren zu besuchen, wo Maël sein Labor hatte, und bestieg einen der Pick-ups der Gärtnerei. Sie hatte seit ein paar Wochen nicht mehr nach den Feldern der *Camellia Oleifera* gesehen, und sie wollte sich erkundigen, wann die Ernte der Samen in diesem Jahr stattfinden würde. Für jeden einzelnen Tiegel benötigte man zwar nur ein paar Tropfen des kostbaren Öls, doch Sylvia wollte vorbereitet sein, sollte ihr Plan Erfolg haben.

Als sie durch das große Holztor fuhr, fiel ihr wieder die Sorge um Maëls Mutter ein. Ob ihr Mann wohl die innere Ruhe zum Arbeiten fand nach allem, was er am Tag zuvor erfahren hatte?

An der höchsten Stelle der Insel hielt sie kurz an. Von hier aus konnte man das gesamte Eiland überblicken. Obwohl sie inzwischen seit einigen Jahren hier lebte, begeisterte sie dieses herrliche, vom Atlantik umtoste Fleckchen Erde nach wie vor wie am allerersten Tag.

Die Insel hatte die Form eines unregelmäßigen Seesterns. Nach Westen, Süden und Norden ragten schroffe Landzungen ins Meer hinaus, während zwei weitere zur Festlandseite eine geschützte Bucht zu umarmen schienen und den Naturhafen bildeten. Von der rechten Flanke aus führte der Fahrdamm wie eine Nabelschnur zur Küste. Auf halber Strecke entdeckte Sylvia erneut das Baggerboot bei der Arbeit.

Sie fuhr weiter bis zu jener Stelle, wo der Weg steil hinunter in eine natürliche Senke führte. Durch schroffe Felswände vor den Passatwinden geschützt, fanden die empfindlichen Kamelien hier ideale Bedingungen vor, um zu gedeihen. Nur nach Südwesten hin sorgte eine natürliche Öffnung zwischen den Felsen, den die Gärtner »Flaschenhals« nannten, für den optimalen Luftaustausch, sodass sich die Wärme in den Sommermonaten nicht allzu sehr staute. Entlang der Felswände befand sich eine Reihe von Gewächshäusern, in denen die kostbaren Ergebnisse aus Maëls Zuchtversuchen heranwuchsen. Stolz betrachtete Sylvia die beiden hochmodernen Glashäuser, die sie erst wenige Wochen zuvor vom Erlös einer im wahrsten Sinn des Wortes einzigartigen Kamelie erbaut hatten.

Umsichtig steuerte Sylvia den Wagen den abschüssigen Weg hinunter und versuchte, den größeren Schlaglöchern auszuweichen. Allzu gern hätte sie die Fahrwege der Insel asphaltieren lassen, doch dafür hatte das Geld nicht mehr gereicht. Der Ausbau der alten Geräteschuppen im *Jardin aux Camélias* zu hübschen Appartements für ihre Mitarbeiter hatte Vorrang gehabt. Eines nach dem anderen, sagte sie sich, immerhin hatte sich die Investition in das Besucherzentrum mehr als gelohnt. Erst im vergangenen September war es eröffnet worden, und schon in den ersten sechs Monaten hatte es mehr Touristen auf die Insel gelockt, als früher in einem ganzen Jahr angereist waren. Und fast jeder, der kam, kaufte eine Kamelie, nahm ein Andenken aus dem Laden mit und stärkte sich im Bistro. Auch das angegliederte Naturschutzzentrum, in dem sich die Gäste über die einzigartige Vogelwelt der Insel informieren konnten, zog viele Interessierte an. Erst neulich hatte sie sich mit Vertretern des zuständigen Umweltschutzvereins getroffen und regelmäßige geführte Wanderungen zu den Nistplätzen während der Saison vorgeschlagen, natürlich nur in einem für die Natur verträglichen Rahmen.

Sylvia konnte zufrieden sein und sich unbesorgt auf die Geburt ihres Kindes vorbereiten. Wäre da nur nicht die Sache mit Fabienne.

Sie stellte den Wagen auf dem Parkplatz ab und schritt den Weg entlang, der mitten durch die nach Sorten und Jahrgängen angelegten Felder führte.

»*Salut*, Coco«, begrüßte sie ihre Mitarbeiterin, die sich gerade am Bewässerungssystem eines Feldes mit rosafarben blühenden Kamelien zu schaffen machte. »*Ça va?*«

»*Ça va!*«, antwortete die Gärtnerin. »Und du? Alles in Ordnung?«

Sylvia nickte und blieb stehen.

»Habt ihr euch schon überlegt, wann eure Hochzeit stattfinden soll?«, fragte sie.

Coco richtete sich auf und stemmte ihre Hände in die Seiten. Erst jetzt sah Sylvia die leichte Wölbung unter ihrem Arbeitsoverall.

»Wir dachten, vielleicht Ende Mai oder Anfang Juni«, erwiderte Coco. »Wir warten besser, bis eure Kleine da ist.«

»Wollen wir eure Hochzeit im *Jardin aux Camélias* feiern?«, schlug Sylvia vor.

Coco strahlte. »Das wäre toll«, antwortete sie. »Es wird sowieso kein so großes Fest werden wie bei euch. Wir dachten an ein paar Freunde und die Familie. Höchstens hundert Leute.«

»Ganz wie ihr es euch wünscht«, sagte Sylvia. »An so ein Fest erinnert man sich noch Jahre später, da solltet ihr nicht sparen. Es wird mir eine Ehre sein, eure Hochzeit auszurichten.«

»Danke«, sagte Coco, und ein glückliches Lächeln brachte die Piercings in ihren Brauen und dem Nasenflügel zum Aufblitzen. »Das ist wirklich lieb von dir!«

»Ist Maël im Labor?«, fragte Sylvia.

Coco schüttelte den Kopf. »Er ist in der alten Glaskuppel«, antwortete sie. So nannten die Gärtner liebevoll das allererste

Gewächshaus, das Lucie und Solenn nach ihrer Ankunft auf der Insel bauen ließen, und tatsächlich war es das einzige mit einer kleinen Kuppel im Dach. Coco hatte sich einem jungen Mädchen zugewandt, das ein paar Felder entfernt mit dem Wasserschlauch hantierte und sich dabei selbst nass spritzte. »Yvonne«, brüllte sie. »die *Tamas* hab ich doch schon gewässert, du ersäufst sie noch!« Und an Sylvia gewandt fügte sie hinzu: »Dieses Mädchen bringt mich um den Verstand.«

»Ist sie die neue Auszubildende?«, erkundigte sich Sylvia.

Coco nickte ergeben. »Eine ehemalige Schülerin von Morgane. Ich fürchte, aus der wird keine Gärtnerin. Ich hab noch nie jemanden getroffen, der sich so ungeschickt anstellt.«

»Hab ein bisschen Geduld«, bat Sylvia sie. »Du weißt, es ist nicht leicht, jemanden zu finden, der hier bei uns am Ende der Welt leben möchte.«

Nachdenklich betrachtete sie das Mädchen, das mit dem schweren Gartenschlauch kämpfte wie Laokoon mit den Schlangen, und musste unwillkürlich lächeln. Doch ihre Lage war ernst. Erst vorigen Monat hatte ihnen ein junger Mann, in den Maël große Hoffnungen gesetzt hatte, erklärt, dass er seine Ausbildung in Nantes fortsetzen wolle.

»Ja, ich weiß.« Coco seufzte. »Man braucht einen besonderen Charakter, um zu erkennen, dass wir hier im *baradoz* leben, im Paradies.«

Sylvia lachte und ging weiter in Richtung des alten Gewächshauses. Amüsiert hörte sie, wie Coco der jungen Auszubildenden erklärte, wie man mit einem Wasserschlauch umging, ohne selbst nass zu werden. Sie seufzte. Vielleicht stimmte, was Coco sagte, und Yvonne war wirklich fehl am Platz. Doch je mehr die Gärtnerei wuchs, als desto dünner erwies sich ihre Personaldecke. Coco würde aufgrund ihrer Mutterschaft für einige Zeit ausfallen. Sie brauchten dringend mehr qualifizierte Mitarbeiter.

Es dauerte eine Weile, bis sie Maël zwischen all den hochgewachsenen Kamelien fand. Ganz versunken in den Anblick einer Pflanze stand er da und schreckte zusammen, als er sie bemerkte.

»Alles in Ordnung, *chérie?*«, fragte er besorgt und gab ihr einen Kuss.

»Alles bestens«, antwortete Sylvia und schmiegte sich an ihn, so gut es ihr Leibesumfang zuließ. Zärtlich legte Maël eine Hand auf ihren Bauch, während er sie erneut küsste. »Ich hatte Sehnsucht nach dir. Außerdem wollte ich nach den *Camellia Oleiferas* sehen.«

Maël zog sie sanft zu einer Nische, in der ein kleiner Tisch stand.

»Eigentlich hatte ich vor, sie dir erst nach der Geburt zu zeigen«, sagte er. »Aber warum warten? Schau mal, wie findest du diese Kamelie?«

Sylvia sah einen Strauch, dessen nachtgrünes Laub wie von Sternen übersät wirkte. Die daumennagelgroßen gefüllten Blüten waren filigran und von einem strahlend reinen Weiß, während die auffällig großen Staubgefäße in ihrer Mitte intensiv orangefarben leuchteten.

»Die ist zauberhaft«, erklärte Sylvia erstaunt. »Ich hab sie noch nie gesehen, oder?«

»Nein. Ich habe lange an dieser neuen Sorte herumexperimentiert. Diese Variante duftet endlich«, sagte Maël zufrieden. »Glaubst du, sie wird ihr gefallen?«

»Wem denn?«, fragte Sylvia und beugte sich über den Strauch, um den moschusartigen Duft einzusaugen.

»Na, unserer Tochter«, antwortete Maël. »Ich werde sie nach ihr benennen.«

»Was für eine schöne Idee«, antwortete sie begeistert und lehnte sich an ihn. »Und wenn es doch ein Junge ist?«

»Ist es nicht«, entgegnete Maël. »Sonst hätte er Pech: Männern widmet man keine Blüten.«

»Das finde ich ungerecht«, entrüstete sich Sylvia. »Ich bin absolut für Gleichberechtigung. Wenn es ein Junge ist, soll auch nach ihm eine Kamelie benannt werden.«

»Na schön«, gab Maël lachend nach. Dann wurde er ernst. »Gut, dass du gekommen bist«, sagte er. »Ich … Sylvie, ich hab dort angerufen, in Le Havre. Die Ärztin hat versprochen, mir einen Tag länger Zeit zu geben.«

Sylvia blickte ihn überrascht an. Fabienne war ihm also doch nicht vollkommen gleichgültig. Das war gut. Erleichterung durchflutete sie.

»Das heißt«, fragte sie vorsichtig nach, »du fährst hin?«

Maël presste die Lippen zusammen und nickte widerstrebend. »Das sollte ich wohl, *n'est-ce pas?*«

Auf einmal konnte Sylvia nicht mehr sprechen, ein Kloß saß ihr in der Kehle, und sie hatte keine Ahnung, woher der plötzlich kam. Sie fühlte, wie ein leichter Schwindel sie erfasste, und hielt sich an der Kante des Pflanztisches fest, während sie kurz die Augen schloss.

»Was hast du?«, fragte Maël erschrocken und legte seinen Arm um ihre Schultern. »Fühlst du dich nicht wohl?«

»Lass uns an die frische Luft gehen«, bat Sylvia mit belegter Stimme.

Und doch wusste sie, dass es nicht an der Luft lag. Woran dann?

Das kurze Schwindelgefühl war bald vorüber, ihre Unruhe jedoch blieb, auch als sie und Maël gemeinsam die Felder abschritten, wo die Kamelien mit den ölhaltigen Samen prächtig gediehen und ihre einfachen weißen Blüten entfalteten. Die Samen würden im September reif für die Ernte sein.

Beim Mittagessen bekam Sylvia fast nichts hinunter, dabei brachte Elise frische Artischocken mit selbst gemachter Mayonnaise auf den Tisch, was Sylvia für ihr Leben gern aß. Maël würde am kommenden Morgen aufbrechen, und obwohl ihr Verstand vollkommen damit einverstanden war, ja, es sogar guthieß, reagierte ihr Körper in einer Weise, die sie höchst befremdlich fand. Als wollte das Kind in ihr nicht, dass sein Vater wegfuhr. Oder bildete sie sich das nur ein? Schob sie auf ihr ungeborenes Kind, was sie sich selbst nicht einzugestehen erlaubte?

Maël hatte sie gebeten, für ihn im Internet nach Kontaktadressen für eine geeignete Unterbringung von Fabienne zu suchen, und dieser Aufgabe widmete sie sich am Nachmittag in der Hoffnung, ihre gewohnte Ruhe wiederzufinden. Bald hatte sie die Adressen von zwei Pflegeheimen ausfindig gemacht, doch als sie dort anrief, erfuhr sie, dass beide voll belegt waren und dass es für die Demenzabteilungen lange Wartelisten gab. Von der netten Dame einer Beratungsstelle erhielt sie schlussendlich die Adresse einer Einrichtung für betreutes Wohnen, und hier war tatsächlich gerade ein Appartement frei geworden. Als Sylvia den monatlichen Preis erfragte, erschrak sie, er war horrend. Aber es nützte ja nichts, irgendwo musste Fabienne unterkommen, und Sylvia konnte sich gut vorstellen, dass eine kleine Wohnung, in der man regelmäßig nach ihr sah, Fabienne mehr zusagen würde als die Unterbringung in einem Heim. Immerhin hatte sie bis jetzt in ihren eigenen vier Wänden gelebt.

»Meine Tante hat ganz ähnliche Probleme«, erklärte Gwen unvermittelt. »Wenn meine Cousine nicht bei ihr leben würde, könnte sie nicht mehr zu Hause wohnen.« Sie schüttelte den Kopf und fuhr sich durch das blonde Haar. »Anne-Mari erzählt mir jeden Tag, wie schwierig das ist. Neulich ist meine

Tante mitten in der Nacht aus dem Haus gerannt. Zum Glück hat Brioc sie am Hafen gefunden, im Nachthemd und an den Füßen nur Pantoffeln, unter dem Arm ihr Kopfkissen. Sie wolle nach Hause, sagte sie. Dabei lebt sie doch zu Hause. Meine Cousine hat es wirklich nicht leicht.«

Sylvia nickte. Das alles stellte sie sich unglaublich schwierig vor, und zwar für sämtliche Beteiligten. Zum Glück gab es professionelle Stellen, wo man sich um Menschen mit Demenz oder anderen psychischen Erkrankungen angemessen kümmerte. Sie mussten nur das Richtige für Fabienne finden. Dann war alles gut.

Als sie Maël von dem freien Appartement in der Einrichtung für betreutes Wohnen erzählte, wirkte er, als fiele ihm ein ganzes Gebirgsmassiv vom Herzen.

»Du bist großartig, Sylvie«, sagte er. »Ich wusste, dass du eine Lösung findest. Hast du Fabienne angemeldet?«

»Ich habe es vorsorglich reservieren lassen und dich angekündigt. Du musst dir das natürlich vorher ansehen. Wichtig ist, dass Fabienne die notwendige Betreuung erhält, damit nicht wieder etwas passiert.«

Maël nickte sorgenvoll und checkte den Gezeitenkalender, obwohl er das schon längst getan hatte. Er war nervös, Sylvia konnte es ihm nicht verdenken.

Den Abend verbrachten sie mit Noah, der ihnen begeistert von der Arbeit des Baggerboots am Fahrdamm erzählte.

»Pierrick sagt«, sprudelte es aus ihm heraus, »dass es im vergangenen Winter überhaupt keinen richtigen Sturm gegeben hat. Und trotzdem hat der Atlantik an zwei Stellen die Fundamente unterhöhlt. Wisst ihr eigentlich, dass Pierrick früher da runtergetaucht ist, um sich das anzuschauen? Das möchte ich auch gern mal machen. Heute, sagt Pierrick, muss er das gar nicht mehr, er weiß genau, wo gebaggert werden muss und wo nicht. Ach, und dann hat er mir von einem Sturm erzählt in dem Jahr, als ich geboren wurde ...«

»Der war die reinste Heimsuchung«, unterbrach Maël ihn. »So einen Sturm möchte ich nicht noch einmal erleben.«

»Das hat Pierrick auch gesagt«, entgegnete Noah mit leuchtenden Augen. »Ich würde das gern mal sehen. Wellen so hoch wie Berge.«

Der Junge reckte die Arme über seinen Kopf, so weit er sie nur ausstrecken konnte. Doch Maël schüttelte ernst den Kopf.

»Glaub mir«, sagte er, »das willst du nicht. Zum Glück kommt so ein Unwetter nur alle paar Jahrhunderte vor. Heutzutage ist sowieso alles anders geworden. Das Klima verändert sich. Habt ihr gemerkt, wie warm es heute plötzlich war? So etwas gab es früher nicht im April.«

»Wird die Erderwärmung Auswirkungen auf die Kamelien haben?«, erkundigte sich Sylvia.

Maël schüttelte den Kopf. »Die Kamelien mögen es mild«, sagte er. »Solange wir keine tropischen Temperaturen bekommen, werden sie sich hier wohlfühlen.«

»Und wenn es irgendwann mal tropisch wird«, spann Noah den Faden weiter, »dann können wir ja einen Urwald anpflanzen und Affen züchten.«

Sylvia musste bei der Vorstellung, eine Affenkolonie auf der Insel zu haben, herzlich lachen, und für eine Stunde vergaß sie ihre Sorgen. Noah erzählte von dem Internat, das er besuchte, und wollte wissen, ob er das nächste Mal seinen Freund Yves mitbringen durfte.

»Gern«, antwortete Maël und strahlte. Für ihn war es nach wie vor ein kleines Wunder, Vater dieses aufgeweckten Achtjährigen zu sein.

»Ich würde so gern einen Tauchkurs machen«, fuhr Noah fort. »Pierrick sagt, ein Freund von ihm hat eine Schule auf dem Festland. Vielleicht bringt er mir das auch so bei, sagt Pierrick, ohne Schule. Er will ihn mal darauf ansprechen.«

»Du musst deine Mutter um Erlaubnis fragen«, wandte Sylvia ein. Sie wollte sich keinen Ärger mit Chloé einhandeln.

»Aber Maël ist mein Vater, oder?«, entgegnete Noah kämpferisch. »Dann reicht es doch, wenn er es mir erlaubt.«

Sylvia warf Maël einen amüsierten Blick zu. Es war das erste Mal, dass Noah von sich aus Maël seinen Vater nannte. Sie fragte sich, ob er wohl immer noch Alain Dufèvre nachtrauerte, für dessen Sohn er sich die ersten sieben Jahre seines Lebens gehalten hatte.

Und sie konnte nicht umhin, Noah für seine Cleverness zu bewundern. Denn er wusste genauso gut wie sie, dass Chloé zögern würde, ihm das Tauchen zu erlauben. »Wir brauchen es *Maman* ja nicht zu erzählen«, fügte er hinzu und sah sie aus seinen meerblauen Augen unter den dichten dunklen Wimpern treuherzig an.

»Wir werden sehen«, antwortete Sylvia mit einem Lächeln. »Bis zum Sommer haben wir ja noch Zeit. Ich spreche mit Pierrick und frag ihn nach seinem Freund. *D'accord?*«

»*D'accord*«, antwortete Noah und strahlte siegesgewiss. »Pierrick sagt …« Das Läuten des Telefons unterbrach ihn mitten im Satz. Maël fuhr zusammen und stand rasch auf, um den Anruf entgegenzunehmen. »Warum erschrickt er denn so?«, wandte sich Noah irritiert an Sylvia.

»Vielleicht erwartet er schlechte Nachrichten«, erklärte sie und überlegte, wie sie Noah Maëls Abreise erklären sollten. »Seiner Mutter geht es nicht gut, weißt du.«

»Maëls *Maman?* Wo wohnt sie denn?«

»In Le Havre. Maël muss morgen hinfahren und nach ihr sehen.«

»Fahren wir mit ihm?«, wollte Noah wissen.

»Nein«, antwortete sie. »Wir bleiben hier.«

Und wieder überfiel sie diese Unruhe, so als ob etwas Schlimmes bevorstünde. Unwillig schüttelte sie den Kopf. Es wurde Zeit, dass diese Hormonschwankungen vorübergingen. Erneut legte sie eine Hand auf ihren Bauch, wie um ihr Kind zu beruhigen. Dabei war sie es selbst, die voller Sorgen war. Und das vollkommen ohne Grund.

»Es ist Alain«, sagte Maël und brachte den Hörer mit. »Er möchte mit dir sprechen, Noah.«

Augenblicklich röteten sich die Wangen des Jungen. Aufgeregt griff er nach dem Hörer.

»*Âllo?*«, meldete er sich. »*Bonsoir*, Alain. … Ja? … Hmm … Ich frag mal Sylvie.« Noah sah sie an. »Alain will wissen, ob er am Wochenende kommen kann. Ja? Er kann doch, oder?« Sylvia nickte. Überglücklich sprach er weiter ins Telefon: »Das geht in Ordnung. Wie? Ach so … ich geb dir mal Sylvie. *Au revoir, à bientôt.*«

Vor Glück strahlend reichte er Sylvia den Hörer. Sie klärte mit Alain die Unterbringung in einem der Gästezimmer im Herrenhaus, unterrichtete ihn über den Wasserstand am Tag seiner Ankunft und verabschiedete sich.

»Er kommt am Samstag gegen Mittag«, berichtete sie. Noah strahlte.

»Hoffentlich ist das Wetter gut«, plapperte er. »Dann können wir mit der *La Brise* rausfahren und angeln.« Voller Freude rutschte er von seinem Stuhl. »Ich lauf schnell rüber zu Pierrick und erzähl es ihm …«

»Hat das nicht Zeit bis morgen?«, fragte Sylvia. »Es ist spät, du solltest eigentlich schlafen gehen, damit du morgen fit bist.«

»Ganz kurz, biiiittte«, bettelte Noah und war bereits an der Tür. »Ich will nur eben fragen, wie das Wetter wird, ich bin gleich wieder da.«

»Na schön.« Sylvia seufzte, und die Tür fiel ins Schloss.

Maël sah sie an und lächelte breit. »Manche Dinge kann man einfach nicht aufschieben«, sagte er schmunzelnd.

Sylvia erhob sich und rieb sich den unteren Rücken. »Hast du denn schon gepackt?«, fragte sie.

Maël nickte. »Ich bleib ja nur eine Nacht weg«, erwiderte er. »Da brauch ich nicht viel.«

Sylvia sah ihn zweifelnd an. Eine Nacht? Ob das ausreichen würde? War Maël da nicht zu optimistisch? Schließlich ist Fabienne kein Möbelstück, das man von einer Wohnung in eine andere transportiert, dachte sie. Doch sie schwieg. Vielleicht sah sie das Ganze zu dramatisch.

Sie brachte Wasser zum Kochen und brühte einen Tee aus Kamillen- und Lindenblüten auf in der Hoffnung, dass die beruhigenden Kräuter ihre Wirkung entfalten würden. Dann zog sie sich aus, schlüpfte in ihr Nachthemd und kuschelte sich zum ersten Mal in den neuen Morgenmantel, den sie von Solenn und Aaltje bekommen hatte. Er war angenehm leicht und doch warm und gab ihr ein Gefühl von Geborgenheit.

Sie hörte das Schlagen der Haustür, Noah kam zurück. Seine Miene wirkte alles andere als zufrieden.

»Aus dem Angeln wird nichts am Wochenende«, verkündete er missmutig. »Der Seewetterbericht sagt Sturm voraus.« Dann schien er sich daran zu erinnern, was er vor Kurzem noch gesagt hatte, und seine Miene hellte sich etwas auf. »Na ja, vielleicht bringt er wenigstens so richtig hohe Wellen!«

4

Der Wetterhahn

Mitten in der Nacht erwachte Sylvia schweißgebadet aus einem schlimmen Traum. Obwohl sie sich an nichts mehr erinnern konnte, war sie starr vor Angst. Maël schlief an ihrer Seite tief und fest, und als sie sich endlich rühren konnte, erhob sie sich leise, um das Nachthemd zu wechseln.

»Was ist nur los mit mir?«, fragte sie sich im Badezimmer und starrte ihr Spiegelbild an.

Es war erst drei Uhr morgens, viel zu früh, um aufzubleiben. Sie legte sich wieder ins Bett, doch obwohl sie todmüde war, konnte sie nicht mehr einschlafen. Ihre Gedanken kreisten um Maëls bevorstehende Reise. Nach einer Weile fragte sich Sylvia, ob wohl auch Fabienne in ihrem Krankenhausbett keine Ruhe fand und sich hin und her wälzte, weil sie nach Hause wollte und nicht wusste, dass sie gar keines mehr hatte. Würde Maël tatsächlich alles so schnell regeln können? Sylvia bezweifelte es. Allein die bürokratischen Abläufe könnten ihn ein paar Tage lang in Anspruch nehmen. Mühsam drehte sie sich auf die andere Seite. Das Kind in ihrem Bauch strampelte heftig, und Sylvia suchte lange nach einer Position, die für sie beide angenehm war.

Am nächsten Morgen fühlte sie sich wie gerädert.

»Was hast du denn?«, fragte Maël besorgt, als er an die Küchentheke gelehnt seinen *café au lait* trank.

Die Reisetasche stand bereits an der Tür, und Sylvias Herz

zog sich schmerzhaft zusammen. In spätestens einer halben Stunde sollte er aufbrechen, andernfalls müsste er mit dem Boot übersetzen, denn dann wäre der Damm überflutet.

»Ich hab schlecht geträumt«, sagte sie müde. »Irgendwie hab ich gar kein gutes Gefühl dabei, dass du fortmusst.«

»Soll ich bleiben?«, fragte er erschrocken. Am liebsten hätte sie Ja gesagt. Aber das kam nicht infrage. Gerade jetzt durfte sie ihn nicht zurückhalten, das wäre einfach nicht richtig. »Du findest doch auch«, fuhr Maël verwirrt fort, »dass ich das regeln muss. Oder nicht?«

»Natürlich«, erwiderte sie seufzend.

Maël nahm sie in die Arme und hielt sie ganz fest. »Mir wäre lieber, ich müsste es nicht tun«, sagte er und strich ihr zärtlich eine Strähne aus der Stirn. »Du hast keine Ahnung, wie ungern ich fahre, Sylvie. Ich werde das jetzt rasch hinter mich bringen und so bald wie möglich wieder hier sein. Das verspreche ich dir.«

»Musst du schon los?«, hörten sie eine helle Stimme. Es war Noah, der im Schlafanzug die Treppe herunterkam, die zum ausgebauten Dachgeschoss führte. Dort oben hatten Maël und Sylvia ein kleines Reich für den Jungen geschaffen, damit er sich wohlfühlte, wenn er bei ihnen war. An den Füßen trug er große, flauschige Hausschuhe in Haifischform, ein Weihnachtsgeschenk von Solenn.

»Möchtest du Kakao?«, fragte Sylvia.

Noah nickte.

»Nun ja, ich … es wird Zeit«, sagte Maël, und Sylvia konnte ihm ansehen, wie unbehaglich er sich fühlte.

Sie riss sich zusammen und zwang sich zu einem aufmunternden Lächeln. »Viel Erfolg«, sagte sie tapfer.

Noch einmal schloss Maël sie in seine Arme, dann küsste er Noah zum Abschied auf beide Wangen.

»Du brauchst dir keine Sorgen zu machen«, versprach der Kleine. »Ich gebe auf Sylvie acht. Und auf das Baby.«

Gerührt blickte Maël seinen Sohn an und wuschelte ihm verlegen durchs Haar. »Danke, Noah«, sagte er ernst. »Dann bin ich ganz beruhigt. Bis bald.«

Er holte tief Atem, so als kostete es ihn eine Menge Anstrengung, schlüpfte in seine Jacke, nahm die Tasche und ging.

»Fabienne ist meine Großmutter?«

»J… ja, das ist sie«, antwortete Sylvia und fragte sich, warum sie das bislang überhaupt nicht bedacht hatte.

Dass Fabienne nämlich nicht nur eine lästige Pflicht war, aufgetaucht aus den Untiefen von Maëls Vergangenheit, sondern ein Teil der Familie. Auf den auch andere ein Anrecht hatten, zum Beispiel Noah.

»Kommt sie uns mal besuchen?«, fragte der Junge, nachdem er einen großen Schluck aus seinem Kakaobecher genommen hatte.

Jetzt zierte ein brauner Schnurrbart aus Schokolade seine Oberlippe, und während er mit großem Appetit sein Müsli aß, musste sich Sylvia ein Lächeln verkneifen.

»Ich glaube, ehrlich gesagt, eher nicht«, antwortete sie.

»Warum denn nicht?«

Sylvia überlegte fieberhaft, wie sie es erklären sollte. Dann beschloss sie, ihm die Wahrheit zu sagen. Sie hielt überhaupt nichts davon, Kindern etwas vorzumachen, und konnte sich gut daran erinnern, wie wütend sie selbst das in Noahs Alter gemacht hatte.

»Maël und Fabienne kennen sich eigentlich überhaupt nicht«, begann sie. »Dein Vater ist nämlich von zu Hause weggelaufen, als er zwölf Jahre alt war. Seitdem haben sich die beiden nicht mehr gesehen.«

Noah starrte sie mit großen Augen an und vergaß weiterzuessen. Er wirkte allerdings keineswegs entsetzt, sondern geradezu fasziniert. Eine Weile schien er nachzudenken, schließlich fragte er: »Und keiner hat ihn zurückgeholt? Auch nicht die Polizei?«

»Solenn hat mir erzählt«, erklärte Sylvia, »er sei hier eines Tages einfach aufgetaucht. Sie und Tante Lucie haben Fabienne irgendwann gefragt, ob er für immer bei ihnen bleiben könne, und sie hat es erlaubt.«

Noahs Augen hingen an ihren Lippen, und Sylvia konnte direkt sehen, wie es hinter seiner Stirn fieberhaft arbeitete.

»Wie weit ist die Insel von dort entfernt, wo er zu Hause war?«

»Von Le Havre?«, fragte Sylvia zurück. »Das weiß ich nicht genau. Vielleicht fünfhundert Kilometer.«

»Wirklich?«, fragte er aufgeregt. »Und das ist er alles zu Fuß gegangen?«

»Keine Ahnung«, antwortete Sylvia. »Das solltest du ihn fragen, wenn er zurück ist.«

»Das muss doch ziemlich lange gedauert haben«, fuhr Noah fort. »In der Schule haben wir gelernt, dass man pro Tag allerhöchstens zwanzig Kilometer weit gehen kann als Kind. Er muss also mindestens … warte mal …« Noah nahm seine Finger zu Hilfe, »… fünfundzwanzig Tage gebraucht haben. Falls er den direkten Weg genommen hat.« Er runzelte die Stirn und blickte auf. »Hat er denn gewusst, wo die Insel liegt? Oder ist er zufällig vorbeigekommen?«

Sylvia zuckte mit den Schultern. »Schwer zu sagen«, antwortete sie. »Vielleicht hat ihm jemand von der Kamelieninsel erzählt, ich weiß es wirklich nicht.«

»Dann … dann war er doch mindestens einen Monat lang unterwegs«, stieß Noah hervor. »Wieso hat ihn die Polizei nicht erwischt?«

Sylvia sah ihren Ziehsohn nachdenklich an. Vielleicht war es ein Fehler, ihm von dieser Geschichte zu erzählen. Leider kannte sie selbst zu wenige Details. Die Sache schien Noah mehr zu beschäftigen, als sie erwartet hatte.

»Ich hab mir das nämlich genau überlegt«, erklärte er. »Weil ich auch vorhatte wegzulaufen. Zuerst hier von der Insel.« Sylvia erinnerte sich gut an jenen regnerischen Morgen während der Bauarbeiten des Besucherzentrums, als der Fahrer eines Betonmischers den Jungen auf dem Fahrdamm aufgegriffen und wieder zurückgebracht hatte. Damals wollte Noah nach Paris zu Alain. Ein zweiter Fluchtversuch per Boot hätte ihn das Leben gekostet, wenn Sylvia ihn nicht gerettet hätte. »Und dann wollten wir aus dem Internat ausbrechen, Yves und ich«, fuhr Noah fort. »Wir hatten den perfekten Plan. Aber wir haben uns ausgerechnet, dass das nicht klappen kann. Die Polizei hätte uns schneller gefunden, als wir in Paris sein konnten.« Er starrte finster vor sich hin. »Maël hat es tatsächlich geschafft!«, fügte er bewundernd hinzu.

»Das hat er.« Sylvia hätte nie gedacht, dass ausgerechnet diese Episode in Maëls Leben seinen Sohn derart beeindrucken würde. »Vielleicht hat die Polizei gar nicht nach ihm gesucht«, vermutete sie.

»Das tut sie doch immer«, protestierte Noah. »Es ist ihre Aufgabe!«

»Und wenn die Polizei gar nichts davon gewusst hat?«

Noah starrte sie verständnislos an. Er brauchte eine Weile, um zu begreifen, was das bedeutete.

»Du meinst«, sagte er schließlich, »Maëls *Maman* hat ihr nicht Bescheid gesagt?«

»Vermutlich nicht«, antwortete Sylvia.

»Das gibt es doch gar nicht«, entrüstete sich Noah. »Sogar meine *Maman* hätte die Polizei alarmiert.«

Was meint er wohl mit »sogar«?, fragte Sylvia sich.

Noah hatte einen schwer zu deutenden Gesichtsausdruck aufgesetzt und war auch darin Maël unglaublich ähnlich. Sie dachte daran, dass Noah seit einem Dreivierteljahr seine Mutter nur noch während kurzer Besuche am Wochenende sah. Die Schulzeit verbrachte er im Internat und die Ferien bei ihnen in der Bretagne. Sie hatten nie über das Verhältnis zwischen Mutter und Sohn gesprochen, doch natürlich machte sich Sylvia ihre Gedanken. Chloé hatte sich als wenig einfühlsam erwiesen, als sie mit ihm auf der Kamelieninsel erschienen war, offenbar zu sehr mit sich selbst und ihren eigenen Sorgen beschäftigt, als dass sie die Not ihres Sohnes hatte wahrnehmen können. Wie hätte der Junge auch begreifen sollen, warum der Mann, den er bis dahin für seinen Vater gehalten und sehr geliebt hatte, nichts mehr mit ihm zu tun haben wollte? Seit jenen schweren Wochen verhielt sich Noah seiner Mutter gegenüber ziemlich reserviert.

In diesem Augenblick betrat zu Sylvias Erleichterung Pierrick das Haus. Das Gespräch hatte eine Wendung genommen, die ihr gar nicht behagte.

»Willst du mit aufs Baggerboot?«, wollte der Bretone wissen.

Noah strahlte. Er schaufelte sich den Rest seines Müslis in den Mund, leerte seinen Becher und rutschte eilig vom Stuhl. Fabienne, Maëls Vergangenheit als Ausreißer und Chloé schienen vergessen. In aller Eile putzte der Junge seine Zähne, schlüpfte in seine Gummistiefel und zog seinen Anorak über.

»Kannst du mir helfen?«, jammerte er und wandte sich ungeduldig an Sylvia. »Der blöde Reißverschluss klemmt!«

»Stimmt es, dass es stürmisch wird?«, erkundigte sich Sylvia, während sie Noah mit dem Verschluss half.

Der Bretone wiegte den Kopf. »Da ist was am Entstehen,

da draußen«, erklärte Pierrick und wies mit dem Kinn unbestimmt in Richtung Norden. »Was genau das wird, kann man noch nicht sagen. Gut möglich, dass das Sturmtief an uns vorbeizieht. Heute bleibt es wohl ruhig.«

Wolken jagten über den Himmel, als Sylvia den Park durchquerte. Obwohl es selten vorkam, dass es innerhalb der hohen Mauern windete, zerzausten heute heftige Böen die Kronen der Kamelienbäume. Ein Zweig mit weißen Blüten fiel Sylvia direkt vor die Füße. Sie hob ihn auf und blickte nachdenklich zum Himmel empor. Was sie sah, gefiel ihr gar nicht. Vielleicht würde es früher stürmen, als Pierrick es vorhergesehen hatte? Das war noch nie vorgekommen, und der Gedanke beunruhigte Sylvia.

Im Büro stellte sie den Kamelienzweig in ein hohes Wasserglas, dann sah sie Post und E-Mails durch. Es war nichts Wichtiges dabei. Sie rief die Kosmetikmanufaktur an, lobte die Proben und bat um die Korrekturen. Per Mail gab sie die Adressen von Solenn und Veronika durch, damit sie eine Sendung von den Mustern erhielten. Nach kurzem Zögern fügte sie auch die von Chloé hinzu.

Eine bleierne Müdigkeit überfiel Sylvia plötzlich, und als Gwen zur Arbeit erschien und beteuerte, sehr gut allein zurechtzukommen, beschloss sie, sich noch einmal hinzulegen und den versäumten Nachtschlaf nachzuholen.

Sie schlief sofort ein, wurde erst gegen Mittag wach und fühlte sich ausgeruht und guter Dinge. Bis sie bestürzt feststellte, dass sie drei Anrufe von Maël verpasst hatte. Sofort versuchte sie, ihn zu erreichen, doch sein Telefon war offenbar abgeschaltet. Vielleicht hatte er keinen Empfang, Sylvia probierte es mehrere Male, ehe sie aufgab. Schließlich erhob sie sich und verließ das Haus.

Der Wind hatte sich gelegt, kein Lüftchen regte sich mehr.

Wieder lag diese seltsame Schwüle in der Luft, der Himmel war gelblich verhangen. Das Mittagessen hatte sie verschlafen, in der Küche des Haupthauses traf sie nur noch Elise beim Aufräumen an.

»Möchtest du etwas essen?«, fragte die Hauswirtschafterin und legte das Handtuch beiseite. »Gwen hat mir erzählt, dass du dich hingelegt hast. Ich mach dir eine Portion Lasagne warm, ja?« Elise holte eine Auflaufform aus dem Kühlschrank und schob sie in die Mikrowelle. Sie war eine ihrer Neuanschaffungen, Solenn wäre »so ein Ding« nicht ins Haus gekommen. Doch sie erwies sich als praktisch. Je mehr Menschen auf der Insel lebten und arbeiteten, desto komplizierter wurden gemeinsame Essenszeiten.

Der Duft nach Tomatensauce, geschmolzenem Käse und Basilikum erfüllte bald die Küche. Jetzt erst stellte Sylvia fest, wie hungrig sie war.

»Das ist vielleicht ein komisches Wetter heute«, sagte sie und setzte sich an den Tisch.

»Ein Wetter, das nicht weiß, was es will«, pflichtete Elise ihr bei. »Pierrick sagt, dass der Wind heute dauernd dreht. Mal kommt er vom Festland. Mal von Westen. Aber am schlimmsten ist der aus dem Süden, der *suroît*. Der bringt diese schreckliche heiße Luft mit sich. Mir wird ganz schwindelig davon.« Elise holte die Form aus der Mikrowelle und stellte sie vorsichtig vor Sylvia ab. »*Attention*, es ist heiß«, warnte sie.

Ich vertrag dieses Wetter nicht gut, dachte Sylvia und begann vorsichtig zu essen, um sich nicht die Zunge zu verbrennen. Wenigstens hatte sie eine Ursache für ihre merkwürdige Stimmung gefunden. Fast war sie erleichtert. Sie musste an Maël denken. Wie das Wiedersehen mit Fabienne wohl verlaufen war? Er hatte dreimal versucht sie zu erreichen. Vielleicht brauchte er ihre Hilfe?

Unwillkürlich sah sie nach ihrem Mobiltelefon. Der Handyempfang auf der Insel schwankte, obwohl sie in eine neue, ziemlich teure Anlage investiert hatten. Als Sylvia zum ersten Mal im *Jardin aux Camélias* gewesen war, hatte es überhaupt kein Netz gegeben. Auch jetzt noch war die Qualität des Empfangs reine Glückssache. Sie waren einfach zu weit vom Festland entfernt. Und offenbar befand sich die Insel ausgerechnet im toten Winkel zweier Satelliten.

Ein lautes Krachen aus dem Hof ließ sie zusammenfahren. Elise lief zum Fenster und gleich darauf aus der Tür. Sylvia folgte ihr und sah, dass eine Böe das riesige hölzerne Schild, das seit den ersten Tagen des *Jardin aux Camélias* über dem großen Tor hing, heruntergerissen hatte. Als sie näher trat, stellte sie bestürzt fest, dass es in der Mitte durchgebrochen war.

»*Attention*«, schrie Elise und wies in Richtung Dach.

Dort oben drehte sich ein schmiedeeiserner Wetterhahn wie verrückt im Kreis, geriet mit einem kreischenden Geräusch in Schieflage, dann löste er sich und stürzte im nächsten Moment knapp neben Sylvia zu Boden.

Zu Tode erschrocken rannten die beiden Frauen zurück in die Küche. Dort starrten sie sich mit weit aufgerissenen Augen entsetzt an.

»Noah«, keuchte Sylvia. »Wo ist er?«

»Mach dir keine Sorgen«, versuchte Elise sie zu beruhigen. »Pierrick ist doch bei ihm. Da kann ihm nichts passieren.«

Sylvia wusste, dass sie recht hatte. Und dennoch. Auch wenn Pierrick viel erlebt haben mochte – was eben geschehen war, kam ihr äußerst seltsam vor.

»Ich sollte nachsehen«, murmelte sie und machte Anstalten, in den Hof zu laufen.

»Auf gar keinen Fall!«, erklärte Elise mit Bestimmtheit.

Doch Sylvia war schon zur Tür hinaus.

Im Hof war es jetzt vollkommen windstill, und hätte sie nicht mit eigenen Augen den zertrümmerten Wetterhahn auf den alten Pflastersteinen liegen sehen, wäre Sylvia davon überzeugt, sich das alles nur eingebildet zu haben.

Rasch ging sie durch das Tor, stieg über das von Wind und Wetter ausgebleichte Schild hinweg und lief zu dem großen Felsen, von dem aus man den Damm überblicken konnte. Von dem Baggerboot war nichts mehr zu sehen, und zuerst sorgte Sylvia sich. Dann machte sie sich klar, dass Pierrick sicherlich so vernünftig gewesen war, den Hafen anzusteuern. Sie beschirmte ihre Augen mit der Hand, erwog, ihr Fernglas zu holen, doch ein zäher Dunst hing über der Küstenlinie des Festlands. Sie musste einfach darauf vertrauen, dass Pierrick wusste, was er tat.

Sie drehte sich um und betrachtete das trutzige Herrenhaus. Seit es vor mehr als hundert Jahren erbaut worden war, hatte es allen Stürmen standgehalten. Ob wohl der Wetterhahn von Anfang an darüber gewacht hatte? Warum war er ausgerechnet heute gestürzt?

Sylvia rief sich zur Ordnung. Nach so vielen Jahren hatte der Rost sicher die Befestigung durchfressen, und die Böe hatte das Übrige getan. Entschlossen ging sie zurück zum Tor, blieb aber bei den Trümmern des Schildes kurz stehen. Der Riss verlief mitten durch das Wort *Camélias*, sodass es jetzt aussah wie zwei Botschaften: LE JARDIN AUX CAM und ÉLIAS – BIENVENUS.

Sylvia schüttelte den Kopf und ging zurück zu Elise in die Küche.

»Was immer das war«, sagte sie, »es ist offenbar schon wieder vorbei.«

Vorsichtshalber fuhr sie hinüber zu den Plantagen. Doch abgesehen von ein paar leeren Kunststoffblumentöpfen, die quer durch die Felder getrieben worden waren, hatten Gurvan und Coco nichts zu berichten.

Am späten Nachmittag kehrten auch Pierrick und Noah zurück. Der erfahrene Bretone hatte die kleine Windhose kommen sehen und, wie von Sylvia vermutet, den Hafen angelaufen. Der Anblick des zerbrochenen Holzschildes allerdings trieb ihm die Tränen in die Augen.

»Das ist kein gutes Zeichen«, murmelte er.

Sylvia hörte ihn noch ein paar unverständliche Worte auf *brezhoneg*, der bretonischen Sprache, flüstern. Behutsam trug er eine Hälfte nach der anderen in seine Werkstatt unten an der Anlegestelle, wo er normalerweise die Boote wartete. Noah half ihm dabei.

»Was machen wir mit dem Wetterhahn?«, fragte er und sah zu seinem alten Freund auf.

»Gurvan und seine Burschen sollen ihn später hinters Haus tragen«, bestimmte er. »Für uns beide ist er zu schwer. Richard, der Schmied, wird ihn sich ansehen und sagen, ob er noch zu retten ist oder zum Alteisen muss.«

Noah betrachtete den deformierten Vogel. »Das wär schade«, meinte er bedauernd.

Pierrick zuckte mit den Schultern. »So geht es uns allen einmal«, sagte er ungewohnt düster. »Früher oder später ist unsere Zeit abgelaufen.«

»Deine aber noch lange nicht«, entgegnete Noah hastig und griff nach Pierricks Hand. »Wie alt bist du eigentlich?«, wollte er dann wissen.

Da lachte der alte Bretone und wirkte trotz seiner vielen Falten auf einmal wieder jung.

»Das, mein Junge«, sagte er, »weiß nicht einmal Solenn.«

An diesem Abend blieben Sylvia, Noah und Pierrick länger als sonst im großen Haus, um bei Elise die Fernsehnachrichten anzuschauen, doch von irgendwelchen Unwettern im Westen Frankreichs wurde nichts berichtet.

»Die haben keine Ahnung«, erklärte Pierrick verächtlich und erhob sich. »Da schalte ich lieber mein gutes altes Funkgerät ein.«

»Au ja«, rief Noah und glitt von seinem Stuhl. »Darf ich mitkommen?«

»Bis neun«, antwortete Sylvia mit Blick auf ihre Uhr. »Danach wird geschlafen.«

»Ach, was wir dich fragen wollten«, begann Noah mit einem Hilfe suchenden Blick zu seinem Freund. »Darf ich wieder bei Pierrick schlafen? Biiiittte!«

Der alte Mann nickte Sylvia unauffällig zu.

»Na schön«, erwiderte sie. »Ich verlass mich auf euch, dass nicht die ganze Nacht Seemannsgarn gesponnen wird.«

»Die ganze Nacht nicht ...« Noah grinste. »Nicht wahr, *mignon*?«

Pierrick strahlte. *Mignon* war bretonisch und bedeutete »Freund«. Soweit sich Sylvia erinnern konnte, war es das erste Wort in dieser sonderbaren, auf das Keltische zurückgehenden Sprache, das Noah überhaupt verwendete, offenbar sehr zur Freude seines Mentors, der leicht sein Großvater sein könnte, wenn nicht gar sein Urgroßvater.

»Na dann gute Nacht.« Sylvia lachte und erhob sich ebenfalls. »Eine gute Nacht auch dir, Elise. Und vielen Dank!«

»*Il n'y a pas de quoi*«, entgegnete die freundliche Hauswirtschafterin. »Du bist mir immer willkommen, Sylvie, das weißt du doch. Wenn du dich bei diesem seltsamen Wetter da unten allein fürchtest, komm zu mir.«

Sylvia dankte noch einmal und lief durch den Garten zum

Ti Bag. Sie erreichte es gerade rechtzeitig, bereits an der Tür hörte sie das Klingeln des Festnetztelefons. Es war Maël, und eine grenzenlose Erleichterung durchströmte sie, als sie seine Stimme hörte.

»Wie ist es gelaufen?«, fragte sie.

Maël antwortete zögernd. »Nicht so gut«, sagte er dann. »Aber wahrscheinlich ist es nach dreißig Jahren normal, wenn die Mutter zu schreien anfängt und um sich schlägt, wenn man zur Tür hereinkommt.«

Sylvia stockte der Atem. »So schlimm?«

»Ich glaube, sie hielt mich für meinen Vater«, sagte Maël. »Jedenfalls meint das auch Rosalie.«

»Rosalie?«, erkundigte sich Sylvia verwirrt. »Wer ist das?«

»Rosalie Bertini, die Ärztin. Du hast doch mit ihr gesprochen.«

»Die Psychiaterin, die angerufen hat?«

»Ja, genau.« Wieso nennt er sie beim Vornamen, fragte sich Sylvia. »Ich glaube, sie hat sich irgendwie in Fabienne vernarrt«, erzählte Maël. »Frag mich nicht, warum.«

»Das heißt, sie kümmert sich gut um sie«, meinte Sylvia und horchte in die Leitung. Als Maël nicht antwortete, fügte sie hinzu: »Das ist doch positiv, oder?«

»Ja, wahrscheinlich. Was weiß ich.«

Sylvia horchte in die Stille hinein und wünschte, Maël würde weitererzählen.

»Wie läuft es zu Hause?«, fragte er.

Sylvia wollte gerade von den seltsamen Wetterverhältnissen erzählen und von dem heruntergestürzten Wahrzeichen der Gärtnerei, als sie es sich anders überlegte. Warum ihn zusätzlich beunruhigen? Maël hatte im Augenblick schwerwiegendere Sorgen als einen kaputten Wetterhahn und ein zerbrochenes Holzschild.

»Alles in Ordnung«, sagte sie deshalb. »Wie sieht es denn mit dem Appartement für Fabienne aus?«

»Ich hab den Mietvertrag unterschrieben«, antwortete er. »In Fabiennes Namen. Auf die Gefahr hin, dass sie dort gar nicht einziehen will. Das alles ist so ... ach, einfach schwierig, Sylvie. Es ist unmöglich, mit ihr zu reden. Offenbar kann sie meinen Anblick nicht ertragen.«

»Und du?«, fragte sie behutsam nach. »Wie war es für dich, ihr gegenüberzutreten?«

Maël lachte kurz traurig auf. »Sie ist eine alte Frau«, sagte er. »Und doch hätte ich sie unter Tausenden sofort wiedererkannt. Sie hat sich kaum verändert. Und ich bin offenbar das Ebenbild meines Vaters.«

Der letzte Satz klang verwundert, Sylvia meinte, auch Stolz herauszuhören.

»Fabienne weiß noch gar nichts von der Wohnung?«

»Rosalie will morgen versuchen, es ihr schonend beizubringen.«

»Und wenn es ihr nicht gelingt, sie zu überzeugen?«

»Dann werde ich die Papiere der Klinik unterschreiben.«

»Du meinst«, fragte Sylvia zögernd nach, »die Einlieferungspapiere für die geschlossene Abteilung der Psychiatrie?«

»Genau.« Maëls Stimme klang hart. Sylvia fragte sich, ob ihm das vielleicht sogar lieber wäre. Der Fall Fabienne wäre für ihn ein für alle Male abgehakt. Und er hätte sich nicht einmal etwas vorzuwerfen. »Wenn es nur nicht so schrecklich wäre«, fügte er hinzu.

»Du meinst, dort in der Abteilung?«

»Es ist die Hölle.«

5

Sturm

Es war schon spät, als Sylvia sich doch noch mal den Poncho überzog und das Haus verließ. Sie wollte zu Pierrick und sich nach der Wetterlage erkundigen. Draußen in der nahezu windstillen Nacht fragte sie sich allerdings, ob ihre Sorge nicht übertrieben war. Unter den Kamelienbäumen hielt sie inne und lauschte. Es war ungewöhnlich ruhig. Nur die unheimlichen Schreie eines Atlantiksturmtauchers waren zu hören. Das Rauschen des Meeres war wie ein großes Atmen.

Sie hatte lange mit Maël gesprochen. Ihm war erst in Le Havre klar geworden, dass es auch eine Wohnung aufzulösen galt. Die Wohnung seiner Mutter, in der er selbst als Kind gelebt hatte. Und aus der er damals geflohen war.

»Das eilt doch nicht«, hatte Sylvia versucht, ihn zu beruhigen. »Sprich mit dem Eigentümer, und sag ihm, dass wir die Miete weiterbezahlen. Wenn erst einmal das Kind da ist, fahren wir gemeinsam hin und regeln alles.«

»Am liebsten würde ich mich jetzt sofort ins Auto setzen und nach Hause fahren«, hatte er schließlich seufzend erwidert.

Ja, komm nach Hause, hätte sie am liebsten gesagt. Komm so schnell du kannst! Doch natürlich hatte sie das nicht ausgesprochen. Warum es ihm schwerer machen, als es ohnehin war?

Aus den Fenstern von Pierricks gedrungenem Steinhäuschen drang gedämpftes Licht, offenbar war Noah wie versprochen im Bett. Sie klopfte vorsichtig an, und gleich darauf öffnete ihr der Bretone.

»Hast du etwas über die Wetterlage erfahren?«, fragte sie leise, um Noah nicht zu stören.

Pierrick nickte und bat sie herein.

Das Häuschen hatte nur einen einzigen Raum, in dem sich Pierricks Leben abspielte: Hier kochte und aß er, vor dem Feuer in seinem Schaukelstuhl ruhte er sich, selten genug, aus, und hinter einem Vorhang im hinteren Bereich stand sein Bett. Für Noah hatte er im vergangenen Jahr zwischen Ofen und Schrank eine gemütliche Koje eingebaut.

»Da draußen braut sich was zusammen«, sagte er. »Dort, wo der Ärmelkanal in den Atlantik mündet, hat sich ein Tief gebildet.«

»Was heißt das für uns?«, fragte Sylvia bang.

»Wenn wir Glück haben, zieht es nach Westen ab. Komm, ich zeig es dir.«

Pierrick wies auf einen altertümlich wirkenden Monitor gleich neben seinem Funkgerät. Dort war ein Satellitenbild zu sehen. Sylvia erkannte die Umrisse der britischen Insel und der bretonischen Küstenlinie. Darüber lagen parallel verlaufende, grün, gelb und orange blinkende Linien um ein eiförmiges Gebilde.

»Ist es das, dieses Ei?«

»Ja«, bestätigte Pierrick. »Hier ist der Luftdruck besonders tief, und an der Dichte der Isobaren, das sind diese Linien drum herum, kannst du sehen, was da los ist.«

»Was bedeutet das?«

»Nun, es bedeutet ungeheure Windgeschwindigkeiten.«

Sylvia sah Pierrick an. Die grünlichen und orangefarbenen Linien des Bildschirms reflektierten sich in seinen wasserblauen Augen.

»Ein Sturmtief? Wo wird es sich entladen?«

Pierrick hob die Schultern und ließ sie wieder fallen.

»Schwer zu sagen. Hoffentlich nicht hier.«

»Eigentlich ist jetzt gar nicht die Jahreszeit dafür, oder?«

Pierrick wiegte den Kopf. »Es wäre nicht das erste Mal, dass wir einen späten Frühjahrssturm bekommen. Wir wissen alle, dass der Winter viel zu mild war. An der Arktis schmilzt das Eis. Der Humboldtstrom erwärmt sich. Und das Wetter spielt verrückt.«

Noch einmal betrachtete Sylvia das eiförmige Gebilde, das sich langsam, immer um die eigene Achse drehend, in Richtung Südwesten verschob.

»Was können wir tun?«, fragte Sylvia.

»Abwarten«, meinte Pierrick. »Wenn wir Glück haben, schwächt sich das Tief ab, oder es wandert weit hinaus auf den Atlantik.«

»Und wenn wir Pech haben?«

»Dann müssen wir die Fensterläden schließen und die Köpfe einziehen.« Pierrick lachte. Doch als er Sylvias erschrockene Miene sah, fügte er hinzu: »Mach dir keine Sorgen, *ma fille*. Mit Stürmen leben wir Bretonen seit Jahrhunderten.«

Der nächste Tag verlief ruhig, von einigen heftigen Böen abgesehen. Sylvia war zu beschäftigt, um sich wegen des Wetters Gedanken zu machen. Gegen Abend frischte der Wind beträchtlich auf, doch das war nicht ungewöhnlich. Schließlich bewohnten sie eine Atlantikinsel, da gehörten heftige Winde zum Alltag.

Als sie an diesem Abend telefonierten, klang Maël noch niedergeschlagener als am Tag zuvor. Fabienne konnte nicht verstehen, warum sie umziehen sollte. Sie würde ganz gewiss kein Feuer mehr verursachen, versprach sie und war bereit, heilige Eide zu schwören. Die Ärztin empfahl, ihr Zeit zu lassen.

»Zeit, Zeit …« Maël stöhnte. »Wie lange soll das so gehen?«

Sylvia versuchte, ihn zu beruhigen. Ein Tag mehr oder weniger war eigentlich nicht so schlimm. Und doch befiel auch sie erneut jene Unruhe, die sie vor Maëls Abreise gefühlt hatte.

»Wie ist eigentlich die Wetterlage?«, erkundigte Maël sich am Ende ihres Gesprächs. »Die Nachrichten bringen ein Sturmtief südwestlich von England. Ist alles in Ordnung bei euch?«

»Alles in Ordnung«, antwortete Sylvia. »Wir haben starken Wind, aber das ist ja nichts Ungewöhnliches. Von ein paar ziemlich heftigen Böen abgesehen, ist alles normal.«

»Pass auf dich auf, *chérie*«, sagte Maël.

»Das tu ich«, antwortete Sylvia. »Und du auf dich!«

»Ich liebe dich«, flüsterte Maël.

»Ich liebe dich auch.«

Nach dem Gespräch blieb Sylvia noch einen Moment in ihrem Schaukelstuhl sitzen und fühlte selbst über die Entfernung hinweg die große Vertrautheit, die sie beide miteinander verband. Schließlich erhob sie sich und ging zu Bett.

Mitten in der Nacht wurde sie von einem schaurigen Gebrüll geweckt. Das unheimliche Geräusch hatte sich in ihren Traum geschlichen, und nun brauchte sie eine Weile, um zu begreifen, dass sie nicht mehr schlief. Erschrocken fuhr sie auf und lauschte. Was wie ein verwundetes Tier klang, musste der Wind sein.

Sylvia erhob sich und zog den Bademantel über. Ohne weiter nachzudenken, öffnete sie die Haustür.

Eine gewaltige Böe riss ihr die Klinke aus der Hand und

schleuderte die schwere Eichentür mit Wucht gegen die Hauswand, dass es nur so krachte. Sylvia musste all ihre Kraft aufwenden, um die Tür wieder zu schließen. Danach stand sie fassungslos in der Diele und versuchte zu begreifen, was los war.

Draußen schwoll das Heulen zu einem Geräusch an, das ihr die Haare zu Berge stehen ließ. Sie lief zum Fenster und sah, wie einem Kamelienbaum ein großer Ast aus der Krone gedreht und davongetragen wurde.

»O mein Gott«, flüsterte Sylvia.

Hastig zog sie sich an, schlüpfte in eine von Maëls wasserdichten Jacken und band sich ein Baumwolltuch um. Unter der Treppe, die zum Dachgeschoss führte, befand sich eine kleine, selten benutzte Tür, und diese öffnete sie nun vorsichtig. Dieser Teil des Hauses lag im Windschatten, und Sylvia konnte gefahrlos hinausschlüpfen. Dann stand sie eine Weile einfach nur da, den Rücken gegen die Hauswand gepresst. Sie lauschte dem vielstimmigen Gebrüll von Wind und Meer, starrte in den Himmel, der wie eine pechschwarze Masse direkt über den Wipfeln der Bäume zu hängen schien.

Sie musste nach Noah und den anderen sehen, es hatte keinen Sinn, hier herumzustehen. Doch als sie aus dem Windschatten des Hauses trat und in den Kiesweg einbog, schleuderte ihr der Wind Staub und winzige spitze Steinchen ins Gesicht. Sie zog das Baumwolltuch, das sie um den Hals geschlungen hatte, vors Gesicht. So hastete sie weiter.

Blüten, Blätter und Zweige regneten auf sie herab, und als sie die Weggabelung erreichte, an der es geradeaus zum großen Haus und rechts zu Pierrick ging, krachte direkt neben ihr ein armdicker Ast zu Boden. Sylvia wusste, dass sie sich in Gefahr befand, und rannte so schnell es ihr Leibesumfang erlaubte. Schon konnte sie Pierricks Haus sehen. Doch plötzlich traf sie ein Schwall Wasser mitten ins Gesicht. Sie zog das Tuch herunter. Ihren Lippen schmeckten nach Salz.

Wie konnte das sein? Woher kam das Meerwasser? Der *Jardin aux Camélias* war von hohen Mauern umschlossen, einmal davon abgesehen, dass der Meeresspiegel auch bei Flut ein beträchtliches Stück unterhalb der Mauerfundamente lag.

Irritiert hielt Sylvia einen Moment lang inne und blickte sich um. In diesem Augenblick brach der Mond durch die Wolkenmassen, und in seinem Licht sah sie etwas Ungeheuerliches: Wie eine gigantische weiße Pranke stieg jenseits der Mauer eine riesige Fontäne aus Gischt auf, lief ein Stück an dem Hindernis entlang, als tastete ein Ungeheuer blindlings nach einer Beute innerhalb des Gartens. Dann fiel die Fontäne in sich zusammen und verschwand. Sylvia stand wie erstarrt da. Kaum spürte sie, wie sie jemand von hinten am Arm fasste.

»Komm ins Haus«, schrie Pierrick gegen den Sturm an.

Fassungslos ließ sie sich von dem Bretonen weiterziehen, und doch wandte sie sich immer wieder zu der Mauer um. Wie hoch mussten die Wellen sein, wenn sie nicht nur die Felsenküste bezwangen, sondern auch die Mauer überspülten? Der Sturmwind hatte offenbar die Gischt bis zu ihr getragen.

»Was ist hier los?«, fragte sie atemlos, als sie das Häuschen erreicht hatten. Noah stand im Schlafanzug an einem der Fenster und starrte hinaus.

»Sturmflut«, sagte Pierrick und zerrte Ölzeug aus dem Schrank. »Ihr bleibt am besten hier«, fügte er hinzu, während er in eine wasserfeste Überhose schlüpfte und sich eine Jacke aus demselben Material anzog, einen breitkrempigen Hut über den Kopf stülpte und ihn sorgfältig unterm Kinn festband.

»Wo willst du hin?«, fragte Sylvia.

»Ich muss nach dem Rechten sehen«, erklärte er nur knapp und ging zur Tür.

»Ich komm mit dir«, rief Noah und griff nach seinem Pullover.

»Nein«, befahl Pierrick. »Du passt auf Sylvie auf!«

»Ich kann selbst auf mich aufpassen«, widersprach Sylvia. »Wir kommen beide mit dir. Wenn du nach den anderen sehen musst, sollte ich das erst recht.«

Pierrick sah sie besorgt an. So aufgewühlt hatte sie den alten Mann noch nie gesehen.

»Na gut«, sagte er endlich. »Im großen Haus seid ihr wohl sicherer als hier.«

Rasch halfen sie Noah, sich warm anzuziehen. Wieder klemmte der Reißverschluss an seinem Anorak. Endlich verließen sie zu dritt vorsichtig das Haus. Als Sylvia den Blick in Richtung Mauer hob, sah sie erneut darüber die gigantische Wasserfontäne aufsteigen. Würde die Mauer halten?

Nie war ihr der Weg durch den Park so lang vorgekommen wie in dieser Nacht. Der Garten schien fremd, selbst die vertrauten Kamelien wirkten bedrohlich, als wollten sie mit ihren Zweigen nach ihnen schlagen. Sylvia zwang sich, vor sich auf den Weg zu achten, der jetzt gut zu erkennen war, denn der Mondschein verwandelte die bleierne Finsternis in schwefeliges Zwielicht. Der Mauerabschnitt, über dem sie die Gischtfontäne gesehen hatte, lag hinter ihnen, Sträucher verdeckten den Blick dorthin, und doch konnte sie nicht anders, als sich mehrmals umzusehen, so als fürchtete sie, von einer Monsterwelle verfolgt zu werden.

Endlich erreichten sie den Hof. Er war voller Geschäftigkeit. Jemand kam ihnen entgegen, es war Coco.

»Gut, dass ihr kommt«, rief sie. »Noah, du kannst Elise helfen, die Läden zu schließen.«

»Und was macht ihr?«, fragte der Junge und beobachtete neugierig, wie Gurvan und Iven Säcke auf die verschiedenen Pick-ups luden. »Was ist in den Säcken?«

In dem von drei Seiten geschützten Hof war der Sturm nicht so unmittelbar zu spüren wie im unteren Teil des Parks.

»Habt ihr nach den Booten gesehen?«, fragte Pierrick.

»Vergiss die Boote«, antwortete Coco. »Wir müssen alle zusammen helfen, die Plantage zu retten.«

»Was ist mit der Plantage?«, fragte Sylvia alarmiert. »Sind die Gewächshäuser betroffen?«

»Frag mich nicht«, erwiderte Coco tonlos und wollte sich abwenden. Doch Sylvia hielt sie am Arm fest.

»Hört auf, mich wie eine Kranke zu behandeln«, herrschte sie die Gärtnerin ungewohnt heftig an. »Ich bin schwanger, weiter nichts, so wie du auch. Bitte sag mir, was los ist.«

Gurvan war zu ihnen getreten. Sein grün gefärbtes Haar haftete an seinem Kopf, was ihm das Aussehen eines Wassermanns verlieh.

»Am Flaschenhals dringt Meerwasser in die Anlage«, sagte er. »Wir versuchen, die Felder mit Sandsäcken zu schützen.«

Salzwasser auf den Kamelienfeldern?

»Wie gefährlich ist das für die Pflanzen?«

Gurvan hob die Schultern und ließ sie wieder fallen. »Es ist nicht gut, Sylvie. Kamelien mögen das nicht. Wenn nur der Damm passierbar wäre«, fügte er hinzu. »Wir sind viel zu wenige. Meinst du, du könntest einen Wagen fahren?«

»Natürlich kann ich das«, antwortete Sylvia. »Ich …«

»Der *patron* würde es nicht wollen«, warf Coco ein. »Sylvie, du bist hochschwanger!«

»Maël ist aber nicht da«, entgegnete Sylvia. »Wie es aussieht, bin ich momentan die Chefin. Und als solche helfe ich selbstverständlich mit.«

»Ich auch«, meldete sich Noah eifrig. »Ich helfe auch.«

Sylvia sah ihn sorgenvoll an.

»Es ist besser, du bleibst bei Elise«, sagte Gurvan. »Sonst fürchtet sie sich.«

»Du behandelst mich wie ein Kleinkind«, beschwerte sich Noah. »Elise fürchtet sich vor nichts und niemandem.«

»Dann komm, steig bei mir mit ein«, schlug Pierrick vor und ging zum dritten Fahrzeug.

»Nein«, protestierte Noah und stampfte mit dem Fuß auf. »Ich hab versprochen, auf Sylvie aufzupassen. Ich fahr mit ihr!«

Er öffnete die Fahrertür und kletterte auf den Beifahrersitz. Sylvia stöhnte.

»Okay«, rief Gurvan. »Bleib immer schön hinter mir.«

Sylvia nickte. Vielleicht war es ja am besten so. Wenn Noah mit ihr fuhr, konnte sie wenigstens sicher sein, dass ihm nichts passierte.

»Die Lage ist ernst«, sagte sie zu dem Jungen, als sie eingestiegen war und den Motor anließ. »Versprich mir, dass du im Wagen bleibst, wenn wir angekommen sind. Der Sturm trägt Zweige und ganze Bäume durch die Luft. Das ist gefährlich und …«

»Weiß ich«, unterbrach sie der Junge. »Schade, dass wir keine Helme haben. Was ist? Fahren wir jetzt los oder was?«

Gurvan war bereits am Tor, und nachdem sie es selbst passiert hatten, fühlte Sylvia, wie der Wind an ihrem Fahrzeug rüttelte. Die Motoren dröhnten, während sie im Konvoi langsam die Steigung zum Inselinneren erklommen.

Über ihnen jagten die Wolken dahin. Sylvia kam es vor, als führen sie mitten in sie hinein, so zum Greifen nah wirkten sie. Der Wind zerrte an diesen Gebilden, zerfetzte sie und fügte sie neu zusammen, giftgrün und senfgelb, mit schwarzen Rändern, zerflossen sie zu immer neuen Formen, jagten dahin und verschwanden im Nichts.

Als sie den höchsten Punkt der Insel erreicht hatten, stockte ihr der Atem.

»Du wolltest hohe Wellen sehen«, sagte sie tonlos zu Noah. »Hier hast du sie.«

Noah entgegnete nichts. Mit großen Augen blickte er in südwestliche Richtung, wo sich das Meer zu Wellen, hoch wie Kirchtürme, aufbaute und über die Klippen der Insel ergoss, Riffe und Felsen, die selbst bei Flut meterhoch aus dem Wasser emporragten. Jetzt begruben die Wassermassen sie unter sich, als wären sie nichts als Spielzeug. Noah zerrte sein Smartphone aus der Tasche seines Anoraks und hielt es an die Windschutzscheibe.

»Machst du etwa Fotos?«, fragte Sylvia.

»Ich filme«, antwortete er. Sylvia konnte nicht fassen, wie unerschrocken Noah war. Oder begriff er ganz einfach nicht, dass es sich hier nicht um ein Computerspiel handelte, sondern um Wirklichkeit? »Stell dir vor, ich hab hier sogar Empfang!«, rief er. Sie sah, wie er mit seinen flinken Fingern auf dem Telefon herumtippte.

»Was machst du da?«

»Ich schick das meinen Freunden. So was haben die noch nie gesehen, wetten?«

Sylvia wollte etwas entgegnen, sie war sich nicht sicher, ob das eine gute Idee war. Dann kam ihr ein Gedanke.

»Kannst du das auch Maël schicken?«

Noahs Daumen flogen über die kleine Tastatur. Doch dann schnalzte er mit der Zunge. »Zu spät«, sagte er bedauernd. »Die Verbindung ist weg. *Merde!*«

Sylvia wollte ihn gerade zurechtweisen, dass man so etwas nicht sagte, da sah sie, was mit dem Flaschenhals passiert war, und trat erschrocken auf die Bremse. An der einzigen weniger gut geschützten Stelle, wo zwischen der nach Westen und der nach Süden hinausragenden Landzunge normalerweise eine Formation von gezackten, einander überlagernden Felsen einen schmalen Korridor zur Küste hin gebildet hatten, strömte das Meerwasser ungehindert in die Senke und damit direkt ins Herzstück der Insel – in die sechzehn Hektar große Gärtnerei mit ihren Glashäusern und Plantagen.

»Das darf nicht wahr sein«, flüsterte Sylvia. Wie um alles in der Welt sollten sie die Überflutung verhindern?

Ein Hupen hinter ihr riss sie aus ihrer Erstarrung. Es war Pierrick. Sylvia biss sich auf die Lippe, gab vorsichtig Gas und bog in die steile Abfahrt zur Senke ein.

Sie merkten kaum, als der Morgen graute, denn es wurde nicht richtig hell am folgenden Tag. Sylvia und Noah pendelten zwischen dem großen Haus beim *Jardin aux Camélias*, wo die Sandsäcke gegen die Gefahr von Hochwasser eingelagert waren, und der Senke hin und her, und irgendwann schlief der Junge auf dem Beifahrersitz einfach ein, übermüdet, wie er war. Sylvias Lider wurden bleischwer, ihre Augen brannten vor Erschöpfung, ihr Rücken begann zu schmerzen, doch solange das Wasser in der Senke stieg und es Sandsäcke gab, die man holen konnte, würde sie fahren, egal, wie sie sich fühlte.

Als das rötliche Zwielicht den Sonnenaufgang erahnen ließ und sich die Konturen aus dem bleigrauen Einerlei der Sturmwolken abzuzeichnen begannen, sahen sie voller Entsetzen das Ausmaß der Zerstörung. Der Damm war vollständig überflutet. Was der Sturm mit ihm angestellt hatte, würden sie erst sehen, wenn alles vorüber war. Die Mole stand ebenfalls meterhoch unter Wasser, von Pierricks Bootsschuppen, in dem er seine Werkstatt untergebracht hatte, sah man nur mehr das

Dach, über das die wütenden Wellen hinwegrollten. Von den Booten keine Spur, am Rande des Parkplatzes entdeckte Sylvia lediglich verschlammte Planken und Bruchstücke, Taue und Rettungsringe zwischen Plastikfolien, Scherben und anderem Müll, den die Wellen von wer weiß woher herangetragen hatte. Vielleicht würden sie später die Wracks auf irgendeinem Felsenriff finden, vielleicht auch nicht. Pierricks faltiges Gesicht erhielt an diesem Tag weitere tiefe Furchen, der Verlust seines Kutters *La Brise* würde ihn höllisch schmerzen, das wusste Sylvia, immerhin hatte das treue Boot ihn jahrzehntelang begleitet.

Gegen neun Uhr legten sie eine Pause ein. Vollkommen steif stieg Sylvia aus dem Pick-up und rieb sich den unteren Rücken. Alle waren sie erschöpft. Nur der Sturm wirkte kein bisschen müde.

In der Küche des großen Hauses hielten sie Kriegsrat. Bislang war es ihnen gelungen, den Großteil der Plantagen vor dem Meerwasser zu schützen. Coco und Gurvan hatten außerdem begonnen, so viele Pflanzen wie möglich auszugraben und in Sicherheit zu bringen. Doch die Gärtnerin konnte sich kaum noch auf den Beinen halten. Sylvia nahm sie beiseite.

»Ich mach mir Sorgen um dich«, sagte sie. »So früh in der Schwangerschaft darfst du nichts riskieren.«

»Ich weiß«, antwortete Coco gereizt. »Aber ich bin schon im vierten Monat, da kann kaum noch etwas passieren.«

»Trotzdem«, entgegnete Sylvia. »Warum legst du dich nicht ein bisschen hin?«

»Legst du dich denn hin?«, fragte Coco zurück. Und als Sylvia zögerte, fügte sie hinzu: »Na siehst du.«

»Noch drei oder vier Fahrten«, sagte Sylvia. »Dann haben wir keine Säcke mehr.«

»Ich nehm mir meinen Schlafsack mit in die Senke«, erklärte Coco. »Vielleicht kann ich mich zwischendurch in Maëls Labor ein bisschen ausruhen.«

»Das darfst du nicht«, mischte sich Pierrick mit ernster Miene ein. »Schlaf niemals in der Senke ein. Keiner von uns weiß, wie sich die Sturmflut entwickelt. Kann sein, dass dies erst der Anfang ist. Wenn es hart auf hart kommt, sitzt du da unten in der Falle. Du wärst nicht die Erste, die bei Sturmflut ertrinkt.«

Einen Moment lang war es still in der Küche.

»Glaubst du denn, dass …«, begann Sylvia.

»Ich glaube gar nichts«, unterbrach sie der Alte. »Ihr müsst mir eines versprechen: Keiner bleibt länger in der Senke, als er dort etwas zu tun hat. Gebt mir eure Hand darauf!«

Pierrick ging von einem zum anderen und streckte seine Pranke aus. Sylvia fühlte Gänsehaut in ihrem Nacken, als sie seinen festen Händedruck spürte. Etwas Feierliches lag in der Luft, und dann fing Pierrick an, eine Melodie zu summen. Er war kein besonders guter Sänger, und Elise stimmte in die Weise mit ein. Coco und Gurvan blieben stumm, Sylvia bemerkte allerdings, wie der Gärtner leicht mit dem Kopf im Takt nickte und sich seine Lippen bewegten, so als suchten sie den Text. Sie fühlte, wie sehr ihre kleine Schicksalsgemeinschaft miteinander verschworen war, noch enger als ohnehin schon, teilten sie doch ihr Leben und die Arbeit, brannten sie doch alle für eine Sache – die Kamelien. Und da war es Sylvia, als wäre auch Maël bei ihnen, und es hätte sie nicht gewundert, würde er in diesem Augenblick zur Tür hereintreten, gemeinsam mit Solenn.

Pierrick sang auf *brezhoneg*, und obwohl Sylvia die Worte nicht verstehen konnte, war ihr klar, dass es ein Lied war, das man seit Menschengedenken hier an der Küste sang, wenn das Meer sich erhob, um ihnen das Land streitig zu machen.

In der anschließenden Stille hörten sie alle den Sturm heulen, als wollte er sie verhöhnen. Und dennoch fühlte sich Sylvia irgendwie gestärkt und erfrischt. Sie trank ihren Tee aus und erhob sich. Es wurde Zeit, die letzten Säcke, das Einzige, was sie dem Atlantik entgegenzusetzen hatten, an ihren Bestimmungsort zu bringen.

Die nächsten beiden Touren verliefen wie all die anderen zuvor. Pierrick blieb bei Coco und Gurvan, um die Säcke an Ort und Stelle zu bringen, und überließ es Sylvia, die Fracht zu holen, die Iven ihr beim großen Haus auflud. Doch dann, als Sylvia die steile Piste von der Senke gerade wieder nach oben fuhr, kam der Regen. Es war, als wollte der Himmel es dem Meer gleichtun, als würden nicht Tropfen, sondern Wellen auf sie niederstürzen. Im Nu verwandelte sich die schadhafte Felsenpiste in das Bett eines Sturzbachs. Als Sylvia das Gefühl hatte, dass die Reifen des Wagens ihre sichere Bodenhaftung verloren, hielt sie an. Es war keine günstige Stelle, der Pick-up kam schräg zum Abhang geneigt zum Stehen. Die Scheibenwischer versagten. Sylvia starrte nach draußen und hatte den Eindruck, unter Wasser geraten zu sein.

»Am besten«, sagte sie, und ihr wurde klar, dass sie es nicht nur zu Noah sagte, sondern vor allem zu sich selbst. »Am besten bleiben wir einfach hier stehen, bis der Regen nachlässt.«

Noah nickt. Er sah in den Regen hinaus und vergaß sogar, sein Handy zu zücken, um erneut zu filmen.

Ob wir hier wohl Empfang haben?, schoss es Sylvia durch den Kopf. Ziemlich unwahrscheinlich. Und wenn, wen wollte sie anrufen und um Hilfe bitten?

In dem Moment begann sich der Wagen zu bewegen. Ganz langsam glitt er nach hinten. Nach unten.

»Los, raus, Noah«, schrie Sylvia und löste ihren Sicherheitsgurt. Ihr kam es vor, als bräuchte sie eine Ewigkeit, bis sie auch Noahs geöffnet hatte. Währenddessen bewegte sich der Pick-up unaufhaltsam weiter. Sylvia stemmte sich gegen die Fahrertür und zog Noah mit aller Kraft mit sich aus dem Fahrzeug. Sie glitt aus und stürzte. Im nächsten Augenblick verschwand der Wagen aus ihrem Blickfeld.

»Halt dich fest, Noah«, schrie sie, doch das Tosen des Windes riss ihr die Worte von den Lippen.

Wo war der Junge? Vom Himmel stürzten eiskalte Wassermassen auf sie nieder und drückten sie unbarmherzig zu Boden. Sie suchte Halt, fand keinen und begann zu rutschen. Ihre Hände griffen ins Leere, schürften an den Felsen entlang, bekamen nichts zu fassen, krallten sich in Erde und Lehm. Sie rutschte und überschlug sich, fiel und glitt weiter – bis da nichts mehr war, außer einem Dröhnen und Rauschen.

Und dann Stille.

6

Der Hubschrauber

Das Erste, was sie fühlte, war der Schmerz in ihrem Unterleib. Sie hörte, wie jemand schrie, und stellte fest, dass sie selbst es war. Dann vernahm sie das Schluchzen eines Kindes. Das brachte sie zu sich.

Als sie mühsam die Augen öffnete, sah sie alles in gedämpftem Licht. Kerzen brannten um sie herum. Draußen heulte der Sturm. Auf einmal setzte der Schmerz wieder ein, und alles versank in einer Wolke aus Pein.

»Das sind Wehen«, hörte sie eine Frauenstimme sagen. Sie kannte diese Stimme, doch sie kam nicht darauf, wer es war. Der Schmerz füllte sie ganz und gar aus, da war kein Platz mehr für Erinnern und Denken. Er währte eine Ewigkeit, dann ebbte er endlich ab. »Wenn nur die Hebamme da wäre.«

Sie erinnerte sich an den Sturz, das unaufhaltsame Gleiten und Fallen, es war, als erlebte sie das alles ein zweites Mal. Wo befand sie sich? In der Senke? Sie zwang sich, die Augen erneut zu öffnen, und versuchte, jenseits des Kerzenlichts etwas zu erkennen. In ihrem Kopf pochte es dumpf. Sie betastete ihre Stirn und fühlte einen Verband.

»Sylvie?«, hörte sie die Kinderstimme, und sie wusste jetzt, dass sie zu Noah gehörte. »Sie ist wach. Sylvie, kannst du mich hören? Sie ist aufgewacht. Hast du es gesehen, Elise?«

Sie versuchte, sich aufzurichten, trotz des Stechens in ihrem Kopf, und stellte fest, dass sie sich in Solenns Schlafzimmer befand, dort, wo sie vor Jahren allein zurückgeblieben war, als alle anderen die Insel geräumt hatten. Hier hatte sie das verschollene Testament ihrer Tante Lucie gefunden, hier hatte ihr Leben eine endgültige Wendung genommen … Doch da kehrte der Schmerz in ihren Unterleib zurück, und sie sank mit einem Klagelaut in die Kissen.

»Ich fürchte, sie hat Fruchtwasser verloren«, sagte Elise, und Sylvia nahm die Verzweiflung in ihrer Stimme wahr. »Das Kind kommt zu früh. Und wir sind ganz allein.« Es folgten unverständliche Worte auf Bretonisch.

Sylvia tastete nach ihrem Bauch. Ihr Kind, wollte es wirklich schon zur Welt kommen? Es hatte doch noch einen ganzen Monat lang Zeit.

»Pierrick hat ans Festland gefunkt«, sagte Noah mit zitternder Stimme. »Dass sie einen Hubschrauber schicken sollen. Der bringt dich ins Krankenhaus.«

»Einen Hubschrauber«, echote Elise. »Bei dem Sturm?«

Und dann murmelte sie weiter auf *brezhoneg*, und Sylvia begriff, dass sie betete. Für sie. Und das Kind.

»Warum brennen hier überall Kerzen?«, fragte sie bang.

»Der Strom ist ausgefallen«, erklärte Noah. »Pierrick hat einen Generator, den stellen wir nur an, wenn es unbedingt sein muss.«

Der Junge hatte rot verweinte Augen, in seinen Wimpern hingen Tränen. Und doch sah er erleichtert aus.

»Was ist denn passiert?«, fragte Sylvia. Ihr Kopf tat so entsetzlich weh.

»Du bist den Berg hinuntergekullert.« Noah wischte sich mit dem Handrücken die letzten Tränen aus dem Gesicht. »Ich wollte dich festhalten. Aber es ging nicht. Es tut mir so leid.«

Wieder traten Tränen in seine Augen.

»Und du?«

»Da war ein Felsen, hinter dem hab ich mich zusammenge-
kauert. Du bist einfach weggerutscht.«

Erleichtert tastete Sylvia nach seiner Hand und drückte sie
fest. Sie hätte es sich niemals verziehen, wenn dem Jungen etwas passiert wäre.

Der Schmerz in ihrem Bauch ließ nach, und sie sank zurück
in einen dumpfen Schlaf. Als sie zu sich kam, war das Dröhnen in ihrem Kopf stärker geworden. Oder war es der Sturm,
der ihr mit seinem schaurigen Triumphgeheul durch Mark und
Bein ging? Sie hatte großen Durst und versuchte erneut, sich
ein wenig aufzurichten, brachte mühsam das Wort »Wasser«
heraus und wurde von starken Armen im Rücken gestützt.
»Maël«, murmelte sie erleichtert. Er war zurück, alles war gut.
Jemand hielt ihr ein Glas an die Lippen, und sie trank gierig.
Sie strengte sich an, ihren Blick zu fokussieren, doch was sie
schließlich sah, waren nicht Maëls geliebte Züge, sondern das
sorgenvolle Gesicht von Pierrick. »Wo ist Maël?«, fragte sie
und wunderte sich über die brüchige, fremde Stimme. War das
ihre?

»Er ist noch in Le Havre«, antwortete Pierrick. Seine raue
Hand strich ihr über die Stirn. »Es ist unmöglich, auf die Insel
zu kommen bei dem Sturm. Wie fühlst du dich, *ma fille?*«

»Mein … mein Kopf tut so weh«, brachte sie stöhnend hervor.

»Du bist gegen einen Felsen geprallt«, sagte Pierrick. Sylvia
schloss erschöpft die Augen.

»Wann kommt bloß endlich der Hubschrauber?« Elises
Stimme klang nervös.

»Er hat schon dreimal versucht zu landen«, sagte Pierrick.
»Die Böen sind zu stark. Er musste wieder abdrehen.«

Ihr Rücken tat weh, so gern wäre sie aufgestanden, doch
kaum versuchte sie es, schoss ein fürchterlicher Schmerz durch

ihren Kopf, und Übelkeit stieg in ihr hoch. Mutlos sank sie zurück in die Kissen und versuchte, durch gleichmäßiges Atmen die Übelkeit zu vertreiben. Alles, was sie wollte, war schlafen. Doch das allgegenwärtige Tosen des Sturmes drängte sich selbst in ihre unruhigen Träume.

Irgendwann erwachte sie davon, dass sie hochgehoben wurde. Zwei fremde Männer in Schutzkleidung betteten sie auf eine Trage.

»Die Wehen haben nachgelassen.« Das war Elises Stimme. »Ich glaube, sie hat Fruchtwasser verloren.«

»In welchem Monat ist sie?«, fragte einer der Männer, während er zuerst eine Wolldecke und dann eine wasserdichte Plane über sie breitete.

»Soviel ich weiß, sind es noch ungefähr vier Wochen bis zum Geburtstermin«, antwortete Elise.

»Wir bringen dich hier raus«, sagte Noah, der an ihrer Seite war und mithalf, die Plane über ihr festzuzurren. Stolz lag in seiner Stimme.

Sylvia versuchte zu lächeln. »Konnte der Hubschrauber endlich landen?«, fragte sie leise.

»*No problem*, Madam«, antwortete der andere Sanitäter.

Sylvia wunderte sich, dass er englisch sprach. Doch dieser Gedanke entglitt ihr sofort, als sich Pierrick über sie beugte.

»*Bon voyage, ma fille*«, sagte er zärtlich, und Sylvia fühlte seine raue Hand an ihrer Wange.

»Du kommst doch mit, oder?«, fragte sie und hob kurz den Kopf, nur um ihn sofort zurücksinken zu lassen. »Und die anderen auch!«

Pierrick schüttelte den Kopf. »Noah fliegt mit dir. Wir anderen bleiben auf der Insel und sehen nach dem Rechten.«

»Aber ...«

»Alles ist gut, Sylvie«, unterbrach Pierrick sie. »Du musst

nach deinem Kind sehen lassen. Wir halten die Stellung. Und jetzt los. Das hier ist gegen den Lärm.«

Er zeigte ihr ein Paar Ohrenschützer und stülpte sie ihr vorsichtig über. Sofort fühlte sich Sylvia wie unter Wasser, alle Geräusche drangen nur mehr gedämpft zu ihr.

»Moment mal«, sagte sie und hörte selbst ihre Stimme kaum. »Wo fliegen Sie mich eigentlich hin?«

Die Lippen des Sanitäters bewegten sich, er lächelte ihr beruhigend zu, doch Sylvia konnte ihn nicht hören. Sie wurde hochgehoben und hinaus in den Hof getragen und dann im Laufschritt durch das Tor, wo auf dem Parkplatz ein riesiger Helikopter mit sich drehenden Rotoren wartete. Eine Luke öffnete sich und sie wurde mitsamt der Trage ins Innere geschoben.

An Bord entfernte der Sanitäter die Plane, fixierte die Trage an der Seitenwand und schnallte Sylvia mit Gurten fest. Sie sah sich vorsichtig um und entdeckte Noah, der ebenfalls angeschnallt auf einem Sitz direkt neben ihr saß. Auch er trug riesige Ohrenschützer und sah interessiert zu, wie einer der Sanitäter Sylvia eine Infusionsnadel legte. Kurz darauf begann alles zu vibrieren, und sie stiegen empor, wurden mehrmals kräftig durchgerüttelt und gerieten in Schräglage. Abermals musste sie gegen eine aufsteigende Übelkeit ankämpfen. Erschöpft schloss sie die Augen und sank sogleich in tiefen Schlaf.

Als sie die Augen wieder öffnete, lag Sylvia in einem blütenweiß bezogenen Bett, vor ihrem Fenster zwitscherten Vögel. Der Himmel war milchig verhangen, und zartgrün belaubte Zweige wehten sacht im Wind. Sylvia starrte die Zweige an, die keinesfalls zu Kamelien gehören konnten, und verstand nicht, wo sie sich befand. Was war mit ihr geschehen? Hatte sie den Sturm nur geträumt? Oder träumte sie jetzt?

Sie wollte sich aufrichten, doch es ging nicht. Ihr Kopf

fühlte sich an, als würde er bersten. Und ihr Unterleib pochte. Dann bemerkte sie den Verband an ihrem Bauch. Eisiger Schreck durchfuhr sie. Ihr Leib war flach. Wo um Himmels willen war das Kind?

Ihr Schrei sorgte dafür, dass die Tür aufflog und eine Krankenschwester herbeieilte.

»Wo ist mein Kind?«, rief Sylvia außer sich. Erst jetzt bemerkte sie die Infusionsnadel in ihrem Arm.

Die Frau im weißen Kittel sprach beruhigend auf sie ein. Sylvia brauchte jedoch einen Moment, bis sie begriff, dass sie englisch mit ihr sprach.

»Es ist alles in Ordnung«, sagte die Frau und lächelte begütigend. »Ihrer Tochter geht es gut. Wir mussten einen Kaiserschnitt machen, es ist alles bestens verlaufen. Wenn Sie möchten, hole ich gleich das Kind.«

Sie verschwand, und Sylvia versuchte, ihr wie wild klopfendes Herz zu beruhigen. Einen Kaiserschnitt? Warum? Hatten sich die Wehen nicht beruhigt? Und wo zum Teufel war sie hier?

Die Tür öffnete sich wieder, und die Schwester kam zurück, auf dem Arm ein in Tücher gehülltes Bündel.

»Hier«, sagte sie und legte es Sylvia in den Arm. »Sehen Sie nur, wie wunderschön sie ist.«

Sylvia starrte auf das flaumige, wohlgeformte Köpfchen und die winzigen Fäuste, die sich ihr entgegenreckten. Sie sah die gerundete Stirn, das perfekte Näschen und das entschlossene Kinn. Ihr Kind! Es öffnete die Augen, und die Pupillen irrten suchend umher, bis sie an Sylvias Gesicht haften blieben. Der herzförmige Mund ging auf und machte schmatzende Geräusche.

»Sie ist hungrig«, erklärte die Krankenschwester freundlich. »Möchten Sie versuchen, sie anzulegen?«

Sylvia nickte verwirrt, ein zögerndes Lächeln glitt über ihr

Gesicht. Doch ehe sie fragen konnte, wie sie das mit der Infusionsnadel im Arm anstellen sollte, hatte die Schwester bereits den Kopfteil ihres Bettes aufrechter gestellt.

»So geht es besser, nicht wahr?«, fragte sie und zeigte Sylvia, wie sie ihr Baby an die Brust legen konnte. Einige Sekunden lang suchten die Lippen der Kleinen, dann fanden sie die Brustwarze und schlossen sich fest darum. Ein feiner Schmerz durchfuhr Sylvia, als das Baby zu saugen begann, und sie fühlte, wie ihre Brüste spannten. Eine Welle von nie gekannten Gefühlen durchwallte sie von Kopf bis Fuß. Dann war da nur noch namenloses Glück. »Haben Sie schon einen Namen für Ihr Kind?«, fragte die Krankenschwester.

Sylvia sah auf. Erst jetzt nahm sie die Frau wirklich wahr. Sie musste um die fünfzig sein und blickte sie mit gütigen grauen Augen freundlich an.

»Ja«, sagte sie und erwiderte das Lächeln. »Unsere Tochter heißt Lucinde. Ich muss unbedingt mit meinem Mann telefonieren. Wo bin ich hier eigentlich?«

»Ach, das wissen Sie gar nicht?«, fragte die Schwester. »Sie sind in Cornwall. In der Privatklinik von Sir Ashton-Davenport.«

Ehe Sylvia das richtig begriffen hatte, klopfte es, und die Tür wurde geöffnet. Noah stürmte herein. Ihm folgte seine Mutter Chloé im eleganten Frühlingskostüm. Ihr kastanienbraunes Haar trug sie hochgesteckt, im Arm hatte sie einen riesigen Strauß langstieliger lachsfarbener Rosen. Chloés perfekt geschminkte Augen wanderten kritisch durch das Krankenzimmer und blieben an dem Baby haften.

Sylvia stöhnte. Diese Frau war die letzte Person auf dieser Erde, die sie ausgerechnet jetzt zu sehen wünschte. Oder vielleicht die vorletzte, gleich nach Sir James Ashton-Davenport, mit dem Chloé seit einiger Zeit liiert war.

»Wie geht es dir?«, sprudelte Noah los. Als er das Bündel in Sylvias Arm sah, bekam er riesengroße, glücklich strahlende Augen. »Darf ich das Baby mal sehen?«

»Mrs. Riwall stillt gerade«, wollte die Krankenschwester die beiden abwehren. »Es ist kein günstiger Zeitpunkt für einen Besuch.«

»Ach, kommen Sie, Schwester Mary«, wehrte Chloé ab und legte die Blumen ans Fußende des Bettes. »Wir gehören schließlich zur Familie, nicht wahr, Sylvie? Wie geht es dir? Hast du alles, was du brauchst? Ist man auch nett zu dir? Hast du überhaupt schon ein Frühstück bekommen?«

Sylvia brachte zunächst kein Wort heraus. Krampfhaft hielt sie ihr Kind an die Brust gepresst, sodass die Kleine mit Lauten, die an ein Kätzchen erinnerten, zu protestieren begann.

»Wie … wie um alles in der Welt komme ich nach England?«, stammelte sie.

»Ich hab dich gerettet«, verkündete Noah voller Stolz.

»Na ja«, korrigierte Chloé ihn mit einem Lächeln, »es war eher James, indem er seinen Helikopter schickte, *n'est-ce pas?*«

»Ja, aber ich hab euch die Nachricht geschrieben. Sonst hättet ihr ja überhaupt nichts davon gewusst!«, protestierte Noah. Er lehnte sich so an Sylvias Bett, dass er das Gesicht des Babys sehen konnte. »Sie ist so hübsch, meine kleine Schwester«, sagte er zärtlich. »Und es ist alles gut gegangen, ja?«

Sylvia brachte es nicht übers Herz, Noah aus dem Zimmer zu schicken. Sie fühlte sich schwach, verletzlich, die Kaiserschnittnarbe schmerzte, sobald sie sich bewegte, und von der Narkose war ihr noch immer ein wenig schummrig.

Man hatte sie ungefragt nach England ausgeflogen? Wie dumm sie doch gewesen war. Hatte sie nicht einen der Sanitäter englisch sprechen hören? Und ausgerechnet Sir James Ashton-Davenport, ihr Erzfeind seit der Zeit, als es ihm beinahe gelungen wäre, die Insel an sich zu reißen, hatte sie ausfliegen lassen? Erst im vergangenen Jahr hatte er versucht, sie finanziell zu ruinieren. Dass Noahs Mutter nun mit ihm zusammenlebte, machte die Sache nicht einfacher. Die Erkenntnis, dass ihr Kind ausgerechnet in seiner Privatklinik zur Welt gekommen war, war für Sylvia wie ein Schock. Und überhaupt, warum hatte man ohne ihre Einwilligung einen Kaiserschnitt vorgenommen?

Sylvia fühlte sich ... Ja, wie fühlte sie sich denn? Irgendwie ... um das Erlebnis der Geburt betrogen. Sie hatte sich so darauf gefreut, und jetzt war ihr, als hätte sie eine Art Filmriss gehabt – eben noch war sie im Hubschrauber eingeschlafen, und jetzt hielt sie ihre Tochter im Arm und an ihrem Bauch war eine Wunde? Zu allem Überfluss fühlte sich ihr Kopf an, als wollte er gleich platzen. Hilfe suchend sah sie sich um. Wo war Maël? Wusste er überhaupt, dass er Vater geworden war?

»Ich muss Sie wirklich bitten zu gehen«, erklärte Schwester Mary nun energischer. Sylvias Zustand war ihr wohl nicht verborgen geblieben. »Mrs. Riwall braucht Ruhe. Zusätzlich zum Kaiserschnitt hat sie ja eine Gehirnerschütterung. Bitte lassen Sie sie jetzt allein.«

Widerstrebend löste sich Noah von Sylvias Bett, und trotz ihres inneren Gefühlschaos wallte eine große Zärtlichkeit für den Jungen in ihr auf. Er hatte geglaubt, das Richtige zu tun, sie konnte ihm keinen Vorwurf machen. Wahrscheinlich sollte sie ihm sogar dankbar sein. Rasch fuhr sie ihm mit der Hand durch die Locken.

»Kann ich morgen wiederkommen?«, fragte er leise und schmiegte sich an sie.

»Ja, natürlich«, antwortete sie.

Doch er schien nicht zufrieden. »Am liebsten würde ich hier bei dir bleiben, Sylvie«, flüsterte er. »Und weiter auf dich aufpassen. Und auf die Kleine. Wie heißt sie überhaupt?«

»Lucinde.«

Noah sprach den ungewohnten Namen andächtig nach.

»Das ist ein sehr hübscher Name«, brachte sich Chloé wieder in Erinnerung und griff nach Noahs Hand. »Bis morgen. Schwester Mary? Sie sind doch so nett und stellen die Blumen in eine Vase, ja? *Au revoir*, Sylvie. *À bientôt.*«

Warum nur klang dieses »bis bald« in Sylvias Ohren wie eine Drohung?

Kaum waren sie gegangen, brach Sylvia in Tränen aus. Schwester Mary nahm ihr bestürzt das wimmernde Kind von der Brust und bettete es in Sylvias Armbeuge. Dann reichte sie ihr eine Schachtel Papiertaschentücher.

»Ich will nach Hause«, brachte Sylvia unter Schluchzen hervor. »Wo ist mein Handy? Ich möchte meinen Mann sprechen.«

»Ich habe Ihre Reisetasche ausgepackt«, erklärte Schwester Mary. »Ein Mobiltelefon war nicht darin.«

Eine Reisetasche? Sie konnte sich nicht erinnern, Gepäck gehabt zu haben. Das alles verwirrte sie.

»Ich weiß ja noch nicht einmal, wann genau mein Kind auf die Welt kam. Seit wann bin ich überhaupt hier? Wieso hat man mir den Bauch aufgeschnitten?« Die Krankenschwester blickte sie bestürzt an. Sylvia putzte sich entschlossen die Nase und räusperte sich. »Ich möchte einen Arzt sprechen«, erklärte sie mit Bestimmtheit. »Jemanden, der hier etwas zu sagen hat. Und die Verantwortung dafür trägt, was man ohne mein Einverständnis mit mir gemacht hat.«

»Natürlich«, antwortete Schwester Mary. »Das Kind kam gestern zur Welt, gleich nachdem man Sie eingeliefert hat. Um kurz vor sechs Uhr abends. Ich gehe sofort nachsehen, ob ich Dr. Peterson finden kann.« Und damit verschwand sie aus dem Zimmer.

Sylvia lehnte sich zurück und schloss die Augen. Wenn nur das fürchterliche Pochen in ihrem Kopf nachlassen würde. So konnte sie keinen vernünftigen Gedanken fassen.

Da hörte sie einen Laut, und ihr wurde bewusst, dass sie nicht allein war. Die kleine Lucinde machte schmatzende Geräusche. Sie hatte aufgehört zu wimmern und sich eine ihrer winzigen Fäuste in den Mund gesteckt, um daran zu nuckeln. Natürlich war sie immer noch hungrig.

Vorsichtig hob Sylvia das Bündel hoch und legte es an. Ihre Brüste waren geschwollen und spannten. Die Brustwarze, an der das Baby gerade getrunken hatte, war gerötet und brannte. Also versuchte Sylvia es mit der anderen Seite. Es dauerte eine Weile, bis sie eine bequeme Position gefunden hatte. Endlich fand der kleine Mund die Quelle und begann zu saugen. Erleichtert atmete Sylvia tief ein und aus und versuchte, sich zu entspannen.

Seltsamerweise fand sie alles längst nicht mehr so schlimm, wenn sie nur ihr Kind in den Armen hielt und in Ruhe gelassen wurde. Sie lauschte dem Geräusch, das Lucinde beim Trinken machte, und schloss die Augen. Dann schlief sie erschöpft ein.

7

Die Klinik

»Wir mussten schnell handeln und das Kind durch einen Kaiserschnitt holen«, versicherte Dr. Peterson. »Glauben Sie, wir hatten keine andere Wahl.«

Eine knappe Stunde hatten Sylvia und Lucinde tief geschlafen, dann war das Baby wieder hungrig geworden und hatte sie aufgeweckt. Es war inzwischen Mittag, und sie selbst hatte ein wenig Joghurt und Obst gegessen. Jetzt fühlte sie sich ausgeruht und gestärkt. Dennoch betrachtete sie den jungen Mediziner mit den unglaublich roten Haaren und den vielen Lachfältchen um die eisblauen Augen mit Skepsis.

»War das wirklich notwendig?«, fragte sie. »Hätte es nicht Zeit gehabt mit der Geburt?«

Dr. Peterson schüttelte bedauernd den Kopf. »Nein. Ihre Fruchtblase hatte durch den Sturz einen Riss bekommen«, erläuterte er. »Die Versorgung des Kindes war nicht mehr ausreichend gesichert. Ich habe zuvor mit Ihrer Frauenärztin in Frankreich gesprochen, die konnte mir exakt sagen, in welcher Schwangerschaftswoche Sie sich befanden. Ab der 36. Woche sind die Lungen des Fötus vollständig ausgereift, nichts spricht dagegen, ihn zu holen. Und vieles sprach in Ihrem Fall dafür.«

»Woher wussten Sie, bei welcher Ärztin ich in Behandlung bin?«, fragte Sylvia verblüfft.

»Sie hatten alles Notwendige bei sich, sogar die Kontaktdaten von Ihrer Ärztin und Ihrer Hebamme«, antwortete Dr.

Peterson freundlich, und mit einem Lächeln fügte er hinzu: »Wenn Sie die Tasche nicht selbst gepackt haben, hat jemand sehr Verantwortungsvolles das für Sie getan.« Das konnte nur Elise gewesen sein. Dankbarkeit durchströmte sie. Gleichzeitig aber auch Heimweh und eine große Sehnsucht, in ihre vertraute Umgebung zurückzukehren. O mein Gott, dachte sie, wie mag es den anderen auf der Insel ergangen sein? »Mit dieser schweren Gehirnerschütterung hätten Sie eine normale Geburt ohnehin nicht durchstehen können«, fuhr der Arzt fort und erhob sich. »Das Kind ist zum Glück kerngesund, wir haben die Kleine gründlich untersucht und werden in den kommenden Tagen noch einige Tests durchführen. Sie können also beruhigt sein.«

»Wann kann ich nach Hause?«, fragte Sylvia.

»Der Kaiserschnitt ist nicht das Problem«, erklärte der Arzt. »Aber wegen Ihrer Gehirnerschütterung brauchen Sie vorerst Bettruhe. Erlauben Sie, dass wir ein paar Untersuchungen durchführen, um schlimmere Traumata auszuschließen? Ihre Wirbelsäule muss geröntgt werden. Der Junge hat erzählt, Sie seien auf einen felsigen Untergrund geprallt, das dürfen wir nicht auf die leichte Schulter nehmen. Auch wenn in dieser Hinsicht alles in Ordnung ist, sollten Sie mindestens zwei Wochen liegen. Wenn es nach mir ginge, sogar drei. Sie brauchen Ruhe, Ruhe und nochmals Ruhe. Haben Sie Kopfschmerzen?«

»Ja«, antwortete Sylvia niedergeschlagen.

Dr. Peterson musterte sie besorgt. »Sind Sie einverstanden, dass ich Ihnen ein paar Fragen stelle?«

Sylvia nickte. Zu ihrem Erstaunen folgten ihrer Meinung nach absolut lächerliche Fragen nach ihrem Geburtsdatum und -ort, nach dem Namen ihres Mannes und dessen Alter. Als er schließlich wissen wollte, welches Jahr sie hatten, unterbrach sie ihn halb ärgerlich, halb amüsiert.

»Denken Sie, ich hätte den Verstand verloren?«

Dr. Peterson lachte, und augenblicklich schwand Sylvias Misstrauen. »Nein, das haben Sie zum Glück nicht, wie es aussieht«, antwortete er. »Solche Stürze können jedoch Gedächtnislücken zur Folge haben und im schlimmsten Fall kleinere oder größere Hirnregionen schädigen. Aus diesem Grund werden wir in den kommenden Tagen prüfen, wie es um Ihr Denkvermögen steht. Natürlich nur, wenn Sie einverstanden sind.«

»Das bin ich«, antwortete Sylvia bestürzt. »Daran hatte ich nicht gedacht.« Der Arzt erhob sich. »Ich habe eine Bitte«, fuhr Sylvia fort. »Leider hat man wohl vergessen, mein Handy einzupacken. Ich muss unbedingt mit meinem Mann telefonieren.«

»Das kann ich nur allzu gut verstehen«, antwortete Dr. Peterson mit einem liebenswürdigen Lächeln. »Falls er Sie besuchen möchte, ist er selbstverständlich willkommen. Wir haben Gästezimmer für solche Fälle. Bitte machen Sie es kurz. Telefonieren ist nämlich ganz schlecht bei einer Gehirnerschütterung.«

»*Wo* bist du?«

»In England«, wiederholte Sylvia. »Noah hat während des Sturms seine Mutter informiert. Daraufhin hat Sir James einen Helikopter geschickt.«

»Sturm?«, hörte sie Maël entsetzt sagen. »Aber … Aber du hast doch vor Kurzem noch gesagt, dass bei euch alles in Ordnung ist!«

Sylvia legte den Kopf zurück in ihr Kissen und schloss kurz die Augen. Das stimmte. Auch wenn sie selbst es kaum glauben konnte.

»Hat Noah denn nicht auch dich verständigt?«

»Mich?«, fragte Maël. »Nein. Ich hab keine Nachricht bekommen, Sylvie.« Er klang, als müsste er um Fassung ringen. »Wieso musste man aus England einen Helikopter schicken, warum hat Pierrick nicht die Küstenwache informiert?«

»Das hat er«, versuchte Sylvia zu erklären. »Wegen der starken Böen konnten die nicht landen.«

»Wieso konnte dann Ashton-Davenports Hubschrauber landen?«

»Keine Ahnung, vielleicht weil er größer ist«, erinnerte sich Sylvia. »Ich hab das alles gar nicht so genau … Maël, ich bin gestürzt und habe eine Gehirnerschütterung.«

»Du bist gestürzt? O mein Gott! Und das Kind?«

»Deine Tochter liegt hier in meinem Arm. Alles ist gut, sie ist gesund und übt, an meiner Brust zu trinken.«

Die Stille währte so lange, dass Sylvia fürchtete, die Verbindung wäre abgebrochen.

»Sie … sie ist schon … Aber sie sollte doch erst …«

»Bei dem Sturz ist die Fruchtblase gerissen«, erklärte Sylvia und wünschte sich, es lägen nicht so viele Kilometer und der Ärmelkanal zwischen ihnen. »Man hat die Kleine mit einem Kaiserschnitt holen müssen.« Abermals war es still in der Leitung. »Maël?«, rief Sylvia. »Bist du noch dran?«

»Ja«, sagte er und seine Stimme klang belegt. »Ich bin noch dran. Ich kann es nur … ich kann es überhaupt nicht fassen, Sylvie. Ich wollte doch unbedingt dabei sein. Und jetzt hast du das alles allein …«

Sie verstand ihn nur zu gut. Auch ihr war es, als wäre sie bei Lucindes Geburt gar nicht dabei gewesen. Sie beide hatten sich das alles so vollkommen anders vorgestellt. Sylvia konnte nicht umhin, zornig auf Sir James zu sein. Sir James Ashton-Davenport – musste er sich immer wieder in ihr Leben einmischen?

»Ja, ich weiß«, sagte Sylvia traurig. »Wahrscheinlich müssen wir Sir James zu allem Überfluss sogar dankbar sein. Der Arzt sagt, dass sie schnell handeln mussten, damit Lucinde nichts passiert. Am Ende zählt doch, dass alles in Ordnung ist, oder?« Maël antwortete nicht. »Wie geht es denn dir?«, versuchte Sylvia abzulenken. »Ist Fabienne in der neuen Wohnung untergebracht? Wann kannst du kommen und uns abholen?«

Sylvia konnte hören, wie Maël tief ein- und ausatmete, es klang wie ein Stöhnen.

»*Écoute*, Sylvie, es ist nicht so einfach, wie ich dachte. Fabienne ändert alle fünf Minuten ihre Meinung. Gestern hat sie zugestimmt, sich die Wohnung wenigstens mal anzusehen. Doch heute Morgen hat sie sich in der Toilette eingeschlossen, als ich sie abholen wollte.«

»In der Psychiatrie?«

»Ja. Sie hat ein Riesentheater gemacht, ich bin noch fix und fertig davon. Die gesamte Station ist zusammengelaufen, alle haben verrücktgespielt. Na ja, ich meine, die meisten sind ja ohnehin psychisch gestört. Es war entsetzlich.«

»Sie sollte das jetzt langsam mal akzeptieren«, entfuhr es Sylvia mit ungewohnter Ungeduld.

»Das tut sie aber nicht«, antwortete Maël gereizt. »Ich kann sie ja schlecht betäuben und in diese Wohnung sperren.« Sylvia schwieg betroffen. Das Letzte, was sie wollte, war, sich mit Maël zu streiten. Und schon gar nicht wegen seiner Mutter. »Entschuldige«, hörte sie ihn sagen. »Ich bin mit den Nerven am Ende. Ehrlich, ich weiß nicht mehr, was ich tun soll.«

Was du tun sollst? Du gehörst jetzt an die Seite deiner Frau und deines Kindes, dachte Sylvia mit einem Anflug von Ärger. Wir brauchen dich. Doch sie schwieg. Ihr Kopf hatte wieder zu dröhnen begonnen. Sie durfte sich nicht aufregen, das hatte Dr. Peterson ausdrücklich gesagt.

»Wenigstens schreit sie nicht mehr, wenn sie mich sieht«,

fuhr Maël ruhiger fort. »Und in ihrer Wohnung habe ich Fotos gefunden. Von ihr und meinem Vater. Auf einem bin ich mit drauf.«

Sylvia wusste, was dies für Maël bedeutete. Unter anderen Umständen hätte sie großen Anteil daran genommen und ihn ermutigt, mehr davon zu erzählen. Doch in dem Zustand, in dem sie sich befand, fühlte sie sich überfordert. Ihr Kopf pochte und dröhnte. Sie wünschte sich, dass ihr Mann sie in den Armen hielt und sich darum kümmerte, dass sie und ihr Kind so schnell wie möglich nach Hause konnten. Sie war es, die Hilfe bitter nötig hatte, die alte Frau, die sich in Le Havre in einer Toilette einschloss, damit man sie nicht in eine schöne, rundum betreute Wohnung bringen konnte, war ihr in dieser Situation herzlich egal. Ja, sie fühlte Abscheu gegenüber der Fremden in sich aufsteigen, die es fertiggebracht hatte, sich ihr Leben lang nicht um ihren Sohn zu kümmern, und jetzt verhinderte, dass er sich um sein eigenes Kind kümmern konnte.

»Ich sehe ihm wirklich sehr ähnlich«, hörte sie Maël sagen und wusste im ersten Moment nicht, von wem er sprach. »Und er war wohl tatsächlich Kapitän, nach seiner Uniform zu schließen.«

In diesem Moment begann das Baby zu wimmern. Lucinde hatte gerade erst getrunken. War sie schon wieder hungrig?

»Was ist das für ein Geräusch?«, fragte Maël.

»Das ist Lucinde«, antwortete Sylvia. »Sie weint. Ich muss sie stillen.«

»Lucinde«, echote Maël fast verwundert, als hätte er erst jetzt wirklich begriffen, dass sie schon auf der Welt war. »Wie sieht sie aus, unsere Tochter?«, fragte er. Seine Stimme klang zärtlich und voller Sehnsucht.

Komm her, und sieh sie dir an, wollte Sylvia antworten. Doch sie beherrschte sich.

»Sie ist wunderhübsch«, sagte sie stattdessen. »Ich glaube, sie hat dein Kinn geerbt. Und deine Stirn. Komm sobald du kannst, Maël. Wir beide brauchen dich. *Salut.*« Und damit legte sie auf.

Im selben Moment bereute sie es. Sie hatte ihn nicht einmal gefragt, ob er wusste, wie es um die Insel stand.

Sie schloss die Augen, ruhte sich ein paar Minuten aus, ehe sie die Festnetznummer im Herrenhaus wählte. Es war die einzige außer Maëls, an die sie sich erinnern konnte, alle anderen Kontakte waren in ihrem Smartphone gespeichert. Eine französische Computerstimme meldete, dass dieser Anschluss nicht verfügbar sei. Sylvia stöhnte. Dann läutete sie nach Schwester Mary.

»Ich brauche dringend Informationen über die Wetterlage an der bretonischen Küste«, sagte sie. »Können Sie mir helfen?«

»Mrs. Riwall«, protestierte die Krankenschwester. »Sie sollten sich doch ausruhen.«

»Wenn ich nicht weiß, wie es meinen Leuten zu Hause geht, kann ich mich nicht entspannen. Eine Sturmflut hat die Insel verwüstet, auf der ich lebe, verstehen Sie? Die Telefonleitung ist unterbrochen, und ich muss sofort wissen, ob es den Leuten gut geht, sonst …«

»In Ordnung«, erklärte die Schwester. »Bitte legen Sie sich wieder hin. Ich kümmere mich darum.«

Sylvia sank erschöpft zurück in die Kissen. Draußen ging ein starker Regen nieder und trommelte gegen die Fensterscheibe. Und in ihrem Kopf brauste und heulte der bretonische Sturm.

Zuerst brachte man ihr die meteorologischen Daten. Denen zufolge hatte der Sturm an Kraft verloren. Aber er war nicht vorüber. Sylvia starrte auf die Ausdrucke einer aktuellen Wetterkarte. Allzu viel konnte sie damit nicht anfangen, und sie wünschte, sie hätte sich von Pierrick besser erklären lassen, wie man solche Daten interpretierte. Wenigstens war das eiförmige Gebilde, das das Zentrum des Sturms bildete, weiter nach Südwesten gezogen. Wenn das stimmte, dann hatte der bretonische Küstenabschnitt, vor dem sich die Insel befand, nur noch mit den Ausläufern des Sturmtiefs zu kämpfen. Was auch immer das konkret bedeuten mochte.

Schließlich brachte die Schwester ihr erneut das Stationstelefon.

»Noah hat uns mit Nummern ausgeholfen«, erklärte sie. »Ich hab tatsächlich jemanden erreichen können.« Es war Elise.

»O mein Gott«, rief Sylvia erleichtert aus. »Ist das gut, deine Stimme zu hören, Elise. Wie geht es euch?«

»Alles in Ordnung«, hörte sie die vertraute Stimme sagen. »Und bei dir? Ich hab gehört, das Mädchen ist schon da? Geht es euch beiden gut?«

»Ja«, antwortete Sylvia und sah lächelnd auf ihre Kleine, die neben ihr friedlich schlief. Schwester Mary hatte eine Wiege seitlich an ihrem Bett befestigt, sodass sie ihr Kind ganz nah bei sich hatte und sich dennoch im Bett frei bewegen konnte. »Sie ist noch ein bisschen klein und muss an Gewicht zulegen, ansonsten ist alles bestens. Erzähl doch bitte, Elise, hat der Sturm nachgelassen?«

»Ja, etwas. Pierrick meint, das Schlimmste sei vorbei.«

»Wie geht es Pierrick? Ihr müsst alle erschöpft sein. Habt ihr Verstärkung vom Festland bekommen?«

»Tristan ist mit seinem Vater herübergekommen, sonst hat sich keiner getraut. Es ist schwierig überzusetzen. Der Anleger ist beschädigt.«

»Ist der Damm nach wie vor überflutet?«

»Ja, das … das auch.«

Sylvia lauschte erschrocken. Etwas in Elises Stimme alarmierte sie.

»Was meinst du damit?«

»Er ist … nun ja, er ist schwer beschädigt. So schnell wird auf ihm kein Auto mehr fahren können.«

»Pierrick wird ihn wieder zusammenflicken, oder?«

Sylvia glaubte zu hören, wie Elise tief durchatmete.

»Ich glaube«, sagte sie dann, »wir werden uns an den Gedanken gewöhnen müssen, von jetzt an auf einer richtigen Insel zu leben.«

Es dauerte eine Weile, bis Sylvia begriff, was das bedeutete. War der Damm derart beschädigt? Oder gar weggespült worden? »So schlimm?«, fragte sie. Und als sie keine Antwort erhielt, fragte sie angstvoll: »Was … was machen die Kamelien in der Senke, Elise? Wurden die Felder völlig überschwemmt?«

»Ganz genau kann ich dir das nicht sagen«, erklärte die Hauswirtschafterin etwas ausweichend, wie es Sylvia erschien. »Ich meine, wie viel vom Bestand betroffen ist. Gurvan hofft, dass man die meisten Pflanzen retten kann. Sie schuften wie verrückt und spülen das Salzwasser aus den Wurzelballen. Allerdings sind wir … wir sind zu wenige, und alle sind erschöpft.«

»Es tut mir so leid, dass ich nicht helfen kann …«

»Hör zu, Sylvie«, unterbrach Elise sie liebevoll. »Jeder hier ist unfassbar erleichtert, dass es dir und dem Kind gut geht. Das ist für uns momentan das Wichtigste und ein wahrer Lichtblick. Du kannst dir nicht vorstellen, wie wütend Maël auf Pierrick ist, weil er zugelassen hat, dass du mitgeholfen hast.«

»Warum das denn?«

»Na ja, weil es so zu dem Unfall kam. Wir sind wahnsinnig froh, dass Noah dafür gesorgt hat, dass du ausgeflogen werden konntest.«

»Maël darf Pierrick keine Vorwürfe machen«, sagte Sylvia

entsetzt. »Ich hab das schließlich selbst entschieden! Es konnte doch keiner ahnen, dass sich die Piste in einen Sturzbach verwandeln würde.«

»Es war gefährlich«, entgegnete Elise. »Wir waren alle dagegen, dass du das auf dich nimmst. Nun, was geschehen ist, ist geschehen. Hauptsache, es geht euch jetzt gut.«

Maël sollte zu Hause sein, dachte Sylvia aufgebracht. Wie kam er dazu, dem alten Mann Vorwürfe zu machen, während er selbst nicht da gewesen war?

»Solenn kommt übrigens heute«, unterbrach Elise ihre Gedanken. »Sie ist schon unterwegs, die Küstenwache wird sie übersetzen.«

»Oh, das ist gut«, antwortete Sylvia erleichtert. »Ich will auch so schnell wie möglich nach Hause.«

»Du ruhst dich erst einmal aus«, riet ihr Elise mit Bestimmtheit. »Hier hat keiner Zeit, sich um dich zu kümmern. Solange du oder das Kind ärztliche Betreuung braucht, kannst du nicht auf die Insel kommen. Bleib in der Klinik, sie soll sehr schön sein, hat Noah am Telefon gesagt. Lass dich rundum verwöhnen, hörst du? Damit du zu Kräften kommst. Und denk an dein Kind.«

»Ist Pierrick bei dir?«, fragte Sylvia. »Ich würde ihn gern sprechen.«

»Nein, er ist beim Anleger, um zu sehen, was man machen kann, damit die Boote besser anlanden können. Aber ich richte ihm gern aus, dass du nach ihm gefragt hast. Das wird ihn freuen.«

»Sag ihm, dass ich ihn von ganzem Herzen lieb habe«, brach es aus Sylvia heraus. »Und dass er alles richtig gemacht hat. Bitte richte das auch allen anderen aus. Und dass ich ihnen unendlich dankbar bin. Und du, Elise, du bist die Beste! Du hast mir sogar ein vorbildliches Köfferchen gepackt …«

»Das ist ja wohl das Mindeste«, antwortete Elise.

Sylvia war erleichtert, die sonst so heitere Bretonin endlich wieder ein wenig lachen zu hören.

»Gut, dass Solenn bald bei euch ist«, sagte Sylvia. »Was ist mit Maël? Hat er gesagt, wann er zurück sein wird?«

»Nein.« Elise seufzte. »Ich glaube, dass seine Mutter ihn noch braucht.«

Das ist überhaupt nicht gut, dachte Sylvia. Doch sie schwieg.

Erst in der folgenden Nacht, als sie vor Kopfschmerzen nicht einschlafen konnte, wurde ihr bewusst, welchem Druck ihr Mann im Augenblick ausgesetzt war. Sie alle hatten ihm geraten, seine Pflichten als Sohn ernst zu nehmen und seine Ressentiments gegenüber Fabienne zu überwinden. Nun brauchte man ihn auf der Insel, und auch sie stellte Ansprüche an ihn als frischgebackenen Vater.

Dennoch ... Er musste Prioritäten setzen. Hatte er nicht gesagt, er wolle Fabienne dauerhaft in die psychiatrische Klinik einweisen lassen, sollte sie Schwierigkeiten machen? Aber Sylvia kannte ihren Mann gut genug, um zu verstehen, dass er das einfach nicht übers Herz brachte.

Sie wollte ihr Kind unbedingt stillen, doch gegen zwei Uhr in der folgenden Nacht wurden ihre Kopfschmerzen unerträglich. Sie läutete nach der Nachtschwester und fragte sie um Rat.

»Sie können beruhigt ein Schmerzmittel einnehmen und mit dem Stillen pausieren, denn Ihr Kind braucht ohnehin zusätzliche Nahrung. Die vier letzten Schwangerschaftswochen fehlen der Kleinen«, erklärte ihr die Frau. »Das, was sie bis zum natürlichen Geburtstermin an Gewicht zugenommen hätte, muss sie jetzt so schnell wie möglich aufholen. Wenn Sie die Tabletten nicht mehr brauchen und Ihr Körper die Wirkstoffe abgebaut hat, können Sie unbedenklich weiterstillen.«

Die Schwester zeigte Sylvia, wie sie ihre Milch in der Zwischenzeit abpumpen konnte, damit der Milchfluss nicht versiegte. In den folgenden Tagen erholte sich Sylvia mehr und mehr, denn sie bekam endlich wieder ausreichend Schlaf. Auch die Gewissheit, dass der Sturm seinen Höhepunkt überschritten hatte und es ihren Leuten gut ging, half ihr abzuschalten. Sie schlief viel, und die Kopfschmerzen ließen nach, jedenfalls, solange sie die verordnete Bettruhe einhielt.

Schwester Mary brachte ihr jeden Morgen einen Ausdruck der aktuellen Wetterkarte, auf dem sie verfolgen konnte, wie sich das Auge des Sturms mehr und mehr vom europäischen Festland entfernte. Mit Maël telefonierte sie täglich und zwang sich, das Hin und Her mit Fabienne mit stoischer Gelassenheit zu ertragen. Sie sah ein, dass solch eine Entscheidung ihre Zeit brauchte. Und als sie erfuhr, dass ihre Schwiegermutter endlich einwilligte, die alte Wohnung aufzugeben und in das neue Appartement zu ziehen, war sie unendlich erleichtert. Jetzt würde es nicht mehr lange dauern, und sie wären wieder vereint.

Sylvia gelang es sogar, die Annehmlichkeiten der Privatklinik zu genießen. Das Zimmer war geräumig und sonnig, das Licht fiel nicht nur durch ein großes Fenster herein, sondern auch durch eine Doppelflügeltür, die auf einen großzügigen windgeschützten Balkon führte. Typisch englisch waren die Wände in einem zarten Mauveton gestrichen, und Sylvia dachte sehnsüchtig an das rosafarbene Babyzimmerchen, das sie in ihrem Zuhause so liebevoll eingerichtet hatte. Die Möbel, selbst das Krankenbett, waren aus hellem, massivem Ahorn, sodass der Raum mehr an ein komfortables Gäste-, als an ein Krankenhauszimmer erinnerte. Auch das angrenzende Bad war geräumig und verfügte über jeden Komfort, den Sylvia nach dem operativen Eingriff durchaus zu schätzen wusste.

Die zuvorkommende Freundlichkeit von Schwester Mary

und ihren Kolleginnen, die stets an ihrer Seite waren, wenn sie Hilfe oder Rat im Umgang mit dem Neugeborenen benötigte, waren eine große Erleichterung für Sylvia. Lucindes Nachsorgeuntersuchungen verliefen durchweg positiv, das Kind war kerngesund. Und auch bei ihr selbst konnte nichts weiter festgestellt werden. Sie erholte sich so gut, dass sie mit dem Stillen fortfahren konnte und Dr. Peterson ihr erlaubte, täglich ein wenig länger auf zu sein.

Entgegen ihrer Ankündigung hielt sich Chloé vorerst mit Besuchen zurück, nur Noah kam regelmäßig und unterhielt Sylvia mit seinen für sein Alter scharfsinnigen Beobachtungen und originellen Gedankengängen.

»Jetzt sind wir quitt«, sagte er an einem milden Frühlingstag, an dem Schwester Mary für Sylvia einen bequemen Liegestuhl auf dem Balkon hergerichtet hatte, damit sie und die Kleine die Sonne genießen konnten. Sie hatten gerade mit Noahs Smartphone eine Menge Fotos von Lucinde gemacht und an Maël geschickt.

»Was meinst du damit?«, erkundigte sich Sylvia. »In welcher Hinsicht sind wir quitt?«

»Na ja«, begann Noah und setzte seine ein wenig altkluge Miene auf, wie immer, wenn er ihr etwas erklärte, »du hast mir das Leben gerettet und ich dir deines.« Er strahlte nur so vor Zufriedenheit. »Und das von Lucinde auch«, fügte er triumphierend hinzu.

»Du meinst damals, als du mitten in der Nacht mit dem Fischerboot rausgefahren und in Seenot geraten bist?«

»Genau«, antwortete Noah. »Weißt du, mein Freund Takuya aus Japan hat mir erklärt, dass man einem Menschen für immer und ewig verpflichtet ist, wenn der einem das Leben gerettet hat. Der einzige Weg, sich aus dieser Verpflichtung zu befreien, ist, dem anderen auch das Leben zu retten.«

Sylvia betrachtete ihren Stiefsohn nachdenklich. Solche Gedanken machte sich der Junge?

»Wäre es denn so schlimm, wenn du mir verpflichtet wärst?«, fragte sie nach einer Weile. »Und ... so betrachtet ... würde das jetzt nicht bedeuten, dass wir beide Sir James verpflichtet sind? Ich meine, vorausgesetzt, wir wären Japaner? Schlussendlich war er es, der uns beide gerettet hat. Oder nicht?«

Noah schürzte die Lippen und dachte kurz nach. »Gut, dass wir nicht in Japan leben«, entschied er mit Nachdruck.

»Weil du ihn dann ebenfalls retten müsstest?«, fragte Sylvia mit einem Lächeln. Noah zögerte eine Weile mit einer Antwort. Schließlich sagte er: »Es ist schöner, jemanden zu retten, den man gernhat, weißt du?«

Später, nachdem Noah wieder gegangen war und sie ihre Tochter stillte, wurde ihr klar, dass in dem, was Noah gesagt hatte, durchaus ein Körnchen Wahrheit steckte. Sie lebten zwar nicht in Japan, und in Europa herrschte ein anderer Ehrenkodex, dennoch fühlte sie sich Sir James Ashton-Davenport verpflichtet. Sie genoss nicht nur seine Gastfreundschaft, sondern erhielt in seiner Privatklinik die beste und kostspieligste Behandlung. Ihr Schuldenberg ihm gegenüber wuchs mit jedem Tag, den sie hier verbrachte. Und das gefiel ihr überhaupt nicht.

8

Chloés Bitte

»Ich möchte so schnell wie möglich nach Hause«, sagte Sylvia am nächsten Morgen, als Chloé sie nun doch besuchen kam. Schwester Mary hatte den Kopfteil ihres Bettes ein wenig aufrechter gestellt und der Besucherin Kaffee gebracht. Sylvia hingegen erhielt nur Mineralwasser und Kräutertee.

»Nach Hause?« Noahs Mutter sah sie aus ihren großen braunen Augen verständnislos an. Sie war wie immer dezent geschminkt, ihre zierliche Figur steckte in einem legeren und doch mit Sicherheit sündhaftteuren pfirsichfarbenen Kleid, das einen hübschen Kontrast zu ihrem seidig glänzenden Haar bildete, darüber trug sie einen passenden Cardigan. Sie hatte für das Baby ein goldenes Kettchen mit einem Anhänger mitgebracht, in den sein Name eingraviert war. Die andere Seite zierte ein Reliefporträt der heiligen Lucia. Auch für Sylvia hatte sie mehrere Päckchen auf den Beistelltisch gelegt. Dort lagen sie noch immer ungeöffnet. »Du meinst zurück auf die Insel?«, fragte Chloé ungläubig. »Ginge das denn? Soviel ich weiß, ist die doch völlig verwüstet.« Sylvias Herz begann wild zu pochen. Hatte Elise ihr die Wahrheit verschwiegen, womöglich in der Absicht, sie zu schonen? Nein. Chloé übertrieb nur wieder, das war nun einmal ihre Art. »Fühlst du dich denn nicht wohl hier?«, erkundigte sich Noahs Mutter. »Wirst du nicht gut behandelt? Ich werde gleich mit Schwester Mary …«

»Nein, Chloé, es ist alles bestens. Nur … Verstehst du denn nicht? Mir ist es unangenehm, hier zu sein. Irgendwie fühle ich mich, als … als hätte man mich verschleppt. Keiner hat mich gefragt, ob ich das möchte. Und ganz ehrlich, hätten sie das getan, ich hätte dem niemals zugestimmt.«

Chloé hob verwundert die sorgfältig gezupften Augenbrauen. Sylvia biss sich auf die Zunge. Sie war heftiger geworden, als sie es vorgehabt hatte.

»Du könntest einfach dankbar sein«, sagte Chloé schlicht. Es schwang kein Vorwurf in ihrer Stimme mit, eher Verwunderung. »James hat keinen Augenblick gezögert, euch da rauszuholen. Und vergiss nicht, dass es dabei auch um meinen Sohn ging. Ehrlich gesagt wollte ich in erster Linie Noah in Sicherheit wissen. Wenn ich geahnt hätte, wie unangenehm es dir ist, unser Gast zu sein, hätten wir dem Hubschrauberpiloten selbstverständlich Anweisung gegeben, dich in Quimper oder Paris abzusetzen. Aber darauf wäre ich ehrlich gesagt nie im Leben gekommen.« Chloé sah sich unschlüssig um, zog den Cardigan aus und hängte ihn über den Besucherstuhl. »Einmal davon abgesehen«, fuhr sie mit einem schiefen Grinsen fort, »dass Noah sich zu deinem persönlichen Bodyguard erklärt hat und damit niemals einverstanden gewesen wäre. Und du weißt ja so gut wie ich, was für ein Dickkopf er ist.«

Sylvia schwieg beschämt, während Chloé Platz nahm und unschlüssig die Geschenkpakete betrachtete. Dann wandte sie sich dem schlafenden Baby zu, und ein Lächeln huschte über ihre attraktiven Züge.

»Sie ist so wunderschön, deine Kleine«, sagte sie. »Weißt du, ich hab mir damals eine Tochter gewünscht, das hätte ich viel schöner gefunden als einen Sohn. Darf ich sie mal hochnehmen?«

»Nachher, wenn sie aufwacht«, wehrte Sylvia ab. »Ich bin so froh, wenn sie zwischen den Mahlzeiten schläft.«

»Natürlich«, antwortete Chloé ein wenig enttäuscht. Sie blickte Sylvia direkt in die Augen. »Sieh mal, ich war doch auch so lange *euer* Gast. Und vermutlich kein besonders angenehmer.« Sie zögerte, biss sich auf die Unterlippe, dann gab sie sich einen Ruck. »Ich ... ich wollte mich bei dir entschuldigen«, sagte sie zu Sylvias Überraschung. »Ich fürchte, ich bin nicht immer nett zu dir gewesen im vergangenen Jahr. Es war eine schlimme Zeit, die Trennung von Alain und all das ... Es hat mich ziemlich mitgenommen.« Sie seufzte tief und blickte aus dem Fenster. »Und auf der Insel ... Alle ließen mich spüren, wie wenig willkommen ich war. Nur du warst freundlich zu mir. Ausgerechnet du, das ... das hat mich anfangs noch wütender gemacht, als ich ohnehin schon war.« Sie zog eine verlegene Grimasse und blickte auf ihre Hände, die sie im Schoß gefaltet hatte. »Außerdem hat es mich fürchterlich geärgert, dass Noah lieber mit dir zusammen war als mit mir. Im Grunde hat sich daran nichts geändert. Nicht einmal die Ferien will er mehr mit mir verbringen. Ich hab es dem Sturm zu verdanken, dass er jetzt hier bei mir ist.« Chloé wirkte tatsächlich bedrückt, und Sylvia suchte fieberhaft nach etwas Tröstlichem, das sie ihr sagen könnte. Niemals hätte Sylvia mit so viel Selbstkritik gerechnet.

»Das ist sicher nur eine Phase«, sagte sie.

Chloé sah sie zweifelnd an, hob die Augenbrauen und schüttelte den Kopf. »Du weißt selbst, dass das nicht stimmt«, entgegnete sie und seufzte. »Du bist in allem ein so viel besserer Mensch als ich, Sylvie, dass ich dich damals manchmal am liebsten umgebracht hätte. Na ja, fast.« Sie lachte ein freudloses Lachen. Sylvia wagte kaum zu atmen. Das Gespräch nahm eine Wendung, die ihr überhaupt nicht behagte. »Und natürlich die

Sache mit der Kamelie, die ich Gurvan abgeschwatzt habe«, fuhr Chloé fort. »Vor allem dafür möchte ich mich entschuldigen. Ich habe James damit keinen Gefallen getan, schließlich war es die falsche Pflanze, *n'est-ce pas?* Diesen ganzen Ärger hätte ich uns allen besser erspart.«

Ach so, dachte Sylvia, wenn es Chloé gelungen wäre, die echte Kamelie der Sorte *Sylviana* zu ergattern, hätte sie heute keinen Grund, es zu bedauern? Denn dann hätte Sir James sein Ziel erreicht, und die Insel wäre mehr oder weniger in seinen Besitz übergegangen.

»Das letzte Mal, als ich mit ihm zu tun hatte«, gab Sylvia zu bedenken, »waren wir wegen dieser Sache vor Gericht. Ist es nicht verständlich, dass ich mich hier in seiner Klinik unbehaglich fühle?«

»Ach, Sylvie«, rief Chloé theatralisch, »am liebsten würden James und ich, wenn du einverstanden bist, einen Schlussstrich unter all das ziehen und noch mal ganz von vorne beginnen. Können wir das nicht einfach vergessen? James ist überhaupt nicht nachtragend, wirklich nicht. Und weißt du was? Du wirst es mir vermutlich kaum glauben, aber ich bin dir heute richtiggehend dankbar. Ja, tatsächlich, Sylvie. Ohne dich hätte ich James niemals kennengelernt. Und mit ihm bin ich so glücklich, wie ich es mit keinem anderen Mann je war. Er ... weißt du, er lässt mich einfach so, wie ich bin. Alle hatten immer etwas an mir auszusetzen. Den einen war ich zu oberflächlich, den anderen zu verschwenderisch. Ja, Alain behauptete ständig, ich sei verantwortungslos und ... und ... ach, was weiß ich. James jedoch ist einfach nur großzügig, in jeder Hinsicht. Und wenn mit mir mal die Gäule durchgehen, hat er so eine süße britische Art, mich zurück auf den Teppich zu holen. Dann wird mir klar, wie gut ich es habe. Mit ihm an meiner Seite brauche ich keine Angst mehr vor der

Zukunft zu haben. Dass ich eines Tages wieder auf der Straße stehe, so wie vor einem Jahr, als es mit Alain aus und vorbei war.«

Verwundert nahm Sylvia wahr, dass Chloés Augen leuchteten, wie sie es noch nie an ihr gesehen hatte. Der Ausdruck einer listigen Katze, den sie so gut an ihr kannte, war verschwunden. Hatte sie sich tatsächlich ernsthaft in Sir James verliebt? Bislang hatte Sylvia angenommen, dass Noahs Mutter mehr wegen seines enormen Vermögens an dem Engländer interessiert war. Wusste sie denn gar nicht, dass er erst im vergangenen Herbst, als die beiden längst ein Paar gewesen waren, Sylvia seine Liebe gestanden und sie aufgefordert hatte, Maël zu verlassen? Sie konnte nur hoffen, dass er sich besonnen hatte und die Sache zwischen ihm und Chloé auch für ihn eine ernste Angelegenheit war.

»Es gibt nur eines, das mir auf der Seele liegt«, fuhr Chloé fort. Sylvia wurde sogleich hellhörig. »Und da wollte ich dich um deine Hilfe bitten.« Chloé stockte und sah Sylvia unschlüssig an.

»Meine Hilfe?«, fragte Sylvia skeptisch.

Ging es womöglich doch um Sir James? Befürchtete Chloé, sie könnte ihn an Sylvia verlieren? Nun, da konnte sie allerdings völlig unbesorgt sein, jedenfalls was sie selbst anbelangte.

»Na ja, falls es dir nicht zu unangenehm ist. Es geht um meinen Vater.«

»Um deinen Vater?« Jetzt war Sylvia erst recht überrascht. In diesem Moment regte sich Lucinde. Ihre kleinen Fäuste zuckten im Schlaf, dann streckte sie ihren Körper durch und ließ mauzende Laute hören. Sylvia hob das Baby aus der Wiege und legte es sich vorsichtig über die Schulter. Nach kurzem Zögern knöpfte sie ihr Nachthemd auf und bettete das Kind an ihre Brust. Bald hörte man das leise Schmatzen des gierig trinkenden Säuglings. Sylvia legte eine saubere Stoff-windel so über Lucindes Köpfchen, dass sie nicht abgelenkt wurde. Gleichzeitig verdeckte sie damit ihre freiliegende Brust. So friedlich Chloé sich ihr heute präsentierte, die Blicke der wie immer perfekt gestylten Pariserin waren ihr unangenehm. »Was ist mit deinem Vater?«, fragte sie, nachdem sie sich davon überzeugt hatte, dass Lucinde eifrig trank.

»Er weiß noch immer nicht, dass ich von Alain getrennt bin«, gestand Chloé. »Und wenn er den Grund dafür erfährt … Nun, dann wird er schrecklich zornig sein.«

»Auf Alain?«

»Nein, auf mich!« Chloé erhob sich und begann, unruhig im Zimmer umherzugehen. »Es ist nämlich so …« Sie blieb stehen und wandte sich erneut Sylvia zu. »Das ist alles ziemlich kompliziert. Ich bin gar nicht seine leibliche Tochter. Meine Mutter hatte ein Verhältnis. Sie hat mir nie erzählt, mit wem. Und … und dieser große Unbekannte hat mich gezeugt. Das hat mein Vater lange nicht gewusst, und ich hab es natürlich auch nicht ahnen können. Erst als ich vierzehn Jahre alt war, kam das irgendwie raus. Jedenfalls ist mein Vater, also Jean-Paul, den ich immer für meinen Vater hielt, total ausgerastet. Er hat sich von meiner Mutter getrennt, und nicht nur das: Er hat sie gesellschaftlich fertiggemacht. Das ging so weit, dass sie am Ende das Land verlassen hat und nach Übersee gegangen ist, nach Martinique. Dort lebt sie mit irgendeinem Kerl zu-sammen, der eine Surfschule besitzt oder so. Genaueres weiß ich nicht, denn ich habe selbstverständlich jeden Kontakt zu ihr abgebrochen.«

Cloé schwieg erschöpft. Es fiel ihr ganz offensichtlich nicht leicht, über all das zu sprechen. Sylvia erinnerte sich vage da-ran, dass Alain einmal Andeutungen über die Hintergründe der Trennung von Chloés Eltern gemacht hatte.

116

»Warum hast du denn mit deiner Mutter gebrochen?«, fragte Sylvia.

»Weil sie sich weigerte, mir zu sagen, wer mein leiblicher Vater ist«, brach es aus Chloé heraus. »Und weil sie sich ohnehin kaum um mich gekümmert hat. Ich glaube, sie hat mich gehasst. Ein Kind war in ihrem Leben ein Störenfried, verstehst du? Und außerdem ... Jean-Paul ließ mir keine Wahl. Er hat mich sehr geliebt, und als er erfuhr, dass ich gar nicht seine leibliche Tochter bin, hat er mich vor die Entscheidung gestellt: Entweder ich halte zu meiner Mutter und er verstößt auch mich, oder ich breche jeden Kontakt zu ihr ab und bleibe sein Augapfel.« Chloé lachte traurig auf. »Er hat mich weiterhin wie seine eigene Tochter behandelt«, fuhr sie fort. »Aber jetzt ...«

»... jetzt könnte er dir übel nehmen, dass Noah nicht Alains Sohn ist?«

Chloé ging zurück zu ihrem Stuhl, griff nach ihrer Handtasche und zog ein Taschentuch daraus hervor. Sylvia sah zu, wie sie sich setzte, ihre Augen abtupfte und dezent die Nase putzte.

»Er *wird* es mir übel nehmen«, antwortete Chloé mit Bestimmtheit. »Schließlich hat er es mir oft genug gesagt. ›Tu, was du willst‹, hat er gesagt. ›Sei dezent und verschwiegen. Nur eines: Setz deinem Mann niemals ein fremdes Kind ins Nest.‹«

Lucinde begann unzufrieden zu quäken. Sylvia nahm sie hoch, klopfte ihr leicht auf den Rücken, bis sie aufstieß, und legte sie an die andere Brust. Dabei hatte sie Zeit, das Gehörte zu verarbeiten. Als ihr Töchterchen weitertrank, blickte sie zu Chloé auf.

»Und du glaubst, er wird genauso hart reagieren wie damals deiner Mutter gegenüber?«

Chloé seufzte. »Das wird er. Ganz sicher wird er das.«

Eine Weile war es still im Zimmer, nur das leise Geräusch war zu hören, das der Säugling beim Trinken machte.

»Wenn du dir da so sicher bist«, warf Sylvia ein, »was könnte ausgerechnet ich dagegen tun? Er kennt mich ja nicht einmal.«

»*Eh bien*«, antwortete Chloé und holte tief Luft. »Ich hätte da eine Idee. Du hast eine so wunderbare Art, Dinge ins Reine zu bringen ...«

»Ich?«, unterbrach Sylvia sie überrascht und so laut, dass Lucinde einen Moment lang das Saugen vergaß und irritiert das Köpfchen hob.

Sylvia beruhigte sie, streichelte ihre Wange und half ihr dann, zur Brustwarze zurückzufinden, damit sie weitertrinken konnte.

»Ja, Sylvie, das hast du«, sagte Chloé mit Nachdruck. »Denk doch nur an Noah, wie verstockt er anfangs war, als wir zu euch kamen. Und Alain. Du hast sogar Alain besänftigt, sodass er sich jetzt mit Noah treffen wird. Allein dafür verdienst du den Friedensnobelpreis, so stur, wie dieser Mann ist.« Jetzt zeigte Chloé doch wieder das katzenhafte Lächeln, das sie immer trug, wenn sie ein Ziel im Auge hatte, und Sylvia beschloss, doppelt auf der Hut zu sein.

»Was ist das für eine Idee, von der du vorhin sprachst?«, erkundigte sie sich vorsichtig.

Chloé rückte mit ihrem Stuhl ein Stückchen näher an Sylvias Bett heran und beugte sich zu ihr vor.

»Ich wollte dich fragen, ob wir irgendwann im Sommer, wenn es so schön bei euch ist, auf der Kamelieninsel eine Art Familientreffen organisieren könnten. Auf neutralem Grund, verstehst du?«

»Ein Familientreffen? Bei uns auf der Insel? Und warum gerade dort? Warum lädst du deinen Vater nicht hierher nach Cornwall ein? Das Anwesen deines Lebensgefährten ist doch weit beeindruckender als alles, was wir zu bieten haben.«

»Ach, Sylvie«, antwortete Chloé eifrig. »Es geht doch nicht ums Beeindrucken. Meinen Vater beeindruckt nichts so schnell. Er hat selbst unglaubliche Immobilien, daraus macht er sich nichts.«

»Woraus macht er sich dann etwas?«

»Aus schönen und klugen Frauen«, antwortete Chloé. Sie lächelte fein. »Aus Frauen, wie du eine bist. Nein, keine Angst, ich will dich nicht mit ihm verkuppeln, das ist gar nicht nötig, er ist glücklich mit Madeleine. Das ist seine zweite Frau. Und er ist ihr wirklich treu, deshalb ist er ja so ... so konservativ. Aber du könntest ihn dazu bewegen, sich der Sache mit der Vaterschaft von Noah ... sagen wir mal ... unvoreingenommener zu nähern.«

»Du willst, dass ich ihn dazu bringe, dir zu verzeihen?«

Jetzt glitt ein Strahlen über Chloés Gesicht. »*C'est ça!*«, rief sie erleichtert aus. »Sylvie, das wäre so wundervoll. Würdest du das für mich tun?« Und als sie sah, wie ihr Gegenüber zögerte, fügte sie hinzu: »Wenn nicht für mich, dann tu's für Noah. Er hat schon mehrmals nach seinem *Papi* gefragt. Es wäre doch zu traurig, wenn er erfahren müsste, dass auch sein geliebter Großvater nichts mehr von ihm wissen will, oder?«

Schwester Mary kam ins Zimmer und erkundigte sich nach dem Befinden ihrer Patientin, und ihre Anwesenheit enthob Sylvia einer sofortigen Antwort. Sie nahm ihr das Baby ab, das sich satt getrunken hatte, wechselte seine Windel und legte es Sylvia wieder in die Arme. Währenddessen plauderte Chloé über belanglose Dinge. Schließlich sah die Krankenschwester demonstrativ auf ihre Armbanduhr.

»Dr. Peterson hat maximal eine Stunde Besuchszeit erlaubt«, sagte sie höflich. »Ich fürchte, die ist längst um, nicht wahr?«

Chloé setzte ein betont schuldbewusstes Lächeln auf. »Ich bin gleich weg«, sagte sie. »Nur eine Minute noch, Schwester Mary. Genehmigen Sie uns die?« Die Krankenschwester nickte, warf Sylvia einen besorgten Blick zu und ließ sie allein. »Nun?«, drängte Chloé. »Was sagst du?«

»Ich fürchte, du verrennst dich da in etwas«, gab Sylvia zu bedenken. »Ich kann mir kaum vorstellen, dass dein Vater anders reagiert, nur weil ich in der Nähe bin. Im Übrigen«, schob sie schnell hinterher, weil Chloé bereits Luft geholt hatte, um ihr zu widersprechen, »muss ich das mit Maël und den anderen besprechen. Davon einmal abgesehen – hast du vergessen, dass die Insel gerade eine Sturmflut hinter sich hat? Wir haben eine Menge anderer Sorgen. Der *Jardin aux Camélias* wird für dein Versöhnungsszenarium nicht die romantische Kulisse bieten können, die du dir vielleicht vorstellst. Hast du vorhin nicht selbst gesagt, alles sei verwüstet?«

»Ach«, meinte Chloé leichthin und erhob sich. »Ein bisschen Dramatik darf ruhig sein. Vielleicht stimmt das meinen Vater sogar milder, wer weiß?«

Sylvia schlief drei volle Stunden, so sehr hatte sie das Gespräch ermüdet. Schwester Mary hatte am Nachmittag sogar Noah weggeschickt, damit ihre Patientin die nötige Ruhe bekam. In der Zwischenzeit hatte sie Lucinde die Flasche gegeben.

Den Rest des Tages war die Kleine weinerlich, und Sylvia hatte das unbestimmte Gefühl, dass es an der fremden Nahrung lag. Sie hatte ein schlechtes Gewissen, dass sie nicht genügend Milch für ihr Kind hatte. Erst gegen Abend wurde das Kind ruhiger und schlief in ihren Armen ein. Und wieder durchströmte Sylvia ein solches Glücksgefühl beim Anblick ihres erschöpften Kindes, dass alles andere dagegen in den Hintergrund trat.

Als wenig später Maël anrief und ihr erleichtert berichtete, dass Fabienne nun endlich gut in der neuen Wohnung untergebracht war, alle Formalitäten fürs Erste erledigt waren und er gleich am folgenden Tag nach England kommen würde, um sie abzuholen, war ihr, als fiele eine große Last von ihr.

»Ich fürchte«, sagte sie, »ich werde so bald nicht reisen können. Die Gehirnerschütterung macht mir immer noch zu schaffen.«

»Das macht nichts«, erklärte Maël zärtlich. »Dann bleibe ich einfach noch ein wenig bei dir. Hauptsache, wir sind zusammen. Ich habe mit dem Arzt gesprochen, sie haben mir ein Gästezimmer gleich neben deinem angeboten. Vielleicht kann man auch ein zusätzliches Bett in dein Zimmer stellen, wenn es dir recht ist? Ich will keinen Augenblick länger von dir und unserem kleinen Mädchen getrennt sein.«

Seine Worte waren wie Balsam für Sylvias Seele. Sie war ihm also doch nicht gleichgültig. Natürlich war sie das nicht! Wie hatte sie nur jemals solche Gedanken haben können?

»Wann genau kommst du?«, fragte sie.

»Morgen gegen Mittag«, lautete Maëls Antwort. »Ich fliege nach Heathrow und nehme mir dort einen Mietwagen. Oh, Sylvie, ich kann es überhaupt nicht erwarten!«

In dieser Nacht schlief Sylvia tief und traumlos. Früh um acht Uhr sah die Nachtschwester vorsichtig zur Tür herein, ob sie wach war.

»Ein Anruf für Sie«, sagte sie und reichte Sylvia den Hörer.

»Ich bin es, Maël«, hörte Sylvia, und schon am Klang seiner Stimme erkannte sie, dass etwas nicht in Ordnung war. »Ich

wollte dich nicht wecken und hab deshalb auf der Station angerufen.«

»Ist etwas passiert?«, fragte Sylvia alarmiert.

»Leider ja«, antwortete Maël. »Pierrick hatte heute Nacht
einen Schlaganfall. Ich muss zurück auf die Insel, Sylvie. Sie
brauchen mich dort.«

9

Geduldsproben

Wie es um Pierrick tatsächlich stand, konnte niemand sagen. Dass Maël nun auf die Kamelieninsel zurückkehren musste, statt zu ihr zu kommen, verstand sich von selbst. Trotzdem war Sylvia schrecklich enttäuscht. Sie hatte sich das alles so völlig anders vorgestellt. Und natürlich machte sie sich große Sorgen um ihren väterlichen Freund.

Das Liegen wurde ihr immer unerträglicher, auch wenn Dr. Peterson und die Krankenschwestern sie beschworen, die nötige Geduld aufzubringen, damit sie kein Risiko einging und vollständig genesen konnte.

»Wir wollen doch ausschließen, dass Sie Jahre später immer noch Beschwerden haben«, erklärte der Arzt. »Chronische Kopfschmerzen, Gedächtnislücken, wiederkehrende Übelkeit – das sind nur ein paar der möglichen Folgen, wenn Sie nicht vernünftig sind.«

Also riss Sylvia sich zusammen und zwang sich zur Ruhe. Das fiel ihr leichter, wenn sie sich mit Lucinde beschäftigen konnte. Doch in den Phasen, in denen das Kind schlief, kreisten ihre Gedanken unaufhörlich um Pierricks Gesundheitszustand. Er hatte Lähmungserscheinungen, und keiner wusste, ob er sich jemals wieder erholen würde. Über das Ausmaß der Zerstörung auf der Insel erzählten ihr weder Maël noch Elise irgendetwas, und selbst Solenn, die inzwischen längst angekommen war, hielt sich bedeckt, wenn Sylvia bei ihren Anrufen danach fragte. Es war klar, dass sich alle abgesprochen hatten, um sie nicht zu beunruhigen. Dabei ahnten sie nicht, dass dies Sylvia weit mehr Sorgen bereitete, als wenn man sie mit Informationen versorgt hätte.

Als Noahs Ferien dem Ende zugingen und er sich schweren Herzens von ihr verabschiedete, um ins Internat zurückzukehren, hatte Sylvia das Gefühl, es nicht mehr länger im Bett auszuhalten. Schwester Mary traf sie dabei an, wie sie die Kleidung durchsah, die Elise ihr eingepackt hatte.

»Mir geht es jetzt gut genug, ich möchte endlich nach Hause.«

»Aber …«

»Ich liege seit einer Ewigkeit im Bett«, unterbrach Sylvia sie. »Irgendwann muss das Leben weitergehen, finden Sie nicht?«

Schwester Mary seufzte. »Fangen Sie langsam damit an«, riet sie. »Versuchen Sie es heute mit zwei, drei Stunden, dann legen Sie sich wieder hin. Und morgen steigern Sie es.«

»In Ordnung«, willigte Sylvia ein.

»Sie werden selbst merken, wann es Ihnen zu viel wird«, meinte die Schwester, »wenn Sie achtgeben und die Anzeichen wahrnehmen. Schwindel. Ein Anflug von Müdigkeit. Bitte seien Sie vernünftig, und hören Sie auf das, was Ihr Körper Ihnen sagen will.«

»Ich werde es versuchen«, antwortete Sylvia. »Ich sehne mich ganz einfach nach Bewegung. Mir fällt hier die Decke auf den Kopf, verstehen Sie das?«

Schwester Mary nickte. »Natürlich«, erwiderte sie. »Warum gehen Sie nicht ein wenig in den Park? Das Wetter hat sich beruhigt, und wir erwarten schöne Tage. Auch für das Kind ist es gut, wenn es an die frische Luft kommt.«

Das tat Sylvia nur zu gern. Sie zog Lucinde ein warmes

Jäckchen an und legte sie in den Kinderwagen, den Mary vor die Gartentür hatte stellen lassen. Der Park war in der Tradition eines englischen Gartens angelegt worden, mit saftig grünen Rasenflächen, unterbrochen von altehrwürdigen Bäumen mit ausladenden Kronen. Völlig anders, als Sylvia es von der Insel her kannte, die nahezu baumlos war, wenn man von den Kamelien einmal absah. Hier in Südengland hatte der Frühling einen zartgrünen Schleier in vielen Schattierungen über die Zweige gelegt, in dem sich das Sonnenlicht fing.

Sylvia setzte sich auf eine sonnige Bank und betrachtete die viktorianische Villa, in der die Klinik untergebracht war – ein stattlicher Bau mit Erkern und Balkonen. Sie fragte sich gerade, wie weit Parceval Manor wohl entfernt war, jener traumhafte Landsitz von James Ashton-Davenport, als sie Schritte hörte. Es war Schwester Mary, ein wollenes Umschlagtuch in der Hand.

»Ich dachte, das können Sie womöglich gebrauchen«, sagte sie und legte das Tuch um Sylvias Schultern. »Der Wind ist noch kühl, nicht wahr?« Die Schwester blickte hinüber zur Klinik. »Ich glaube, Sie bekommen Besuch«, sagte sie. »Wenn ich Ihnen einen Rat geben darf, bleiben Sie nicht zu lange draußen. Ich möchte nicht, dass Sie sich erkälten.«

Erst jetzt sah Sylvia die grazile Frauengestalt, die aus der Gartentür der Villa trat, sich suchend umsah und eilig auf sie zusteuerte. Es war Chloé, und sie trug etwas im Arm, das aussah wie ein Karton.

»Was machst du denn hier draußen?«, fragte Chloé erstaunt, als sie Sylvia erreicht hatte. »Hast du nicht strenge Bettruhe verordnet bekommen?«

»*Salut*, Chloé«, sagte Sylvia. »Komm, setz dich zu mir. Es ist so schön heute, und ich habe beschlossen, endlich wieder aufzustehen.« Sie zeigte auf das Päckchen. »Was bringst du denn da?«

»Das wollte ich dich fragen«, entgegnete ihre Besucherin

und nahm neben Sylvia Platz. »Es kommt aus einem Labor in Frankreich und enthält lauter kleine Döschen. Sieh doch nur!« Sie öffnete den Karton und holte einen weißen Plastiktiegel heraus. »Ist das etwa …«

»Ja, das sind Proben von der Kosmetikserie, die ich auf den Markt bringen möchte. Du liebe Zeit, in dem ganzen Durcheinander hab ich das völlig vergessen. Ich wollte dich fragen, ob du sie für mich testen möchtest. Es würde mich interessieren, wie du sie findest.«

Chloé blickte sie mit ihren großen braunen Augen erstaunt an. Ein gerührtes Lächeln glitt über ihr Gesicht.

»Du möchtest tatsächlich meine Meinung wissen?«, fragte sie ungläubig.

Sylvia nickte und bekam ein klitzekleines schlechtes Gewissen, denn es war ja nicht ihre, sondern Suzannes Idee gewesen, Chloé miteinzubeziehen. Aber das brauchte sie ja nicht unbedingt zu erfahren.

»Ja«, sagte sie deshalb. »Warum nicht? Suzanne und ich, wir sind natürlich nicht wirklich neutral. Deshalb brauchen wir eine fundierte Meinung von jemand Unbefangenem, und da kamen wir auf dich. Denn du vertrittst genau die Zielgruppe, die wir erreichen wollen.«

Sie holten Döschen für Döschen aus dem Karton, und Sylvia erklärte zu jedem, was es enthielt. Das Labor hatte auf den Etiketten lediglich die Zusammensetzung vermerkt, nun konnte Chloé die einzelnen Tiegel ihrer Verwendung zuordnen. Sie öffnete eine Probe und tupfte sich ein wenig davon auf den Handrücken, schnupperte daran.

»Riecht eigenwillig«, sagte sie. »Was ist das?«

»Eine Mischung aus dem Blütenöl der *Sasanqua*«, antwortete Sylvia. »Wir haben drei der duftenden Sorten kombinieren lassen. Magst du es nicht?«

Chloé schnupperte erneut. »Doch«, antwortete sie. »Es ist anders als das, was man so kennt. Und das ist gut. Riechen die anderen Cremes genauso?«

»Nicht ganz«, erwiderte Sylvia. »Am besten probierst du sie über mehrere Tage hinweg aus. Die Menge sollte für fünf Anwendungen ausreichen. Und dann schreib mir, was du darüber denkst.«

»Schreiben?«, fragte Chloé überrascht. »Ich kann es dir doch genauso gut sagen, oder nicht?«

»Ich werde nicht mehr hier sein«, sagte Sylvia und wunderte sich selbst über die Festigkeit in ihrer Stimme. Sie hatte bislang nicht mit dem Arzt darüber gesprochen. Es wurde jedoch höchste Zeit, die Kontrolle über ihr Leben zurückzugewinnen. »Übermorgen möchte ich nach Hause fliegen.«

Chloé sah alles andere als begeistert aus. »Schade«, sagte sie. »Ich hätte es schön gefunden, wenn du ein wenig länger … Ehrlich gesagt hatte ich gehofft, dass du uns ein paar Tage auf Parceval Manor besuchen kommen würdest. Ist denn auf der Insel wieder alles in Ordnung?«

»Ich denke schon«, antwortete Sylvia.

Von Pierricks Schlaganfall und den Problemen mit dem Zufahrtsdamm hatte sie Chloé wohlweislich nichts erzählt. Sie musste sich erst selbst ein Bild von der Situation verschaffen, ehe Gerüchte in Umlauf gebracht wurden. In Wirklichkeit hatte sie keine Ahnung, wie es im *Jardin aux Camélias* tatsächlich aussah. Die Telefonverbindung war nach wie vor schlecht. Und das Wenige, was Maël ihr hatte sagen können, klang nicht gerade so, als ob das Leben auf der Insel genauso weitergehen konnte wie zuvor. Was das für ihr Geschäft bedeuten würde, das wusste sie ebenfalls noch nicht.

Und genau das war es, was Sylvia nicht mehr zur Ruhe

kommen ließ, seit es ihr besser ging. Von Tag zu Tag wuchsen ihre Unrast und die Sorge.

»*Eh bien*, dann werde ich wegen deiner Heimreise mit James sprechen«, sagte Chloé und räumte die Tiegel zurück in den Karton. »Ich freu mich sehr, deine Cremes zu testen, Sylvie. Ach, ich beneide dich richtiggehend darum, dass du jetzt in die Kosmetikbranche einsteigst! Weißt du, das war immer mein Traum! Schon als kleines Mädchen wollte ich meine eigene Serie haben. Die hätte natürlich *Chloé* geheißen. Damals ahnte ich nicht, dass es diese Marke längst gab und meine Mutter mich nach dem Modehaus von Gaby Aghion benannt hatte.« Sie lachte wehmütig. »Wie willst du denn deine nennen? Wahrscheinlich *Sylvie*, oder? Oder lieber *Sylvia*. Das würde sehr schön klingen!«

»Sie soll *Jardin aux Camélias* heißen«, antwortete Sylvia. »Denn dort kommt sie ja her. Und für eine Naturkosmetik finde ich den Namen passender.«

Chloé betrachtete sie einen Augenblick lang verwundert. Dass Sylvia die Gelegenheit nicht nutzen würde, um sich selbst ins Rampenlicht zu stellen, schien sie zu irritieren. Schließlich nickte sie.

»Also, wenn ich dir sonst irgendwie behilflich sein kann, lass es mich wissen, ja? Es wäre mir eine Freude.«

Zuerst hatte Sylvia mit dem Gedanken gespielt, einfach ein Taxi rufen zu lassen und einen ganz normalen Linienflug zu nehmen. Doch dann wurde ihr bewusst, wie sehr sie Chloé damit brüskieren würde, die eifrig dabei war, ihre Rückkehr zu planen. Auch wenn Sylvia die ungewohnte Herzlichkeit dieser Frau, die vor nicht allzu langer Zeit immerhin versucht hatte, ihr den Mann wegzunehmen, mit einer gewissen Vorsicht genoss, so wollte sie doch Noah zuliebe diese positive Wendung in ihrem Verhältnis nicht gefährden. Wenn Chloé beschlossen hatte, ihre Freundin zu werden, so würde Sylvia sie nicht zurückweisen.

Sir James' leistungsstarke Helikopter gehörten offenbar zu einem Offshore-Projekt des Unternehmers, und erst drei Tage später war wieder einer abkömmlich. Sylvia nutzte die Zeit, um bei kleinen Spaziergängen ihren Kreislauf wieder in Schwung zu bringen und mit Schwester Mary noch mal alles Wichtige der Babypflege durchzugehen. Dr. Peterson erklärte ihr höchstpersönlich, wie sie ihre Tochter sicher über den Flug bringen würde.

»Halten Sie das Kind nah an Ihrem Körper«, erklärte der Arzt. »So hat die Kleine es warm und gemütlich. Die physische Nähe wird sie beruhigen. Während des Starts und der Landung stillen Sie das Kind am besten oder geben ihm die Flasche, dann ist der Druckausgleich überhaupt kein Problem.«

»Und der Lärm?«, fragte Sylvia besorgt. Sie erinnerte sich an die Ohrenschützer, die man ihr aufgesetzt hatte.

»Es gibt einen speziellen Gehörschutz für Neugeborene«, antwortete Dr. Peterson. »Wir werden so etwas für Sie besorgen.«

In Chloés Geschenkpaketen hatte sich eine hübsche Garnitur Erstausstattung für Lucinde befunden, und als sie von den Flugvorbereitungen erfuhr, ließ sie es sich nicht nehmen, für ein praktisches Tragetuch und den Gehörschutz selbst zu sorgen.

Als es endlich so weit war und Chloé sie höchstpersönlich zum Hubschrauberlandeplatz fuhr, atmete Sylvia auf. Mit Erleichterung dachte sie daran, dass sie Sir James dieses Mal überhaupt nicht zu Gesicht bekommen hatte, und wertete dies als ein weiteres Zeichen dafür, dass er sich von nun an zurückhalten würde. Eigentlich, dachte sie, während Chloé über das geplante Sommertreffen mit ihrem Vater in der Bretagne plauderte, könnte unser Verhältnis augenblicklich besser gar nicht sein.

»Und dann feiern wir die Taufe der kleinen Lucinde, was meinst du?«, hörte sie Chloé da sagen.

»Wir schauen mal«, antwortete Sylvia rasch. Und fand nun doch, dass sich Chloé vielleicht ein wenig zu sehr in ihre Angelegenheiten zu mischen begann.

Der Anblick des riesigen dunkelgrauen Helikopters rief in Sylvia wieder das schreckliche Gefühl der Ohnmacht wach, mit dem man sie vor gar nicht allzu langer Zeit an Bord einer dieser Maschinen gebracht hatte.

»Gute Reise«, rief ihr Chloé gegen den Lärm ins Ohr, küsste sie auf beide Wangen und wandte sich rasch zum Gehen.

Ein Mann in Pilotenuniform erklärte Sylvia, dass in ihrem Gehörschutz ein Mikrofon integriert war, über das sie mit der Besatzung kommunizieren konnte, falls notwendig. Er überzeugte sich davon, dass die Ohren des Babys ebenfalls geschützt waren, und nahm Sylvia die Tasche ab.

Sylvia ließ sich in einem der äußerst bequemen Ledersessel direkt am Fenster nieder. Am Himmel waren nur einige Schleierwolken zu sehen. Mit einem Mal freute sie sich auf den Flug. Sorgsam half ihr der Co-Pilot, sich vorschriftsmäßig anzuschnallen. Dann verließ er die Kabine und begab sich zum Cockpit, wo sein Kollege bereits dabei war, den Start vorzubereiten.

Sylvia lehnte sich entspannt zurück und legte ihr Töchterchen an, wie Dr. Peterson es geraten hatte. Ihre Aufmerksamkeit galt ihrem Kind, das die ungewohnte Umgebung und die winzigen Ohrenschützer durchaus wahrnahm und ein wenig verwundert wirkte. Als die Kleine jedoch zu nuckeln begann und ihre Augen schloss, wurde Sylvia bewusst, dass sich jemand neben sie setzte. Sie blickte irritiert auf und sah direkt in die bernsteinfarbenen Augen von Sir James Ashton-Davenport.

»Guten Tag, Sylvia«, hörte sie über die Kopfhörer seine tiefe, angenehme Stimme auf Deutsch sagen, die so sehr im Widerspruch zu allem stand, was Sylvia bislang mit diesem Menschen erlebt hatte. »Wie schön, dass wir uns doch noch sehen.«

10

Die Rückkehr

Sylvia brauchte einen Moment, bis sie sich gefangen hatte. Der Hubschrauber hob ab, und im Lärm der Rotoren erübrigte sich glücklicherweise eine Antwort. Dass Sir James Deutsch sprach, hatte sie gar nicht gewusst. Sie murmelte einen Gruß und kam sich augenblicklich schäbig vor. Auch wenn sie es nicht gewollt hatte, so stand sie doch in der Schuld dieses Mannes.

»Mr. Ashton-Davenport ...«, begann sie, als sie die Flughöhe erreicht hatten.

»Lassen wir die Förmlichkeiten«, unterbrach er sie. »Wir sollten uns endlich duzen. Schließlich haben wir denselben Stiefsohn und außerdem so manche Gemeinsamkeit. Hab ich recht?«

Sylvia war sich nicht sicher, was sie außer Noah miteinander verbinden konnte, doch Sir James erwartete offensichtlich keine Antwort. »Wie geht es dir und deinem Kind?«

»Gut«, antwortete Sylvia nervös. »Ich ... ich muss mich wirklich bedanken ...«

»Du musst nicht«, schnitt ihr Sir James erneut das Wort ab und lächelte. »Aber wenn du es möchtest, dann freut es mich. Bitte schön, hab ich gern gemacht. Ich hoffe, es war alles zu deiner Zufriedenheit?«

»Natürlich, das war es«, erklärte Sylvia.

Ihre Kehle fühlte sich an wie ausgetrocknet, der Schreck steckte ihr in den Gliedern. Warum um alles in der Welt saß dieser Mann jetzt neben ihr?

»Ich muss heute Nachmittag auf eine der Kanalinseln«, erklärte Sir James, als hätte er ihre Gedanken gelesen. »Da kann mich die Crew auf der Rückreise absetzen.«

»Chloé hat das gar nicht erwähnt«, sagte Sylvia verwundert.

»Sie weiß es nicht«, erwiderte Sir James mit einem etwas ironischen Lächeln. »Du kennst sie doch. Chloé interessiert sich nicht für Geschäfte. Außerdem hat es sich sehr kurzfristig ergeben. Es stört dich hoffentlich nicht?«

Sylvia erhaschte einen Blick auf das ein wenig wölfische Lächeln, das sie bereits an Sir James kannte. Es erinnerte sie daran, dass sie gut daran tat, sich vor diesem Menschen in Acht zu nehmen, so freundlich er im Augenblick sein mochte.

»Es ist Ihre Maschine«, erwiderte sie liebenswürdig, bewusst nicht auf sein Angebot eingehend. Sie war noch lange nicht bereit, Sir James das Du anzubieten.

Inzwischen hatten sie das britische Festland hinter sich gelassen, unter ihnen lag der Ärmelkanal. Sylvia zählte sieben Frachtschiffe, und am westlichen Horizont tauchten weitere auf.

»Hier ist immer eine Menge los«, sagte Sir James, der ihr Interesse an der Aussicht wohl bemerkt hatte. »Jeden Tag passieren rund vierhundert Schiffe dieses Nadelöhr. Containerschiffe, Tanker, Supercargos – alles Mögliche. Von hier aus geht es sowohl über den Atlantik zum amerikanischen Kontinent als auch hinunter nach Afrika und weiter um das Kap der Guten Hoffnung nach Asien. Deshalb gehört der Ärmelkanal zu den meistbefahrenen Schifffahrtswegen weltweit.« Er reckte sich, um über Sylvia hinweg ebenfalls nach unten sehen zu können. Instinktiv drückte sie sich tiefer in ihren Sitz und legte schützend einen Arm über Lucinde und ihre Brust. Sylvia war davon ausgegangen, dass sie sich während des Fluges in aller Ruhe um ihr Kind kümmern konnte. Dass ausgerechnet

Sir James sie nun beim Stillen beobachtete, war ihr mehr als unangenehm. Er schien das nicht zu bemerken. »Er sieht so harmlos aus, der Ärmelkanal, nicht wahr? Dabei ist er ein gefährliches Gewässer«, fuhr er fort. »Hier stoßen nämlich zwei Meere aufeinander, die Keltische See zwischen Irland und England und der Atlantik hier im Süden, außerdem sorgt der Kanal als Verbindung zur Nordsee selbst für allerhand Strömungen durch die unterschiedlichen Gezeiten. An ihrer Öffnung zum Atlantik ist die Wasserstraße hundertachtzig Kilometer breit«, erklärte er. »Bei Dover, kurz bevor sie in die Nordsee mündet, verengt sie sich auf nur vierundzwanzig Kilometer. Und da dies einmal zusammenhängende Landmassen waren, ist die tiefe Fahrrinne nicht besonders breit. Hinzu kommen noch die Sportsegler und Fähren, die die Wasserstraße zwischen Frankreich und England quer zu den Frachtern und Tankern kreuzen. So harmlos dieser Kanal auch aussehen mag, für einen Navigator ist er eine Herausforderung.«

Sylvia konnte nicht umhin, das Gehörte äußerst interessant zu finden.

»Vermutlich haben Sie selbst Schiffe, die diese Route befahren?«, bemerkte sie.

Sir James lächelte. »Ein gutes Dutzend«, antwortete er. »Je nachdem. Ich überlege gerade, ob ich in eine große Reederei investieren soll. Vielleicht könntest du mich bei dieser Entscheidung beraten.«

Sylvia sah den Engländer überrascht an. Dass ausgerechnet ihr Erzfeind sie beauftragen wollte, darauf war sie nicht vorbereitet. Immerhin würde er sie ein Stück weit in seine geschäftlichen Karten blicken lassen. War das als Friedensangebot gemeint oder eine geschickt ausgelegte Falle?

»Ich weiß«, fuhr Sir James fort, als er ihr Zögern bemerkte, »vorerst wirst du dich deinem Kind widmen wollen. Und natürlich musst du zunächst vollständig gesund werden. Dr. Peterson hat mich über die Gehirnerschütterung ins Bild gesetzt. Gesundheit steht immer an erster Stelle, sie ist unser wichtigstes Kapital. Wenn es dir besser geht und du Lust hast, für mich zu arbeiten, dann würde ich mich freuen. Es eilt nicht mit dieser Entscheidung. Die Fakten sind äußerst komplex. Ich habe keine Zweifel, dass du die Richtige bist, um die Struktur dieses Unternehmens zu durchleuchten. Also, bitte überleg es dir.«

»Ich fürchte, ich werde mich in den nächsten Wochen und Monaten auf unser eigenes Geschäft konzentrieren müssen«, wandte Sylvia ein. »Noch habe ich keinen Überblick über die Schäden, die der Sturm angerichtet hat. Aber dass viel Arbeit auf mich wartet, da bin ich mir sicher.«

Sir James nickte. »Das fürchte ich auch«, stimmte er ihr zu. »Und ein zusätzliches Honorar wird euch gerade in dieser Situation willkommen sein. Denk darüber nach. Und sollte unsere Zusammenarbeit, wie ich annehme, zu meiner Zufriedenheit sein, wird sich öfter eine Gelegenheit ergeben, wie du mir auf Honorarbasis zu Diensten stehen kannst.«

Zu Diensten stehen, dachte Sylvia. Das hätte er wohl gern. Da hatte Sir James Ashton-Davenport für einen Moment lang sein wahres Gesicht aufblitzen lassen. Nämlich das eines britischen Adeligen, schwerreich, skrupellos in seinem Geschäftsgebaren und gewohnt, dass man ihm »zu Diensten« stand.

Im Grunde, musste sich Sylvia jedoch eingestehen, hatte er nicht ganz unrecht. Sie würde tatsächlich vermehrt Aufträge annehmen müssen, um Geld hinzuzuverdienen. Die Sorge um die Zukunft der Insel legte sich schwer auf ihr Herz. Bislang hatte sie es vermieden, daran zu denken, was die Sturmschäden für die Existenz ihres Betriebs konkret bedeuten würden. Schließlich sind wir versichert, hatte sie sich immer wieder gesagt und alles Weitere bis zu ihrer Rückkehr verschoben. Jetzt stand dieser Moment unmittelbar bevor und die Zeit der Schonung war bald vorbei. Im Grunde ihres Herzens graute ihr davor, was sie auf der Insel antreffen würde.

»Da vorne kann man das französische Festland erkennen«, unterbrach Sir James ihre düsteren Gedanken. »Die alte Piratenstadt Roscoff. Ist die Welt von oben betrachtet nicht wunderschön?« Dem Hafenstädtchen war eine Insel vorgelagert, die *Île de Batz*. Schon lange hatten sie und Maël dem dortigen *Jardin Georges Delaselle* einen Besuch abstatten wollen und waren doch nie dazu gekommen. Sylvia genoss den Anblick der Küste, und ihr war klar, dass sie diesen bequemen Rückflug der Freundlichkeit des Mannes neben ihr verdankte. Oder eher seiner Berechnung? »Ich frage mich manchmal«, sagte Sir James, »was ich tun kann, damit du aufhörst, mich als deinen Feind zu betrachten. Nein, lass mich aussprechen«, wehrte er ab, als Sylvia etwas sagen wollte. »Und streite es vor allem nicht ab. Denn dass du mir misstraust, kann jeder sehen, der Augen im Kopf hat.« Sylvia senkte den Blick. »Dabei habe ich nie etwas getan, das dein Misstrauen verdient. Damals, beim Kauf der Insel, da habe ich einen rechtmäßigen Vertrag mit deinem Exmann geschlossen. Ich konnte ja nicht wissen, dass ihr euch uneins darüber wart, ob die Insel verkauft werden sollte oder nicht. Und als wir uns darüber ausgetauscht hatten, bot ich dir einen Auflösungsvertrag an. Was hätte ich denn sonst noch tun können?«

Sylvia schwieg betroffen. Was Sir James sagte, stimmte. Doch es war nur die halbe Wahrheit. Ehe sie die richtigen Worte zu einer Entgegnung fand, sprach der Engländer weiter.

»Und dann habe ich euch diesen Kamelienbaum abgekauft, und zwar für eine unglaubliche Summe. Was glaubst du denn, warum ich das getan habe? Eine halbe Million Euro für einen einzigen Kamelienbaum? Um euch zu unterstützen natürlich.

Denn ich wusste, dass du ehrgeizige Pläne haben würdest, auch wenn wir nie darüber gesprochen hatten. Ich habe dich damals auf Parceval Manor kennengelernt und begriffen, dass ich es mit einer ambitionierten und klugen Geschäftsfrau zu tun hatte. Das hat mir gefallen. Und deshalb ...«

»Ich fürchte«, unterbrach ihn Sylvia, »Sie sind nicht ganz ehrlich. Jedenfalls haben Sie mir im vergangenen Herbst bei unserer Eröffnung etwas anderes gesagt. Sie haben mich aufgefordert, meinen Mann zu verlassen, und mir gedroht, uns andernfalls alles wegzunehmen. Haben Sie das vergessen? Haben Sie vergessen, dass Sie gegen uns geklagt haben aufgrund einer Kamelie, die uns gestohlen worden war?«

Sir James antwortete nicht gleich. Er hatte den Kopf abgewandt und schien aus dem gegenüberliegenden Fenster zu blicken, durch das in der Ferne eine Inselgruppe zu erkennen war.

»Deine Vorwürfe entbehren jeder Grundlage«, sagte er schließlich. »Und würde ich dich nicht so gut kennen, hätte ich durchaus Grund, verärgert zu sein. Denn die Kamelie war keineswegs gestohlen, sondern Chloé geschenkt worden. Dass ernsthaft zu befürchten stand, dass du einen Teil des Kaufvertrags nicht eingehalten hattest, ist unbestritten. Und was das andere anbelangt ... Kannst du einem Mann ernsthaft vorwerfen, dass er dich verehrt? Im Übrigen tue ich das nach wie vor. Und ja, ich erneuere hier und jetzt mein Angebot: Wann immer du dich neu entscheiden solltest, ich würde dich mit offenen Armen empfangen. Und dein Kind ebenso.«

Sylvia verschlug es für einen Moment die Sprache. Zum Glück meldete sich der Pilot und gab Sir James einige Daten durch, deren Sinn sie nicht verstand. Dann wurde ein Telefongespräch zu ihm durchgestellt, und es wurde still in Sylvias Kopfhörer. Das war ihr mehr als recht, auf diese Weise konnte sie das Gehörte verdauen und überlegen, wie sie mit dem neuerlichen Liebesgeständnis von Sir James am besten umgehen sollte.

Sie dachte an Chloé und wie glücklich sie gewesen war. Sylvia hatte den Eindruck gewonnen, dass sich Noahs Mutter ernsthaft in Sir James verliebt hatte und sicher nicht damit rechnete, dass er hinter ihrem Rücken Sylvia anbot, jederzeit zu ihm zu kommen, um mit ihm zu leben. Zum Glück war Sir James während der nächsten halben Stunde mit Telefonaten beschäftigt und ließ sie in Ruhe.

Lucinde war an ihrer Brust eingeschlafen, und auch Sylvia schloss kurz die Augen, der Schmerz in ihrem Kopf war wieder erwacht, vielleicht durch den Druck des Hörschutzes auf ihre Ohren. Einen Moment lang gelang es ihr, sich zu entspannen. Dann drang die samtige Stimme des Engländers erneut aus den in die Ohrenschützer eingebauten Kopfhörern.

»Wir sind gleich da«, sagte er. »Ich habe dem Piloten Order gegeben, einmal rund um die Insel zu fliegen, damit du dir ein Bild machen kannst.«

Er klang mit sich selbst zufrieden. Sylvia biss die Zähne zusammen. *Du* bist es, der sich ein Bild machen möchte, dachte sie. Und endlich wurde ihr klar, warum er sie auf diesem Flug begleitete: Er wollte wissen, wie schlimm es um die Kamelieninsel stand. Sie sah aus dem Fenster, und bei dem Anblick, der sich ihr bot, war alles andere wie weggewischt.

Vielleicht lag es an der Vogelperspektive, vielleicht daran, dass gerade Ebbe herrschte und die geschundene Felsenküste dem Blick erbarmungslos ausgesetzt war. Die Mittagssonne brannte ungnädig auf die ungeheuren Wälle aus Tang, Müll und Schlamm rund um das Eiland herab. Manche Küstenabschnitte hatten ihre Form verändert, vor allem im Südwesten. Der Flaschenhals glich einer aufgerissenen Wunde, die bis zu den Kamelienfeldern im Herzen der Insel klaffte. Wo bis vor

Kurzem in gleichmäßigen Reihen das dunkle Grün der Zöglinge das Bild geprägt hatte, stand nun brackiges bräunliches Wasser in großen Pfützen zwischen abgestorbenen Pflanzen. Ihre Leute hatten einen Wall errichtet, um den etwas höher gelegenen Teil der Felder vor dem eindringenden Meerwasser zu schützen, der Rest war verschlammt und zeigte schon jetzt Zeichen von Erosion.

Ein Glitzern lenkte Sylvias Blick ab. Die Sonne wurde an mehreren Stellen wie von Spiegeln reflektiert. Da sah sie, dass eines der Gewächshäuser zerstört war, und sie konnte einen Ausruf des Entsetzens nicht zurückhalten. Es war das erste, das errichtet worden war, das Gewächshaus mit der Kuppel, in dem sich die kostbarsten Exemplare ihrer Züchtungen befunden hatten. Jetzt stand nur noch das Metallgerüst, die Verglasung war zerbrochen. Sylvia begriff, dass es zahllose Glasscherben waren, die diesen Teil der Insel zum Glitzern brachten, und sie spürte, wie ihr Tränen in die Augen stiegen.

»Wenn du willst«, hörte sie Sir James mitfühlend sagen, »kann ich dich auch aufs Festland bringen. Vielleicht möchtest du lieber zu deiner Freundin Veronika? Oder zurück nach Cornwall? Chloé würde sich bestimmt freuen ...«

»Nein«, antwortete Sylvia und musste feststellen, dass ihre Stimme zitterte. »Ich möchte nirgendwo anders hin. Dies hier ist mein Zuhause.«

Der Hubschrauber flog einen Bogen um die Südseite der Insel und schwenkte dann von der Festlandseite her in Richtung des Besucherparkplatzes ein. Sylvia hielt Ausschau nach dem Fahrdamm, der die Insel mit dem Festland verbunden hatte, doch alles, was sie trotz Niedrigwasser erkennen konnte, waren einige unzusammenhängende Erhebungen wie der Rücken einer lang gestreckten Eidechse, der hier und dort aus dem Wasser ragte.

Lediglich vor dem Festland konnte man ein Stück der zerstörten Fahrstraße erkennen, ehe sie nach einigen Hundert Metern einfach endete. Von der einstigen Auffahrt zur Insel war ebenfalls ein Stück erhalten geblieben, das wirkte wie der Rest einer Nabelschnur, die unwiederbringlich zerschnitten worden war.

Schließlich hatte der Pilot die exakte Position über dem Parkplatz erreicht und gab Anweisung für die Landung. Lucinde regte sich, und Sylvia beeilte sich, ihr erneut die Brust zu geben. Auch vor den Gebäuden des Besucherzentrums entdeckte Sylvia Unmengen von jener schmutzigen Masse, die der Atlantik ausgespien hatte. Und als sich der Helikopter langsam auf den Parkplatz niedersenkte, sah Sylvia sogar in den Kronen der ehrwürdigen Kamelienbäume jenseits der Mauern Plastikabfälle hängen, Algen und Tang.

Sie fühlte, wie sie mehr und mehr an Höhe verloren, und ihr Herz schlug zum Zerspringen. Endlich würde sie Maël wiedersehen. Dann ist alles gut, beruhigte sie sich selbst. Gemeinsam schaffen wir das. Das Wichtigste ist, dass wir wieder zusammen sind.

Sie fühlte die Verbundenheit mit ihrem Baby, das mit großem Appetit trank, und auf einmal war ihr der Mann egal, der neben ihr saß und sie nicht aus den Augen ließ. Nur noch wenige Minuten, bis Maël sie in die Arme schließen und endlich sein Kind halten könnte. Und für alles andere würden sie eine Lösung finden.

Sanft setzte der graue Riese auf der Insel auf. Die Rotoren verlangsamten, der Lärm verebbte nach und nach. Der Co-Pilot öffnete die seitliche Tür des Helikopters und klappte die Ausstiegsleiter aus.

»Da wären wir also«, sagte Sir James und half ihr, die Gurte zu lösen. Er stand auf, griff nach ihrer Reisetasche und begab sich zum Ausstieg. Sylvia erhob sich. Sie fühlte sich benommen. Ihre Narbe am Unterbauch schmerzte, und sie musste sich einen Augenblick lang an der Sessellehne festhalten.

»Ist alles in Ordnung?«, hörte sie Sir James durch ein helles Sirren in ihren Ohren hindurch sagen.

»Ja«, sagte sie und atmete tief durch. Dann wandte sie sich dem Ausgang zu.

An der Tür reichte Sir James ihr die Hand und half ihr beim Aussteigen. Die Sonne blendete Sylvia, sie konnte nichts erkennen. Erneut überkam sie ein Schwindelgefühl. Der Engländer griff ihr unter den Arm und führte sie behutsam vom Hubschrauber weg.

»*Voilà*. Hier bringe ich Ihnen Frau und Kind«, hörte sie ihn nun auf Französisch sagen und fühlte, wie er sie zum Abschied auf beide Wangen küsste. »Passen Sie in Zukunft gut auf die beiden auf!«, fügte er hinzu. Rasch machte sie sich von dem Engländer los. Vor ihnen stand Maël, der Sir James mit zusammengezogenen Brauen musterte. Und da begriff Sylvia, wie diese Szene wirken musste, nämlich als wären Ashton-Davenport und sie viel vertrauter miteinander, als sie es jemals gewesen waren und je sein würden. »Vergiss nicht, über mein Angebot nachzudenken«, sagte er liebenswürdig und ging zurück zum Helikopter.

»Was ... was meint er damit?« Maël starrte dem Engländer fassungslos hinterher. »Und ... Seit wann seid ihr per Du?«

»Das sind wir nicht«, entgegnete Sylvia wütend über Sir James' Verhalten, der gerade mit einem zufriedenen Grinsen im Inneren des Hubschraubers verschwand. »Ich jedenfalls duze ihn nicht. *Bonjour*, Maël. Darf ich dir deine Tochter vorstellen?«

Das klang gereizter, als Sylvia es gewollt hatte, doch im Lärm der startenden Maschine waren ihre Worte ohnehin nicht zu verstehen. Lucinde begann herzzerreißend zu weinen. Da endlich legte Maël seinen Arm um Sylvia und führte sie eilig in den *Jardin aux Camélias.*

In der Küche schien es Sylvia, als würde der Boden unter ihr schwanken. Sie hob ihr brüllendes Kind aus dem Tragetuch, und Maël nahm es ihr ab. Er wiegte es in seinen Armen, und auf einmal hielt Lucinde mitten im Schreien inne. Vollkommen fasziniert starrte sie in das Gesicht ihres Vaters, auf dem sich ein riesiges Strahlen ausbreitete.

»Was für ein Wunder«, brachte Maël heraus und strich mit dem Zeigefinger sanft über Stirn und Wangen des Babys. »Hallo, Lucinde. Wie wunderschön du bist!«

Sie braucht eine frische Windel, wollte Sylvia sagen, doch auf einmal setzte das unerträglich hohe Sirren wieder ein, wurde immer lauter, bis alles weiß vor ihren Augen wurde.

Und dann schwarz.

11

Ankommen

Das Erste, was Sylvia wahrnahm, als sie zu sich kam, war Maël. Er saß neben dem Bett und hatte Lucinde auf dem Arm, die zufrieden an seinem kleinen Finger nuckelte. Sylvia sah sich um und erkannte das lavendelblaue Gästezimmer im ersten Stock des Herrenhauses. Durch die zugezogenen Leinenvorhänge schimmerte das Sonnenlicht.

»Maël«, sagte sie leise.

Er sah sie an, und ein Strahlen glitt über sein Gesicht.

»Sylvie«, sagte er zärtlich, erhob sich vorsichtig, um das Baby nicht zu erschrecken, und setzte sich auf die Bettkante. »Fühlst du dich besser? Du bist auf einmal umgefallen. Wie gut, dass ich direkt hinter dir stand.«

Sylvia tastete nach seiner Hand und hielt sie ganz fest. Ihr war, als würde eine Riesenlast von ihr abfallen. Endlich war sie wieder zu Hause. Erleichtert schloss sie kurz die Augen.

»Vielleicht hättest du noch in der Klinik bleiben sollen«, hörte sie ihren Mann besorgt sagen.

»Ach, Maël«, antwortete sie und sah ihn an. »Ich hatte so große Sehnsucht nach dir.«

»Ich habe dich auch so sehr vermisst, *chérie*«, sagte er sanft. Das Baby in seinem Arm machte glucksende Geräusche. Er ließ Sylvias Hand los und hob es hoch. »Und unsere Kleine«, fuhr er strahlend vor Glück fort, »sie ist ja so … so …« Maël lachte und schüttelte verwundert den Kopf. »Ich finde keine

Worte dafür, wie sie ist. Sie hat mich sofort erkannt, weißt du? Sie hat gleich angefangen, mit mir zu flirten.« Sylvia lächelte und versuchte sich aufzusetzen. Die Narbe an ihrem Bauch spannte. »Komm, ich helf dir«, sagte Maël, als er das sah, und legte Lucinde liebevoll in ihre Arme. »Kannst du sie kurz halten? Ich steck dir noch ein Kissen in den Rücken.« Behutsam half er ihr, sich aufzurichten, und nahm ihr dann den Säugling wieder ab. »Möchtest du etwas trinken?«, fragte er. »Elise hat ein Tablett für dich hier deponiert.«

Dankbar trank Sylvia einen *bol* mit Kräutertee und aß etwas Joghurt mit frischen Früchten.

»Wie kommen die Lebensmittel jetzt hierher?«, fragte sie.

»Mit dem Boot«, antwortete Maël. »Brioc hat uns einen Kutter zur Verfügung gestellt, nachdem all unsere Schiffe …« Er brach mitten im Satz ab.

»Ich weiß, dass sie zerstört sind«, erklärte Sylvia. »Du brauchst mich nicht zu schonen. Ich habe vom Hubschrauber aus alles gesehen. Wie steht es um die Plantagen, Maël, kannst du den Schaden schon beziffern?«

Maël seufzte und wiegte Lucinde, die allmählich auf seinem Arm einschlief.

»Wenn alle Pflanzen durchkommen, deren Wurzelstöcke Gurvan und Coco nach der Überschwemmung mit Süßwasser durchgespült haben, dann bleiben uns sechzig Prozent vom ursprünglichen Bestand. Vielleicht auch siebzig, das ist im Augenblick schwer zu sagen. Es ist nicht von Vorteil, dass ausgerechnet jetzt eine Schönwetterperiode begonnen hat mit Temperaturen bis über fünfundzwanzig Grad. Was uns jetzt helfen würde, wären ein bedeckter Himmel und mäßiger, milder Regen. Aber das Wetter hört wie immer nicht auf uns.«

»Wo ist eigentlich Solenn?«, fragte Sylvia, der bewusst wurde, dass sie die resolute Bretonin noch nicht gesehen hatte.

»Bei Pierrick«, antwortete Maël. »In der Klinik.«

»Steht es schlimm um ihn? Meinst du, er wird sich erholen?«

Maël hob sorgenvoll die Schultern und ließ sie wieder fallen. »Schwer zu sagen. Er ist bei Bewusstsein. Das Sprechen fällt ihm schwer. Wie es aussieht, ist seine linke Seite gelähmt. Wir müssen abwarten, wie es sich entwickelt.«

»Ich möchte ihn so bald wie möglich besuchen«, sagte Sylvia. »Warum sind wir eigentlich hier und nicht unten im *Ti Bag*?«

»Es ist im Moment nicht wirklich wohnlich dort«, erklärte Maël ausweichend.

»Wie meinst du das?«

»Wasser ist ins Haus eingedrungen«, erzählte Maël, der Sylvia gut genug kannte, um zu wissen, dass sie keine Ruhe geben würde. »Ein Teil der Gartenmauer hat nachgegeben, und der untere Teil des Parks wurde überschwemmt. Nicht wirklich dramatisch, keinesfalls so wie in der Senke bei den Plantagen. Es hat jedoch ausgereicht, um eine Schicht Schlamm in unser Haus zu spülen.«

Sylvia sank zurück in das Kissen. Plötzlich waren sie wieder da, die Bilder von Ästen, die durch die Luft flogen, von der ungeheuren Welle, die sich an der Mauer gebrochen hatte, und von der riesigen Fontäne aus Gischt.

»Ja«, sagte sie. »Ich habe sie gesehen, diese Welle. Oder eine davon. Es war unheimlich … Sie sah aus wie die Pranke eines Ungeheuers, das sich über die Mauer tastet …«

Maël nahm ihre Hand und drückte sie zärtlich. »Und ich war nicht da«, murmelte er. »Ihr alle habt euch in einer solchen Gefahr befunden, und ich war weit weg. Das werde ich mir nie verzeihen.«

Sylvia strich ihm über die Wange. »Es war ja nicht deine Schuld. Hör auf, dich zu quälen, das bringt nichts.«

Sylvia ruhte sich eine halbe Stunde lang aus, dann stand sie vorsichtig auf. An Maëls Seite, der Lucinde im Tragetuch vor seiner Brust trug, verließ sie das große Haus. Sah man vom Sturz des Wetterhahns am Tag vor dem großen Sturm einmal ab, hatte das Hauptgebäude keine Schäden erlitten. Es thronte an einer der exponierten Stellen des *Jardin aux Camélias*, gut geschützt hinter der mächtigen Mauer, und war selbst für die Sturmflut unerreichbar gewesen.

Als sie aus dem Tor traten, erschrak Sylvia erneut über den trostlosen Anblick des mit Schlamm und Müll bedeckten Platzes zwischen der Mauer und dem Besucherzentrum. Denn über die ehemalige Auffahrtsrampe vom Damm zum Parkplatz hatten die Wellen nahezu ungehindert heraufströmen können. Das Wasser war sogar bis in die Räume des Besucherzentrums eingedrungen.

»Lucies Bild«, flüsterte Sylvia erschrocken und betrat eilig die Eingangshalle.

An den Wänden war der Stand des Hochwassers noch deutlich erkennbar, die Schmutzränder, die es hinterlassen hatte, reichten bis auf wenige Zentimeter an den unteren Rand des kostbaren Gemäldes heran. Aaltje, die Witwe des Malers Hendryk van Outen, hatte es Sylvia zur Eröffnung des Zentrums geschenkt. Das Bild war von unschätzbarem Wert, und Sylvia bekam Herzrasen, wenn sie auch nur daran dachte, in welcher Gefahr es geschwebt hatte. Sie versuchte es sich vorzustellen – Lucie strahlend im weißen Kleid mit den rotweißen Kamelien in der Hand, von zornigen Wellen umspült. Was für ein Glück, dass es keinen Schaden erlitten hatte.

»Wir brauchen Verstärkung«, sagte sie, als sie den Inselladen begutachtete. Das Hochwasser hatte Waren aus den unteren Regalen herausgespült, Seifenpackungen klebten zwischen durchweichten Tüten mit Kräutertee und Säckchen voller duftender Blütenmischungen am schlammigen Fußboden, ein Postkartenständer war umgerissen worden, überall lag aufgequollenes Papier. »Was ist mit Odette und Aurélie?«, erkundigte sich Sylvia nach den beiden Putzhilfen vom Festland, die Elise einige Monate zuvor eingestellt hatte. Maël zuckte mit den Schultern. Um diese Dinge hatte sich bislang immer die Hauswirtschafterin gekümmert. »Wir sollten wahrscheinlich eine professionelle Reinigungsfirma beauftragen«, fuhr Sylvia nachdenklich fort, während sie das Bistro gleich nebenan in Augenschein nahm, in dem es nicht viel besser aussah. »Maylis bekommt einen Anfall, wenn sie das hier sieht.« Maylis leitete das Bistro.

Vor dem Gebäude wurde kräftig gehupt.

»Das ist Gurvan«, sagte Maël. »Hör mal, Sylvie, sie brauchen mich in der Gärtnerei.«

»Geh ruhig«, unterbrach Sylvia ihn und nahm ihm das Baby ab. »Ich seh mich noch ein bisschen um, dann wird die Kleine sicher wieder hungrig sein. Sag mir nur rasch, ob jemand schon die Versicherung informiert hat.«

»Solenn hat sie kontaktiert, soweit ich weiß«, antwortete Maël und half Sylvia, das Tuch umzubinden. »Am besten rufst du sie mal an.« Er umarmte sie vorsichtig und ging.

Lucinde machte ein paar unglücklich quäkende Laute, so als vermisste sie ihren *Papa* jetzt schon. Sylvia drückte sanft ein paar Küsse auf ihr flaumiges Köpfchen und atmete den unverwechselbaren Babyduft ein, den ihr Kind verströmte. Sogleich beruhigte es sich.

Sylvia beschloss, sich auch den unteren Teil des *Jardin aux Camélias* anzusehen. Dort befand sich ihr Haus, und sie erwartete das Schlimmste. Nahe der Stelle, an der sie die Gischtfontänen hatte aufsteigen sehen, war die Umfriedungsmauer von den Wassermassen eingedrückt worden, und graugrüner, übel riechender Schlamm bedeckte den Grund. Sie verzichtete darauf, das *Ti Bag* zu betreten, sie sah auch so, dass sich die Sturmflut überall ausgebreitet und einen ekligen Teppich aus Algen, Tang und Sand hinterlassen hatte, die Ränder an ihrer Eingangstür zeigten ihr genug. Es würde eine mühevolle Angelegenheit sein, das Haus zu reinigen.

Sylvia war erschöpft. Der Weg hinauf zum großen Haus, den sie in ihrem Alltag viele Male mit Leichtigkeit zurückgelegt hatte, erschien ihr heute endlos und beschwerlich. Sie beschloss, bei Lucies Grab vorbeizugehen und dort eine kleine Ruhepause einzulegen. Es lag etwas erhöht nahe der östlichen Mauer, und wie so oft zuvor war der Ort an diesem traurigen Nachmittag für Sylvia ein Ort der Ruhe und des Friedens.

»Hier schläft deine Großtante Lucie«, sagte sie leise zu ihrem Töchterchen, das mit wachen Augen zu ihr hochblickte und ihrer Stimme zu lauschen schien. »Nach ihr haben wir deinen Namen ausgesucht.«

Sylvia nahm auf der steinernen Bank Platz, die von der Sonne erwärmt war. Vor ihr lag das Beet mit den sechs brusthohen, weit verzweigten Kameliensträuchern der Sorte *Tamano-ura*, deren schlichte, karminrote Blüten mit den charakteristischen gelben Staubgefäßen, die wie kleine Pinsel aus ihrem Zentrum leuchteten, fast verblüht waren. Es war, als hätte der Sturm diese Stelle verschont, weder abgerissene oder geknickte Zweige zeugten davon, dass er hier überhaupt gewütet hatte, noch hatte der Wind getrockneten Tang oder Plastikmüll hergetragen. Von hier aus konnte man über den tiefer liegenden südlichen Teil der Insel hinweg am Horizont den Atlantik erkennen, der sich harmlos als leuchtend blauer Streifen unter einem strahlenden Himmel präsentierte, so als hätte er sich nie zu Wellen mit zerstörerischer Kraft aufgebäumt. Sylvia schloss die Augen und nahm zum ersten Mal, seit sie zurück war, den

Ruf der Möwen wahr, das Summen von Insekten und das leise Auf- und Abschwellen des Meeres.

Es wird alles gut werden, sagte sie sich und atmete tief durch. Jetzt erst fiel ihr auf, dass über der gesamten Insel der Geruch nach fauligem Seetang lag, nach dem Schlamm aus den Eingeweiden des Atlantiks. Nur hier an Lucies Grab war die Luft so rein und klar wie immer.

Sie verweilten lange an diesem friedvollen Ort. Lucinde wurde hungrig, bekam die Brust und schlief sanft ein. Sylvia verlor das Gefühl für Zeit und Raum und schlummerte ein wenig, an eine moosbewachsene, weiche Stelle der Mauer gelehnt. Irgendwann hörte sie Stimmen, die nach ihr riefen, hatte erst den Eindruck zu träumen, doch das Rufen wurde lauter.

Sylvia öffnete die Augen und stellte fest, dass sie sich ausgeruht und erfrischt fühlte. Dann näherten sich Schritte. Zwischen den Kamelienbäumen kam Solenn auf sie zu.

»Hier bist du«, sagte die Bretonin mit einem breiten Lächeln. »Hab ich es mir doch gedacht. Lass dich umarmen, Sylvie! Wie geht es dir? Und wen haben wir denn da? Ist das die kleine Prinzessin, auf die wir alle so gespannt sind? Darf ich sie nehmen?«

»Ja, natürlich«, antwortete Sylvia und legte ihr die Kleine in die Arme.

Ihr wurde ganz warm ums Herz, es war, als tauchte sie in eine liebevolle Woge aus Fürsorge und Vertrautheit ein. Und während sie gemeinsam zurück zum Haus gingen, hatte sie für kurze Zeit das Gefühl, dass alles so war wie früher, als die Lebensgefährtin ihrer verstorbenen Tante hier gewohnt hatte.

»Pierrick hat nach dir gefragt«, sagte Solenn, und Sylvia wurde mit einem Schlag zurück in die Gegenwart geholt.

»Wie geht es ihm?«, fragte sie bang.

Solenn seufzte und antwortete nicht gleich. »Es könnte

schlimmer sein«, meinte sie schließlich. »Wir hoffen sehr, dass er sich wieder erholt. Die Ärzte schließen es jedenfalls nicht aus. Leider hat es recht lange gedauert, bis er ins Krankenhaus kam. Wäre das schneller gegangen, könnte es ihm heute viel besser gehen. Aber wir leben nun mal auf einer Insel.« Sie schwieg einen Moment lang und sah über den Garten hinweg hinunter zum Meer. »Er würde dich so gern sehen«, fuhr sie fort. »Dich und das Kind.«

»Ich will ihn auch sehen«, antwortete Sylvia entschlossen. »Sollen wir heute noch fahren?«

Solenn schüttelte den Kopf. »*Mais non*«, antwortete sie. »Du bist doch gerade erst angekommen. Du musst müde sein. Lass uns morgen hinfahren.«

Sie waren alle erschöpft, als sie sich nach und nach zum Abendessen in der Küche des großen Hauses einfanden, Gurvan und Coco, Iven und Yvonne. Das hielt sie allerdings nicht davon ab, Sylvia und vor allem die kleine Lucinde stürmisch zu begrüßen.

»Wie geht es dir?«, fragte Sylvia Coco.

Die zuckte mit den Schultern. »Alles in Ordnung«, antwortete sie. »Du hast ja selbst immer gesagt: Ich bin nicht krank. Nur schwanger.«

Sylvia schloss die burschikose Gärtnerin spontan in die Arme und fühlte gerührt, wie Coco die Geste erwiderte. Große Gefühle waren der jungen Frau mit den Piercings und dem streichholzkurzen feuerroten Haaren fremd. Doch das, was sie miteinander durchgestanden hatten, hatte sie offenbar fester zusammengeschweißt.

»Passt du auf dich auf?«, fragte Sylvia.

»Du meinst, so wie du?«, gab Coco grinsend zurück. »Ja, mach ich«, sagte sie dann in ernsthaftem Ton und nahm vorsichtig das Baby auf den Arm. »Ich brüte gerade einen kleinen

Spielkameraden für dich aus«, sagte sie zu dem Kind, das die Augen weit aufgerissen hatte und unbeholfen mit den Ärmchen ruderte, als wollte es nach dem Nasenpiercing der Gärtnerin tasten. »Ja, das gefällt dir, was?« Coco lachte. »Weißt du, wenn du groß bist, spendiere ich dir so ein Ding.«

»Bloß nicht«, protestierte Solenn lachend.

Maël kam und in seinem Gefolge Tristan, der Pierrick immer geholfen hatte, den Damm zu reparieren, als es den Fahrdamm noch gegeben hatte. Die beiden unterhielten sich angeregt über die verschiedenen Möglichkeiten, die Plantage in der Senke vor weiteren Überschwemmungen wirkungsvoll zu schützen.

»Wird Tristan bei uns bleiben?«, fragte Sylvia Solenn leise.

»Ich denke schon«, antwortete sie. »Es sieht nicht so aus, als würde im Hafen eine neue Stelle genehmigt werden. Der Junge ist geschickt und versteht sich gut mit den anderen. Ich wäre sehr froh, wenn er sich uns anschließen würde. Nach dem Essen müssen wir alle miteinander reden. Gut, dass du wieder da bist, Sylvie.«

Während des Essens fragte sich Sylvia beklommen, was Solenn ihnen mitzuteilen hatte. Auch den Gedanken an Pierrick wurde sie nicht los, der in Concarneau in einem Krankenhaus lag, mit Sicherheit einem weit weniger luxuriösen als dem in England. Hilflos daliegen zu müssen war für den rührigen alten Bretonen, der sein Leben lang niemals krank gewesen war, sicherlich eine Qual.

»Hört mal bitte alle zu«, sagte Solenn, nachdem Elise einen Vanillepudding serviert hatte. »Es gibt ein paar Dinge, die ich mit euch besprechen möchte. Zuallererst – Pierrick geht es den Umständen entsprechend gut. Er hat heute zum ersten Mal ein paar Sätze mit mir gesprochen. Es strengt ihn an, und es ist schwer, ihn zu verstehen, aber die Ärzte sagen, dass sich das geben wird. Also … ich soll euch alle herzlich von ihm grüßen. Er sagt, dass er so bald wie möglich nach Hause kommen und mithelfen will, die Insel in Schuss zu bringen. Das wird jedoch eine Weile dauern, fürchte ich.«

Sylvia bemerkte, wie Solenns Stimme ins Wanken geriet. Sie räusperte sich kurz, dann sprach sie weiter.

»Wir alle wissen, dass in nächster Zeit weder Besucher noch Kunden auf die Insel kommen werden. Gwen hat mir von Onlinebestellungen berichtet.« An Sylvia gewandt fügte Solenn hinzu: »Gwen arbeitet momentan von zu Hause aus. Das Internet auf dem Festland ist ohnehin besser, und so kann sie uns nach außen hin besser repräsentieren, bis hier alles so funktioniert, wie es sein muss. Zumal dort die Gerüchteküche am Überkochen ist, und auch deshalb spreche ich heute zu euch. Wie ihr vielleicht gehört habt, heißt es, wir seien pleite.« Ein Raunen ging durch den Raum, doch Solenn hob die Hand, und es wurde wieder still. »Und wie das mit Gerüchten so ist, entspricht das nicht den Tatsachen. Sicherlich, im Augenblick haben wir keine Umsätze zu verzeichnen, das sieht natürlich ein Blinder. Bis hier die Geschäfte weiterlaufen wie zuvor, wird es dauern. Um gleich zum Wichtigsten zu kommen: Gwen teilte mir mit, dass unsere Rücklagen eure Gehälter noch sechs Monate lang abdecken werden. Ich bin sehr froh, dass du wieder da bist, Sylvia, denn keine weiß so gut über unsere Finanzen Bescheid wie du. Außerdem sind wir selbstverständlich versichert, und ich habe mich mit unserer Versicherung in Verbindung gesetzt. Wir sind allerdings nicht die Einzigen, die unter dem Sturm zu leiden hatten. Daher wird es vermutlich dauern, bis alle Formalitäten abgeschlossen sein werden und der Schaden ermittelt ist.« Sie machte eine kleine Pause. »Ich möchte, dass ihr eines wisst«, fuhr sie dann fort. »Wir machen weiter.

Und ich hoffe, nach allem, was ihr für unsere Gemeinschaft geleistet habt, dass ihr bei uns bleibt.«

Sprachlosigkeit herrschte für einige Sekunden. Coco brach als Erste das Schweigen.

»Natürlich bleiben wir auf der Insel«, erklärte sie entschlossen. »Was glaubst du denn, Solenn? Dass wir uns davonmachen, jetzt, wo es schwierig ist?«

»Danke, Coco«, sagte Solenn. Sylvia konnte trotz ihrer stolzen und verschlossenen Miene fühlen, wie erleichtert sie war. »Wie sieht es bei den anderen aus?«

»Ich bleibe natürlich auch«, erklärte Gurvan.

»Und ich auch«, schloss Iven sich an. »Ich will hier mindestens meine Gesellenprüfung machen.«

Solenn nickte ihm dankbar zu und fixierte Yvonne. Das junge Mädchen wurde rot. Tränen traten ihr in die Augen.

»Ich … ich …«, stammelte sie und warf Coco einen scheuen Blick zu, die sie streng musterte. Dann holte sie tief Luft. »Ich würde ja gern bleiben«, sagte sie schließlich kleinlaut. »Aber … Coco sagt, dass ich …« Tränen liefen ihr über das Gesicht, und sie konnte nicht weitersprechen.

»Sie taugt nicht zur Gärtnerin«, sagte Coco überraschend sanft. »Yvonne, das ist jetzt nichts Persönliches, aber …« An Sylvia gewandt fuhr sie fort: »Sie sollte einfach nicht in die Nähe von Pflanzen kommen.« Das Mädchen schluchzte erbarmungswürdig.

Gurvan und Iven wandten verlegen den Blick ab, während Tristan sie voller Mitgefühl ansah. »Warum lässt du sie nicht in Ruhe«, fuhr er Coco zornig an. »Sie steht doch ganz am Anfang ihrer Lehre. Immer nörgelst du an ihr herum. Ja, das hat sie mir erzählt, lass mich ausreden. Man kann nichts lernen, wenn man ständig fertiggemacht wird.«

»Ich mach überhaupt niemanden fertig«, konterte Coco

angriffslustig. »Und was geht dich das an, möchte ich wissen? Misch dich nicht in unsere Angelegenheiten, du bist nicht einmal Gärtner. Und überhaupt ...«

»Bitte«, unterbrach Sylvia die beiden Streithähne. »Hört auf damit. Ich denke, Maël wird entscheiden, wer sich zur Gärtnerin eignet und wer nicht. Es sei denn, du möchtest vielleicht etwas anderes lernen, Yvonne?«

Das Mädchen schluchzte noch einmal, dann putzte es sich die Nase und sah Sylvia mit tränennassen Augen an.

»Ich weiß nicht«, sagte es mit erstickter Stimme. »Für mich sehen alle Pflanzen gleich aus.«

»Sag ich doch«, fuhr Coco dazwischen. »Für Yvonne gibt es nur drei Sorten Kamelien. Weiße, rosarote und rote.«

»Ist ja gut, Coco«, beschwichtigte Sylvia sie. »Jetzt lass mal Yvonne reden, ja? Hättest du vielleicht Lust, Elise im Haushalt zu helfen? Oder Gwen und mir im Büro?«

Yvonne zog die Nase hoch und blickte sie ratlos an. Es war deutlich, dass sie beide Vorschläge nicht gerade zu Begeisterungsstürmen hinrissen.

»Wenn ich mal etwas sagen darf?«, meldete sich Elise zu Wort. »Wir müssen das ja nicht heute Abend entscheiden. Vielleicht möchte Yvonne sich zuerst ein Bild davon machen, was es hier im Haus und im Besucherzentrum alles so zu tun gibt? Also, ich könnte tatsächlich Hilfe gebrauchen. Warum greifst du mir nicht ein paar Wochen lang unter die Arme? Und außerdem kannst du Sylvie mit dem Baby helfen, wie wäre denn das?«

Da ging ein Lächeln über Yvonnes verweintes Gesicht. »Um das Baby würde ich mich gern kümmern«, sagte sie.

»Na also«, meinte Elise mit einem bedeutsamen Blick zu Sylvia. »Und da Sylvie die meiste Zeit drüben im Büro sein wird, kannst du mir ebenfalls zur Hand gehen. Es hat noch keinem geschadet zu lernen, wie man einen anständigen *Far Breton* macht oder eine Fischsuppe. Was hältst du davon? Nennen wir es ein Praktikum. Hinterher sehen wir weiter.«

Yvonne nickte und warf Tristan einen scheuen Blick zu. Wenn sich da mal nichts anbahnt, dachte Sylvia, als sie sah, wie liebevoll der junge Mann dem Mädchen zunickte.

»Und wie sieht es mit Ihnen aus, Tristan?«, richtete sie das Wort an ihn. »Werden Sie auch bei uns bleiben? Wir würden das sehr begrüßen.«

Briocs jüngster Sohn sah sie an. In seinen dunkelbraunen Augen funkelte der Stolz, der allen aus der Familie Lenneck zu eigen war. Vor allem den Männern, dachte Sylvia. Denn Tristans Tante Katell tat sich eher als Klatschbase hervor.

»Es ist mir eine Ehrensache, euch zu helfen«, sagte er. »Ihr wisst, dass ich Arbeit suche, und hier gibt es viel zu tun. Und … falls man einen weiteren Mann gebrauchen könnte … Ich hab einen Freund, mit dem ich den Militärdienst absolviert habe. Er sucht ebenfalls Arbeit.«

»Darüber unterhalten wir uns gern mit dir«, sagte Solenn. »Komm doch morgen früh ins Büro. Dann sprechen wir über deinen Arbeitsvertrag, und du kannst uns mehr von deinem Freund erzählen.«

»Ich hab noch überhaupt nicht gefragt, wie es Aaltje geht«, sagte Sylvia schuldbewusst. Sie hatten sich nach dem Essen in Solenns Wohnzimmer zurückgezogen, Lucinde hatte getrunken, und nun wiegte Maël das Baby in den Schlaf. »Sie wollte dich nicht begleiten?«

»Aaltje geht es gut«, antwortete Solenn und legte ihre Beine hoch. »Aber das hier ist nichts für sie. Erst recht nicht nach allem, was passiert ist.« Sie stieß einen ungewohnt tiefen Seufzer aus. »Ich bin so glücklich mit dieser Frau«, fuhr sie fort,

»wenn sie doch nur nicht eine solche Inselphobie hätte! Ehrlich, ich mach mir große Vorwürfe, dass ich euch die ganze Zeit alleingelassen habe. Ich hätte hier sein sollen«, fuhr sie fort, als sie sah, dass Sylvia widersprechen wollte. »Du warst hochschwanger, und Maël musste sich um seine Mutter kümmern. Und ich bringe es fertig und reise einfach wieder ab.«

»Du lebst dein Leben«, entgegnete Sylvia, »das ist dein gutes Recht«, doch sie hörte selbst, wie schwach das klang. »Es konnte ja keiner ahnen, dass diese Sturmflut kommen würde.« Maël legte seinen freien Arm um sie, und sie schmiegte sich an ihn. »Es gibt eben manchmal Zeiten«, fuhr Sylvia fort, »da führt das Leben einen auseinander. Fabienne ist jetzt gut untergebracht, nicht wahr?«

»Ja«, sagte Maël und drückte ihr einen Kuss auf die Schläfe.

Sylvia wusste nur zu gut, dass auch er sich Vorwürfe wegen seiner Abwesenheit machte. Doch wem half das jetzt?

»Ich fühle mich zerrissen«, gestand Solenn. »Ich möchte mit Aaltje leben und gleichzeitig hier bei euch sein. Wir haben schon so manchen Abend darüber gestritten. Holland ist schön und gut. Aber kein Vergleich zur Kamelieninsel.«

Sylvia betrachtete Solenn aufmerksam. »Du … du bist doch nicht im Streit abgereist?«, fragte sie.

Solenn antwortete nicht gleich. »*Eh bien*«, sagte sie schließlich niedergeschlagen, »es war wahrscheinlich nicht gerade unser harmonischster Moment, als ich losfuhr. Lasst uns lieber von etwas anderem sprechen. Ich habe vorhin nicht die ganze Wahrheit gesagt, denn ich wollte unsere Leute nicht beunruhigen.« Sie stockte, sah Sylvia prüfend an, so als überlegte sie, was sie ihr in ihrem Zustand zumuten konnte.

»Wobei hast du nicht die ganze Wahrheit gesagt?«, hakte Sylvia besorgt nach.

»Was die Versicherung anbelangt«, erklärte Solenn.

»Wieso? Ich dachte, es ist alles klar«, warf Maël ein.

Solenn schüttelte müde den Kopf. »Leider ist gar nichts klar«, sagte sie. »Dieser *imbécile* von einem Sachbearbeiter behauptet, es gäbe da einen Passus im Kleingedruckten des Vertrags, der Schäden infolge einer Sturmflut aufgrund der besonders exponierten Lage der Kamelieninsel ausschließt. Das ist doch hoffentlich Quatsch, oder? Ich hab den Vertrag durchgelesen, ehrlich gesagt verstehe ich nur Bahnhof.«

Plötzlich war das schmerzhafte Pochen in Sylvias Kopf zurück. Sie hatte den Vertrag selbst abgeschlossen, das war allerdings lange her. An einen solchen Passus konnte sie sich beim besten Willen nicht erinnern. Sollte er ihr etwa entgangen sein? Was würde eine Versicherung für einen Sinn ergeben, die Schäden aufgrund der Insellage ausschloss? Nein, das konnte sie sich nicht vorstellen.

»Ich werde mir das ansehen«, sagte sie. »Morgen. Jetzt muss ich mich dringend hinlegen.«

Sie erhob sich. Würde sie überhaupt Ruhe finden, nachdem sie von diesen besorgniserregenden Nachrichten erfahren hatte?

12

Das Wiedersehen

Sylvia hatte das umfangreiche Vertragswerk nun zum dritten Mal durchgelesen. Eine Klausel, die die Deckung von Schäden durch eine Sturmflut ausschließen würde, hatte sie jedoch nicht gefunden. Allerdings war sie sich nicht sicher, ob sie alles genau verstand. Sie sprach zwar fließend Französisch und dachte längst in dieser Sprache, ja, sie träumte sogar in ihr, doch der Vertrag war in einem speziellen Juristenjargon verfasst, der selbst für Muttersprachler schwer verständlich war.

Sie beschloss schweren Herzens, die Angelegenheit ihrer Pariser Anwältin zu übergeben, auch wenn dies weitere Kosten verursachen würde. Mit Madame Bresson hatte sie in der Vergangenheit die allerbesten Erfahrungen gemacht. Und wenn es die Versicherung womöglich tatsächlich darauf anlegte, sich aus der Verantwortung zu ziehen, würde sie über kurz oder lang ohnehin juristischen Beistand benötigen.

Sie wählte die Nummer der Kanzlei und erfuhr, dass Marie-France Bresson Urlaub hatte. Erst in zwei Wochen würde sie nach Paris zurückkehren. Hatten sie so lange Zeit? Oder würde sie am Ende doch selbst mit dem Sachbearbeiter Kontakt aufnehmen müssen?

Seufzend heftete Sylvia den Vertrag wieder in seinem Ordner ab und stellte ihn zurück ins Regal. Unschlüssig sah sie sich um. Ihr Büro, in dem sie sich normalerweise so richtig in ihrem Element fühlte, erschien ihr abweisend und karg. Lag es daran, dass Gwen nicht da war? Sicherlich nicht, Sylvia hatte hier oft allein gearbeitet. Hinter ihrer Stirn pochte der Schmerz. Sie schloss für einen Moment die Augen. Behielt Dr. Peterson recht, und sie hatte sich noch immer nicht ganz von ihrer Gehirnerschütterung erholt? Fühlte sie sich deshalb so mutlos angesichts der verwüsteten Insel?

Sylvia sah nach, wie spät es war. In einer halben Stunde würde sie mit Solenn aufbrechen, um Pierrick zu besuchen. Sie ging hinaus in den Hof und winkte Yvonne zu sich, die mit der schlafenden Lucinde im Kinderwagen ihre Runden durch den Park drehte. Dabei stach ihr erneut der Geruch nach verfaulendem Seetang in die Nase. Dagegen mussten sie unbedingt etwas unternehmen. Sollte sie vielleicht den Bürgermeister besuchen und ihn fragen, ob der Bauhof des Städtchens ihnen bei der Reinigung der Insel behilflich sein könnte? Mit einem Raupenfahrzeug würde es ein Leichtes sein, den Unrat zusammenzutragen und per Lastwagen abzutransportieren. Die Gemeinde hatte ihnen oft mit solch schweren Gerätschaften ausgeholfen. Doch wie sollten diese auf die Insel gelangen, jetzt, da es keine Landbrücke mehr gab?

»Bist du fit genug?«, fragte Solenn besorgt, als sie sich wenig später in der Küche trafen. »Du bist ganz bleich.«

»Es geht schon«, antwortete Sylvia.

»Soll ich im Krankenhaus anrufen und fragen, ob dich ein Arzt untersuchen kann?«

»Nein«, entgegnete Sylvia. »Mit mir ist alles in Ordnung. Ich muss mich nur ein wenig schonen und mich ab und zu hinlegen. Aber vielleicht könnten wir Lucinde auf der Kinderstation noch mal durchchecken lassen.«

»Ich ruf gleich an«, antwortete Solenn und kam wenig später mit der Nachricht zurück, dass man Mutter und Kind am Nachmittag in der Sprechstunde empfangen würde.

»Wie kommen wir denn nach Concarneau?«, erkundigte sich Sylvia.

»Mit meinem Boot«, erklärte Solenn.

Sylvia staunte nicht schlecht, als sie an der Anlegestelle neben dem betagten Kutter von Brioc einen eleganten Trawler von zehn Metern Länge entdeckte. Am Bug stand in dunkelblauen Buchstaben *Sirène*.

»Ist das deiner?«, fragte sie beeindruckt.

»Na ja«, meinte Solenn. »Aaltje hat ihn gekauft, als sie hörte, dass unsere kleine Flotte *perdue* ist. Wird das Lucindes Jungfernfahrt?«

Sie deutete auf das Baby im Tragetuch, das mit großen Augen um sich blickte.

»Ja.« Sylvia lachte und ging mit ihr an Bord.

Solenn fuhr nahe der Küste entlang, und auf der fast zwei Stunden währenden Fahrt konnte Sylvia an vielen Orten die Spuren erkennen, die die Flutnacht hinterlassen hatte. Hier war eine Mole zerstört, dort zeugten umgestürzte Bäume von der Macht des Windes. In einem Ort hatte der Kirchturm schwer gelitten, an einer anderen Stelle war die Ufermauer in Mitleidenschaft gezogen und mit rot-weißen Trassierbändern gesichert.

Sie erreichten den geschützt liegenden Hafen von Concarneau. Von hier aus nahmen sie ein Taxi bis zum Krankenhaus, und Sylvia fühlte sich an jene Nacht erinnert, als die Küstenwache sie und Noah hier abgeliefert hatte, nachdem sich der Junge mit Pierricks Fischerboot in Seenot gebracht hatte. Jetzt war es ein sonniger und viel zu warmer Tag im Mai, als sie Solenn durch die langen Korridore der neurologischen Abteilung folgte. Der typische Krankenhausgeruch nach Desinfektionsmittel und Verbänden, nach Krankheit und Angst machte sie unruhig, sogar Lucinde begann zu wimmern.

»Gleich sind wir bei Pierrick«, versuchte Sylvia ihr Kind zu beruhigen. Endlich blieb Solenn vor einer Tür stehen und trat nach kurzem Anklopfen ein. Vier Patienten waren hier in einem Zimmer untergebracht. Erneut wurde Sylvia bewusst, wie privilegiert sie in England behandelt worden war.

Pierrick lag blass und schmal in einem der Betten direkt am Fenster. Der Platz neben ihm war leer. Sylvia hatte sich gewappnet, und doch trieb ihr der Anblick ihres väterlichen Freundes die Tränen in die Augen. Sie beugte sich über sein faltiges Gesicht und küsste ihn auf beide Wangen.

»Nicht weinen, *ma fille*«, hörte sie ihn sagen. Das Sprechen strengte ihn sichtlich an, er konnte auch noch nicht alle Laute richtig artikulieren, und doch fuhr er beharrlich fort. »Altes Holz vergeht nicht so schnell. Bald bin ich wieder zu Hause.« Seine Augen leuchteten, als er das Baby erblickte. Sylvia hob es aus dem Tragetuch, damit er es besser sehen konnte.

»Das ist Lucinde«, sagte sie. »Lucinde, das ist unser Freund Pierrick.«

Einer Eingebung folgend legte sie den Säugling vorsichtig in die linke Armbeuge des alten Mannes. Langsam wandte er dem Kind seinen Kopf zu, dann legte er seine rechte Hand unbeholfen auf Lucindes Bäuchlein. Sylvia hörte ihn flüstern, es waren bretonische Wörter, die knorrig und zärtlich zugleich klangen, und selbst Solenn wischte sich verstohlen ein paar Tränen ab. Lucinde hatte zu wimmern aufgehört und lauschte ihm fasziniert, fuchtelte mit ihren kleinen Armen und patschte einige Male gegen Pierricks Handrücken. Als der alte Mann schwieg, juchzte sie wie zur Antwort und strampelte mit den Beinen.

»Die beiden verstehen sich«, sagte Solenn, während Pierrick überglücklich strahlte.

Sylvia erzählte von ihrem Aufenthalt in Sir James' Privatklinik und wie gut alles gegangen war, was den alten Bretonen zu erleichtern schien. Offenbar hatte er sich riesige Sorgen um sie und das Kind gemacht.

»Ich hätte dich nicht helfen lassen dürfen«, flüsterte er mühsam, als sie geendet hatte. »Dann wäre das alles gar nicht passiert.«

Sylvia griff nach seiner rechten Hand und drückte sie behutsam.

»Ich bin für mich selbst verantwortlich, Pierrick«, sagte sie mit Nachdruck. »Außerdem hätte ich mich niemals abhalten lassen. Hör auf, dir Vorwürfe zu machen, bitte versprich mir das.« Tränen schimmerten in den Augen des alten Mannes, doch er nickte tapfer. »Ich wünsche mir nur eines«, fuhr Sylvia liebevoll fort. »Dass du rasch gesund wirst. Dazu musst du nach vorne denken, in die Zukunft. Und das, was war, hinter dir lassen. Wir alle müssen das.«

Pierrick lächelte. »Ich möchte nach Hause«, sagte er. »Holst du mich hier raus? Solenn will nämlich nicht.«

Sylvia warf ihrer Freundin einen raschen Blick zu.

»Hier wirst du gut versorgt«, erklärte Solenn. »Zu Hause hat keiner Zeit, sich um dich zu kümmern. Wenn du es schaffst, im Rollstuhl zu sitzen, holen wir dich hier raus. Also schön üben, hörst du?«

»Bekommst du hier eigentlich Physiotherapie?«, erkundigte sich Sylvia.

»Ja, vom Feinsten«, beantwortete Solenn ihre Frage. »Ein bildhübsches Mädchen kommt jeden Tag, *n'est-ce pas*, Pierrick?«

Pierricks Augen wanderten von Solenn zu Sylvia. In ihnen lag ein Flehen, das Sylvia fast das Herz brach.

»Ich würde gern mit deinem Arzt sprechen«, sagte sie. »Und seinen Rat einholen. Solenn hat leider recht«, fügte sie traurig hinzu. »Wir sind viel zu wenige auf der Insel. Vielleicht können wir eine Pflegerin einstellen …«

»Ich will keine Pflegerin«, ließ Pierrick sich vernehmen. »Wenn du das nächste Mal kommst, werde ich dir aufrecht entgegenkommen. Auf meinen eigenen beiden Beinen.«

»Versprich nicht zu viel, alter Mann«, konterte Solenn mit Zärtlichkeit in der rauen Stimme.

»So bald wie möglich holen wir dich nach Hause«, erklärte Sylvia entschlossen.

Sie sah sich im Krankenzimmer um. Wenn wir doch nur die Mittel hätten, Pierrick ein Einzelzimmer zu ermöglichen, dachte sie. Da öffnete sich die Tür, und ein Mann um die dreißig in einem ausgebeulten Trainingsanzug kam an zwei Krücken humpelnd herein. Als er Solenn sah, ging ein breites Lächeln über sein Gesicht.

»*Ça va*, Jean?«, begrüßte Solenn ihn herzlich. An Sylvia gewandt erklärte sie: »Jean ist Pierricks Bettnachbar.«

»*Bonjour*, Mesdames«, grüßte Jean freundlich und ließ sich auf die Kante seines Bettes fallen. »Spricht Pierrick nicht schon ganz fabelhaft?«

»Ja, das tut er«, pflichtete Solenn ihm bei. »Gute Arbeit! Jean ist Logopäde von Beruf«, erklärte sie Sylvia. »Da haben wir riesiges Glück, dass ihr beiden euch angefreundet habt.«

»Er ist ein strenger Lehrer«, meinte Pierrick mit einem Grinsen.

»Ja, wir üben fleißig«, sagte Jean zufrieden. »Täglich vier Mal eine halbe Stunde. Man kann den Fortschritt hören, nicht wahr, Madame?«

»Und wie man das hört!«, bestätigte Solenn und griff in ihre Umhängetasche. »Ich habe Ihnen etwas mitgebracht.« Sie zog ein in Aluminiumfolie eingeschlagenes Päckchen hervor. »Thunfischpastete von unserer Elise. Die essen Sie doch so gern, stimmt's?«

Jean strahlte. Auch er hatte einen Schlaganfall erlitten, doch

163

da er frühzeitig in die Klinik gebracht werden konnte, hatte er nur eine leichte Lähmung der linken Seite, von der er sich bald zu erholen hoffte. Sein Sprachzentrum war nicht betroffen. »Das wäre ja noch etwas.« Er lachte. »Ein Logopäde, der nicht mehr sprechen kann!«

»Kommt ihr zurecht?«, fragte Pierrick leise, als Sylvia sich über ihn beugte, um ihn zum Abschied auf die Wangen zu küssen.

»Wir kriegen das hin«, sagte sie mit fester Stimme. Und dabei wurde ihr bewusst, dass sie erst jetzt, da sie es ausgesprochen hatte, selbst daran glaubte.

Das Gespräch mit dem zuständigen Neurologen erbrachte keine neuen Informationen. »Jeder Apoplex hat einen individuellen Verlauf«, erklärte er Sylvia. »Monsieur Tanguy ist nicht mehr der Jüngste. Wir müssen abwarten, Madame. Und Geduld haben.«

Lucindes Routineuntersuchung auf der Kinderstation verlief dagegen erfreulich. Sie war zwar nach wie vor ein wenig zart für ihr Alter, aber der Arzt fand, das sei kein Grund zur Besorgnis, falls sie weiterhin regelmäßig zunehme. Er sah sich auch Sylvias Kaiserschnittnarbe an und attestierte Dr. Peterson ausgezeichnete Arbeit. Die Wunde war inzwischen gut verheilt. Für die Narbe verschrieb ihr der Arzt eine spezielle Creme.

»Der Wulst wird sich zurückbilden«, beruhigte er Sylvia. »In ein paar Monaten werden Sie kaum noch etwas von der Narbe sehen.«

Es war später Nachmittag, als sie das Krankenhaus verließen und sich auf den Heimweg machten. In einer Apotheke holten sie Narbensalbe, und in der Nähe des Hafens kauften sie ein paar Lebensmittel ein, dann gingen sie zurück an Bord der *Sirène*.

Völlig erschöpft ließ Sylvia sich in einen der bequemen Sitze des Trawlers sinken und schloss für eine Weile die Augen. Als sie sie wieder öffnete, neigte sich über dem Atlantik bereits die Sonne dem Horizont entgegen. Leichte Schleierwolken waren aufgekommen, sie sorgten dafür, dass sich das immer intensiver werdende Orangegold des Abendrots über den gesamten westlichen Himmel ausbreiten konnte. Das Wasser, durch das sie fuhren, glich mehr und mehr flüssigem Gold, und während Lucinde an ihrer Brust trank, überfiel Sylvia ein Gefühl der Unwirklichkeit, so als befände sie sich in einem Traum, einem Zwischenreich zwischen Wachen und Schlaf, zwischen Land und Meer, zwischen Himmel und Erde. Als sie schließlich Kurs auf die Insel nahmen und diese als schwarze Silhouette vor dem leuchtenden Himmelsschauspiel immer mehr Gestalt annahm, war ihr nicht anzusehen, welche Wunden sie davongetragen hatte.

Sylvia glaubte zu verstehen, dass dieser Felsen im Atlantik schon viele ähnliche Stürme über sich hatte ergehen lassen, die vielleicht die Gestalt der Insel ein wenig verändern konnten, jedoch nicht ihre Existenz bedrohen. Sie würde womöglich nie wieder dieselbe Kamelieninsel sein, wie Sylvia sie kannte. Jetzt kam es auf ihre Bewohner an, ob sie die Veränderungen akzeptierten und aus ihnen das Beste machten.

Alles wird gut werden, dachte Sylvia und holte tief Luft. Sie fühlte, wie Solenn ihr einen Blick zuwarf, und erwiderte ihn stumm. Es gab keinen Grund zu sprechen. Sylvia wusste auch so, dass die Bretonin im Augenblick dasselbe fühlte und dachte wie sie.

An diesem Abend zog sie sich früh mit ihrem Kind in ihr Zimmer zurück. Yvonne brachte ihr ein Tablett mit einer Kanne Fencheltee und etwas Quiche und Obst, ließ sich von ihr zeigen, wie man das Baby wickelte, damit sie Sylvia das in

Zukunft abnehmen konnte, und sah nach der Kleinen, während Sylvia sich duschte. Dann war es Zeit für das Mädchen, zum Abendessen hinunter in die Küche zu gehen.

Erschöpft setzte Sylvia sich mit ihrem Kind zum Stillen in den bequemen Ohrensessel und legte ihre Beine auf den dazugehörigen Fußschemel. Sie war unendlich froh, zurück auf der Insel zu sein. Ihr wurde bewusst, dass sie sich noch lange würde schonen müssen, ausgerechnet jetzt, da so viele wichtige Entscheidungen getroffen werden mussten. Sie lauschte dem Schmatzen von Lucinde und den gedämpften Geräuschen aus der Küche im Erdgeschoss, glaubte einen Moment lang Maëls Stimme herauszuhören, und schloss die Augen. Sie würde einen Plan machen, eine To-do-Liste und sie nach und nach abarbeiten. Doch im Augenblick musste sie darauf vertrauen, dass Maël und Solenn wussten, was zu tun war. Sie dachte an Pierrick, der in seinem Bett im Krankenhaus lag und sich sehnlich wünschte, auf der Insel mit anzupacken so wie früher. Würde er dazu jemals wieder in der Lage sein? Sylvia wusste es nicht.

Es ist Zeit für einen Generationenwechsel, dachte sie. Solenn würde nur vorübergehend bleiben, so lange, bis sie das Schlimmste überstanden hatten. Danach würde sie wieder abreisen. Allein bei dem Gedanken wurde es Sylvia schwer ums Herz.

Wir brauchen mehr Personal, dachte sie. Und kurzfristig jede Menge Unterstützung. Außerdem wahrscheinlich einen zusätzlichen Bankkredit. Doch darüber würde sie am kommenden Tag nachdenken, heute war sie viel zu müde.

Lucinde war über dem Trinken eingeschlummert. Sanft versuchte Sylvia, die Kleine aufzuwecken, damit sie von der anderen Brust trank und satt genug wurde, um ein paar Stunden durchzuschlafen. Doch die kleinen Augen wollten immer wieder zufallen. Sylvia trug ihr Kind hinüber zu der Wiege, die

Pierrick so liebevoll restauriert hatte und die nun neben dem Doppelbett stand. Rasch schlüpfte sie unter die Decke. Als sie die Augen schloss, glaubte sie den flammenden Abendhimmel zu sehen und das Schaukeln des Bootes zu fühlen. Dann fiel auch sie in einen tiefen Schlaf.

13

Spannungen

Als Sylvia am nächsten Morgen wach wurde, war Maël schon fort. Sie hatte ihn am Abend zuvor nicht kommen hören, erst als das Baby gegen Mitternacht zum zweiten Mal in dieser Nacht hungrig geworden war, hatte sie ihn neben sich gespürt. Er hatte ein wenig im Traum gestöhnt, doch wirklich munter war er nicht geworden. Und das war gut so, Maël brauchte, wie sie alle im Augenblick, seinen Schlaf. Und doch bedauerte Sylvia es, im Augenblick so wenig Zeit mit ihrem Mann verbringen zu können.

Es wurde zehn Uhr, bis sie sich selbst geduscht und die Kleine gestillt und gebadet hatte. In der Küche fand sie Kaffee in einer Thermoskanne. Sie machte sich eine *tartine* und bestrich das Butterbrot mit Honig.

Nach dem Frühstück ging sie hinüber ins Büro, wo Yvonne ihr die Wippe bereitgestellt hatte, und als Sylvia nun das Baby hineinlegte, schlief es auf der Stelle ein. Und jetzt?, fragte sich Sylvia. Wo sollte sie beginnen?

Es war stickig im Büro, und sie stand auf, um das Fenster zu öffnen. Sogleich wehte der unangenehme Geruch nach fauligem Tang herein. Seufzend nahm Sylvia einen Block zur Hand und begann aufzulisten, was getan werden musste. Sie ordnete alles nach seiner Priorität.

Zuerst versuchte sie, den Sachbearbeiter bei der Versicherung zu erreichen, doch nach schier endlosen Zeiten in Warteschleifen erfuhr sie, dass auch er Urlaub hatte. Wer in seiner Abwesenheit für sie zuständig war, müsse man erst recherchieren. Sylvia wurde das Gefühl nicht los, dass man sie absichtlich hinhielt. Sie beschloss, einen Brief zu verfassen und ihn per Einschreiben mit Rückschein zu versenden. Auf diese Weise würde sie keine Fristen versäumen. Wenn ihre Anwältin zurück war, konnte diese die Sache in die Hand nehmen.

Sie wollte sich gerade dem Poststapel zuwenden, den Tristan von seinem letzten Landgang mitgebracht hatte, als sie fröhliche Kinderstimmen vernahm.

Erstaunt ging sie hinaus und sah, wie eine Gruppe Zehn- bis Zwölfjähriger in den Hof strömte. Als Letzte trat Morgane durch das Tor.

»Sylvie!« Die Schulleiterin breitete weit die Arme aus, stürmte auf sie zu und schloss sie in die Arme. »Bist du wieder zurück? Wie geht es dir? Wo ist das Baby? Ist alles in Ordnung mit dir? *Mon Dieu*, stimmt es, dass du in England entbunden hast? Du musst mir alles haarklein erzählen, hörst du?«

Sylvia befreite sich lachend aus den Armen ihrer Freundin.

»Wie kommt ihr denn hierher?«, fragte sie. »Ist das eine deiner Schulklassen?«

»Na klar«, antwortete Morgane und strich sich ihr rotblondes Haar aus der Stirn. »Das sind meine Großen, und da wir gerade Aktionswoche haben, werden wir helfen, die Insel auf Vordermann zu bringen. Einstimmiger Beschluss der Elternschaft und aller Lehrer. Morgen schließen sich uns noch andere Klassen an. Und wie wir hergekommen sind? Yann Lenneck hat uns herübergefahren. Geschwommen sind wir jedenfalls nicht.«

Ihre graublauen Augen strahlten, und Sylvia spürte, wie ein warmes Gefühl der Dankbarkeit sie durchströmte. Sie waren nicht allein. Ihre Freunde auf dem Festland hatten sie nicht vergessen.

»Morgane, das ist ... es ist großartig«, stammelte sie.

»Aber bevor wir loslegen«, erklärte die Lehrerin mit einem breiten Grinsen, »wollen wir das Baby sehen. Nicht wahr, Kinder?«

»Jaaaaa«, rief es aus vielen Kehlen. »*Le bébé!*«

Ein paar Mädchen drängelten sich vor und rempelten einen dicken Jungen an, der sich empört zur Wehr setzte.

»Hol besser dein Kind«, riet ihr Morgane, »sie sind ganz heiß darauf, die Kleine zu sehen. Ich glaube, Yvonne hat Wunderdinge von ihr erzählt. Das Mädchen dort drüben mit dem Reif im Haar ist ihre kleine Schwester.«

Morgane wies auf eine Schülerin mit frechen Sommersprossen und einem goldenen Plastikreif im langen Blondhaar, das sich auf die Zehenspitzen gestellt hatte, um besser sehen zu können.

Lachend ging Sylvia, ihre Tochter zu holen. An der frischen Luft wachte Lucinde auf, gähnte herzhaft und starrte Morgane fasziniert an.

»Darf ich sie mal nehmen?«, fragte die Lehrerin entzückt, und Sylvia reichte sie ihr.

»Hier ist Sylvies Baby«, rief sie und hielt die Kleine hoch. Dreißig Augenpaare starrten neugierig das Kind an.

»Ist die süß«, erklärte ein Mädchen mit einer Zahnspange.

»Aber total klein«, bemerkte der dicke Junge kritisch.

»Das warst du auch mal«, konterte Yvonnes kleine Schwester und schlüpfte an den anderen vorbei und nah an Sylvia heran. »Wie heißt sie denn?«

»Lucinde«, antwortete Sylvia. »Nach meiner Tante Lucie.«

Das Baby bekam Schluckauf, was die Schüler zum Kichern brachte.

»*Allons, mes enfants*«, rief sie. »An die Arbeit. Wir nehmen uns heute den Parkplatz vor, *d'accord?* Immer drei Kinder teilen sich einen Eimer, so wie neulich im Hafen. Draußen vor dem Tor liegen die Schaufeln bereit. Das Team, das die meisten Eimer füllt, bekommt heute Abend eine Runde Eisbecher bei Iwa. Allen anderen spendiert Sylvie bestimmt ein Waffeleis, hab ich recht?«

»Selbstverständlich«, antwortet Sylvia. »Mit drei Kugeln!«

Mit einer Begeisterung, die Sylvia in Staunen versetzte, stürmten die Kinder durch das Tor hinaus und balgten sich um die Eimer.

»Was ist?«, fragte Morgane und schaukelte Lucinde auf ihrem Arm. »Bekomme ich einen Kaffee?«

»Natürlich«, erwiderte Sylvia, holte die Wippe aus dem Büro und begleitete die Freundin hinüber in die Küche. »Musst du nicht nach den Schülern sehen?«

»Meine Referendarin übernimmt das«, erklärte die Lehrerin. »Das heißt, wenn sie aufgehört hat, mit Yann zu flirten.«

Sylvia grinste und deponierte die Wippe auf der Küchenkommode.

»Ist ja auch ein hübscher Bursche«, sagte sie und legte die Kleine behutsam hinein. »Genau wie sein Bruder Tristan.« Sylvia sah nachdenklich aus dem Fenster. »Sag mal, warum um alles in der Welt tun die Kinder denn das? Es macht ja schließlich keinen Spaß, den Schlamm in Eimer zu füllen.«

»Motivation ist alles«, antwortete Morgane mit einem Lächeln. »Das weißt du doch am besten.« Dann wurde sie ernst. Und während Sylvia zur Feier des Tages die italienische Espressokanne aus dem Schrank holte, den unteren Teil mit Wasser füllte und großzügig Kaffeepulver in das vorgesehene Sieb löffelte, fügte die Lehrerin hinzu: »Wir hier von der Küste sind Stürme gewohnt. Diese Sturmflut hat allerdings jeden erschreckt. Dass der Fahrdamm zur Kamelieninsel über Nacht einfach verschwunden ist, war für uns alle ein Schock. Die Insel gehört zu uns wie die Kirche in unser Städtchen.« Sylvia horchte auf. So hatte sie das noch nie gesehen. »Früher«, fuhr die Lehrerin fort, »war das alles hier Teil des Festlands. Natürlich ist das schon Jahrhunderte her und keiner von uns hat das erlebt. Aber das Bewusstsein, dass wir zusammengehören, ist tief in uns allen verankert. Und deshalb lassen wir euch nicht im Stich.«

Sylvia vergaß, die Kanne auf den Herd zu stellen, so sehr berührten sie die Worte ihrer Freundin. Und plötzlich musste sie weinen. Sie konnte nicht anders, sie setzte sich auf einen der Küchenstühle und ließ ihren Tränen freien Lauf.

»Das ist …«, stammelte sie, »das ist unglaublich lieb von euch.«

»Ach was«, unterbrach Morgane sie und legte den Arm um sie. »Wir sind überhaupt nicht lieb, wir sind ziemlich egoistisch. Denn denk doch mal darüber nach, wie viel Wohlstand den Leuten auf dem Festland die Kameliengärtnerei in den wenigen Jahren gebracht hat, seit du hier bist. Was soll aus all den ausgebauten Ferienwohnungen, Gästezimmern, Restaurants und Crêperien, die von den Touristen profitieren, werden, wenn keiner mehr kommt? Wir brauchen einander«, schloss Morgane. »Und deshalb helfen wir uns gegenseitig. Das hier könnt ihr unmöglich allein schaffen.«

Sie reichte Sylvia ein Papiertaschentuch und tätschelte ihr den Rücken. »Was dagegen, wenn ich mich um den Kaffee kümmere?«, fragte sie mit einem Grinsen. »Nein, nein, bleib einfach sitzen.« Und mit einem Blick zu Lucinde, die in der Wippe zu weinen begonnen hatte, als würde sie die emotionale Achterbahn ihrer Mutter spüren, fügte sie hinzu: »Kümmere dich lieber um dein Kind. Die Kleine ist wirklich ein goldiger Schatz!«

Am Abend ragte hinter der Mauer ein riesiger Berg mit von der Sonne gedörrtem Seetang und anderen abgestorbenen Meerespflanzen auf. Die Plastikabfälle hatten die Kinder sorgfältig in große Müllbeutel sortiert. Der Parkplatz war so gut wie sauber, nur der angetrocknete Schlamm bedeckte ihn noch. Als Yann mit seinem Kutter zurückkam, hatten die Kinder die leichten Säcke bereits zur Anlegestelle hinuntergetragen.

»Was machen wir mit dem Tang?«, fragte Sylvia. Lucinde schlief tief und fest in ihrem Tragetuch.

»Verbrennen«, erklärte Yann und musterte sie. »Geht es dir gut, Sylvie?«, fragte er.

»Ja«, antwortete sie. »Warum fragst du?«

»Du bist ein bisschen bleich«, erwiderte er verlegen. Brioc und seine Söhne gehörten normalerweise nicht zu der Sorte Mann, die sich um Frauensachen kümmerte. »Und du bist dünn geworden. Elise sollte dich besser mästen.«

»Dünn?«, fragte Sylvia verblüfft. »Ich? Dabei hatte ich doch so viel zugenommen.«

»Du meinst vor der Entbindung? Vielleicht stellst du dich mal auf eine Waage«, schlug Morgane, die sich zu ihnen gesellt hatte, vor. »Ich finde, dass du schmal wirkst. Ist ja auch kein Wunder! Das Essen in England soll furchtbar sein, nach allem, was man so hört.«

Nachdenklich dachte Sylvia daran, wie oft sie in Cornwall ihr Essen unberührt hatte zurückgehen lassen, und das hatte nichts damit zu tun gehabt, dass es ihr nicht geschmeckt hätte. Sie hatte einfach keinen Hunger verspürt. Es kam vor, dass ihr der Geruch von Essen Übelkeit verursachte. Dabei war sie doch nicht mehr schwanger! Litt sie womöglich noch immer unter den Folgeerscheinungen ihrer Gehirnerschütterung?

»Wie sieht es denn im Städtchen aus?«, erkundigte sie sich, um von sich abzulenken.

»Das Schlimmste ist vorbei«, berichtete Yann. »Es gab viel Kleinholz bei uns im Hafen, ein Jammer, all die kaputten Boote! Und stell dir vor, die Flut stieg hinauf bis zur Kirche!«

»Ja«, warf Morgane ein, »es war die schlimmste Sturmflut seit fast zweihundert Jahren. Keiner, nicht einmal die Alten unter uns, haben so etwas schon einmal erlebt, *n'est-ce pas?*«

»*Eh bien*«, meinte Yann, »mittlerweile haben wir alle vollgelaufenen Keller leer gepumpt und auch im Hafen wieder einigermaßen Ordnung geschaffen. Braucht ihr mehr Hilfe? Wie macht sich eigentlich mein kleiner Bruder?«

»Tristan?«, fragte Sylvia zurück. »Ausgezeichnet. Er will vorerst bei uns bleiben, und uns ist er mehr als willkommen. Pierrick fehlt uns ganz fürchterlich. Wir brauchen jede Hand.«

Maël kehrte gerade in seinem Pick-up von den Feldern zurück und staunte nicht schlecht über die getane Arbeit. Herzlich begrüßte er Morgane und Yann, und für jedes einzelne der Kinder hatte er ein persönliches Wort, kannte er doch die meisten ihrer Eltern. Sylvia sah mit Freuden, wie beliebt er bei den Kleinen war, vor allem die Mädchen drängten sich gegenseitig beiseite, um sich an ihn zu hängen. Elise kam mit einem großen Korb voller Süßigkeiten, die großzügig verteilt wurden.

»Gut, dass ich dich sehe«, sagte Maël zu Yann. »Ich wollte deinen Vater nämlich etwas fragen. Wir brauchen dringend die Planierraupe von der Gemeinde. Bei der Senke gab es einen Erdrutsch, die Piste, die hinunterführt, ist kaum noch befahrbar. Und unten, wo das Wasser durchgebrochen ist, sollten wir unbedingt einige Felsen versetzen.«

Die beiden Männer blickten unwillkürlich hinaus in Richtung Festland, wo die Wellen die Überreste des Fahrdamms überspülten. Vor der Sturmflut wäre es ein Leichtes gewesen, mit schweren Fahrzeugen auf die Insel zu gelangen.

»Ich frag mal meinen Vater«, meinte Yann. »Vielleicht kann Malo helfen, das ist sein Kollege aus Concarneau. Die haben einen Lastenkahn, auf dem man schwere Geräte transportieren kann.«

»*Merci*«, antwortete Maël bedrückt, »das ist sehr nett von dir.«

»Wenn ihr Hilfe braucht«, fuhr der junge Mann fort, »ein paar meiner Kumpels haben angeboten, einige Tage herüberzukommen.«

»Wirklich?«, fragte Maël. »Sehr gern. Jede Hilfe ist willkommen.«

Morgane hatte ihre Schüler wieder um sich versammelt und trieb sie mit sanfter Bestimmtheit zum Kutter. »Morgen wollen wir sehen, ob wir das Besucherzentrum sauber bekommen«, meinte sie und verabschiedete sich herzlich.

»Ich würde mir die Senke gern ansehen«, sagte Sylvia nachdenklich, während sie dem Boot nachwinkten.

Lucinde war unruhig geworden, und Maël nahm sie liebevoll aus dem Tragetuch.

»Willst du dir das wirklich antun?«, fragte er, während er sich sein Töchterchen über die Schulter legte und es beruhigend schaukelte.

»Ich denke, ich sollte mir ein Bild von allem machen«, antwortete Sylvia. »Wir müssen die Schäden außerdem dokumentieren«, fügte sie hinzu. »Damit wir später …«

»Dokumentieren?«

»Ja«, erklärte Sylvia. »Das muss am besten alles fotografiert werden.«

»Du meinst, als Erinnerung?«, unterbrach Maël sie mit verärgertem Unterton.

»Nein«, gab sie irritiert zur Antwort. »Für die Versicherung. Und außerdem … Es ist ja so etwas wie ein historisches

Ereignis für die Insel«, versuchte sie zu erklären. »Man kann nie wissen, wozu wir das einmal brauchen.«

»Wenn das so ist, nur zu«, sagte Maël gereizt. »Du hättest das besser gleich vom Helikopter aus erledigen sollen, aus der Vogelperspektive. Vielleicht kommt ja Sir James noch mal vorbei, wenn du ihn schön darum bittest. Dann kannst du das nachholen.« Sylvia stand da wie vom Donner gerührt. Was fiel Maël ein, so mit ihr zu reden? Als wäre sie derselben Meinung, begann Lucinde bitterlich zu weinen. »Hier«, sagte Maël und reichte ihr entnervt das schreiende Kind. »Bestimmt hat sie Hunger. Wann hast du sie das letzte Mal gestillt?«, fragte er vorwurfsvoll. Dann drehte er sich um und ging einfach davon.

Was ist denn nur in ihn gefahren?, fragte sich Sylvia verletzt und versuchte, ihr Kind zu beruhigen. Als sie sich umwandte, verschwand ihr Mann gerade im großen Haus.

Während des gesamten Abendessens wirkte Maël abwesend und bedrückt. Sylvia schien es, als miede er absichtlich ihre Blicke. Sie versuchte, dem Gespräch der anderen zu folgen, um zu erfahren, wie es um die Aufräumarbeiten in der Plantage stand, doch immer wieder wanderten ihre Gedanken zurück zu dem kurzen, unseligen Wortwechsel. Gut, sie waren alle überarbeitet und mit den Nerven am Ende. Doch war dies noch nie ein Grund für Missstimmung zwischen ihnen gewesen.

Sylvia dachte an die Zeit vor einem Jahr zurück, als Chloé im *Jardin aux Camélias* aufgetaucht war und für Unfrieden gesorgt hatte. Damals war sie eifersüchtig gewesen und hatte ihre verletzten Gefühle nur mit Mühe bezwingen können. War Maël möglicherweise eifersüchtig wegen Sir James? Das war doch lächerlich. Schließlich hatte er sie allein gelassen, war nicht da gewesen, als sie ihn gebraucht hatte. Wäre es nicht an ihr, vorausgesetzt, man würde überhaupt von Schuld sprechen wollen, ihm Vorhaltungen zu machen?

Sylvia fühlte, wie Solenn sie beobachtete. »Alles in Ordnung mit dir?«, fragte die Bretonin leise.

»Alles in Ordnung«, antwortete Sylvia und streifte Maël, der konzentriert auf seinen Teller sah, mit einem raschen Blick.

Nein, dachte Sylvia entschlossen. Wir wollen jetzt keinesfalls anfangen, einander Vorwürfe zu machen. Dazu besteht kein Anlass. Wir haben andere Sorgen und müssen zusammenhalten. Maël wird sich schon beruhigen.

Als sie sich nach dem Essen mit ihrem Baby in ihr Zimmer zurückzog, während Maël noch mit Gurvan und Coco über die Arbeit sprach, bedauerte sie, im Moment kein eigenes Heim zu haben. Gleich am nächsten Tag würde sie Elise fragen, ob sie mit Odette und Aurélie Kontakt aufgenommen hatte. Sie wünschte sich so sehr, bald ins *Ti Bag* zurückzukehren.

Seufzend nahm sie im Ohrensessel am Fenster Platz. Es war derselbe, in dem sie damals, als sie als unbekannte Erbin auf die Insel gekommen war, oft gesessen hatte. Solenn hatte ihn neu beziehen lassen, so wie sie im vergangenen Jahr alle Gästezimmer komplett renoviert hatte, kurz bevor sie zu Aaltje in die Niederlande gezogen war. Sylvia seufzte erneut. So vieles hatte sich verändert. Dabei wünschte sie sich nichts sehnlicher, als zu ihrem gewohnten Leben zurückzukehren.

Der Anblick ihrer Tochter, die hingebungsvoll an ihrer Brust trank, verscheuchte rasch alle düsteren Gedanken. Und als sie auf der alten Holztreppe Schritte hörte, die näher kamen, schlug ihr Herz höher. Gleich würde der Mann, den sie liebte, zu ihnen kommen, und sie würden endlich so etwas wie eine kleine Familie sein, sie beide und das Kind.

Doch als Maël ins Zimmer trat und sie den abweisenden

Ausdruck in seinem Gesicht sah, sank ihr der Mut. Was war nur los mit ihm?

»Komm«, bat sie und wies auf den zweiten Sessel neben ihr. »Setz dich zu uns.«

Er schien kurz zu zögern, ehe er tatsächlich Platz nahm.

»Magst du mir erzählen, was heute los war, drüben in der Senke?«

»Was soll schon los gewesen sein«, antwortete Maël missmutig. »Wir haben reihenweise abgestorbene Kamelien auf Haufen geworfen und verbrannt.« Sylvia schwieg bestürzt. Natürlich musste das Maël mehr schmerzen als alles andere. Seine Züchtungen, seine Geschöpfe, einzigartige Blütenwunder – zerstört. Mitfühlend griff sie nach seiner Hand, doch er entzog sie ihr. »Du kannst ja morgen kommen und das alles fotografieren«, fuhr er fort. »Für dein Archiv, damit wir uns später daran erinnern können.«

»Maël, ich bitte dich«, entgegnete Sylvia sanft.

Sie musste sich zusammenreißen, um nicht heftig zu reagieren. Ihr war klar, dass ihr Mann unter großer Anspannung litt. Es an ihr auszulassen war dennoch alles andere als fair.

»Hast du mit der Versicherung gesprochen?«, fragte Maël.

»Der zuständige Sachbearbeiter ist im Urlaub«, berichtete Sylvia. »Ich habe ein Einschreiben hingeschickt …«

»Ein Einschreiben?«, unterbrach Maël sie aufgebracht. »Wir brauchen Hilfe, und zwar schnell. Sonst können wir nächsten Monat hier dichtmachen.« Er fuhr sich mit der Hand über das Gesicht. »Weißt du«, sagte er dann etwas ruhiger, »es wäre gut, wenn du deinen Job machen würdest, so wie wir dort draußen unseren tun. Statt mir mit so dämlichen Vorschlägen zu kommen wie Erinnerungsfotos.«

Sylvia schwieg verletzt. Du liebe Güte, das hatte er aber mächtig falsch verstanden. Und langsam wurde sie zornig.

»Ich mache meinen Job«, antwortete sie und war sich darüber bewusst, wie kühl sie jetzt klang. »Vergiss bitte nicht, dass ich vor nicht mal vier Wochen entbunden habe. Mit einem Kaiserschnitt. Und nach Ansicht der Ärzte wegen der Gehirnerschütterung noch das Bett hüten sollte. Trotzdem tue ich, was ich kann …«

»Das tun wir alle«, schnitt Maël ihr das Wort ab und musterte sie verärgert. »Ich wusste, dass du mir früher oder später Vorwürfe machen würdest.«

»Ich?«, rief Sylvia, sodass Lucinde erschrocken zu trinken vergaß. »Ich mach dir doch überhaupt keine Vorwürfe! Und du solltest aufhören, mir welche zu machen. Was ist nur los mit dir?« Zornig funkelten sie sich beide einen Moment lang an, doch Sylvias Ärger schmolz rasch dahin. »Maël, ich bitte dich«, beschwor sie ihn. »Wir müssen zusammenstehen, statt uns zu streiten. Das alles ist fürchterlich genug. Wir können das nur gemeinsam schaffen.«

Seine Stirn war unwillig gerunzelt. Doch dann wurde sein Blick weich und seine Züge entspannten sich.

»Du hast recht«, sagte er schließlich. »Es tut mir leid. Ich bin nur … Das ist alles so entsetzlich da draußen. Es bricht mir das Herz, verstehst du? Denk dir, auch die Kamelie, die ich für unsere kleine Tochter gezüchtet habe, ist verloren.«

»Und die *Sylvianas*?«, fragte Sylvia leise.

Sie meinte die Ableger von jener Kamelie, die ihre Tante ihr vermacht hatte. Die große Pflanze, ausgewachsen zu einem richtigen Baum, hatten sie an einen Strohmann von Sir James verkauft, ohne zu wissen, wer dahintersteckte. Die *Sylviana* hatte ihnen ein Vermögen eingebracht, das sie sofort in den Bau des Besucherzentrums mit Laden, Bistro und Naturschutzzentrum investiert hatten.

Maël nickte. »Ja, auch die *Sylvianas* sind verloren. Die *Feu breton* ebenfalls und viele andere meiner Sorten. Für immer dahin.«

»Wir könnten unsere Kundendatei durchgehen und nachsehen, wer welche Kameliensorte gekauft hat«, schlug Sylvia vor, »und um Ableger bitten.«

Maël sah sie aufmerksam an. »Du würdest tatsächlich Sir James fragen, ob du von dem *Sylviana*-Baum einen Ableger bekommst?«, fragte er lauernd.

»Nein, natürlich nicht«, entgegnete Sylvia und musste lachen, so absurd war dieser Gedanke. Doch als sie Maëls Gesichtsausdruck wahrnahm, blieb ihr das Lachen im Hals stecken. »Maël«, sagte sie ernst, »ich weiß nicht, was du dauernd mit Sir James hast …«

»Wieso?«, unterbrach er sie. »Du und Ashton-Davenport, ihr seid doch jetzt die besten Freunde. Oder nicht?«

Sylvia holte tief Luft. Wie konnte er das nur so falsch verstehen! »Nein, das sind wir nicht«, begann sie. »Ich kann nichts dafür, dass ich nach England gebracht wurde.«

»Ach nein?«, entgegnete Maël spitz. »Du willst sagen, man hat dich dorthin entführt?«

»Ich war die meiste Zeit nicht bei Bewusstsein«, versuchte Sylvia klarzustellen. »Noah hat das alles angezettelt. Und wir müssen ihm dankbar sein. Denn hätte er Chloé nicht verständigt, wäre Lucinde wahrscheinlich gestorben.«

Sie hatte das schärfer gesagt, als beabsichtigt, und erst jetzt wurde ihr bewusst, dass es nach einem Vorwurf klang.

Maël zog scharf die Luft ein, ein paar Sekunden lang wirkte er wie versteinert. Dann sagte er mit einer Härte, die sie überhaupt nicht an ihm kannte: »Ja. Das wäre sie. Weil du so unvernünftig warst und nicht im Haus geblieben bist, so wie es dir alle geraten haben! Du hast sogar Noah in Gefahr gebracht. Um ein Haar wären meine beiden Kinder in jener Nacht gestorben.«

Es war ganz still in dem lavendelfarbenen Zimmer geworden. Sylvia saß da wie erstarrt. Das machte er ihr also zum Vorwurf? Sie hatte versäumt, eine Lampe anzuzünden, und inzwischen war die Dämmerung so weit fortgeschritten, dass es ihr schwerfiel, den Ausdruck im Gesicht ihres Mannes zu erkennen. Lucinde hatte aufgehört zu trinken und schlief. Nichts war zu hören außer dem fernen Rauschen des Meeres. Nur das Wort »gestorben« schien zwischen ihnen nachzuschwingen, unheilvoll und endgültig.

Plötzlich brach die Tonfolge eines Handyklingeltons die lastende Stille. Es war Maëls Telefon.

»*Oui?*«, meldete er sich kurz angebunden. Sylvia nahm zwar wahr, dass jemand unentwegt auf ihn einsprach, doch verstehen konnte sie nichts. Maël reagierte lange nicht. Schließlich sagte er. »*D'accord.* Ich hab verstanden. In vier oder fünf Stunden bin ich da.«

Er beendete das Gespräch. Einige Minuten lang rührte er sich nicht, und Sylvia wagte kaum zu atmen.

»Ich muss los«, sagte er dann und erhob sich.

»Wohin denn?«, fragte Sylvia.

»Nach Le Havre. Fabienne. Sie ist … Ach, das ist alles zu kompliziert.«

»Wie willst du denn jetzt …«

»Ich nehme Solenns Boot«, erklärte er an der Tür. »Im Hafen steht der Renault.«

»Warte doch einen Moment«, rief Sylvia und erhob sich. Lucinde wachte auf und begann zu wimmern. »Ich komme mit. Wir beide kommen mit dir.«

»Nein«, entgegnete Maël, und wie er das sagte, klang es endgültig. »Du hast ja selbst gesagt, dass du Ruhe brauchst. Kümmere dich um dein Kind. Und wenn es geht, um das Überleben der Insel.«

»Aber ...«

»Das ist eine Sache zwischen mir und meiner Mutter«, unterbrach er sie erneut. »Du hast damit nichts zu tun.«

Ehe Sylvia etwas entgegnen konnte, hatte sich die Tür hinter ihm geschlossen.

14

Der Verdacht

Sylvia stand am Fenster und sah fassungslos zu, wie ihr Mann das Haus verließ und durch das große Tor verschwand. Die Kleine weinte herzzerreißend, und Sylvia hätte es ihr am liebsten gleichgetan.

Er hat sich nicht einmal richtig verabschiedet, dachte Sylvia mit wehem Herzen, und jetzt traten ihr tatsächlich Tränen in die Augen. Ärgerlich wischte sie sie weg. Sie fand es schrecklich, dass sie neuerdings so nah am Wasser gebaut hatte, diese Rührseligkeit kannte sie überhaupt nicht an sich. Sie wiegte Lucinde, und bald beruhigte sich das Kind und schlief ein. Vorsichtig legte Sylvia es in die Wiege.

Der ungeheure Vorwurf, sie hätte beinahe Schuld am Tod der Kinder gehabt, nahm ihr auch jetzt noch den Atem. Verübelte Maël es ihr, dass sie in der Sturmnacht mitgeholfen hatte? Dabei hatte sie doch nur ihren Teil dazu beitragen wollen, die Insel zu retten, so wie die anderen auch. Wie ist es eigentlich zu dem Unfall gekommen?, überlegte sie. Maël hatte von einem Erdrutsch gesprochen, und sie erinnerte sich daran, wie der Wagen plötzlich seitlich weggeglitten war. Sie und Noah hatten sich herausfallen lassen, und dann hatte sie keinen Halt mehr gefunden …

Ein Klingelton riss Sylvia aus ihrer Erstarrung. Verwirrt schaltete sie das Deckenlicht an. Woher kam das Läuten? Da entdeckte sie Maëls Handy auf dem kleinen Beistelltisch neben den Sesseln. Ihr erster Impuls war, ihm hinterherzulaufen und es ihm zu bringen. Sie griff nach dem Smartphone und eilte zur Tür. Da schaltete sich die Mailbox ein. Der Ton war auf Laut eingestellt, und sie hörte eine weibliche Stimme, die ihr irgendwie bekannt vorkam.

»Maël, ich wollte dir nur noch mal sagen, dass du natürlich bei mir schlafen kannst. Gute Fahrt, fahr vorsichtig. *À tout à l'heure!*«

Fassungslos starrte Sylvia auf das Gerät in ihrer Hand. Auf dem Display leuchtete ein Name. Rosalie. Und erlosch. Die Anruferin hatte aufgelegt.

Sylvia musste sich gegen die Tür lehnen. Das Smartphone entglitt ihr und schlug hart auf den Holzdielen auf. Das Poltern brachte sie zur Besinnung. Ihr Herz pochte wie verrückt gegen ihren Brustkorb. Wer zum Teufel war Rosalie?

Sie hob das Handy auf und beschloss, der Sache nachzugehen. Vielleicht war Maël ja noch an der Anlegestelle.

Sylvia warf einen Blick in die Wiege und überzeugte sich davon, dass Lucinde wirklich schlief. Dann lief sie, so schnell sie konnte, die Treppe hinunter, verließ das Haus durch den Vordereingang, der direkt auf den Parkplatz führte, überquerte diesen und sprang zwei Stufen auf einmal nehmend die steile Natursteintreppe hinunter zur Anlegestelle. Doch schon auf halber Strecke verlangsamte sie ihre Schritte und blieb schließlich stehen. In der Ferne sah sie die Lichter von Solenns Trawler in der Dunkelheit verschwinden. Im Kielwasser spiegelte sich verzerrt der Sternenhimmel.

Sylvia wurde bewusst, dass sie beide Hände fest gegen die Narbe an ihrem Unterbauch gepresst hielt, die wieder zu schmerzen begonnen hatte. Und nicht nur die Narbe. Alles tat ihr weh. Ganz besonders ihr Herz.

Wer war die Anruferin? Was verheimlichte Maël vor ihr?

War diese Rosalie der Grund, warum er nicht gewollt hatte, dass sie ihn begleitete? Führte er sich womöglich so eifersüchtig auf, weil er selbst etwas zu verbergen hatte?

Verzweiflung durchfuhr sie von den Zehen bis in die Haarspitzen. Das alles hatte sie bereits einmal erlebt. Sie dachte an ihre Schulfreundin Sandra, die sich nicht zu schade gewesen war, mit ihrem ersten Mann Holger ein Verhältnis anzufangen. Der Gedanke, dass auch Maël sie womöglich hinterging, war ihr unerträglich. Noch immer hielt sie sein Smartphone in der Hand. Am liebsten hätte sie es ins Meer geschleudert.

Doch sie riss sich zusammen. Vielleicht war ja alles ganz anders. Sie durfte keine voreiligen Schlüsse ziehen. Zumindest sollte sie versuchen herauszufinden, wer die Frau war, bei der Maël offenbar schon mehrmals übernachtet hatte.

Sie ging auf direktem Weg in ihr Büro und fuhr den Computer hoch. Bald darauf erleuchtete das fahle Licht des Monitors den Raum. Sylvia gab die Nummer, die das Smartphone in der Protokollliste gespeichert hatte, in eine Suchmaschine ein und wartete. Das Internet war wie immer viel zu langsam für ihre Ungeduld. Doch schließlich fand sie, was sie wissen wollte. Der Anschluss gehörte zu Rosalie Bertini, Ärztin für Psychiatrie & Geriatrie, Le Havre.

Und da fiel es Sylvia wie Schuppen von den Augen. Rosalie war die Ärztin, die Fabienne behandelte. Die so sehr darauf gedrängt hatte, dass Maël sich seiner Mutter annahm. Inzwischen waren die beiden also recht vertraut miteinander. Dass Maël sie beim Vornamen nannte, hatte Sylvia bereits in England verwundert, als er sie während eines Gesprächs erwähnt hatte. War das normal? Und vor allem: War es normal, dass ein Angehöriger einer Patientin bei der behandelnden Ärztin übernachtete? Sicher nicht.

Sie hörte ein Geräusch und schreckte zusammen. Jemand war ins Büro gekommen.

»Was machst denn du noch hier?«, hörte sie die verwunderte Stimme von Solenn. »Ich dachte, du wärst längst im Bett! Weißt du, wer die *Sirène* genommen hat, ohne mich zu fragen?«

Sylvia holte tief Luft, um etwas zu sagen. Doch das, was sie vorbringen wollte, ging in einem Schluchzen unter.

»Ich kann nicht glauben, dass Maël ...«

Solenn brach mitten im Satz ab und sah nachdenklich vor sich hin. Sie saßen in der Küche, und wie in alten Zeiten, wenn sie beide nicht schlafen konnten, hatte Solenn Kräutertee gekocht, ihre Spezialmischung, von der sie überzeugt war, dass sie beruhigend wirkte.

Sylvia schwieg. Sie hatte ihrer Freundin alles erzählt, jetzt war sie müde, und vom Weinen tat ihr der Kopf weh. Sie wusste nicht mehr, was sie glauben sollte. So oder so, Maël verhielt sich merkwürdig. Nicht wie ein Mann, der seine Frau liebte und glücklich war, mit ihr und dem neugeborenen Kind vereint zu sein. Er machte ihr schwere Vorwürfe, war ungeduldig und unsensibel. Und nun hatte er sie erneut allein gelassen, sie und das Kind. Das reichte aus, um unglücklich zu sein, fand Sylvia. Dass er jetzt außerdem ein irgendwie unklares Verhältnis zu der Ärztin seiner Mutter hatte, fand sie unerträglich.

»Es ist einfach nicht seine Art«, fuhr Solenn fort. »Wenn du willst, ruf ich diese Ärztin mal an und ...«

»Nein!«, schnitt ihr Sylvia heftig das Wort ab. »Dann heißt es, ich spioniere ihm hinterher und höre seine Anrufe ab.«

»Sylvie ...«

»Doch, so denkt er gerade, Solenn. Mir ist klar, dass bei ihm die Nerven blank liegen. Aber bei mir auch. Ich bin ... ich ...«

Wieder liefen ihr die Tränen über die Wangen, sie konnte einfach nichts dagegen tun. Es war, als wäre ein uralter Schmerz erwacht, dieses unerträgliche Gefühl, betrogen zu werden. Zwar war noch lange nicht erwiesen, dass Maël mit dieser Rosalie ein Verhältnis hatte, doch allein die Vorstellung genügte, um sich erneut so hilflos und jämmerlich zu fühlen wie damals.

»Sylvie, Liebes«, versuchte Solenn sie zu beruhigen, »Maël mag manchmal ein fürchterlicher Idiot sein, aber ich habe ihn niemals untreu erlebt. Ich kann es mir einfach nicht vorstellen! Außerdem liebt er dich über alles. Vielleicht hat er sich mit dieser Rosalie angefreundet und …« Sie stockte erneut.

»… sie lässt ihn einfach so bei sich übernachten? Rein platonisch? Glaubst du das wirklich?«, fragte Sylvia zweifelnd und nahm sich ein Papiertaschentuch.

»Was weiß ich«, antwortete Solenn. »Ja, warum denn nicht. Jetzt warte doch erst einmal, was Maël dazu zu sagen hat.«

»Er hat mir vorgeworfen, ich hätte Noah in Gefahr gebracht. Und Lucinde.«

Solenn sah sie traurig an. »So etwas sollte er nicht sagen«, bemerkte sie leise.

»Bist du etwa auch der Meinung, dass ich … dass ich verantwortungslos gehandelt habe?« Sylvias Stimme zitterte.

»*Mais non*, Sylvie«, versuchte Solenn sie zu beruhigen. »Weder Maël noch ich waren in jener Nacht hier. Du wolltest helfen. Das ist doch klar.«

»Und er macht mir Szenen, weil ich in England war.«

»In der Privatklinik von Sir Ashton-Davenport, ja«, sagte Solenn mit einem Lächeln. »Darüber hat sich das ganze Städtchen amüsiert.«

»Amüsiert?«

»Weil es unserer Küstenwache nicht gelang, hier zu landen. Dem Engländer jedoch sehr wohl.«

Erneut stiegen Sylvia Tränen in die Augen. »Ihr lacht darüber?«

»*Mais non.*« Solenn seufzte. »Wir waren alle unglaublich erleichtert. Und Maël sollte es genauso sehen und nicht auf das Gerede hören.«

»Auf welches Gerede denn?«

»Ach, vergiss es«, erklärte Solenn. »Ich hab nie etwas auf das gegeben, was die Leute sagen, das weißt du doch. Du solltest dich damit nicht abgeben.«

Sie wollte aufstehen. Sylvia legte ihr die Hand auf den Arm und zog sie zurück auf ihren Stuhl.

»Doch«, insistierte sie. »Erzähl es mir. Vielleicht verstehe ich dann, was ich nach Maëls Meinung verbrochen habe.«

»Na ja«, räumte Solenn ein, »keiner von den Klatschweibern glaubte so recht daran, dass es wirklich Chloé war, die das veranlasst hat. Ich meine, so wie ihr beiden zueinander steht. Schließlich weiß doch jedes Kind, dass sie dir den Mann ausspannen wollte. Keiner hier kann sie leiden.«

»Was dachte man dann?«

Es war Solenn anzusehen, dass ihr nicht wohl in ihrer Haut war.

»Du weißt, dass ich diese Klatschgeschichten hasse wie die Pest«, sagte sie. Sylvia nickte und sah sie dennoch auffordernd an.

»Komm«, drängte sie, »rück schon raus damit.«

»Na schön«, gab Solenn mit einem Seufzen nach. »Irgendjemand hat dich bei der Eröffnung des Besucherzentrums in vertrautem Gespräch mit Sir James gesehen. Ihr müsst an der exponiertesten Stelle der gesamten Insel gestanden haben, dort, wo man alles überblicken kann. Und es heißt, es ging recht leidenschaftlich zu bei eurem Gespräch.«

Sylvia sah sie entrüstet an. »Das weißt du doch alles«, entgegnete sie aufgebracht. »Ich hab dir doch am selben Tag von dem Gespräch erzählt. Damals hat er mich aufgefordert, Maël zu verlassen und zu ihm zu kommen. Er hat mir gedroht, uns andernfalls fertigzumachen.«

»Sylvie …«

»Ich hab ihm geantwortet, dass er das vergessen kann!«

»Ich weiß es, klar«, versuchte Solenn, sie zu beruhigen.

»Natürlich weiß ich das. Irgendjemand hat das jedoch beobachtet. Ist ja kein Wunder, damals war die Insel voller Menschen. Und sicherlich hätte man kein weiteres Wort darüber verloren, wenn du nicht wie eine leibhaftige Königin von diesem Engländer ausgeflogen und zwei Wochen lang in seiner Privatklinik untergebracht worden wärst. Und das ausgerechnet, um dein Kind auf die Welt zu bringen.«

Sylvia starrte ihre Freundin fassungslos an.

»Du machst mir Vorwürfe deswegen?«, stieß sie schließlich hervor.

Doch Solenn schüttelte den Kopf. »Nein, Sylvie, dreh mir doch nicht das Wort im Munde herum«, erklärte sie ärgerlich. »Natürlich weiß ich, dass das Unsinn ist. Aber das ist es, was nun mal breitgetreten wurde. Maël hat natürlich davon gehört. Ich vermute, dass er deswegen so gereizt …«

»Ich kann doch nichts dafür«, brach es aus Sylvia heraus. »Das ist so ungerecht! Was glaubst du, wie entsetzt ich war, als ich zu mir kam und mein Bauch war flach! Als ich erfuhr, dass ich in England bin und nicht in Quimper im Krankenhaus. Auch ich hab mir das alles vollkommen anders vorgestellt.«

»Sylvie, bitte«, versuchte Solenn erneut, sie zu beruhigen. Doch sie war viel zu aufgebracht.

»Warum ist Maël nicht nach England nachgekommen? Er hatte keine Zeit für mich, Fabienne hier und Fabienne dort. Dreißig Jahre lang redet er nicht von dieser Frau, und jetzt ist sie wichtiger als ...« Sylvia stockte. Ihr war ein Gedanke gekommen, der ihr überhaupt nicht gefiel. »Oder es war gar nicht wegen Fabienne«, sagte sie tonlos.

»Was willst du damit sagen?«, fragte Solenn beunruhigt nach.

Einen Moment lang brütete Sylvia vor sich hin. »Vielleicht war Fabienne nur ein Vorwand«, sagte sie ernüchtert. »Und der eigentliche Grund, in Le Havre zu bleiben, war Rosalie?«

Solenn starrte sie überrascht an. Dann seufzte sie, zuckte ratlos mit den Schultern. Lange dachte sie nach.

»Ich hab keine Erfahrung mit solchen Dingen«, sagte sie dann traurig. »Lucie und ich, bei uns gab es so etwas nicht. Natürlich haben wir manchmal gestritten. Aber wir wussten all die Jahre lang, dass sich keiner zwischen uns stellen könnte. Und sag, was du willst, ich glaube noch immer felsenfest daran, dass auch Maël ...«

In diesem Augenblick begann das Smartphone, das vor ihnen auf dem Küchentisch lag, zu vibrieren, und die Tonfolge, die Sylvia inzwischen von ganzem Herzen hasste, erklang schon wieder. »Rosalie« blinkte auf dem Display.

Beide starrten sie das Gerät an, das auf dem Tisch zu tanzen begann. Schließlich wurde es Solenn zu bunt. Entschlossen griff sie nach dem Handy und nahm das Gespräch mit finsterer Miene an.

»Maël?«, hörte Sylvia die Stimme der Ärztin gedämpft fragen.

Solenns Augen funkelten vor Zorn. »Hier spricht Solenn Lambaol, die Besitzerin der Kamelieninsel. Maël hat sein Telefon hier vergessen. Und wer sind Sie?«

In dem Schweigen, das nun folgte, stellte Solenn den Ton laut.

»Dr. Bertini«, sagte die Frau endlich, hörbar um Fassung

ringend. »Ich ... ich behandle Madame Riwall, Maëls Mutter. Sie ist ...«

»Das ist mir bekannt«, unterbrach Solenn sie bestimmt. »In welchem Verhältnis stehen Sie zu Maël?«

Sie fragte das völlig geschäftsmäßig und mit einer solch selbstverständlichen Autorität in der Stimme, dass Sylvia der Atem stockte.

»Wie ... wie meinen Sie das?«, stammelte Rosalie.

»Ich frage, weil Sie ihm angeboten haben, wie immer bei ihm zu schlafen. Ist es üblich, dass Sie das den Angehörigen Ihrer Patienten anbieten? Das nenne ich einen außergewöhnlichen Service.«

Jetzt glaubte Sylvia, ein leises Räuspern zu vernehmen.

»Monsieur Riwall hat nie bei mir übernachtet«, sagte Rosalie Bertini. »Ich ... ich habe es ihm allerdings angeboten, ja. Weil es manchmal nicht einfach ist, hier ein Zimmer ...«

»Ach so«, unterbrach sie Solenn erneut, »das ist also ein Service, den Sie grundsätzlich allen Angehörigen anbieten? Verfügen Sie über eine Art Pension, oder wie muss ich mir das vorstellen?«

Jetzt wurde es Rosalie Bertini offenbar zu bunt.

»*Écoutez*, Madame«, antwortete sie. »Ich glaube nicht, dass ich Ihnen Rechenschaft schuldig bin.«

»Mir vielleicht nicht«, entgegnete Solenn. »Aber womöglich Maëls Frau. Ihnen ist bekannt, dass er kürzlich Vater wurde? Also kümmern Sie sich um den Gesundheitszustand seiner Mutter, und überlassen Sie die Übernachtungsfrage ihm. Ansonsten sehe ich mich veranlasst, mit Ihrem Vorgesetzten über Ihre Pensionsdienste zu sprechen.«

Es dauerte ein paar Sekunden, dann erklang das Freizeichen.

»O mein Gott, Solenn«, stieß Sylvia hervor. »Das wird mir Maël niemals verzeihen.«

»Wieso dir?«, entgegnete Solenn entschlossen. »Du weißt davon doch überhaupt nichts! Er hat sein Handy hier auf dem Küchentisch liegen lassen. Und *ich* war diejenige, die es gefunden hat. *Compris?*« Sie stand auf und steckte das Smartphone in die ausgebeulte Tasche ihrer Strickjacke. »So, und jetzt wird geschlafen. *À demain*, Sylvie.«

15

Der Schlund

In dieser Nacht weckte Lucinde ihre Mutter jede halbe Stunde. Sie schien ständig hungrig zu sein und weinte viel. Sylvias Brustwarzen schwollen an und brannten. Gegen fünf Uhr schleppte sie sich schließlich in die Küche und setzte Wasser auf, um ein Fläschchen mit der Zusatznahrung zuzubereiten.

»So früh wach?« Elise wirkte frisch wie eine Rose und voller Tatendrang.

»Guten Morgen«, begrüßte Sylvia sie. »Die Kleine kam die ganze Nacht nicht zur Ruhe. Ich hoffe, es hat dich nicht gestört.«

»Ich habe geschlafen wie ein Stein«, versicherte ihr die Hauswirtschafterin gut gelaunt, setzte die Kaffeemaschine in Gang und musterte Sylvia dabei unauffällig. »Wenn du willst, mach ich das für dich und bring dir die Flasche hoch. Leg dich hin, Sylvie, du siehst aus wie ein Gespenst mit diesen dunklen Ringen unter den Augen.« Und als sie Sylvia zögern sah, fügte sie hinzu: »Ich stehe jeden Morgen so früh auf. Ich mag das. So kann ich in aller Ruhe schon mal einiges für das Mittagessen vorbereiten. Es macht mir überhaupt nichts aus, ehrlich.«

Dankbar nahm Sylvia eine Schmerztablette und schlüpfte wieder unter die Decke. Lucinde war vor Erschöpfung eingeschlafen, die kleinen Fäuste fest geballt, die Wangen leicht gerötet. Ihre Mutter versuchte das Gefühl, eine Versagerin zu sein, zu verscheuchen, denn eigentlich hätte sie ihr Kind am liebsten voll gestillt. Aber es war vier Wochen zu früh zur Welt gekommen, Dr. Peterson hatte ihr prophezeit, dass ihre Muttermilch nicht ausreichen könnte, um das Baby satt zu bekommen. Wenn sie zufütterte, konnte sie immerhin ab und zu ein Schmerzmittel gegen ihr Kopfweh nehmen, das seit Maëls Abreise fast unerträglich geworden war.

Unruhig drehte sie sich auf die andere Seite und dachte an das unselige Gespräch zwischen ihr und Maël. Prompt wurde ihr übel. Der Vorwurf, sie hätte das Leben beider Kinder riskiert, nagte an ihr. An Rosalie Bertinis merkwürdige Anrufe wollte sie am liebsten gar nicht denken. Ob es eine gute Idee von Solenn gewesen war, der Frau derart die Meinung zu sagen? Und sollte sie wirklich schwindeln und behaupten, sie habe von all dem keine Ahnung? Unruhig warf sie sich auf die andere Seite.

Elise klopfte leise an und trat ins Zimmer. Sie hatte die Babyflasche in einen dicken Wollschal gewickelt und grinste verlegen.

»Ich werde einen elektrischen Flaschenwärmer besorgen«, sagte sie und warf einen Blick in die Wiege. »Vorerst muss es so gehen. Falls der Milchersatz zu kalt wird, ruf mich, ja?«

»Vielen Dank, Elise«, sagte Sylvia. »Du bist ein Schatz!«

»Sag einfach Bescheid, wenn du etwas brauchst«, antwortete die Hauswirtschafterin. »Um acht kommt Yvonne, die wird sich mit Begeisterung um das Baby kümmern.«

Wie erwartet war Lucinde schon bald wieder wach. Sie trank die Flasche gierig leer und schlief sofort erschöpft ein, Sylvia ebenfalls. Erst gegen neun begann das Kind erneut zu quäken und Elise erschien mit Yvonne, brachte eine neue Flasche und zeigte dem Mädchen zur Sicherheit noch einmal persönlich, wie man einen Säugling badete, eincremte, ihm eine frische Windel anlegte und ihn anzog, während sie darauf bestand, dass Sylvia im Bett blieb und sich ausruhte. Und tatsächlich schliefen sie und das Kind anschließend bis zum Mittag durch.

Danach fühlte Sylvia sich deutlich wohler. Das Schmerzmittel hatte gewirkt, und sie beschloss, zum Essen hinunterzugehen. Alles war besser, als im Bett zu liegen und sich mit schlimmen Gedanken zu quälen. Auch Lucinde war munter und endlich wieder gut gelaunt. Mit ihr auf dem Arm gesellte sich Sylvia zu den anderen in der Küche.

»Veronika hat angerufen«, erzählte Solenn. »Sie wird mit Lili für eine Weile herkommen. Ist dir das recht?«

»Hast du ihr erzählt, wie es hier aussieht?«, erkundigte sich Sylvia zögernd.

»Natürlich«, antwortete Solenn. »Dieses Mal kommt sie nicht, um Urlaub zu machen. Sie hat gesagt, sie wird mithelfen, wo sie nur kann.« Und mit einem vielsagenden Blick fügte sie hinzu: »Ich bin der Meinung, dass dir deine Freundin gerade jetzt guttun wird, oder nicht?«

Sylvia nickte. Ja, sie freute sich auf Veronika. Mit niemandem konnte sie besser über ihre Gefühle sprechen als mit ihrer Freundin. Mit Veronikas Unterstützung hatte sie schon bei Weitem Schlimmeres überstanden.

»Ich möchte gern nach dem Essen mitkommen und mir die Schäden in der Senke anschauen«, sagte sie zu Gurvan. »Kann ich mit dir fahren?«

»Klar«, antwortete der Gärtner und strich seinen Teller mit einer Scheibe Weißbrot sauber. »Elise«, sagte er, »dein *Cassoulet* war erstklassig.« Er schob den Teller von sich und fragte: »Wann kommt eigentlich der *patron* zurück?«

Sylvia wechselte einen kurzen Blick mit Solenn, dann sagte sie mit fester Stimme: »Sicherlich bald. Es hängt davon ab, wie es seiner Mutter geht.«

»Wieso holt ihr sie eigentlich nicht her?«, fragte Elise.

Sylvia starrte sie überrascht an. An diese Möglichkeit hatte sie überhaupt noch nicht gedacht.

»Ausgeschlossen!«, erklärte Solenn kategorisch.

»Aber ich hab doch meine Mutter auch gepflegt, als …«, wandte die Hauswirtschafterin ein, ihre freundlichen himmelblauen Augen erstaunt auf Solenn gerichtet.

»Das ist eine vollkommen andere Geschichte«, schnitt ihr Solenn das Wort ab und begann, die leeren Teller einzusammeln. »Gibt es Nachtisch?«

Elise erhob sich irritiert. Offenbar wusste sie nichts von der unglücklichen Beziehung zwischen Maël und seiner Mutter. Doch gerade ihre Unbefangenheit brachte Sylvia zum Nachdenken. Wäre es nicht einfacher, Fabienne zumindest in der Nähe unterzubringen, wenn man sie auf der Insel nicht haben wollte? Dann müsste Maël nicht immer so weit fahren. Und natürlich wäre sie damit dem Einfluss dieser Ärztin entzogen und Maël gleich mit. Selbstkritisch fragte sich Sylvia, wie viel Eigeninteresse in diesen Überlegungen steckte.

Es gab *Clafoutis* zum Nachtisch, ein duftiges Soufflé mit Sauerkirschen aus dem Glas, das Elise besonders lecker zubereitete, doch Sylvia lehnte ihre Portion dankend ab.

»Ich bin satt«, erklärte sie, und als sie sah, wie Elise die Stirn runzelte, fügte sie hinzu, »ich hab viel zu viel von deinem wunderbaren Bohneneintopf gegessen.«

»Zu viel? Das war doch nur ein kleiner Schöpflöffel voll! Du bist zu dünn«, beschwerte sie sich. »Genau dasselbe hat auch Morgane gestern gesagt. Bitte probier den Nachtisch wenigstens.«

»Wenn sie nicht will, nehme ich ihre Portion«, erklärte Iven grinsend, doch Elise deutete scherzhaft mit dem Portionslöffel einen Schlag gegen ihn an.

»Nichts da.« Sie lachte. »Jeder bekommt seinen Teil. Sylvie, sei vernünftig. Du musst dich stärken, wenn du weiterhin dein Kind stillen möchtest.«

»Elise, ich …«

»Nun, dann wollen wir doch mal sehen, wie viel du abgenommen hast«, fiel ihr Solenn in den Rücken und verschwand, um kurz danach mit ihrer Personenwaage zurückzukehren. »Hier. Stell dich drauf. Na los!«

Sylvia wollte protestieren, doch dann gab sie nach. Und war wenig später selbst erstaunt. Trotz Kleidung und Schuhen wog sie vier Kilo weniger als vor der Schwangerschaft.

»*Tiens!*«, machte Elise erstaunt. »Nach der Entbindung haben die meisten Frauen mit Übergewicht zu kämpfen. Sechsundfünfzig Kilo bei deiner Größe in voller Montur – das ist viel zu wenig. Hier. Du bekommst jetzt eine extra große Portion. Und das wird alles aufgegessen.«

»Na schön«, gab Sylvia nach. Und kaum hatte sie gekostet, lief ihr das Wasser im Munde zusammen. Elises *Clafoutis* war unübertrefflich.

Während die anderen einen Kaffee zu sich nahmen, gab Sylvia Lucinde die Brust, und das Kind trank erneut, als wäre es am Verhungern. Zur großen Erheiterung aller machte es anschließend ein deutlich vernehmbares Bäuerchen, blickte erstaunt mit großen Augen in die Runde und schlummerte bald darauf wieder friedlich ein. Yvonne bot an, auf die Kleine aufzupassen, solange Sylvia mit Gurvan unterwegs sein würde.

»Und wenn sie hungrig wird?«, fragte Sylvia zweifelnd.

»Dann geben wir ihr die Flasche«, meinte Elise. »Lass das Kind ruhig bei uns.«

»Kann es losgehen?«, fragte Gurvan, trank seinen Kaffee aus und erhob sich. »*Allons-y.*«

Sylvia hatte vom Hubschrauber aus einen Blick auf die

Senke erhaschen können, doch ihr war klar, dass dies nicht mehr als ein kurzer Eindruck gewesen war. Der war allerdings schlimm genug gewesen, und sie wappnete sich, als sie neben Gurvan in einem der Pick-ups den vom Unwetter ausgewaschenen Weg bis zu der Stelle hinaufrumpelte, von der aus man das Eiland überblicken konnte. Gurvan fuhr langsam, damit Sylvia sich umsehen konnte.

»Die schlimmsten Wellen kamen von Südwesten«, erklärte er. »Das war das Verrückte.«

»Warum verrückt?«, fragte Sylvia.

Gurvan runzelte angestrengt die Stirn und überlegte, wie er es am besten erklären sollte.

»Also das Tief entstand im Norden. Zuerst ist es westlich an uns vorbeigezogen, wir haben ein paar Böen abgekriegt, eine hat den Wetterhahn vom Dach geholt. Als wir dachten, die Sache wäre vorbei, hat das Tief auf dem offenen Atlantik eine Kehrtwende vollzogen und dabei ordentlich Fahrt aufgenommen.«

»Eine Kehrtwende?«, fragte Sylvia, doch Gurvan zuckte mit den Schultern.

»Ich glaub, nicht einmal Pierrick hat es verstanden. Er meint, es traf dort draußen womöglich auf eine andere Kaltluftfront. Im Fernsehen haben die Wetterfrösche eine Menge darüber geschwafelt, aber wir hatten keine Zeit, uns das anzuschauen. Hilft uns ja auch nicht mehr, oder?«

»Wahrscheinlich nicht«, antwortete Sylvia.

»Diesen Pool dahinten an der Klippe, den gibt es nicht mehr«, sagte Gurvan und gab wieder Gas. »Die Wellen haben die Felsformation verschoben. Und nicht nur dort. Vor allem am Flaschenhals haben sie alles über den Haufen geworfen. Das ist unser größtes Problem. Na ja, und die Piste da runter. Da hat durch den Starkregen das Erdreich nachgegeben, gerade, als du hochgefahren bist. Wenn du mich fragst, ist es ein verdammtes Wunder, dass du überhaupt noch lebst. Uns ist allen das Herz stehen geblieben, als wir sahen, wie der Wagen runter kam, das schwör ich dir.«

Gurvan bog vorsichtig in die steile Abfahrt ein. Obwohl sie angeschnallt war, musste sich Sylvia mit beiden Händen an den Haltegriffen festhalten, um nicht herumgeschleudert zu werden, so ausgewaschen war der Weg. Jetzt war sie froh, Lucinde bei Yvonne und Elise gelassen zu haben. Die tiefsten Schlaglöcher hatte man mit Steinen verfüllt, und Gurvan wusste offensichtlich genau, wie er welche Mulde nehmen musste, um mit dem Fahrzeug nicht aufzusetzen. Als sie die Stelle erreichten, an der sie verunglückt war, fuhr ihr der Schreck durch alle Glieder. Über eine Strecke von zehn, fünfzehn Metern war der ursprüngliche Fahrweg verschwunden. Um die Stelle überhaupt passieren zu können, hatten ihre Leute einen provisorischen Übergang tiefer in den Hang gegraben und ihn mit Felsbrocken und Holzbohlen befestigt.

»Und das hält?«, fragte sie bang.

»Bis jetzt schon«, antwortete Gurvan. »Möchtest du lieber aussteigen und das Stück zu Fuß gehen? Ich warte da vorne auf dich.«

Sylvia schüttelte tapfer den Kopf. Wenn Gurvan das Provisorium für sicher hielt, dann würde auch sie darauf vertrauen. Sie zwang sich, während der kurzen Strecke, die sie haarscharf am Abgrund entlangführte, nicht in die Tiefe zu blicken. Wie weit sie den Hang hinuntergerutscht war, wusste sie nicht, und im Augenblick wollte sie es auch lieber nicht wissen. Ihr wurde flau im Magen, sie wünschte, sie hätte die große Portion Kirschauflauf doch nicht gegessen.

Endlich erreichten sie die Talsenke. Die Plantage war kaum wiederzuerkennen. Etwa zwei Drittel des Geländes waren durch den Wall aus Sandsäcken und Felsbrocken, den ihre Mitarbeiter mühevoll errichtet hatten, vor den Fluten bewahrt worden. Der etwas tiefer liegende kleinere Teil der Plantage, zu dem auch der frühere Eingangsbereich gehörte, war überschwemmt worden. Die niedrige Mauer, die das schmiedeeiserne Tor flankiert hatte, war von den Massen von Geröll und Sediment, das die Flut hereingetragen hatte, niedergerissen und darunter begraben worden. Ebenso ein Teil der Felder mit Jungpflanzen. Der Schutzwall verlief in einem leichten Bogen quer durch das Grundstück und endete vor dem letzten der Gewächshäuser.

»Was ist mit den Feldern der *Camellia Oleifera*?«, erkundigte sich Sylvia. Das waren die Kamelien, die sie für die Gewinnung des kostbaren Kosmetiköls angepflanzt hatten.

»Dort ist das Hochwasser nicht hingekommen«, beruhigte der Gärtner sie. »Im September können wir wie geplant die Samen ernten.«

Wenigstens etwas, dachte Sylvia, während sie durch das Geröllfeld stapfte. Das war beschwerlich, ständig sank sie ein. In den vergangenen Wochen waren allerdings kreuz und quer Trampelpfade entstanden, auf denen man etwas leichter vorankam.

Sylvia war es, als schritte sie über einen Friedhof. Die sengende Sonne hatte den Untergrund ausgetrocknet, tiefe Risse zeugten von der einsetzenden Erosion. Von dem fruchtbaren Boden war nichts mehr zu sehen, Sylvia hoffte, dass er nicht abgeschwemmt worden war, sondern nach wie vor unter der Geröllschicht ruhte. Hier und dort ragten nackte Metallstäbe aus dieser Wüste empor. Sie hatten einmal Schilder mit Sortenbezeichnungen getragen, jetzt waren die meisten schief oder verbogen. Mitunter konnte man die rechtwinklige Umrandung eines Beetes erahnen oder der Stumpf einer älteren Pflanze brach durch die Decke aus Schlamm und groben Steinen hindurch.

Über allem lag der Geruch nach Verwesung, nach den Innereien des Meeres, bloßgelegt und der Zersetzung preisgegeben. Sylvia sah Fischleichen zwischen den Trümmern, vertrocknete Quallen schimmerten in schmuddeligen Violett- und Grüntönen. Unter ihren Füßen knirschten Scheren von Krebsen, Muscheln, Seesterne, Krusten von Meeresspinnen und Tintenfischschulpe.

Endlich erreichten sie die Gewächshäuser. Auch bei jenen, die dem Sturm standgehalten hatten, waren einzelne Scheiben zerbrochen, oder sie wiesen Sprünge auf. Die Wellen hatten ihre schlammige Fracht bis zu einer Höhe von einem Meter an die Glaswände herangeschwemmt, und Sylvia staunte darüber, dass nur einer dieser fragilen Bauten zu Bruch gegangen war. Sie stellte sich vor, wie sich die wütende Gischt an ihnen aufgebäumt hatte, und fragte sich, mit welcher Kraft die Flut hier hereingeströmt sein musste, wenn sie in der Lage gewesen war, so schwere Lasten wie all die Felsbrocken und Steine mit sich zu führen.

»In die meisten Gewächshäuser ist Meerwasser eingedrungen«, erklärte Gurvan, der lange geschwiegen hatte. »Zum Glück standen die meisten Pflanzen nicht direkt auf dem Boden. Einige hat es trotzdem erwischt. Wir werden sehen, ob sie sich erholen.«

»Wer sind die Leute?«, fragte Sylvia und deutete auf eine Gruppe von sechs Männern, die gemeinsam mit Iven und Tristan unter dem nackten Eisengerüst des zerstörten Gewächshauses arbeiteten. Die einen zerrten zerschmetterte Sträucher aus den Trümmern und warfen sie auf große Haufen, während die anderen mit Schippen, die wie Schneeschaufeln aussahen, versuchten, das von Glasscherben durchsetzte Sediment zusammenzuschieben.

»Yann Lennecks Freunde«, antwortete Gurvan. »Dort hinten arbeitet noch eine Gruppe.«

Sylvia ging, sie zu begrüßen und ihnen zu danken, dass sie gekommen waren.

»Ohne Maschinen wird das eine Ewigkeit dauern, Madame«, sagte ein breitschultriger, kräftiger Kerl. »Aber wir tun, was wir können.«

»Wo ist Coco?«, fragte Sylvia.

»In Gewächshaus zwei«, antwortete Gurvan. »Ich hab ihr die Schaufel mit Gewalt aus der Hand reißen müssen. Ich will nicht, dass sie weiterhin so schwere Arbeit macht. Jetzt wässert sie die angeschlagenen Pflanzen.«

»Das hast du gut gemacht«, sagte Sylvia sanft. »Ich schau nachher bei ihr vorbei. Jetzt möchte ich mir gern den Flaschenhals ansehen. Oder das, was davon übrig geblieben ist.«

»Das geht nicht«, erklärte Gurvan und wirkte auf einmal ängstlich. »Es ist gefährlich. Maël bringt mich um, wenn er das hört.«

»Warum denn? Ich möchte mir doch nur ein Bild davon machen. Sag mir nicht, dass das nicht schon einer von euch gemacht hat.«

Sylvia reckte den Kopf in Richtung des Korridors zum offenen Meer. Von Weitem sah er aus wie die versandete Mündung eines Flussbettes. Absolut harmlos.

»Klar haben wir das, nur … allein kannst du dort nicht hin«, wandte Gurvan ein. »Je näher man dem Schlund kommt, desto unsicherer ist es. Es gibt hier und dort versteckte Strömungen unter der Sedimentschicht. Pierrick ist dort hinten einmal bis zu den Hüften eingebrochen.«

»Ich geh nicht weit«, versicherte Sylvia, »nur ein kleines Stück«, und machte sich auf den Weg. Hinter sich hörte sie Gurvan auf *brezhoneg* fluchen. »Warte«, rief er ihr hinterher. »Ich komm mit. Aber du musst direkt hinter mir bleiben, ja?«

Sylvia ließ ihn vorbeigehen und folgte ihm vorsichtig. Gurvan führte sie nah an den Abhang heran, an dessen Kante etwas oberhalb der Sedimentschicht ein Trampelpfad ins Erdreich getreten worden war. Nach einigen Hundert Metern passierten sie ein Autowrack, und Sylvia begriff, dass dies der Wagen sein musste, mit dem sie in der Sturmnacht verunglückt war. Der Pick-up lag zerbeult auf seinem Dach, die Fluten hatten ihn zur Hälfte mit Geröll verfüllt. Sylvia blieb kurz stehen und sah den Steilhang hinauf. Hier irgendwo war sie also abgestürzt?

»Da oben hast du gelegen«, sagte Gurvan und deutete mit ausgestrecktem Arm auf einen flachen Felsvorsprung weit über ihren Köpfen. »Du bist durch aufgeweichtes Erdreich gerutscht, deshalb ist dir wohl nicht mehr passiert.« Er warf ihr einen bedeutungsvollen Blick zu, als wollte er sie warnen, ihr Leben nicht noch einmal aufs Spiel zu setzen, dann setzte er den Weg fort.

Plötzlich endete der Pfad vor einer Felsformation. Gurvan trat zur Seite und deutete auf ein paar Absätze im Gestein, die wie unregelmäßige Stufen aussahen.

»Wenn du hier vorsichtig hinaufsteigst, kannst du einen Blick über den Felsen werfen«, sagte er. »Dahinter liegt der Schlund. Weiter kann man nicht gehen.«

Sylvia hielt sich an dem Felsen fest, stieg vorsichtig die drei Tritte hinauf und spähte hinüber.

Sie hatte das alles zwar bereits vom Hubschrauber aus gesehen, doch mitten in dieser von den Naturgewalten umgestalteten Landschaft zu stehen, war etwas anderes. Statt des gezackten Ensembles aus Klippen und Riffen, das früher eine unpassierbare, schmale Schlucht gebildet hatte, die der Atlantik auch bei höchstem Wasserstand nie zuvor hatte überwinden können, klaffte jetzt eine rund zehn Meter breite, sandbedeckte Öffnung zum offenen Meer. Es war Ebbe, und Sylvia sah, wie sanfte Wellen gegen den hellen Sand plätscherten, der in der Sonne glitzerte wie ein harmloser Strand. Doch Sylvia war klar, dass die Flut durch diese Öffnung jederzeit ungehindert bis in die Senke vordringen konnte.

»Auf *brezhoneg* heißt so eine kleine Bucht *ar bae*«, erklärte Gurvan. »Wir hier nennen das da aber *la gorge.* Den Schlund.«

16

Fast ein Fest

Den Schulkindern war es tatsächlich gelungen, das Besucher-zentrum vom gröbsten Schmutz zu befreien, nun konnten Odette und Aurélie, die mit ihnen gekommen waren, zur Tat schreiten und eine Grundreinigung vornehmen. Elise hatte an diesem Tag große Bleche mit Butterkuchen für die Kinder ge-backen, und damit alle Platz fanden, hatte man angesichts des fast schon sommerlichen Wetters kurzerhand einige Tische und Bänke im Hof aufgebaut. Sylvias Herz wurde leichter, als sie die spontane Feststimmung fühlte.

Yann kam mit seinem Kutter, um die Kinder abzuholen, und wurde sogleich gemeinsam mit den fünfzehn Männern, die zum Helfen gekommen waren, zum Abendessen eingela-den. Damit er und Morgane bleiben konnten, erbot sich So-lenn, die Schulkinder nach Hause zu bringen. Tristan beglei-tete sie, damit sie ihren Trawler *Sirène* herüberholen konnte, den Maël im Hafen des Städtchens zurückgelassen hatte. In der Zwischenzeit suchte Elise bunte Sommertischdecken aus den untersten Fächern der Schränke hervor, und Sylvia deckte ge-meinsam mit Morgane die Tische.

»Wo ist denn Maël?«, erkundigte sich die Schulleiterin.

»Er musste dringend weg«, antwortete Sylvia kurz ange-bunden.

»Und? Wann kommt er wieder?«

Sylvia mochte Morgane wirklich gern. Doch manchmal

ging ihr deren direkte Art doch zu weit. Zum Glück stieß Coco zu ihnen, und so blieb es ihr erspart zuzugeben, dass sie keine Ahnung hatte, wann ihr Mann zurückkommen würde.

»Wann schickst du uns endlich einen Schützling, der wirklich zum Gärtnerhandwerk taugt?«, fragte Coco die Schulleiterin. »Yvonne ist leider vollkommen ungeeignet«, erklärte sie.

»Dafür macht sie sich gut als Babysitterin«, warf Sylvia ein und sah sich um, ob das Mädchen ihre Unterhaltung womöglich hören konnte.

»Auf die Felder können wir sie jedenfalls nicht mehr lassen«, fuhr Coco ungerührt fort. »Sie hat einfach kein Gefühl für Pflanzen«, sagte sie.

»Heißt das, ihr werft sie raus?«, fragte Morgane betroffen. »Das wäre schlimm. Sie musste schon einmal eine Lehre abbrechen. Ich wollte es euch nicht sagen«, fügte sie rasch hinzu, als sie sah, wie Coco die Stirn runzelte, »damit ihr nicht voreingenommen seid. Yvonne ist mein Sorgenkind. Ich bin mit ihrer Mutter zur Schule gegangen. Vor zwei Jahren ist sie leider gestorben. An Krebs. Das hat Yvonne ziemlich aus der Bahn geworfen.«

Sie schwiegen betroffen. Selbst Coco, die niemals ein Blatt vor den Mund nahm, schien nachdenklich.

»Wir werfen sie nicht raus«, erklärte Sylvia. »Bei uns gibt es jede Menge Arbeit. Elise hat vorgeschlagen, dass sie ihr eine Weile im Haushalt helfen und auf Lucinde aufpassen kann, während ich arbeite. Wir wollen Yvonne Zeit geben herauszufinden, wo ihre Stärken tatsächlich liegen.«

»Welche Art Lehre hat sie denn abgebrochen?«, fragte Coco. »Ich meine, damit wir wissen, wozu sie noch nicht taugt.«

Sylvia warf der Gärtnerin einen vorwurfsvollen Blick zu.

»Besser, ihr lasst sie an keinen Computer ran«, erklärte Morgane mit einem Seufzen. »Zur Bürofachfrau eignet sie sich nicht. Deshalb dachte ich ja, etwas an der frischen Luft wäre gut für sie.«

»Irgendetwas wird sie können«, sagte Sylvia entschlossen. Coco zog nur skeptisch die Augenbrauen hoch.

Am Tor entstand Bewegung. Solenn war vom Festland zurückgekehrt. Tristan und einer von Yanns Freunden schleppten auf ein Zeichen der Hauswirtschafterin einen großen Topf mit Kartoffelsuppe aus der Küche. Dazu gab es frisch gebackenes Brot, und weil Elise befürchtet hatte, die vielen Gäste nicht satt zu bekommen, hatte sie zusätzlich mehrere Bleche mit Quiche zubereitet, durch den Belag aus Eiern und geschmolzenem Ziegenkäse lugten Stücke von grünem Spargel hervor. Zu guter Letzt reichte sie eine herrlich leichte *Mousse au Chocolat*.

Sylvia kämpfte gerade mit ihrer Portion, als Solenn sie in die Küche rief.

»Telefon«, sagte die Bretonin und sah sie bedeutungsvoll an. »Für dich.«

Es war Maël. Endlich, dachte Sylvia. Und doch klopfte ihr Herz heftig gegen ihr Brustbein, während sie mit dem Telefon rasch die Treppe hinauf und in ihr Zimmer lief. So viel Unausgesprochenes lag zwischen ihnen. Ihr kam es so vor, als befände sich ihr Mann nicht in Le Havre, sondern auf dem Mond. Der Gedanke an Rosalie Bertini fühlte sich außerdem an wie eine schmerzende Wunde.

»Sylvie?«, hörte sie Maël fragen.

»Ja, ich bin's«, antwortete sie und zögerte, sich in einen der Sessel zu setzen, wo am Abend zuvor so schlimme Worte gefallen waren.

»Stell dir vor, ich hab mein Handy vergessen. Solenn hat es zum Glück gefunden. Ich dachte schon, ich hätte es verloren.«

Sylvia hielt kurz die Luft an. Also war Solenn bei ihrer Version geblieben.

»Und … von wo aus rufst du jetzt an?«, fragte sie, und ihr Herz legte einen Trommelwirbel ein.

»Vom Hotel aus«, antwortete Maël. »Möchtest du mich zurückrufen? Die Gebühren sind recht hoch.«

Verwirrt und erleichtert zugleich stimmte Sylvia zu und legte auf. Sie holte tief Luft und atmete wieder aus, dann drückte sie die Rückwahltaste. Tatsächlich meldete sich die Empfangsdame eines Hotels und stellte sie zu Maël durch. Erleichtert ließ sich Sylvia nun doch in einen der Sessel fallen.

»Hör zu, Sylvie«, begann Maël, »es tut mir leid, wie das gestern lief. Ich meine, ich hätte nicht so davonrennen dürfen, bitte entschuldige. Ich wollte dich direkt vom Festland aus anrufen, aber das verflixte Handy war nirgendwo zu finden. Bitte sei mir nicht böse, *chérie*.«

»I… ich …«, stammelte Sylvia, die mit allem gerechnet hatte, nur seltsamerweise nicht mit Maëls Einsicht. Warum eigentlich nicht?, fragte sie sich beklommen. »Ich … bin dir nicht böse«, fuhr sie fort. »Obwohl …« Sie gab sich einen Ruck, wollte zu ihren Gefühlen stehen. Es hatte keinen Sinn, sich und ihm etwas vorzumachen. »Verletzt hat es mich schon. Ich meine, dass du wirklich denkst, ich hätte das Leben der Kinder leichtfertig aufs Spiel gesetzt …«

»Ich hätte das nicht sagen dürfen«, unterbrach Maël sie.

»Du denkst es«, wandte Sylvia ein. »Und das ist genauso schlimm.«

Kurz war es still zwischen ihnen, und Sylvia befürchtete schon, zu viel gesagt zu haben. Aber verflixt noch mal, dachte sie auf einmal zornig. Sollte sie sich immer zurückhalten, wie damals in ihrer ersten Ehe mit Holger, nur um ihren Ehemann nicht zu verärgern? Nein. Das hatte sie nicht vor.

»Ich nehme an, wir sind beide mit unseren Nerven am Ende, hab ich recht?«, sagte Maël nachdenklich. »Wir hatten noch viel zu wenig Zeit miteinander, seit … seit das alles passiert ist. Weißt du, ich … Ich wäre so schrecklich gern bei Lucindes Geburt dabei gewesen. Dann würde ich mich nicht so … so ausgeschlossen fühlen.« Sylvia horchte erschrocken auf. War es das? Maël fühlte sich ausgeschlossen? »Und diese Geschichte mit meiner Mutter«, fuhr er fort, »ich kann dir gar nicht sagen, wie unerträglich das alles ist.«

Sylvia konnte hören, wie er leise seufzte.

»Was ist denn geschehen?«, fragte sie.

»Man hat sie aus der Wohnung rausgeworfen«, sagte er niedergeschlagen. »Weil sie gegenüber einer Betreuerin handgreiflich geworden ist. Die wollte sich vergewissern, ob alles bei ihr in Ordnung war, nachdem Fabienne tagelang das Haus nicht verlassen hatte. Bei der Gelegenheit hat ihr meine Mutter eine Bratpfanne über den Schädel gezogen. Die arme Frau hat eine Platzwunde am Kopf, sie musste genäht werden. Mir hat man mitgeteilt, dass man sie unter keinen Umständen mehr aufnimmt.«

Sylvia war kurz sprachlos.

»Und jetzt?«, fragte sie dann.

»Jetzt ist sie wieder auf Rosalies Station. Sie bekommt Medikamente, damit sie sich beruhigt. Wir haben ja so ein riesiges Glück mit dieser Ärztin, sie kümmert sich toll um Fabienne. Nur … manchmal denke ich …« Er stockte.

»Was denkst du?«, fragte Sylvia nach.

»Ob sie das überhaupt verdient hat«, fuhr Maël fort. »Ich meine Fabienne. Und ob ich sie nicht einfach ein für alle Mal in die geschlossene Abteilung einweisen lassen sollte. Ich hab das Ganze so was von satt!«

»Was spricht dagegen?«, fragte Sylvia vorsichtig.

»Dass es so entsetzlich dort ist«, antwortete Maël verzweifelt. »Wenn du das einmal sehen würdest, könntest du das auch nicht unterschreiben, Sylvie. Ist man vorher nicht verrückt, wird man es garantiert dort. Ich hab ganz einfach Angst, dass ich es jeden Tag aufs Neue bereuen würde. Rosalie denkt übrigens genauso.«

»Hat sie denn sonst irgendwelche Vorschläge, was du stattdessen tun könntest?« Sylvia biss sich auf die Unterlippe und hoffte, dass sie nicht zu gereizt geklungen hatte.

»Wir sind auf der Suche nach einem Heimplatz für Fabienne«, antwortete Maël.

»Warum nicht hier bei uns in der Nähe?«, fragte sie. »Wir könnten uns viel besser um sie kümmern, und du hättest nicht immer eine so weite Fahrt.«

Kurz war es still zwischen ihnen. Hatte Maël diese Möglichkeit überhaupt nicht in Erwägung gezogen? Oder zeigte es sich jetzt doch, dass er lieber den weiten Weg nach Le Havre auf sich nahm, um Rosalie Bertini wiederzusehen?

»Weißt du, Sylvie«, antwortete Maël, »ich möchte sie eigentlich nicht in unserer Nähe haben. Ich brauche Abstand von dieser Frau. Wenn ich erst die richtige Unterbringung für sie gefunden habe, wird sich alles von selbst regeln, hoffe ich.«

Von selbst regeln?, dachte Sylvia skeptisch. Sie hatte keine Erfahrung mit demenzkranken Menschen. Dass es jedoch einfacher werden würde, bezweifelte sie. Dennoch beschloss sie, nicht zu insistieren.

»Wann kommst du nach Hause?«, fragte sie stattdessen.

»So bald wie möglich«, antwortete Maël. »Ich war heute Nachmittag in einem Pflegeheim, wo sie tatsächlich Platz für Fabienne hätten. Die Leiterin besteht allerdings auf einem ärztlichen Gutachten, das ausschließt, dass Fabienne grundsätzlich zu Aggression neigt. Rosalie versucht sie jetzt medikamentös einzustellen, so was braucht seine Zeit. Und ich will wirklich nicht riskieren, dass wieder jemand zu Schaden kommt.«

Das klingt nicht gut, dachte Sylvia. Und vor allem nicht nach einer raschen Lösung. Außerdem hätte sie zu gern gewusst, aus welchen Motiven Rosalie Bertini sich so fürsorglich um Maëls Mutter kümmerte.

»Hat Dr. Bertini denn herausgefunden, was ihr wirklich fehlt?«, fragte sie.

»Alzheimer«, antwortete Maël bedrückt. »Sie kann über Stunden vollkommen normal sein. Und dann ist sie plötzlich völlig verwirrt und fühlt sich angegriffen. Sie kann nicht mehr allein wohnen. Ich hoffe wirklich sehr, dass sie bald in das Heim wechseln kann.«

Ich auch, dachte Sylvia.

»Ich habe heute den Schlund gesehen«, erzählte sie, um das Thema zu wechseln. »Wir müssen dringend etwas tun, damit sich das Meer nicht noch weiter in die Insel hineinfrisst.«

»Dazu brauchen wir schwere Baumaschinen«, entgegnete er. »Hast du schon etwas von Brioc gehört wegen der Planierraupe?«

»Nein«, antwortete Sylvia. »Aber Yann hat uns heute eine Gruppe Helfer gebracht. Sie haben den ganzen Tag gearbeitet. Jetzt sitzen alle draußen im Hof und lassen sich Elises Essen schmecken.« Das Lachen der Truppe drang bis herauf in Sylvias Zimmer. »Kannst du sie hören?«, fragte sie. »Es ist fast so etwas wie ein Fest.«

»Ja«, erwiderte Maël erfreut. »Das klingt zum ersten Mal seit Langem etwas fröhlicher. Ach, ich wäre so gern bei euch. Wie geht es der Kleinen?«

»Lucinde geht es gut«, berichtete Sylvia. »Sie braucht Zusatznahrung, meine Milch reicht nicht aus, um sie satt zu bekommen. Sie wächst jeden Tag und nimmt kräftig zu.«

»Wie schön, Sylvie, ich bin so froh, das zu hören«, sagte Maël erleichtert.

»Morgen kommt übrigens Vero«, fügte Sylvia hinzu.

»Ist unser Haus wieder bewohnbar?«, erkundigte sich Maël.

»Nein, wie stellst du dir das vor?«, entgegnete Sylvia überrascht. »Es gibt hier so viel Arbeit, wir wissen nicht, wo wir anfangen sollen.« Kurz war es still zwischen ihnen. »Komm nach Hause, Maël«, bat Sylvia ihren Mann. »Sprich mit Dr. Bertini und frag sie, ob man Fabienne nicht genauso gut per Krankentransport in das Pflegeheim bringen kann, wenn sie so weit ist. Oder mit dem Taxi. Du hast doch ohnehin erzählt, dass sie dich nicht so gern sieht.«

»Das hat sich geändert«, entgegnete Maël. »Aber du hast recht. Ich spreche morgen mit Rosalie darüber. Weißt du, ihr ist es irgendwie wichtig, dass wir unseren Frieden miteinander machen, Fabienne und ich. Zuerst hab ich das ausgeschlossen. Und dann hab ich mich daran erinnert, dass du etwas Ähnliches gesagt hast.«

»Überfordere dich nicht«, bat ihn Sylvia. »Und Fabienne auch nicht. Dass sie dich inzwischen akzeptiert hat, ist doch schon ein großer Schritt, findest du nicht? Vermutlich braucht es einfach seine Zeit. Nur … es wäre wirklich gut, du könntest hier sein. Gurvan hat heute zweimal gefragt, wann du endlich wiederkommst. Wir können ja in ein, zwei Wochen gemeinsam nach Le Havre fahren. Ich würde deine Mutter gern kennenlernen.«

Aus dem Hof klang Morganes klare Stimme, immer wieder unterbrochen von Gelächter. Offenbar erzählte sie gerade eine lustige Geschichte.

»Eigentlich war ich bislang der Meinung, dass ich dich und das Kind von ihr fernhalten sollte«, hörte sie Maël sagen. »Aber jetzt weiß ich nicht mehr, ob das richtig ist.« Er schien einen Augenblick nachzudenken. »Weißt du, ich vermisse dich so entsetzlich, Sylvie, ich kann dir gar nicht sagen, wie sehr.« Erleichterung durchflutete Sylvia wie eine Welle. Nein, Maël betrog sie nicht. Was immer Rosalie Bertini im Sinn hatte, Sylvia war sich jetzt ganz sicher, dass Maël ehrlich mit ihr war.

»Ich weiß nur nicht«, fügte Maël zögernd hinzu, »ob ich Rosalie das alles zumuten kann. Ich meine, dass sie das mit Fabienne allein durchzieht.«

»Warum denn nicht?«, wandte Sylvia verwirrt ein. »Das ist doch ihr Beruf, oder nicht?«

»Na ja, streng genommen gehört die Unterbringung in ein Pflegeheim nicht zu ihren Aufgaben«, entgegnete Maël. »Ich stehe schon so in ihrer Schuld.«

»Du stehst ... in ihrer Schuld?«, fragte Sylvia erschrocken. »Wieso das denn?«

»Weil sie so viel für mich tut. Ich meine, für Fabienne. Sie nimmt mir eine Menge ab. Und weißt du, sie hat es selbst nicht leicht im Leben.«

Befremdet lauschte Sylvia diesen Worten nach. Wieso um alles in der Welt beschäftigten Maël die Probleme dieser Ärztin, während in seinem Zuhause alles drunter und drüber ging?

»Ich finde, du solltest dich langsam daran erinnern, wo du hingehörst«, sagte sie und erschrak selbst vor der Entschlossenheit in ihrer Stimme. »Die Insel braucht dich. Vergiss das bitte nicht.«

»Ich weiß, wo ich hingehöre«, antwortete Maël. »Rosalie dagegen hat niemanden, weißt du. Und dabei opfert sie sich so sehr für ihre Patienten auf.«

Sylvia schluckte. »Das ist wirklich bemerkenswert«, zwang sie sich zu sagen. »Bitte richte ihr meine Grüße aus.«

»Das werde ich tun«, antwortete Maël hörbar erleichtert. »Darüber wird sie sich bestimmt freuen.«

Wer weiß, dachte Sylvia. War Maël naiv? Oder sie zu misstrauisch?

Als Sylvia in den Hof kam, brachen Yann, Morgane und die anderen Helfer gerade auf.

»Sie kommen morgen zurück«, sagte Solenn zu Sylvia. Die Stimme der Bretonin klang erleichtert. »Und die ganze nächste Woche.«

»Wir brauchen dringend Lebensmittel.« Elise seufzte.

»Schreib einen Einkaufszettel«, schlug Solenn vor, während sie in der Geschirrspülmaschine klappernd Platz für die Dessertschüssel schaffte. »Ich erledige das morgen früh, wenn ich Veronika abhole.«

»Wann kommt sie denn?«, fragte Sylvia.

»Um elf«, antwortete Solenn. »Sie will gleich nach dem Frühstück losfahren.« Sie schloss die Spülmaschine und drückte den Startknopf. »Du solltest dir ebenfalls ein Boot anschaffen, Sylvie«, sagte sie und trocknete sich die Hände ab. »Damit du unabhängig bist. Soll ich Brioc mal fragen, ob er ein schönes gebrauchtes Motorboot für dich findet?«

Sylvia nickte. »Ja«, sagte sie. »Das wäre sicher das Beste. Danke.«

Die beiden Frauen sahen sich verschwörerisch an.

»Wie lief das Gespräch?«, fragte Solenn, als Elise in der Vorratskammer verschwunden war, um die Liste für die Besorgungen zu schreiben.

»Gut«, antwortete Sylvia mit einem Lächeln. »Ich hab ihm gesagt, er soll nach Hause kommen.«

»Oh«, meinte Solenn mit einem leisen Lächeln. »Dann hat er das heute gleich zweimal gehört. Ich hoffe, er kommt zur Besinnung. Irgendwas dort in Le Havre scheint ihm seinen Verstand aus dem Gehirn zu saugen.«

Sylvia, die gerade den großen Küchentisch abwischte, hielt in ihrer Bewegung inne. »Du meinst …?«, fragte sie alarmiert.

»Nein, mit dieser Ärztin hat er nichts im Sinn.«

»Woher weißt du das?«, fragte Sylvia skeptisch.

»Ich hab ihn gefragt«, antwortete Solenn und grinste sie an. »Und glaube mir: Ich kenne ihn gut genug, um herauszuhören, ob er mir die Wahrheit sagt. Nein, diese Rosalie hat bei ihm keine Chancen. Ich vermute eher, es ist das Zusammensein mit seiner Mutter, was ihn so durcheinanderbringt.«

»Ich hab ihm vorgeschlagen, hier in der Nähe ein Pflegeheim für sie zu finden«, erzählte Sylvia.

Doch Solenn warf ihr einen warnenden Blick zu. »Halt dich von dieser Frau fern«, sagte sie.

»Kennst du sie denn?«, fragte Sylvia überrascht.

»Ich hab sie einmal getroffen, damals, als sie die Papiere unterzeichnen musste für das Sorgerecht. Und … sagen wir mal so: Ich hab sie nicht in guter Erinnerung.«

»Wenn Maël weiterhin dauernd nach Le Havre fahren muss«, wandte Sylvia ein, »kommt er nie zur Ruhe. Dann können wir die Kameliengärtnerei gleich ganz aufgeben.«

Sylvia hielt erschrocken inne. Was hatte sie da gesagt? Doch noch mehr irritierte sie Solenns Blick. Er war nämlich keineswegs überrascht, sondern voller Trauer.

»Ich hoffe sehr«, sagte die Bretonin, »dass wir das alles überstehen. Aber … wer weiß. Vielleicht sind die Tage der Kamelieninsel ja tatsächlich gezählt.«

17

Die alte Fabrik

Die Worte klangen lange in Sylvia nach. Und später in ihrem Zimmer, als sie Lucinde wickelte, war sie sich sicher, in der Nacht keine Ruhe finden zu können. Nicht nach dieser düsteren Prophezeiung, ausgerechnet aus Solenns Mund. Doch als ihr Kind in der Wiege neben ihr eingeschlummert war, sank auch sie in tiefen Schlaf. Das Baby weckte sie erst nach vier Stunden, und Sylvia holte es zum Stillen zu sich ins Bett. Gemeinsam schliefen sie erneut ein, und als es draußen hell wurde, wachte Sylvia erfrischt und ausgeruht auf.

Sie versorgte ihr Kind und nahm eine heiße Dusche. Sie cremte sorgfältig ihre Kaiserschnittnarbe ein, die jeden Tag weniger zu sehen war, zog sich an und schminkte sich sorgfältig. Sie bürstete ihr Haar, bis es glänzte.

»Es wird Zeit, dass ich wieder ich selbst werde«, sagte sie halblaut zu ihrem Spiegelbild. Erst da wurde ihr bewusst, dass ihre Kopfschmerzen verschwunden waren. Was für eine Erleichterung.

Lucinde wurde wach und machte lustige Gurrlaute. Als Sylvia sich zu ihr hinunterbeugte, drehte das Kind den Kopf in ihre Richtung und betrachtete interessiert das grafische Muster ihrer Bluse.

Es war noch früh, als sie mit dem Baby auf dem Arm die Küche betrat, und dennoch saßen Elise und Solenn schon am Küchentisch, dampfenden Michkaffee in ihren *bols*. In einer großen Schüssel neben dem Herd quoll bereits ein Hefeteig auf und schlug Blasen.

»Du siehst fabelhaft aus!«, rief Elise überrascht, als sie Sylvia sah. »Möchtest du einen Tee?«

»Gern«, antwortete Sylvia, legte die Kleine in die Wippe auf der Küchenkommode, schnitt sich eine Scheibe von dem selbst gebackenen Brot ab, das vom Tag zuvor übrig geblieben war, und steckte sie in den Toaster.

»Kann ich dich nachher aufs Festland begleiten?«, fragte Sylvia. »Ich möchte unserem Banker einen Besuch abstatten, solange du einkaufen gehst.«

»Gute Idee«, meinte Solenn. »Wenn du möchtest, zeig ich dir die letzten Auszüge, die mir Gwen geschickt hat, dann bist du auf dem Laufenden.«

Und so sahen die beiden nach dem Frühstück im Büro den Ordner mit der Finanzaufstellung durch. Den Stand von vor dem Unwetter hatte Sylvia ohnehin auswendig im Kopf. Es gab beträchtliche Außenstände, und sie würde Gwen bitten, freundliche Zahlungserinnerungen zu schreiben. Seit dem Sturm jedoch stagnierte das Geschäft. Keine Kunden, kein Umsatz. Wie viele Pflanzen sie derzeit noch zum Verkauf anbieten konnten, wusste sie nicht. Sie würde vorerst um eine Aussetzung der Kreditzahlungen ersuchen. Und wenn die Versicherung nicht bald zahlte, was zu erwarten war, bräuchten sie wohl auch ein neues Darlehen.

»Lass uns aufbrechen«, schlug Sylvia vor und stellte den Ordner zurück in den Schrank. »Die Bank öffnet um neun.«

»Du willst Monsieur Bonnet also unangemeldet überfallen?« Solenn grinste.

»Genau das hab ich vor.« Sylvia kicherte, denn wie alle wussten, musste man im Falle einer Anmeldung wochenlang auf einen Termin des wichtigtuerischen Filialleiters warten.

»Er war zu lange weg von der Heimat«, meinte Solenn nachsichtig. »Er wird schon wieder lernen, wie man sich hier benimmt.«

»Und von mir bekommt er heute ein bisschen Nachhilfeunterricht«, scherzte Sylvia. Dennoch war ihr nicht wohl in ihrer Haut. Was, wenn Bonnet ihr nicht entgegenkam?

An diesem Morgen war der Himmel voller Wolken. Wind war aufgekommen, und der Atlantik, der in den vergangenen Tagen so ruhig gewesen war, warf ungestüme Wellen gegen die Anlegestelle. Die *Sirène* wurde gegen den alten Kutter gedrückt, und Solenn fluchte nicht übel, bis sie den Trawler mit einem Enterhaken so weit von ihm weg- und an die ramponierte Mole herangezogen hatte, dass sie an Bord gehen konnten. Beim Ablegen blickte Sylvia zurück und entdeckte die Trümmer ihrer Boote auf den Klippen. Das Herz tat ihr weh, als sie den Mast und Plankenteile von der *La Brise* erkannte, Pierricks Kutter, auf dem sie das Navigieren gelernt hatte.

Lucinde wurde wach und streckte sich im Tragetuch, dann ließ sie gurgelnde Laute hören. Sylvia setzte sich in den Windschatten neben Solenn, die am Steuer stand, damit das Baby keinen Zug abbekam. Von dort sah sie dem Festland entgegen.

»Wie lange ist es her, dass du da drüben warst?«, fragte Solenn sie.

»Mir kommt es vor wie eine Ewigkeit«, antwortete Sylvia. Sie überlegte einen Moment. »Es war an meinem Geburtstag«, sagte sie und schüttelte den Kopf vor Verwunderung. »Gut einen Monat ist der jetzt her. Damals war unsere Welt noch in Ordnung.« Und mit einem Blick auf ihr Kind fügte sie hinzu: »Eigentlich wäre ihr regulärer Geburtstermin erst jetzt. Kannst du dir das vorstellen?«

Solenn schwieg. So viel war passiert in so kurzer Zeit.

Punkt neun Uhr stand Sylvia mit ihrem Kind vor der Tür der Bank. Arlette, die junge Bankangestellte, strahlte, als sie Sylvia mit dem Baby sah. Auch sie war eine ehemalige Schülerin von Morgane und erkundigte sich nach ihrer Freundin Yvonne. Ausgiebig bewunderte sie die kleine Lucinde.

»Monsieur Bonnet ist noch gar nicht da«, sagte sie verlegen, als Sylvia ihn zu sprechen wünschte. »Wenn du willst, kannst du in seinem Büro auf ihn warten. Möchtest du einen Kaffee? Ich hab gerade frischen gemacht.«

Sylvia nahm dankend an und trug die Tasse in das Büro des Filialleiters. Dort nahm sie auf dem Besucherstuhl Platz und hob Lucinde aus dem Tragetuch.

»Darf ich sie mal auf den Arm nehmen?«, bat Arlette.

Sylvia gab ihr das Baby.

In diesem Moment kam der Filialleiter herein. Sylvia erfasste mit einem Blick, dass er nicht bei bester Laune war, und als er die unangemeldete Kundin in seinem Büro entdeckte, wurde seine Miene noch finsterer.

»*Bonjour*, Monsieur Bonnet«, empfing Sylvia ihn mit ihrem ganzen Charme. »Verzeihen Sie, dass wir einfach so in Ihr Reich eingedrungen sind. Darf ich Ihnen meine Tochter vorstellen? Lucinde. Lucinde, das ist Monsieur Bonnet.«

Der Banker blickte ein wenig gnädiger auf das Baby, legte seinen Mantel umständlich ab und setzte sich dann würdevoll hinter seinen Schreibtisch.

»Bekomme ich auch einen Kaffee?«, fragte er seine Mitarbeiterin gereizt.

Arlette gab rasch Sylvia das Kind zurück und eilte davon. Sekunden später kam sie mit einer Tasse und einer Kanne zurück.

Nachdem er sich eingeschenkt hatte, legte der Filialleiter die Ellbogen auf den Schreibtisch und wandte sich Sylvia zu.

»Welchem Umstand habe ich Ihren unverhofften Besuch zu verdanken, Madame Riwall?«

Sylvia war klug genug, nicht gleich auf ihr Anliegen zu sprechen zu kommen.

Sie erkundigte sich zunächst nach dem Befinden der Familie Bonnet, vor allem erwähnte sie Marc, den fünfzehnjährigen Sohn, der, wie Morgane ihr erzählt hatte, ein erstaunliches Tennistalent war und erst neulich eine Jugendmeisterschaft für sich entscheiden konnte. Bonnet blühte sichtlich auf und schilderte die fantastische Rückhand seines Sohnes in den glühendsten Farben.

Geschickt lenkte Sylvia das Gespräch auf die Folgen der Flut für die Küstengemeinde und insbesondere auf das nahe dem Leuchtturm gelegene Grundstück des Filialleiters. Dessen detaillierte Schilderung der Schäden, die sein Blumengarten erlitten hatte, nahm geschlagene zwanzig Minuten ein.

Dann erst wagte Sylvia ihren Vorstoß.

»Bei uns sieht es natürlich ähnlich aus«, brachte sie die Sprache auf die Insel. »Sie werden sicher gehört haben, dass ein kleiner Teil unserer Plantage überflutet wurde. Von dem Fahrdamm ganz zu schweigen, der ja leider zerstört wurde.«

Bonnet nickte, er schien auf der Hut. »Jetzt ist die Kamelieninsel eine richtige Insel«, sagte er mit einem breiten Lächeln, als wolle er ihr dazu gratulieren.

»So ist es«, erwiderte sie ernst. »In diese neuen Gegebenheiten müssen wir uns erst finden. Es warten eine Menge Aufräumarbeiten auf uns. Wir entwickeln gerade außerdem eine neue Strategie. Die Plantagen müssen umgestaltet werden. Deshalb wollte ich mit Ihnen darüber sprechen, auf welche Weise wir für die nächsten Monate entlastet werden könnten. Konkret gesagt würde ich gern unsere Darlehensraten für eine bestimmte Zeit aussetzen.«

Bonnet sah sie an, als hätte sie von ihm verlangt, den Bank-safe zu öffnen und ihr den Inhalt zu überlassen.

»Sie können nicht mehr zahlen?«, fragte er konsterniert.

»Das habe ich nicht gesagt«, entgegnete Sylvia mit Bestimmtheit. »Aber wie Sie sich vorstellen können, brauchen wir Zeit, um die Schäden zu beseitigen.«

»Haben Sie nicht selbst gesagt, dass die Gärtnerei überflutet ist?«

»Nein«, widersprach Sylvia geduldig. »Auch das habe ich nicht gesagt. Ein kleiner Teil der Plantagen wurde überflutet, doch es ist eine Frage der Zeit, bis wir ...«

»Madame Riwall«, unterbrach Bonnet sie und beugte sich über dem Schreibtisch Sylvia entgegen. »Ich habe Augen und Ohren. Und im Ort ist es kein Geheimnis, dass Sie am Ende sind. Wenn ich das mal so offen sagen darf.« Er nahm einen Schluck von seinem Kaffee und stellte die Tasse klirrend wieder ab. »Was also wollen Sie von mir?«

Sylvia kochte vor Zorn. »Wir sind noch lange nicht am Ende, Monsieur Bonnet«, sagte sie wütend. »Ich hätte nicht gedacht, dass ausgerechnet ein seriöser Mann wie Sie auf Dorfklatsch hört. Kommen Sie uns besuchen, und machen Sie sich selbst ein Bild, wenn es Sie wirklich interessiert. Lassen Sie uns jetzt vernünftig über Geschäfte reden. Ich habe unseren Kreditvertrag geprüft, und es spricht nichts dagegen, aus besonderen Gründen die Rate für eine bestimmte Zeit auszusetzen oder zumindest zu reduzieren. Nun, ich denke, eine Naturkatastrophe, wie wir sie alle erlebt haben, rechtfertigt einen solchen Antrag, meinen Sie nicht?«

Bonnet lehnte sich in seinem Ledersessel zurück und ließ die Rückenlehne wippen. Er musterte Sylvia auf eine Weise, die ihr überhaupt nicht gefiel. Dann streifte sein Blick das Baby.

»Das muss sich mein Institut sehr genau überlegen«, sagte

er. »Sie denken, ich wüsste nicht Bescheid? Ich soll mir ein Bild machen? Nun, ich weiß recht gut, wie es um die Insel steht: ein Gewächshaus zerstört, mehrere beschädigt. Die Eigentümerin der Insel lebt seit Kurzem im Ausland. Der Geschäftsführer ist die meiste Zeit abwesend. Der Mitarbeiter mit der meisten Erfahrung liegt mit einem Schlaganfall im Krankenhaus. Und die Geschäftsführerin ist gerade Mutter geworden. Nicht gerade die besten Voraussetzungen zur Überwindung einer solchen Krise, *n'est-ce pas?*« Sylvia wollte etwas einwenden, doch Bonnet ließ ihr dazu keine Gelegenheit. »Wie ich höre, hat die Flut die Topografie der Insel und vor allem die des Anbaugebiets grundlegend geändert. Das ist keine Kleinigkeit, Madame. Wie wollen Sie das alles schultern?«

Sylvia fühlte, dass sie bleich geworden war. Sie hatte Bonnet unterschätzt, er war besser unterrichtet, als sie gedacht hatte.

»Wir werden das schaffen«, sagte sie dennoch mit fester Stimme. »Und nicht nur wir sollten daran ein Interesse haben. Denn wenn auf der Insel die Lichter ausgehen, tun sie es an vielen Orten hier auf dem Festland ebenfalls. Hotels, Restaurants, Cafés werden schließen müssen. Und denken Sie an all die Privatleute, die Zimmer vermieten. Hat nicht Ihr Schwager einige alte Gebäude zu Ferienwohnungen ausgebaut? Denken Sie an den Einzelhandel, der von den Touristen profitiert. Soll das alles wieder in den Dornröschenschlaf zurückfallen, der herrschte, bevor ich herkam?« Sie holte Atem und ließ ihre Worte wirken. Dann erinnerte sie sich an das, was Morgane gesagt hatte, und fügte hinzu: »Wir hängen alle miteinander zusammen, Monsieur Bonnet. Genau deshalb halten wir auch zusammen.«

Bonnet hatte die Lippen geschürzt und betrachtete sie eine Weile unschlüssig. Schließlich stand er auf, nahm einen Ordner aus dem Wandschrank und ließ ihn auf seine Schreibtischplatte fallen. Von dem dumpfen Knall schreckte Lucinde auf und begann zu weinen. Sylvia schaukelte sie sanft, um sie zu beruhigen, und beobachtete, wie der Filialleiter lustlos in dem Ordner zu blättern begann.

»Sie finden die betreffende Passage unter Paragraf 12 des Kreditvertrags in den Absätzen 25 bis 27«, sagte sie beiläufig und tat so, als bemerkte sie den genervten Blick ihres Gegenübers nicht.

Der schlug die genannten Seiten auf und vertiefte sich in die Lektüre. Ich mache heute alles falsch, dachte Sylvia verzweifelt. Erst betrete ich sein Büro in seiner Abwesenheit, und jetzt belehre ich ihn auch noch. Während sie Lucinde wiegte, die zu weinen aufhörte, jedoch unruhig ihren Kopf hin und her warf, beobachtete sie Bonnet, der mit gerunzelter Stirn den Kreditvertragstext studierte. Endlich klappte er den Ordner zu und verschränkte die Arme vor der Brust.

»Es ist Ermessenssache«, sagte er.

Sylvia atmete tief durch und versuchte, sich daran zu erinnern, was sie in solchen Fällen ihren Klienten riet. Dummerweise fiel ihr kein einziger ihrer Ratschläge ein. Sie fixierte den Punkt zwischen den Augen ihres Gegenübers, wo ein Büschel Haare, schwarz wie seine Brauen, wuchs, und bemühte sich um einen freundlichen, aber bestimmten Gesichtsausdruck.

»Ich weiß«, sagte sie zuversichtlich. »Und ich weiß auch, dass Sie uns helfen werden.«

Jetzt sah sie ihm direkt in die Pupillen und befahl sich, nicht zu blinzeln, bevor er den Blick abwendete. Es dauerte eine gefühlte Ewigkeit. Dann schlug Bonnet die Augen nieder.

»Ich muss das mit der Geschäftsleitung in Quimper besprechen«, sagte er und stand auf. »Ich werde sehen, was ich für Sie tun kann.«

»Ich muss sofort nach Quimper«, erklärte Sylvia entschlossen und blinzelte in die Morgensonne, die den Hafen gleich viel freundlicher wirken ließ.

Die Laterne des rot-weißen Leuchtturms am anderen Ende der Mole reflektierte ihre Strahlen und ließ ihren Widerschein auf den Wellen tanzen. Die Kirchturmglocke von Sainte-Anne schlug zehn.

»Warum denn das?«, fragte Solenn überrascht und hielt mitten in der Bewegung inne. Gemeinsam mit einem jungen Verkäufer aus dem Hypermarché lud sie unzählige Kartons mit Lebensmitteln in den Trawler.

»Es lief nicht gut mit Bonnet«, sagte Sylvia leise, damit der junge Mann es nicht mitbekam. Zorn stieg in ihr auf, wenn sie an die Worte des Filialleiters dachte. Woher hatte er nur all die Informationen?

»Du willst mit dem Direktor der Bank selbst sprechen?«

»Mit dem Chef der Kreditabteilung zumindest.«

Solenn runzelte die Stirn. »Glaubst du, das ist eine gute Idee? Wenn du Bonnet übergehst, haben wir ihn für den Rest unseres Lebens gegen uns.«

»Ich fürchte, das haben wir jetzt schon«, entgegnete Sylvia düster.

Solenn verzog das Gesicht und blickte auf die Lebensmittelkisten.

»Vielleicht kann dir Gwen ihren Wagen leihen«, überlegte sie laut. »Und was ist mit Veronika? Hast du sie vergessen? In einer Stunde ist sie hier.«

»Ich könnte mich mit ihr in Quimper treffen«, schlug Sylvia vor.

Solenn wirkte unschlüssig.

»Es wäre natürlich nicht schlecht, wenn ich hier nicht allzu lange warten müsste«, meinte sie. »Ich hab nämlich Fisch eingekauft, der liegt auf Eis in den Boxen da drüben. Und frisches Fleisch. Das muss ich alles so schnell wie möglich auf die Insel bringen.«

»Meinst du, Veronika und ich könnten mit den Kindern eine Nacht bei Rozenn bleiben?«, fragte Sylvia nachdenklich. »Ich habe das Gefühl, ich sollte hier noch weitere Besuche machen. Beim Bürgermeister zum Beispiel.«

»Ja, das wäre kein Fehler«, pflichtete Solenn ihr bei. »Meine Schwester wird begeistert sein, endlich das Baby zu sehen. Vielleicht könntet ihr morgen Pierrick besuchen. Heute schaffe ich es nämlich nicht mehr.« Sylvia nickte. Natürlich würde sie das tun. Vero hätte sicher nichts dagegen mitzukommen. »Es ist wirklich umständlich ohne die Landbrücke«, schimpfte Solenn, stemmte die Hände in die Hüfte und sah hinaus aufs Meer, wo am Horizont die Silhouette der Insel aus dem Morgendunst auftauchte. Seufzend wandte sie sich wieder zu Sylvia um. Ihr Blick fiel auf das Baby. »Aber du hast ja überhaupt nichts dabei, weder für das Baby noch für dich, wenn du hier übernachten willst«, stellte sie fest.

Sylvia nickte. Solenn hatte recht, sie brauchte ein eigenes Boot. Auch darum musste sie sich kümmern. Womöglich würde sie sogar zwei Nächte bei Rozenn bleiben. Jedenfalls so lange, bis sie alles Wichtige erledigt hatte. Doch wie kam sie an ihre Sachen? Da fiel ihr etwas ein.

»Hat Yann heute Morgane und ihre Schüler hinübergebracht?«, fragte Sylvia sie. Solenn nickte. »Vielleicht ist er noch dort. Dann könnte Elise ihm eine Tasche für mich mitgeben.«

Sofort zückte Solenn ihr Handy. Zum Glück hatte sich Yann zu einem Kaffee überreden lassen, nun ließ er sich seinen *bol* zum zweiten Mal füllen, während Elise alles zusammenpackte, was Sylvia für einige Übernachtungen brauchte, und erbot sich, alles zu Solenns Schwester zu bringen.

Und Rozenn war begeistert, die Freundinnen samt ihrer Kinder beherbergen zu dürfen.

»Meine *chambres d'hôtes* sind frei«, erklärte sie und kündigte an, gleich alles vorzubereiten. Sylvia wollte gerade Veronika anrufen, um sich mit ihr in Quimper zu verabreden, doch Solenn legte ihr die Hand auf den Arm.

»Das mit Quimper überleg dir bitte noch mal«, meinte sie. »Besprich das lieber vorher mit Gwen.« Solenn ließ ihren Blick nachdenklich über die im Trawler verstauten Kisten gleiten. »Soviel ich gehört habe, ist sie mit Bonnets Schwester Lorène gut befreundet. Vielleicht weiß sie einen Weg, wie wir ihn auf unsere Seite bringen können. Wir müssen an die Zukunft denken, Sylvie. Bonnet hat das Gedächtnis eines Elefanten. Wenn wir es uns mit ihm verderben, werden wir es immer schwer haben.«

»*D'accord*«, antwortete Sylvia. »Du hast recht. Wir lassen nichts unversucht.«

»Bonnet rennt sicher nicht gleich heute zu seinen Vorgesetzten nach Quimper«, vermutete Solenn. »Er wird sich eher vornehmen, dich warten zu lassen. Also überstürz bitte nichts.«

Sylvia nickte und küsste ihre Freundin zum Abschied auf beide Wangen. »Ich spreche mit Gwen«, beruhigte sie Solenn. »*À bientôt.* Grüß mir die anderen.«

Nachdenklich stand Sylvia am Kai und sah zu, wie Solenn routiniert ablegte und Kurs auf die Insel nahm. Es war ein seltsames Gefühl, mit ihrem Kind auf dem Festland zurückzubleiben. Bilder von ihrer Hochzeit drängten sich ihr auf, sie sah sich selbst in ihrem weißen Brautkleid aus handgeklöppelter Spitze, die eine Gruppe von einheimischen Frauen für sie nach alten bretonischen Mustern gefertigt hatte. An Maëls Arm hatte sie genau an dieser Stelle Pierricks mit Blumen geschmücktes Boot bestiegen, das sie zur Kamelieninsel gebracht hatte, eine wahre Flotte von Fischerbooten im Gefolge. Sie hatten das gesamte Städtchen zum Feiern eingeladen und alle, die irgend konnten, waren gekommen. Auch der Bürgermeister. Nur Bonnet war damals nicht da gewesen.

Im August war ihr zweiter Hochzeitstag. Würden sie den noch auf der Kamelieninsel feiern können?

Sylvia wandte sich ab und versuchte, ihre düsteren Gedanken zu verbannen. Sie rief Veronika an, die später losgekommen war als geplant. Sie hatte nichts dagegen, direkt zu Rozenn zu fahren, und Sylvia gab ihr die Adresse durch.

Zu Gwens Haus am Rande des Städtchens war es ein Spaziergang von einer knappen halben Stunde. Es befand sich in der Nähe der Menhire, für die das Städtchen bekannt war. Gwen bewohnte eines der Reihenhäuser, die in den Fünfzigerjahren als Arbeitersiedlung der inzwischen stillgelegten Fischkonservenfabrik gebaut worden waren.

Sylvia hatte ihre Sekretärin erst einmal in ihrem Heim besucht, und als sie nun das Törchen öffnete und durch den kleinen, liebevoll bepflanzten Vorgarten ging, fragte sie sich, ob sie sich nicht besser angekündigt hätte. Zu spät, dachte sie, und drückte tapfer den Klingelknopf.

»*Surprise*«, sagte sie mit einem verlegenen Lächeln, als Gwen die Tür öffnete. »Ich hoffe, ich komme nicht ungelegen.« Die Überraschung stand der Sekretärin tatsächlich ins Gesicht geschrieben, dann ging ein Strahlen darin auf.

»Sylvie!«, rief sie. »Wie schön, dich zu sehen.« Sie wandte sich sogleich dem Baby im Tragetuch zu. »Ich kann es kaum glauben! Die kleine Lucinde … Kommt herein. Wieso hast du nicht angerufen?«, sprudelte es nur so aus ihr heraus. »Ich hätte einen Kuchen gebacken.«

»Es war eine ziemlich spontane Idee«, erklärte Sylvia und

folgte Gwen durch die winzige Diele in den Salon, wo sie gebeten wurde, auf dem Sofa Platz zu nehmen.

»Sicher hast du dich gewundert, warum ich nicht zur Arbeit komme«, vermutete Gwen und klang ein wenig schuldbewusst. »Du weißt ja, ich habe kein Boot, und Solenn meinte, ich soll von hier aus arbeiten …«

»Natürlich«, beruhigte Sylvia sie. »Das ist die viel bessere Lösung. Ich werde ein, zwei Tage hier auf dem Festland bleiben. Bei Rozenn.«

Gwen bestand darauf, Tee zu kochen, und stellte einen Teller mit *sablés* auf den Couchtisch, von denen sie wusste, dass Sylvia sie so gern aß.

»Gwen, ich war heute bei Monsieur Bonnet«, erzählte Sylvia, als sie sich wieder zu ihr setzte. »Und es war kein gutes Gespräch.«

Die Sekretärin wirkte nicht überrascht. »Er ist in letzter Zeit ein unerträglicher Kotzbrocken«, erklärte sie freimütig. »Das sagt auch Lorène. Weißt du, dass er Fleurette einen Kredit zur Erweiterung ihres Friseursalons verweigert hat? Dabei läuft ihr Geschäft wie geschmiert. Und sie ist nicht die Einzige. Lorène vermutet, dass sich ihr Bruder mit dieser Strategie bei seinen Vorgesetzten einschmeicheln will. Er will selbst früher oder später nach Quimper. Ich hoffe, sie befördern ihn bald.«

»Das ergibt doch alles keinen Sinn«, entgegnete Sylvia besorgt. »Es müsste im Interesse der Bank sein, möglichst viele Kredite zu vergeben. Das ist ihr Geschäft.«

Gwen zuckte ratlos mit den Schultern und nahm einen Schluck von ihrem Tee. Es war ein milder Darjeeling First Flush, dieselbe Sorte, wie ihn Iwa in ihrem *Salon de thé* ausschenkte, und aus dem feinen Porzellan schmeckte er vorzüglich.

»Ich verstehe es auch nicht«, antwortete Gwen mit einem Seufzen.

»Lass uns nochmals all unsere Posten durchgehen«, schlug Sylvia vor, und Gwen holte die Unterlagen hervor, die sie mitgenommen hatte.

Sie beleuchteten jeden einzelnen ihrer Geschäftsbereiche. Die Gärtnerei brachte zweifelsfrei den größten Umsatz. Doch das Bistro und der Shop hatten in den vergangenen Monaten ebenfalls akzeptable Gewinne abgeworfen. Maylis hatte ein gutes Händchen für die Kunden, und so gut wie kein Besucher verließ die Insel, ohne zumindest einen Kaffee getrunken zu haben. Die meisten nahmen außerdem einen Imbiss zu sich oder den Eisbecher, den Maylis in Form einer Kamelienblüte servierte. Im Shop gingen die Kosmetikartikel am besten. Das hatte Sylvia auf die Idee gebracht, eine eigene Linie zu entwickeln.

»Hier sind die Kostenvoranschläge von der Manufaktur«, sagte Gwen und reichte Sylvia eine Mappe.

Sylvia blätterte die Papiere durch und sog scharf die Luft ein.

»Die sind verdammt hoch«, meinte Sylvia, als sie die Unterlagen studiert hatte. »Damit sich das für uns lohnt, müssen wir die Produkte viel teurer verkaufen als geplant.« Sie studierte noch einmal die einzelnen Posten und legte dann alles zurück in die Mappe. »Ich hatte eigentlich an Kosmetik im mittleren Preissegment gedacht«, sagte sie.

»Ja, ich weiß«, antwortete Gwen. »Ich hab mich auch gewundert. Wir sollten Vergleichsangebote einholen. Hier hab ich vorsorglich andere Labors recherchiert.« Sie reichte Sylvia einen Ausdruck mit Adressen. »Allerdings habe ich nicht so viele gefunden, die auf Naturkosmetik spezialisiert sind.«

Lucinde meldete sich, und Sylvia legte sie an die Brust.

Dabei lehnte sie sich zurück und ließ den Blick aus dem gegenüberliegenden Fenster über die Terrasse des Reihenhauses schweifen. Der schmale Garten ging direkt in eine Wiese über, auf der Schafe weideten. Dahinter verstellte das leer stehende Fabrikgebäude den Blick aufs Meer. Es war ein lang gestreckter Backsteinbau mit einer Reihe von regelmäßigen bogenförmigen Sprossenfenstern, von denen einige mit Brettern vernagelt waren. Die verbliebenen waren blind vor Schmutz. Jemand hatte mit violetter Neonfarbe in riesigen Lettern *SAC'H KAOC'H* daraufgesprüht.

»Was ist eigentlich mit dieser alten Konservenfabrik?«, fragte Sylvia gedankenverloren. »Wem gehört das Gebäude? Der Gemeinde?«

»Nein«, antwortete Gwen und sah verwundert von ihren Papieren auf. »Es gehört Quéméneur. Er hat es dem Konzern vor vielen Jahren abgekauft und wollte es zu einem Hotel umbauen. Doch daraus ist nie etwas geworden. Er würde die Ruine gern loswerden, hab ich gehört. Warum fragst du?«

Sylvia antwortete nicht gleich. Sie wusste selbst nicht, warum.

»Keine Ahnung«, antwortete sie. »Was heißt das, was da auf den Mauern steht?«

Gwen folgte ihrem Blick und sah Sylvia verlegen an.

»Das ist ein ziemlich grobes bretonisches Schimpfwort«, antwortete sie.

Sylvia saß eine Weile versonnen da, ehe sie sich erneut den Unterlagen zuwendete. Und doch hatte sie seit langer Zeit wieder dieses seltsame Kribbeln im Bauch, das sich bei ihr immer dann einstellte, wenn etwas Außergewöhnliches bevorstand. Oder wenn eine Idee in ihr Gestalt annahm.

»Was hältst du davon«, wechselte sie das Thema, nachdem sie Lucinde an die andere Brust gelegt hatte, »wenn ich mich direkt an die Direktion der Bank in Quimper wende? Solenn fürchtet, dass wir es uns dann mit Bonnet endgültig verderben. Was ist deine Meinung? Meinst du, Lorène könnte ein gutes Wort für uns einlegen?«

»Lorène?«, wiederholte Gwen überrascht. »Die steht mit ihrem Bruder auf Kriegsfuß. Nein, glaub mir, wir haben uns schon wegen Fleurette den Kopf darüber zerbrochen, wie wir ihn zur Vernunft bringen könnten.« Sie schien einen Moment lang nachzudenken. »Vielleicht sollten wir uns alle zusammentun«, schlug sie schließlich vor. »Und mit dem Bürgermeister sprechen. Loig Mevel hält große Stücke auf dich. Denk doch nur daran, wie stolz er bei der Eröffnung des Besucherzentrums war. Wenn er die Sache unterstützt und eine Delegation nach Quimper ginge …«

»Warum nicht gleich nach Paris?«, fragte Sylvia halb im Scherz.

Gwens Augen jedoch leuchteten. *Auf nach Paris!* war ein alter bretonischer Schlachtruf, und mehr als einmal in der Geschichte dieser entlegenen Provinz hatten ihre Bewohner mit Protestmärschen ihre Interessen in der Hauptstadt durchsetzen können.

»Genau!«, rief Gwen begeistert. »Nach Paris! Auch wegen der Versicherungen. Denn die weigern sich bei allen zu bezahlen. Hast du mit unserer gesprochen?«

Sylvia schüttelte den Kopf. »Ich konnte den Sachbearbeiter nicht ans Telefon bekommen«, antwortete sie. »Angeblich ist er im Urlaub.«

Gwen schnaubte verächtlich. »Die sind gerade alle im Urlaub«, gab sie ärgerlich zurück. »Da läuft ein ganz übles Spiel, Sylvie. Besser wir wehren uns, ehe es zu spät ist.«

Sylvia nickte. »Gwen, bist du so lieb und machst einige Termine für mich? Mit Loig und mit Kilian vom Naturschutzverein. Mit Fleurette und allen, die du kennst, denen Bonnet ebenfalls eine Abfuhr erteilt hat. Und dann würde ich gern mit Quéméneur sprechen.«

Gwen blickte auf. »Mit Quéméneur auch?«

»Ja«, antwortete Sylvia mit einem Lächeln. »Ich würde mir gern mal diese Konservenfabrik ansehen.«

Gwens Augen wurden immer größer. »Die Fabrik? Weshalb?«

Sylvia beschloss, ihre Assistentin in ihre Überlegungen mit einzubeziehen, auch wenn diese noch völlig unausgegoren waren.

»Ich möchte wissen, in welchem Zustand das Gebäude ist«, antwortete sie. »Gut möglich, dass es ein Hirngespinst ist, und besser, du sprichst mit niemandem darüber. Vielleicht … Na ja, ich überlege mir gerade, ob wir unsere Kosmetik nicht einfach selbst herstellen könnten.« Gwens Augen wurden immer größer.

»Selbst?«, fragte sie.

»In einer eigenen Manufaktur.« Sylvia sah versonnen zu dem Fabrikgelände hinüber. »Auf der Insel ist kein Platz für weitere Gebäude. Aber ich sehe hier eines genau vor meiner Nase.«

Gwens Augen hatten zu leuchten begonnen. Ein verschwörerisches Lächeln glitt über ihr Gesicht. »Weißt du eigentlich«, sagte sie, »dass Muriel Mevel vorletzten Sommer mit ihrem Chemiestudium fertig wurde?« Sylvia horchte auf. Die Tochter des Bürgermeisters? Nein, das wusste sie nicht. »Sie arbeitet im Labor bei L'Oréal. In Clichy. Und das Beste ist: Sie und Quéméneurs Sohn Denez werden im Herbst heiraten. Ich hab Muriel neulich bei Fleurette getroffen, als sie alles wegen der Hochzeit besprachen. Sie hat darüber geklagt, dass es hier garantiert keine Arbeit für sie geben wird. Denez

wird die Firma seines Vaters übernehmen. Für ihn ist wegzu-
ziehen keine Option.«

»Nun«, meinte Sylvia und hob Lucinde hoch, damit sie ihr
Bäuerchen machen konnte. »Vielleicht täuscht sich Muriel ja,
und es gibt demnächst tatsächlich Arbeit für sie ...«

18

Der Palast der Meerjungfrau

Gwen ließ es sich nicht nehmen, Sylvia und das Baby mit dem Wagen zu Solenns Schwester zu fahren, auch wenn es ein Fußmarsch von höchstens einer Viertelstunde war. Sylvia war ihr dankbar dafür, der Vormittag hatte sie erschöpft. Eine Palme am Straßenrand markierte die Stelle, an der sich eine Weißdornhecke zur Einfahrt zu Rozenns Haus und ihrer Töpferei öffnete, flankiert von einem guten Dutzend mit Lavendel und Bergenien, Hauswurz und Funkien bepflanzter Tröge. Das über und über mit Blauregen bewachsene Haus stand ein paar Hundert Meter von der Straße entfernt auf einer kleinen Anhöhe. Dort entdeckte Sylvia den Wagen ihrer Freundin.

Veronika war offenbar soeben angekommen, sie befreite gerade Lili aus ihrem Kindersitz. Als sie Sylvia mit dem Baby sah, kannte ihre Freude keine Grenzen. Überglücklich fielen sich die Freundinnen in die Arme.

»Da seid ihr ja«, rief Rozenn und kam ihnen entgegengelaufen.

Sie war entzückt von der kleinen Lucinde, die in ihrem Tragetuch schlief. Veronika bewunderte einige neue Tongefäße und Figuren auf den Stufen, die zum Haus führten.

»Deine Töpferware ist die schönste weit und breit«, meinte Sylvia. »Ihr müsst unbedingt ihre Werkstatt besichtigen.«

»Jetzt kommt erst mal rein«, forderte Rozenn ihre Gäste auf. »Ich hoffe, ihr habt noch nicht gegessen«, fuhr sie fort und hob die kleine Lili hoch, die sich nur widerstrebend von einer tönernen Katze löste, die auf einer der Stufen zu dösen schien. »Ich habe nämlich Lilis Lieblingsessen gemacht. Und, meine Prinzessin? Was ist das wohl?«

»Crêpes«, rief Lili aus. »Crêpes mit Apfelmus.«

»Genau«, sagte Rozenn lachend und gab dem Mädchen einen schallenden Kuss. »Sag bloß, wie hübsch du heute wieder bist. Ist das Kleidchen neu?«

»Ja«, krähte Lilianne stolz, fasste es am Saum und hob diesen ein Stück hoch, damit die Erwachsenen es besser bewundern konnten. »Das hat *Maman* gemacht.«

»Tatsächlich?« Sylvia blickte ihre Freundin mit einer Mischung aus Bewunderung und Befremden an. »Du nähst jetzt?«

»Ach, so ein Kinderkleidchen ist doch keine Kunst«, wiegelte Veronika verlegen ab. Es amüsierte Sylvia immer, wie sehr ihre Freundin, der früher nichts über ihre Unabhängigkeit gegangen war, in ihrem Leben als Hausfrau und Mutter aufging. »Wenn du willst, näh ich für Lucinde eines nächstes Jahr. Oder ich bring es dir bei, Sylvia. Du wirst sehen, es macht Spaß.«

Sylvia lachte.

Rozenn hatte im ersten Stock für die Freundinnen zwei nebeneinanderliegende *chambres d'hôtes* hergerichtet, das blaue und das gelbe Zimmer, in dem für Lili und Lucinde je ein Kinderbettchen bereitstand. Im blauen Zimmer fand Sylvia ihre Reisetasche, die Yann vorbeigebracht hatte. Auch dieses Mal hatte Elise an alles gedacht, an Kleidung für sie beide, an Windeln für Lucinde, an ihre Babynahrung, die Fläschchen und sogar an den Flaschenwärmer und die Wippe.

Dann rief Rozenn zu Tisch, und Lili stellte einen persönlichen Rekord auf, indem sie drei ganze, mit Apfelmus gefüllte Crêpes verspeiste.

»Mehr gibt es nicht«, erklärte Veronika streng, als Lili ihre kleine Hand nach einem vierten ausstreckte. »Am Ende wird dir noch schlecht!«

»Wann darf ich endlich mit Lucinde spielen?«, fragte Lili schmollend und wippte auf ihrem Stuhl, dass ihre roten Locken tanzten. »Warum schläft sie dauernd? Es ist doch noch hell!«

»Lucinde ist ein Baby«, versuchte Sylvia ihr zu erklären. »Als du so klein warst, hast du auch nur gegessen und geschlafen und warst vielleicht mal eine Stunde lang wach.«

»*Moi?*«, fragte Lili und sah ihre Mutter ungläubig an. »Stimmt das, *Maman?*«

»Und ob das stimmt«, sagte Veronika schmunzelnd. »Ich sag dir, das waren Zeiten. Genieß es, Sylvia, solange sie so putzig und klein sind und dir nicht dauernd widersprechen.«

Lili betrachtete sehnsüchtig die übrigen Crêpes. »Bin ich jetzt nicht mehr putzig?«, fragte sie kleinlaut.

»Oh, doch«, antwortete Rozenn lachend. »Das bist du! Komm, ich zeig dir den Garten. Und wenn du brav bist, sogar die Töpferei.«

Die beiden entschwanden Hand in Hand durch die Terrassentür. Veronika seufzte erleichtert auf und streckte alle viere von sich.

»Was ist eine Töpferei?«, hörten sie Lilis helle Stimme fragen.

»Sie ist wirklich ein Schatz.« Sylvia schmunzelte. »Wollen wir uns in den Garten setzen? Die Sonne scheint so schön.«

Rozenn hatte ihnen unter einem Magnolienbaum bequeme Liegestühle aufgestellt. Gläser und eine Karaffe mit eisgekühltem Wasser, in die Rozenn die ersten Triebe der Verbene und eine halbe Zitrone gegeben hatte, standen auf einem Beistelltisch bereit.

»Nun erzähl schon«, forderte Veronika ihre Freundin auf, als sie sich dort niedergelassen hatten.

»Ich weiß gar nicht, wo ich anfangen soll.«

Lucinde schlief selig in ihrer Wippe, und Sylvia streckte sich auf dem Liegestuhl aus. Doch gerade, als sie beginnen wollte, klingelte ihr Handy. Es war Brioc Lenneck, der Hafenmeister.

»Ich hab ein Boot für dich«, verkündete er. »Aber du musst gleich herkommen. Sonst schnappt es dir dieser Tourist vor der Nase weg.«

»Bin schon unterwegs«, sagte Sylvia und erhob sich. »Ich muss los. Brioc hat ein Boot für mich. Leihst du mir deinen Wagen, Vero?«

»Na klar«, antwortete ihre Freundin. Und als sie sah, wie Sylvia die schlafende Lucinde aus der Wippe nehmen wollte, fügte sie hinzu: »Warum lässt du sie nicht hier bei mir? Ich passe gut auf sie auf.«

Sylvia zögerte kurz. Es wäre das erste Mal, dass sie sich länger von ihrem Kind trennte.

»Meinst du wirklich?«, fragte sie.

»Aber ja! Du hast ja nicht mal einen passenden Kindersitz. Der von Lili ist eindeutig zu groß.«

»Mit etwas Glück schläft sie, bis ich wieder zurück bin«, meinte Sylvia. »Falls sie hungrig wird …«

»… mach ich ihr eine Flasche. Kein Problem.«

»Das Pulver steht …«

»… auf der Kommode in deinem Zimmer«, vervollständigte Veronika mit einem Grinsen den Satz. »Los, beeil dich. Und sieh zu, dass du dir den Kahn sicherst.«

Im Hafen entdeckte Sylvia eine Gruppe Touristen, unschwer an den bunten Shorts und Tagesrucksäcken als solche zu erkennen. Eine Frau sprach Sylvia an, an ihrem Akzent hörte sie, dass sie Deutsche war.

»Bitte, können Sie uns sagen, wie man zur Kamelieninsel kommt?«, fragte sie.

Sylvia antwortete ihr in ihrer Muttersprache. »Im Augenblick kann man sie nicht besuchen«, erwiderte sie bedauernd. »Es gab einen schweren Sturm und …«

»Ach, wie ärgerlich«, unterbrach die Frau sie empört. »Was sagen Sie? Ein Sturm? Das ist doch ewig her!« Enttäuscht wandte sie sich ab und überbrachte die schlechte Nachricht ihrer Gruppe, die wirkte, als wäre ihnen der Tag verdorben.

Sylvia seufzte. Wenn sich das herumsprach, würden die Urlauber künftig andere Ziele ansteuern. Bald begannen in Deutschland die Pfingstferien. Die Saison, in der sie normalerweise ihren Hauptumsatz machten, war bereits in vollem Gange. Sie wagte nicht daran zu denken, welche Einbußen im Vergleich zum vergangenen Jahr ihnen das einbringen würde.

Rasch ging sie hinüber zur Mole, wo Brioc schon nach ihr Ausschau hielt.

»Wenn du mich fragst«, sagte er, »ist das Boot ein Schnäppchen. Hat zwar fast zwanzig Jahre unterm Kiel, ist aber trotzdem wie neu. Willem, der Holländer, der es hier liegen hat, ist höchstens bis nach Concarneau gefahren, weiter hat er sich nicht getraut. Yann hat den Motor jedes Jahr gewartet, der macht es noch einige Jahre.« Er ging ihr voraus den Steg entlang und blieb vor einem wendigen Daycruiser stehen. Genau das Richtige für sie. »Das ist es. Er wollte eigentlich zwölftausend dafür. Das ist es nie und nimmer wert. Ich hab ihm erklärt, dass er froh sein kann, wenn er sechs bekommt. Wenn du ihm fünfhundert mehr bietest, machst du ihn glücklich.«

»Einverstanden«, sagte Sylvia. Ihr Herz machte einen freudigen Sprung. Endlich würde sie wieder ein Boot haben, wäre unabhängig und flexibel. *Espérance* las sie am Bug. Hoffnung. Wenn das mal kein passender Name für ihre Situation war.

»Wo ist der Besitzer?«, fragte sie.

Brioc wies mit dem Kinn auf das Hafenbistro und setzte sich in Bewegung.

»Hoffentlich ist dieser *parigot* noch nicht da«, murmelte er.

Als sie das Lokal betraten, unterdrückte er allerdings einen Fluch. An einem Tisch am Fenster saßen zwei Männer, ein älterer mit weißem Haar in einem dunkelblauen Seemannspullover und ein zweiter, der ihnen den Rücken zukehrte.

»*Salut*, Willem«, grüßte Brioc den Älteren und tat so, als sähe er den anderen nicht. »Hier bringe ich dir deine Käuferin.«

»Ich denke, wir sind uns schon handelseinig geworden«, sagte der Mann, der bei ihm saß, und wandte ihnen das Gesicht zu. Sylvia glaubte, ihren Augen nicht zu trauen. Ihr Konkurrent um das Boot war niemand anderes als Alain Dufèvre, Chloés Exmann.

»Alain«, sagte sie verblüfft. »Was machen Sie denn hier?«

Dufèvre schien ebenfalls überrascht.

»Ach«, meinte Brioc, »ihr beide kennt euch? Na, dann werdet ihr euch sicher einigen. Sylvie Riwall braucht das Boot, Monsieur. Sie werden doch höflich genug sein und es Madame überlassen?«

Alain sah unschlüssig von Sylvia zu Brioc. Der weißhaarige Mann wirkte, als hätte er keine Ahnung von dem, was hier geschah.

»Ich denke gar nicht daran«, antwortete Dufèvre mit einem aufgesetzten Lächeln.

Sylvia stöhnte auf. Dieser Mann war ein harter Brocken. Dass ausgerechnet er hier auftauchen musste, um ihr das Boot wegzuschnappen, war einfach die Höhe.

»Die ganze Zeit über lassen Sie sich hier nicht blicken«, fauchte sie ihn an. »Dabei hat sich Noah so sehr gewünscht, dass Sie ihn besuchen. Und ausgerechnet jetzt …«

»Langsam, langsam«, bat Alain mit einem breiten Grinsen. »Warten Sie doch mal ab. Ich möchte Ihnen einen Vorschlag machen: Ich kaufe das Boot und lasse es hier. Das hatte ich ohnehin vor.«

»Wozu das denn?«

»Damit ich eines habe, wenn ich Noah besuchen komme. Was ich sagen wollte: Solange ich nicht hier bin, gehört das Boot Ihnen. Ist das ein Angebot?«

Sylvia funkelte ihn zornig an. »Ich brauche kein gnädiges Angebot von Ihnen«, konterte sie. »Ich will mein eigenes Boot. Ich mache Ihnen einen Gegenvorschlag: Sie treten vom Kauf zurück, und wenn Sie hier sind und schön freundlich bitten, überlass ich es Ihnen, um mit Noah angeln zu fahren. Was halten Sie von *diesem* Angebot?«

Alain wirkte, als sähe er sie zum allerersten Mal richtig. Er schluckte. Dann nickte er und erhob sich.

»*D'accord*«, sagte er. »Tut mir leid, mein Freund«, fügte er an den Weißhaarigen gerichtet hinzu, »ich trete zurück zugunsten von Madame.« Damit ging er zur Tür.

»Augenblick«, rief Sylvia und war mit ein paar Schritten bei ihm. »Warten Sie, Alain. Bitte nehmen Sie mir meine heftigen Worte nicht übel.«

»Natürlich nicht«, entgegnete Alain mit einem unverbindlichen Lächeln. »Absolut verständlich.« Er warf ihr einen prüfenden Blick zu. »Wir hatten keine Gelegenheit, uns richtig kennenzulernen«, fügte er hinzu. »Hätten Sie Lust, später mit mir zu Abend zu essen?«

»Heute Abend geht es leider nicht«, antwortete Sylvia. »Eine Freundin ist zu Besuch hier. Wie wäre es morgen Vormittag? Sind Sie da noch hier?« Alain nickte. »Bei Iwa, das ist der *Salon de thé* an der Kirche?«

»Sagen wir um zehn?«, schlug er vor.

»Abgemacht«, erklärte Sylvia und sah Dufèvre erleichtert nach. Um Noahs willen wäre es unklug gewesen, ihn zu verärgern.

»Sechstausend«, hörte sie den Hafenmeister sagen.

»Nun hör mal, Brioc«, protestierte der Weißhaarige in dem niederländischen Akzent, den Sylvia von Aaltje so gut kannte. »Der andere Monsieur hat mir acht geboten.«

»Ich sehe aber keinen anderen Monsieur mehr«, gab der Hafenmeister ungerührt zurück. »Mir scheint, er hat es sich anders überlegt.«

Sylvia verkniff sich ein Grinsen. Sie trat an den Tisch und sagte so ernst sie konnte: »Was halten Sie von sechstausendfünfhundert?«

Der Mann seufzte. Doch dann schlug er in Sylvias ausgestreckte Hand ein.

Den restlichen Nachmittag verbrachte sie mit ihrer Freundin im Liegestuhl unter Rozenns Magnolienbaum, während Lili selbstvergessen auf dem Rasen spielte. Es tat so gut, sich auszuruhen und Veronika, die sie schon seit dem Studium kannte, von all dem zu erzählen, was hinter ihr lag. Sie ließen sich von Solenns Schwester verwöhnen und gingen zeitig zu Bett. Am nächsten Morgen wollten sie gleich nach Sylvias Treffen mit Alain einen ersten Ausflug mit dem neuen Boot unternehmen.

Sylvia betrat ein paar Minuten zu früh Iwas *Salon de thé*, in dem es so vertraut nach Vanille und *caramel au beurre salé* duftete. Wie immer wählte sie den Zweiertisch im Erker. Von hier sah man auf die schlichte, aus grauem Granit erbaute Kirche, in der sie und Maël getraut worden waren. Eine verwinkelte Gasse führte hinunter zum Hafen. Neben jedem Hauseingang standen farbig glasierte Tongefäße, die meisten aus Rozenns Werkstatt, in denen Pfingstrosen, Schmucklilien, Hortensien und Geranien gediehen, deren Knospen bereits dick geschwollen waren und nur noch auf ein paar weitere Sonnentage warteten, um zu erblühen.

Die Glocken von Sainte-Anne schlugen zehn, als Sylvia Alain Dufèvre mit großen Schritten die mit Kopfstein gepflasterte Gasse heraufkommen sah. Er schien konzentriert und nachdenklich, und Sylvia konnte sich mühelos vorstellen, wie er mit derselben Miene zu einer wichtigen Sitzung in sein Ministerium eilte. Was mochte ihm durch den Kopf gehen?

Ein feines Klingeln ertönte, und Alain trat in das Lokal.

»Dies ist unser erstes Treffen, bei dem Sie mich nicht hinterrücks überrumpeln«, sagte er nach einer höflichen Begrüßung. »Besonders das letzte Mal werde ich nie vergessen.«

Er sagte es mit einem Grinsen, und doch verstand Sylvia, dass sie und Maël ihm damals ziemlich viel zugemutet hatten. Sie hatten ihn ohne Vorwarnung mit Noah konfrontiert, der erst danach akzeptieren konnte, dass Alain die Vaterrolle nicht mehr erfüllen wollte. Es war der Junge selbst gewesen, der Alain vorgeschlagen hatte, von nun an »wenigstens« sein Freund zu sein. Doch erst in diesem Frühjahr hatte der Jungpolitiker offenbar die Kraft gefunden, die ausgestreckte Hand des Kindes zu ergreifen. Warum ausgerechnet jetzt? Was hatte sich geändert?

»Ich weiß«, sagte Sylvia und schob diese Gedanken beiseite. »Ich an Ihrer Stelle würde wohl ähnlich empfinden. Immerhin sind Sie heute hier, und zwar wegen Noah.« Obwohl ich nicht weiß, was seine wirklichen Beweggründe sind, fügte sie in Gedanken hinzu.

Alain nickte kaum merklich. »Ja«, sagte er. »Wie Sie gestern sahen, ist es mir ernst. Ich wollte ja neulich schon kommen, doch das war nicht möglich wegen des Sturms.«

Iwa höchstpersönlich trat zu ihnen an den Tisch, um ihre Bestellung aufzunehmen, und erkundigte sich nach Sylvias Befinden.

»Maylis fragt sich, wann es auf der Insel weitergeht«, sagte sie, nachdem sie die Wünsche ihrer Gäste notiert hatte.

»Wir wissen es noch nicht genau«, antwortete Sylvia ausweichend. »Aber ich würde mich freuen, wenn sie bei Gelegenheit herüberkommt und sich das Bistro ansieht. Augenblicklich wird es gereinigt. Es wird nicht mehr lange dauern, dann nehmen wir den Betrieb wieder auf.«

Iwa sah sie zweifelnd an. »Die Touristen erkundigen sich täglich, wann man die Insel endlich besuchen kann«, sagte sie. »Bloß, wie sollen sie rüberkommen, jetzt, da der Damm zerstört ist?«

»Mit dem Boot«, antwortete Sylvia geduldig. »Yann wird seinen Wassertaxibetrieb ausbauen.«

Iwa wollte etwas erwidern, doch mit einem Blick auf Alain besann sie sich anders. Es war nicht die gute bretonische Art, vor Fremden persönliche Dinge zu besprechen, und Sylvia war ihr dankbar dafür.

»Also werden Sie die Insel doch nicht verlassen?«, fragte Alain, nachdem die Wirtin in der Küche verschwunden war. Sylvia sah sich rasch um. Zwei ältere Damen aus der Klöppelgruppe saßen auf der anderen Seite des Gastraums, miteinander ins Gespräch vertieft.

»Natürlich nicht«, erklärte Sylvia. »Wie kommen Sie denn auf diese Idee?«

»Nun«, antwortete Alain ungerührt, »in der Hafenkneipe ist das Gesprächsthema Nummer eins. Ich habe Leute sagen hören, die Flut hätte die Insel nahezu zerstört.«

Entrüstet schüttelte Sylvia den Kopf. Wer erzählte denn so etwas?

»Das ist falsch«, sagte sie. »Wir haben einige Schäden zu beklagen, ja. Welche Gemeinde hier an diesem Küstenstreifen hat das nicht?«

Alains Miene war wie immer undurchdringlich, sie zeigte keinerlei Regung. Warum sollte er auch etwas empfinden?, dachte Sylvia. Schließlich hatte ihn die Not eines kleinen Jungen damals in Paris völlig kaltgelassen. Sie wurde ärgerlich. Warum verschwendete sie ihre Zeit mit diesem emotionalen Eisklotz?

»Das freut mich zu hören«, hörte sie ihn da sagen. »Ich glaube, Noah liegt viel an der Insel. Sie ist für ihn so etwas wie … wie ein Ruhepol geworden, denke ich.«

Sylvia lauschte verwundert. Solche Gedanken machte sich Dufèvre?

»Wir stecken in Schwierigkeiten«, sagte sie unumwunden. »Unsere Geschäfte müssen im Augenblick ruhen, und wenn ich ehrlich bin, weiß ich nicht, wie lange wir brauchen, um uns neu aufzustellen.« Sylvia sah Iwa mit zwei Teekännchen aus der Küche kommen. Sie wartete ab, bis die Bretonin ihre Bestellung vor ihnen auf den Tisch gestellt hatte und wieder gegangen war. »Wir werden das schaffen«, fuhr sie fort. »Wir geben keinesfalls auf, egal, was die Leute reden.« Alain nickte und trank von seinem Tee. »In welchem Ministerium arbeiten Sie eigentlich?«, erkundigte sich Sylvia.

Er schien einen Augenblick zu zögern. »Finanzen«, sagte er. »Doch es ist gut möglich, dass es bald einen Wechsel geben wird. Ein anderes Ministerium wird demnächst neu besetzt. Noch kann ich über die Einzelheiten nicht sprechen.«

Sylvia nickte. Natürlich würde Dufèvre Karriere machen, daran hatte sie keinen Zweifel. Sie überlegte kurz, ob sie ihn nach Kontakten zum Umweltministerium fragen sollte, doch dann entschied sie sich dagegen.

»Danke, dass Sie auf das Boot verzichtet haben«, sagte sie stattdessen. »Das war sehr nett von Ihnen.«

Alain kräuselte die Lippen zu einem Lächeln und hob die Brauen.

»Überhaupt kein Problem«, sagte er. »Sie brauchen es im Augenblick nötiger als ich.«

Sylvia nickte. Was gab es nun zwischen ihnen zu sagen? Sie sah hinaus zur Kirchturmuhr. Es war halb elf. In einer halben Stunde war sie mit Veronika und Lili am Hafen verabredet.

»Noah hat mir geschrieben«, sagte Alain, »dass seine kleine Schwester in Cornwall zur Welt gekommen ist.«

Sylvia sah ihn erstaunt an und nickte. War das Alain Dufèvres Art, Anteilnahme zu zeigen? Wohl kaum. Doch was immer er bezweckte, seine Miene blieb verschlossen.

»Ja«, antwortete Sylvia, als er nicht weitersprach. »Ich hatte einen Unfall in der Sturmnacht. Chloés Lebensgefährte sorgte dafür, dass wir ausgeflogen werden konnten.«

Während sie sprach, fiel es ihr wie Schuppen von den Augen, denn Alain zuckte unmerklich zusammen, als sie Chloés Namen erwähnte. War es möglich, dass er, der seine Frau damals so kategorisch verstoßen hatte, noch an ihr hing?

»Ist es …«, fragte er und versuchte, es beiläufig klingen zu lassen, »glauben Sie, es ist etwas Ernstes?«

Zum ersten Mal, seit er gekommen war, sah er ihr direkt in die Augen. Seine waren von einem tiefen Blau und das einzig wirklich Besondere in dem ebenmäßigen und doch verwechselbaren Gesicht eines in die Jahre gekommenen Elitecollegestudenten. Sylvia hatte von Anfang an gefunden, dass er aussah wie der Prototyp eines jungen Politikers, schlank, sportlich, ein Mann mit tadelloser Haltung, perfekt geschnittenem Haar und distanziertem Wesen. Ein Mann, der sich niemals oder höchst selten emotionale Ausbrüche erlauben würde, ein Mensch, der sich unter Kontrolle hatte. Was war es, was sich hinter diesem Blick verbarg? Echte Gefühle? Oder so etwas wie Berechnung?

Sylvia überlegte, was sie antworten sollte, und entschied sich für die Wahrheit. Es lag ihr nicht, zu taktieren. Eine Frage verdiente eine ehrliche Antwort. So war sie mit Noah verfahren, und so würde sie es auch mit seinem Ziehvater halten.

»Für Chloé ist die Beziehung zu Ashton-Davenport, soweit ich das beurteilen kann, durchaus etwas Ernstes«, sagte sie und sah, wie sein Blick gefror.

»Und für ihn?«, hakte er nach.

Sylvia dachte an den Rückflug, an Sir James' erneutes Angebot, zu ihm zu kommen. Doch das würde sie auf keinen Fall erzählen. Schon gar nicht Alain Dufèvre.

»Die beiden scheinen recht glücklich miteinander zu sein«, sagte sie und trank ihren Tee aus.

Dufèvre ließ nicht erkennen, wie er diese Informationen aufnahm. Sein Gesichtsausdruck war wie immer beherrscht. Dann lächelte er, jedoch nur mit dem Mund, seine Augen waren undurchdringlich wie zwei Murmeln.

»Kommen Sie bloß nie auf die Idee, in die Politik zu gehen«, sagte er.

»Warum das?«

»Sie können einfach nicht gut lügen.«

Sylvia lächelte unverbindlich zurück. Was sich dieser Mann nur einbildete! Wenigstens wusste sie nun, dass sie ihm niemals vertrauen durfte. Schließlich war er Politiker, und offenbar kein schlechter.

Veronika und Lili erwarteten sie bereits am Hafen. Der Wind hatte nachgelassen und die See war glatt wie ein Spiegel, als sie, sorgfältig mit Sonnenschutz eingecremt und versorgt mit einer Kühltasche voller Getränke, aufbrachen. Jede von ihnen zog eine Rettungsweste über. Sylvia bestand darauf, Lili zusätzlich mithilfe einer speziellen Leine an einer dafür vorgesehenen Metallöse an der Reling zu sichern. Brioc hatte gleich nach dem Kauf mit ihr eine Runde gedreht und sie eingewiesen. Das Boot war wendig und ließ sich kinderleicht steuern.

Der Hafenmeister hatte sie darauf hingewiesen, dass sich nach dem Sturm die Unterwasserströmungen verändert haben könnten. Seiner Meinung nach war die Zerstörung des Damms eine Folge von größeren Umgestaltungen am Meeresboden, und Sylvia hatte versprochen, umsichtig zu sein.

Es war ein Vormittag wie aus dem Bilderbuch. Das Meer schimmerte in der Farbe eines Aquamarins, als sie den Hafen verließen. Sie fuhren am Leuchtturm vorbei und folgten zunächst ein Stück der Festlandküste. Sylvia lauschte auf den Klang des Bordmotors und bekam ein immer sichereres Gefühl für die *Espérance*. Von ferne sah sie das Gebäude der ehemaligen Konservenfabrik ein Stück oberhalb des Ufers. Wieso war ihr das zuvor noch nie aufgefallen?

Lili hatte aus vollem Halse begonnen, ihr Repertoire an Kinderliedern zum Besten zu geben, und Sylvia beschloss, Kurs auf die Insel zu nehmen.

»Besuchen wir Solenn?«, fragte Veronika, als sie den Richtungswechsel bemerkte.

»Nein, heute nicht«, antwortete Sylvia. »Ich würde gern ein Stück die Inselküste entlangfahren. Ist dir das recht?«

»Klar«, antwortete Veronika und betrachtete ihre Freundin aufmerksam. »Du möchtest dir vom Wasser aus ein Bild machen, stimmt's?«

Sylvia nickte und warf ihr einen dankbaren Blick zu.

»Mir kommt es so vor«, sagte sie nachdenklich, »als müssten wir einander noch mal ganz neu kennenlernen, die Insel und ich. Der Sturm hat so vieles verändert.«

Sie hatte am Abend zuvor unter dem Magnolienbaum von Lucindes Geburt erzählt und von ihren Erlebnissen in Sir James' Privatklinik. Auch von Maëls Schwierigkeiten mit Fabienne hatte sie berichtet, das Thema Rosalie Bertini allerdings vorerst ausgeklammert. Über die Sturmnacht selbst hatte Sylvia geschwiegen, und ihr wurde bewusst, dass sie bislang mit niemandem darüber gesprochen hatte. Während die Details der Inselküste immer klarer zu erkennen waren, wurde ihr bewusst, dass ihr der Schrecken jener Nacht noch immer gewaltig in den Gliedern saß.

Sylvia steuerte die Stelle an, wo ihr Haus stand. Hier waren die gigantischen Wellen gegen die Klippen geprallt, hatten sich aufgebäumt, sich weit über die Mauer erhoben und sie schließlich eingedrückt. Sie fühlte Veronikas Hand auf ihrer Schulter.

»Ist das die Mauer des *Jardins aux Camélias?*«, fragte sie.

Sylvia nickte.

Durch die Lücke, die die Wellen gerissen hatten, schimmerte das dunkle Grün der Kamelienbäume. »Das *Ti Bag* liegt dahinter. Es ist im Augenblick nicht bewohnbar«, erklärte sie. »Durch das Loch in der Mauer sind die Wellen aufs Gelände eingedrungen und haben auch das Haus geflutet. Ich hab's nicht fertiggebracht, es mir selbst anzusehen. Aber Maël sagt, alles ist voller Schlick und Unrat.«

»Kaum vorstellbar an so einem herrlichen Tag«, sagte ihre Freundin leise, »was das Meer alles anrichten kann.«

Sylvia wollte antworten, doch sie konnte nicht. Etwas saß ihr in der Kehle. Sie drosselte den Motor der *Espérance*, schaltete ihn dann aus. Das leise Klatschen der Wellen gegen den

Kunststoffkörper des Bootes und das ärgerliche Kreischen von Seevögeln, die sich gestört fühlten und von den Riffen aufflatterten. Mehr war nicht zu hören.

»Warum wohl die Mauer gerade hier durchgebrochen ist?«, fragte Veronika.

Sylvia wies auf die Klippen direkt darunter. »Unser Haus war früher so etwas wie eine Werft. *Ti Bag* ist bretonisch und bedeutet Bootshaus. Hier haben die Kerguénnecs ihre Schiffe repariert, und dort drüben wurden sie hochgezogen. Man kann die alte zementierte Rampe mit den eingelassenen Metallschienen noch erkennen.« Veronika kniff die Augen zusammen, dann hatte sie die Stelle entdeckt. Inzwischen war sie mit Algen und Kolonien von Muscheln bewachsen. »In der Mauer war früher ein großes Tor aus Metall«, fuhr Sylvia fort. »Das wurde vermauert, als Solenn und Lucie die Insel übernahmen. Und es ist genau dieses Stück, das die Sturmflut eingerissen hat.«

»Es war quasi die Achillesferse der Insel«, fasste Veronika zusammen.

»Eine der beiden Achillesfersen«, ergänzte Sylvia und startete den Motor. »Der Schaden bei der anderen ist bei Weitem schlimmer für uns als das hier.«

Sie fuhren weiter an der Insel entlang. Immer wieder verlangsamte Sylvia das Tempo, um den Küstenabschnitt genau zu inspizieren. Alles war voller Unrat, manche Felsen wirkten von ferne blassgrau durch den getrockneten Tang, der auf ihnen lagerte, andere waren von Plastikmüll unbestimmter Herkunft bunt gesprenkelt. Sylvia dachte daran, Fotos zu machen, doch sie erinnerte sich an den schlimmen Wortwechsel mit Maël deswegen und beschloss, es auf später zu verschieben. Oder jemanden damit zu beauftragen. Sie hatte schließlich anderes zu tun.

»Wo ist eigentlich das Naturbecken, in dem wir letzten

Sommer gebadet haben?«, fragte Veronika. Und an Lili gewandt fügte sie hinzu: »Kannst du dich an den hübschen Pool erinnern?« Lili schüttelte ihre roten Locken und sah angestrengt zur Insel hinüber. Mit ihrer pinkfarbenen Sonnenbrille und dem breitkrempigen getupften Baumwollhut sah sie aus wie eine kleine Diva.

»Gurvan hat erzählt«, sagte Sylvia und ihre Stimme zitterte, »dass es den nicht mehr gibt.«

Veronika starrte sie überrascht an. »Wirklich nicht?«, fragte sie.

Sylvia sah zur Küste hinüber. Ihre Augen füllten sich mit Tränen. So viele Erinnerungen verband sie mit diesem zauberhaften Ort. Langsam fuhren sie die Klippen entlang, an deren Flanke der Pool, von Wind und Wetter durch Felsen geschützt, einst gewesen war. Sylvia kehrte sogar um und studierte den Abschnitt erneut genau. Auf einmal begriff sie, was mit dem Pool passiert war. Die Flut hatte ihn mit Unmengen von Geröll verfüllt. Große Gesteinsbrocken klemmten zwischen den Formationen, die einst das Bassin umschlossen hatten. Als hätte ein Riese seinen Eimer über dieser zerklüfteten Stelle ausgekippt.

Schweigend drehte sie ab, umrundete vorsichtig und mit großem Abstand die südliche Spitze der Insel, an der sich wie eh und je die Wellen brachen, bereit, jederzeit umzukehren, sollte die Strömung zu stark werden. Doch das war nicht der Fall. Welche Kräfte auch immer in jener Nacht gewütet hatten, an diesem Tag schienen sie zu schlafen.

Als sie die Südspitze passiert hatten, drosselte Sylvia erneut das Tempo und lenkte das Boot näher an die Küste heran, die hier gut hundert Meter senkrecht aufragte und den heranstürmenden Wellen ein unüberwindliches Hindernis bot. Die Steilküste endete erst dort, wo sich früher der Flaschenhals befunden hatte und heute der Schlund gähnte.

Lili hatte wieder zu singen begonnen. Es war ein Lied, das von einer kleinen Meerjungfrau handelte, und die glockenhelle Stimme des Mädchens ging Sylvia zu Herzen. Langsam bewegten sie sich weiter in Richtung des Schlundes, und Sylvia versuchte, sich vor dem, was sie gleich zu sehen bekommen würde, zu wappnen.

»Sieh mal dort«, unterbrach Veronika ihre Gedanken. Sie wies in Richtung Steilküste. »War das schon immer da? Sieht aus wie eine Höhle.«

Veronika hatte recht. Eine schwarze Öffnung gähnte zwischen den Felsen. Sie war so groß, dass sie mitsamt dem Boot mühelos hineinfahren könnten.

»Nein«, sagte Sylvia leise. »Hier war nie eine Höhle.« Und doch musste sie von Anfang an hier verborgen gewesen sein. Der Sturm hatte sie vermutlich freigelegt.

Behutsam steuerte sie die *Espérance* näher heran. Das Sonnenlicht erhellte das Höhleninnere einige Meter weit und ließ das Wasser darin in hellem Türkis leuchten. Lichtreflexe tanzten an den Felswänden und den aus dem Wasser aufragenden Säulen, Bögen und Brücken.

»Da wohnt sie«, sagte Lili zufrieden, ganz so, als wäre der Anblick der Grotte selbstverständlich.

»Wer denn?«, fragte Veronika erstaunt.

»Die kleine Meerjungfrau.«

19

Der Ausflug

In dieser Nacht träumte Sylvia von einer riesigen türkisfarbenen Welle, die sie aufhob und mitnahm. Zuerst war ihr Schrecken groß, dann stellte sie fest, dass das Wasser sie sanft umfing wie eine Umarmung. Als sie aufwachte, erinnerte sie sich an einen schwerelosen Tanz mit den Wogen, der nichts Beängstigendes an sich gehabt hatte. Sie war nie eine große Träumerin gewesen, sie hielt sich für einen viel zu rationalen Menschen, um dem allzu viel Bedeutung beizumessen, was ihr in wirren Bildern während des Schlafens vorgegaukelt wurde.

Sylvia öffnete die Augen und wusste erst nicht, wo sie war. Das Morgenlicht auf den blau gestrichenen Wänden von Rozenns Gästezimmer vermittelte ihr einen Moment lang den Eindruck, sich nach wie vor im Unterwasserreich ihres Traumes zu befinden. Erst jetzt erinnerte sie sich an alles, und ein Gefühl von Heimatlosigkeit überfiel sie so unerwartet wie jäh. Hatte die Insel sie nicht abgeworfen wie ein bockendes Pferd? Wollte sie ihre Bewohner nicht mehr? Und was war mit Maël? Wie hatte es geschehen können, dass ausgerechnet seine Mutter, von der er nie etwas hatte wissen wollen, ihn in dieser schwierigen Zeit so mit Beschlag belegte, dass er sich weder um seine Familie noch um die Insel kümmern konnte?

Sie stand auf und fühlte sich elend. Unter der Dusche allerdings war auf einmal alles wieder da: Das Gefühl der Einheit mit dem nassen Element, die Leichtigkeit und kühle Klarheit, die sie während ihres Traumes erlebt hatte.

»Nicht wirklich erlebt«, murmelte Sylvia vor sich hin, stellte den Duschhahn ab und nahm ihr Frotteetuch. Aber was dann?

Während sie Lucinde stillte, fiel ihr ein, dass sie auch kurz vor der Sturmnacht intensiv geträumt hatte. Wovon? Sie wusste es nicht mehr. Nur dass es ein beängstigender Traum gewesen war, daran erinnerte sie sich gut, und sie hätte sich gewünscht, Maël müsste nicht fort. Was war los mit ihr? Glaubte sie überhaupt an die Bedeutung von Träumen? Und wenn ja, was wollte ihr der aus der vergangenen Nacht sagen?

Unschlüssig stellte sie sich ans Fenster, Lili auf ihrem Arm. Von hier aus wirkte das Meer wie eine Badewanne, in der es mal mehr, mal weniger schwappte. Die Umrisse der Insel waren im Morgendunst deutlich zu erkennen, und doch erschien sie Sylvia unwirklich wie eine Fata Morgana. Sehr weit entfernt. Und fremd.

Sie versuchte, das Gefühl aus ihrem Traum in sich wachzurufen, und auf einmal erschienen ihr die Dramen der vergangenen Wochen als das, was sie tatsächlich waren: Ereignisse. Die Zeit ging über sie hinweg so wie die Wellen über den Meeresboden. Für einen Krebs, der dort unten saß, mochte es ein weltbewegendes Ereignis sein, wenn ein Sturm den Sand um ihn herum aufwirbelte. Und doch kam nach einer Weile erneut alles ins Gleichgewicht. Man musste sich nur der Bewegung des Wassers hingeben. So wie in ihrem Traum.

»Du wirkst so entspannt«, bemerkte Veronika erstaunt, als Sylvia mit Lucinde zum Frühstück nach unten kam. Sie bestrich gerade ein Butterbrot mit frischem Erdbeergelee für Lili. »Gestern Abend warst du recht niedergeschlagen.«

»Ich hab gut geschlafen«, erklärte Sylvia und nahm sich ein

Croissant. »Lucinde hat mich nur zweimal geweckt.« Sie sah auf die Uhr. »Um zehn treffe ich mich mit dem Bürgermeister. Wollt ihr mitkommen?«

Veronika schüttelte den Kopf. »Lili und ich machen einen Spaziergang zu den Menhiren«, erklärte sie. »Nicht wahr, Lili? Wir gehen zu diesen riesigen Obelix-Steinen.« Das Mädchen nickte eifrig mit vollem Mund und trommelte mit seinen Fersen gegen die Beine des Kinderstuhls. »Und Lucinde nehmen wir mit.« Sylvia sah überrascht auf. »Rozenn hat einen Kinderwagen organisiert«, fuhr Veronika fort, ehe Sylvia etwas erwidern konnte. »Mensch, Sylvia, deshalb bin ich schließlich gekommen. Damit ich dir den Rücken freihalte. Gönn mir das Vergnügen. Du wirst mir doch wohl zutrauen, auf dein Baby aufzupassen?«, fügte sie nun fast ungehalten hinzu und stellte ihren *bol* wieder ab, als sie die immer noch skeptische Miene ihrer Freundin sah.

»Natürlich«, sagte Sylvia rasch. Genau das ist es, dachte sie, was sich in diesem seltsamen Traum so fantastisch angefühlt hat. Ich sollte mehr zulassen, mich nicht zu sehr an Altes klammern. Mich dem Fluss der Zeit anvertrauen. Und ab und zu die Kontrolle abgeben.

»In Frankreich gehen die Mütter anders mit ihren Kindern um als wir in Deutschland«, erzählte Veronika, während sie sich und Sylvia Kaffee nachschenkte. »Sie geben ihre Kinder bereits wenige Wochen nach der Geburt in eine Kinderkrippe. Nicht dass ich das bedenkenlos für gut halte, dazu bin ich zu sehr Deutsche. Aber ich finde, wir können etwas von den Französinnen lernen.«

»Und was wäre das?«, fragte Sylvia interessiert.

»Das Loslassen«, antwortete Veronika und blickte ihre Freundin an. »Und die Einsicht, dass sie für ihre Kinder nicht der Nabel der Welt sein müssen. Wusstest du eigentlich, dass es für den Ausdruck ›Rabenmutter‹ keine französische Entsprechung gibt? Außerdem ist er ziemlich ungerecht. Raben sind nämlich sehr fürsorgliche Eltern.«

Sylvia musste herzlich lachen. »Du hast mich überzeugt«, sagte sie und erhob sich. »Ich als fürsorgliche Rabenmutter übergebe mein Kind also in die Obhut einer anderen wunderbaren Rabenfrau.«

»Kraaakraaa«, machte Lili und grinste über ihr ganzes, erdbeergeleeverschmiertes Gesicht.

Das Treffen mit Loig Mevel, dem Bürgermeister des Städtchens, verlief zwar warmherziger als mit Bonnet, ein richtiges Ergebnis brachte es jedoch nicht. Das hatte Sylvia auch nicht erwartet. Sie wusste, dass es im Augenblick darauf ankam zu zeigen, dass sie sich um die Belange der Insel kümmerte, vor allem, weil Maël nicht da war. Und dass dies im Ort durchaus wahrgenommen wurde, verwunderte sie nicht. Sie hatte längst die Erfahrung gemacht, dass jeder Schritt, den sie auf der Kamelieninsel unternahmen, genau registriert wurde.

»Dass der Fahrdamm zerstört wurde, ist schlimm«, klagte Loig. Er wusste so gut wie Sylvia, dass der in Besitz der Gemeinde gewesen war und nicht zur Insel gehörte, obwohl sich Pierrick um seine Erhaltung gekümmert hatte. Dafür hatte die Verwaltung ihnen die notwendigen Geräte zur Verfügung gestellt, so zum Beispiel das Baggerboot. »Ich glaube allerdings nicht«, fügte er behutsam hinzu und beobachtete Sylvia genau, »dass wir im Stande sein werden, ihn wieder neu aufzubauen.«

»Vermutlich wäre das schwierig«, antwortete Sylvia und sah, wie der Bürgermeister aufatmete. Offenbar hatte er befürchtet, genau dies könnte Sylvia von ihm verlangen. »Ich denke schon, dass wir auch als Insel, die nur per Boot zu erreichen ist, eine Zukunft haben werden. Das bringt natürlich neue Herausforderungen für uns mit sich.«

»Wo wir helfen können«, versicherte Loig Mevel eifrig, »werden wir das ganz gewiss tun. Wie ich höre, sind Sie ohnehin mit unserem Hafenmeister im Gespräch.«

»Brioc und seine Söhne sind uns eine große Hilfe«, bestätigte Sylvia und erhob sich. Mehr würde sie im Augenblick nicht erreichen können.

»Kommen Sie zu mir, wann immer Sie Sorgen haben«, bot ihr der Bürgermeister großzügig an. »Meine Frau hat neulich gesagt, dass sie Sie und Maël unbedingt zum Essen einladen will. Sie möchte so gern das Baby sehen.«

»Wir kommen gern«, antwortete Sylvia. »Wie geht es übrigens Muriel?«, fragte sie dann. »Ich habe gehört, sie wird dieses Jahr heiraten.«

»Im September«, antwortete Loig Mevel und hob die Brauen. »Meine Frau ist schon völlig aus dem Häuschen deswegen. Wir freuen uns«, fügte er hinzu, »dass unsere Tochter wieder in die Gegend ziehen wird. Denez hat sich glücklicherweise durchgesetzt. Es fällt Muriel natürlich nicht leicht, ihre gute Stelle aufzugeben.«

»Was macht Muriel noch mal genau?«, erkundigte sich Sylvia.

»Sie ist Cheflaborantin bei L'Oréal«, antwortete Mevel mit stolzgeschwellter Brust. »Und zwar in der Forschung. Ich als Mann hab ja keine Ahnung, was es bei Hautcremes alles zu erforschen gibt. Aber das brauche ich zum Glück auch nicht zu wissen, *n'est-ce pas?*«

Das klingt fast zu schön, um wahr zu sein, dachte Sylvia. Zwar war allein der Gedanke, ein neues Unternehmen zu gründen, angesichts ihrer finanziellen Situation vollkommen verrückt, doch ihr Bauchgefühl hatte sie noch nie getrogen.

Wenn es wirklich sein soll, dachte sie, als sie Veronikas Wagen aufschloss, dann werde ich das Startkapital dafür schon auftreiben.

Der Anblick von Lilis Kindersitz erinnerte sie daran, dass sie auch für Lucinde einen solchen benötigte. Kurz entschlossen machte sie noch einen Abstecher zum Einkaufszentrum, in dem es ein Geschäft für Babyzubehör gab, und fand dort sofort, was sie brauchte.

Als sie Rozenns Auffahrt hinauffuhr, konnte sie es kaum erwarten, ihr Töchterchen wieder im Arm zu haben. Ihre Brust spannte. Doch zum Glück war ihr Baby genauso hungrig wie sie selbst, und während des Mittagessens beschlossen die beiden Freundinnen, Pierrick besuchen zu gehen. Veronika kannte Concarneau nicht, und auch Sylvia hatte sich bislang nie die Zeit genommen, sich das bei Touristen beliebte Städtchen genauer anzusehen.

Rozenn riet ihnen, das *Château de Keriolet* zu besuchen, und als Lili hörte, dass es ein wahres Märchenschloss sei, das eine russische Prinzessin für ihren Geliebten hatte bauen lassen, kam etwas anderes überhaupt nicht mehr infrage.

Während der gesamten Fahrt plapperte Lili von Prinzen und Prinzessinnen und sang ihre Lieblingslieder. Beim *château* angekommen, waren Veronika und ihre kleine Tochter hingerissen von dem neogotischen Zuckerbäckerbau, in dem die Bauherrin mehrere Baustile frei nach ihrer Laune verwirklicht hatte. Sylvia dagegen machte sich Sorgen darüber, in welchem Zustand sie Pierrick wohl an diesem Tag antreffen würde. Sie hatten sich nicht angekündigt, und je länger die Besichtigung der prächtigen Gemächer und des Parks dauerte, desto unruhiger wurde sie. Einzig die Inschrift in einem der Wappen prägte sich ihr ein. Sie lautete *TOUJOURS ET QUAND MÊME*, was auf Deutsch so viel hieß wie »stets und trotz allem«. Ja, dachte

Sylvia, der dieses Motto gefiel, auch ich werde stets und trotz aller widrigen Umstände an der Kamelieninsel festhalten.

Endlich konnte sie ihr Patenkind, das am liebsten auf der Stelle in das Schloss eingezogen wäre, dazu überreden, mit ihnen zu kommen. Um ihr den Abschied leichter zu machen, versprach Sylvia, noch in der weltberühmten *Chocolaterie Larnicol* vorbeizuschauen, was sich als Fehler herausstellte, denn einmal dort angekommen, konnte sich Lili nicht von den fantasievollen Kreationen aus Zucker und Schokolade losreißen – wahre Kunstwerke, darunter eine Miniaturnachbildung des gerade besichtigten Schlosses. Erst als Sylvia ihr eine große Tüte *Kouignettes* spendierte, kleine Gebäckstücke in der Form von Rosenblüten, die dem *Kouign Amann* nachempfunden waren, gelang es ihr, Lili aus dem Geschäft zu locken.

»Nimm es als Lektion für die Zukunft.« Veronika lachte. »Versprich einem kleinen Mädchen niemals das Schokoladenparadies, wenn du es eilig hast.«

Sylvia stimmte ihr schmunzelnd zu. »Pierrick geht es nicht besonders gut«, erklärte sie Lili ernst. »Er liegt im Bett und kann sich kaum rühren. Wir müssen ihn ein bisschen aufheitern. Hilfst du uns dabei?«

»Mach ich«, antwortete das Kind großzügig. »Ich geb ihm ein Schokoladentörtchen, und dann hüpfe ich auf seinen Schoß.«

Veronika lachte. »Das ist wohl die beste Kur, die man in einem Krankenhaus jemals angewendet hat. Wo geht es lang?«

Sylvia führte sie in die neurologische Abteilung. Sie war so sehr in Gedanken versunken, dass sie den Mann nicht beachtete, der ihnen an Krücken entgegengehumpelt kam.

»Na, da kommst du ja endlich, *ma fille*«, sprach er sie an. Es war niemand anderes als Pierrick. »Und hast sogar Verstärkung mitgebracht. *Très bien!*«

Sylvia verschlug es die Sprache. Dann nahm sie ihren betagten Freund in die Arme. Er fühlte sich zerbrechlich an, und doch konnte sie auch seine alte Zähigkeit spüren.

»Bist du so lieb und holst meine Tasche?«, bat er sie, nachdem er Veronika und Lili begrüßt hatte. »Ich hab sie schon heute Morgen gepackt.«

»Deine Tasche?«, fragte Sylvia verwirrt. »Aber … wo willst du denn hin, Pierrick?«

»Wo ich hinwill?«, fragte er. Sylvia sah, dass die eine Hälfte seines Gesichts noch immer ein wenig leblos war. »Nach Hause natürlich«, erklärte Pierrick. »Auf die Kamelieninsel. Wohin denn sonst?«

20

Die Investorin

Solenn schimpfte wie ein Rohrspatz, als die *Espérance* an dem kleinen Naturhafen der Insel anlegte.

»Du alter Narr«, fuhr sie Pierrick an. »Was glaubst du, wer dich hier versorgen kann?«

»Ich kann mich selbst versorgen«, erklärte der Alte stur und stemmte sich mühsam aus dem Boot. Sylvia half ihm dabei. »Ich weiß nicht, was du hast, Solenn«, fügte Pierrick hinzu. »Du hast selbst gesagt, dass du mich abholst, wenn ich es schaffe, aufrecht zu gehen. Und das kann ich jetzt. Schau her!«

»Ja, aber wie! Sieh dich doch nur an ...«

»*Arrête*, Solenn«, bat Sylvia sie leise. »Hilf mir lieber, dieses Ding an Land zu bringen.« Solenn schluckte ihren Ärger vorläufig hinunter und hievte den zusammenklappbaren Rollstuhl, den ihnen das Krankenhaus geliehen hatte, aus dem Boot.

Es dämmerte bereits, als Sylvia mit Pierrick die in den Felsen gehauenen Stufen erklomm, während Solenn den Rollstuhl trug. Doch oben angekommen weigerte sich Pierrick, darin Platz zu nehmen. Er bestand darauf, auf seinen eigenen Beinen zu gehen.

»Ich mach dir mein Bett frei«, schlug Solenn vor. »Das liegt wenigstens zu ebener Erde.«

Doch Pierrick wollte davon nichts wissen. »Ich will zurück

in mein Haus«, entgegnete er. »Das liegt auch ebenerdig. Begreif doch, Solenn. Ich will endlich wieder zu Hause sein.«

Sylvia und Solenn wechselten einen Blick. Beide waren ratlos. Doch Pierrick hatte sich schon auf den Weg gemacht. Verbissen schleppte er sich an den Krücken in Richtung des großen Tores.

»Was hat denn der Arzt gesagt?«, wollte Solenn wissen.

»Der war nicht zu finden«, antwortete Sylvia. »Ich fürchte, Pierrick hat sich selbst entlassen.«

Solenn schüttelte den Kopf und funkelte Sylvia zornig an. »Dass du das unterstützt«, tadelte sie. »Ich hätte dich für vernünftiger gehalten.« Und damit stapfte sie ebenfalls durch das Tor und kehrte zurück in ihre Küche.

Sylvia hatte Pierricks Haus seit der Sturmnacht nicht mehr besucht. Glücklicherweise war es von der Überflutung verschont geblieben. Erschöpft, aber überglücklich sank der Bretone mit einem Ächzen auf seinen Sessel.

»*Trugarez*, Sylvie.« Er seufzte. »Ich danke dir von ganzem Herzen.«

Müde blickte er sich um. Sylvia hatte von Concarneau aus angerufen und ihr Kommen angekündigt, und so hatte Elise die Chance gehabt, Yvonne hinunterzuschicken, damit sie im Haus nach dem Rechten sah. Jetzt roch es angenehm frisch, das Mädchen hatte gelüftet und sogar die Fenster geputzt. Nun brachte sie ein Tablett mit dem Abendessen und einer Kanne Tee.

»Es gibt *Galettes bretonnes*«, sagte sie, nachdem sie Pierrick herzlich begrüßt hatte. »Willst du wirklich nicht lieber in die Küche hochkommen?«

Der winkte ab. »Heute nicht«, sagte er leise. »Morgen. Du bist ein gutes Mädchen, vielen Dank!«

Yvonne erbot sich, ihm Gesellschaft zu leisten und ihm später zu helfen, sich bettfertig zu machen.

»Bleib nicht zu lange auf dem Festland«, riet Pierrick Sylvia, als sie sich von ihm verabschiedete. »Sonst denken die Leute, du willst mit uns nichts mehr zu tun haben.«

»Morgen komme ich zurück«, versprach sie. »Und ich bringe Vero und Lili mit.«

Als sie bei Solenn anklopfte, um ihr einen schönen Abend zu wünschen, hörte sie ihre Freundin gerade heftig sagen: »Wenn du wirklich so große Sehnsucht nach mir hast, dann komm her!« Solenn öffnete ihr die Tür. Sylvia sah, dass sie telefonierte, und wollte sich eben zurückziehen, als die Bretonin sie hereinwinkte. »Nein«, sprach sie weiter in den Hörer, »ich kann noch nicht weg. Man braucht mich hier, das musst du bitte verstehen. Ja ... Ist gut ... Ich dich auch. *À demain.*« Damit beendete sie das Gespräch und wandte sich seufzend Sylvia zu.

»Das war Aaltje«, sagte sie traurig. »Warum bin ich nur von lauter Sturköpfen umgeben? Was ist mit Maël, wann kommt er denn endlich zurück?«

Sylvia schluckte. Am Abend zuvor hatten sie kurz miteinander telefoniert. Ihr Mann hatte versprochen, so bald wie möglich heimzukehren.

»Ich weiß es nicht«, antwortete Sylvia niedergeschlagen.

Solenn schüttelte den Kopf. »So kann es nicht weitergehen«, erklärte sie ungehalten. Sie wollte gerade etwas hinzufügen, als die Glocke zum Abendessen ertönte.

»Ich muss los«, sagte Sylvia bedauernd. »Lucinde braucht mich. Morgen komme ich mit Vero und den Kindern.« Solenn sah traurig aus dem Fenster. »Warum mietet sich Aaltje nicht bei Rozenn ein, wenn sie schon nicht auf der Insel sein möchte?«, fragte Sylvia nun doch, obwohl sie sich vorgenommen hatte, sich nicht in Solenns Liebesleben einzumischen. Sie wusste, dass Solenns Partnerin eine Inselphobie hatte, die nach den vergangenen Ereignissen sicherlich nicht abgenommen hatte.

»Das habe ich ihr sicher hundert Mal vorgeschlagen«, antwortete Solenn resigniert. »Sie könnte sich durchaus ein hübsches Haus auf dem Festland kaufen, Geld hat sie ja genug dank dem Hype um Hendryks Gemälde. Die steigen weiterhin im Preis, stell dir das mal vor! Jedenfalls habe ich Aaltje zwei wunderschöne Exposés geschickt. Aber sie will nicht. Sie will in Julianadorp bleiben. Ich frage mich langsam …« Solenn brach ab und sah Sylvia verzweifelt an. »Denkst du nicht auch, dass man ein paar Kompromisse eingehen kann, wenn man einen Menschen liebt?«

Doch, dachte Sylvia, hütete sich jedoch, sich weiter in Solenns Beziehung einzumischen.

»Vielleicht braucht sie einfach ein bisschen Zeit«, versuchte sie ihre Freundin zu trösten.

»Ja, vielleicht«, bestätigte Solenn mutlos. Dann schien ihr etwas einzufallen. »Quéméneur hat angerufen. Er hat nach dir gefragt.«

Sylvia nickte. »Ich werde mich bei ihm melden«, sagte sie.

»Was willst du von dem alten Kerl?«, hakte Solenn nach.

Nach kurzem Zögern erzählte Sylvia von ihrer Idee, eventuell in der ehemaligen Konservenfabrik eine Kosmetikfirma aufzubauen.

»Ich weiß«, sagte sie, »es klingt verrückt.«

»Wie willst du das denn finanzieren?«, fragte Solenn konsterniert. »Soweit ich weiß, stecken wir auch so in Schwierigkeiten. Glaubst du im Ernst, Bonnet gewährt dir *dafür* einen Kredit?« Sylvia zuckte mit den Schultern und wollte etwas erwidern, doch Solenn ließ sie nicht zu Wort kommen. »Und ausgerechnet Quéméneur. Ich glaube nicht, dass das eine gute Idee ist«, fügte sie hinzu. »Nach allem, was zwischen diesem Mann und uns vorgefallen ist.«

Sylvia sah sie aufmerksam an. »Davon hast du mir nie etwas

erzählt«, sagte sie. »Was hast du gegen ihn? Hat er dir nicht damals kostenlos eine Lagerhalle zur Verfügung gestellt? Beim Bau des Besucherzentrums hat er uns mehr als einmal ausgeholfen. Weißt du nicht mehr?«

Solenn presste trotzig die Lippen aufeinander. »Er wollte damals die Insel haben«, erzählte sie schließlich. »Er hat Himmel und Hölle in Bewegung gesetzt, um sie zu bekommen. Aber dem alten Nolff hat die Idee gefallen, Blumen auf der Insel wachsen zu sehen. Er hatte beschlossen, sie Lucie zu verkaufen.« Solenn schwieg und umschlang ihren Oberkörper mit ihren Armen, so als wäre ihr kalt geworden. »Was dann geschah, war nicht schön. Quéméneur hat eine üble Verleumdungskampagne gegen uns angezettelt. Besonders gemein war er Lucie gegenüber, nicht nur, weil sie eine Lesbe war, sondern obendrein auch noch Deutsche. Es hat ihm nichts genutzt. Übrigens war das der Grund, aus dem Lucie als Eigentümerin eingetragen wurde. So konnte man sie auf keinen Fall verjagen, selbst wenn mir etwas passiert wäre. Als Quéméneur einsehen musste, dass er die Insel nicht bekam, hat er die Fabrik gekauft. Er wollte ein Hotel daraus machen. Doch dafür bekam er keine Genehmigung. All die Jahre haben wir kein Wort mehr miteinander gewechselt. Bis Morgane ihn dazu überredet hat, mir diese Scheune als Lagerraum zur Verfügung zu stellen.«

»Wahrscheinlich tut es ihm längst leid«, vermutete Sylvia. »Das ist doch alles so lange her. Hat er inzwischen nicht oft genug bewiesen, dass er bereit ist, den alten Streit beizulegen?«

Solenn zuckte mit den Schultern. »Wer weiß«, sagte sie. »Du willst also ein neues Geschäft aufbauen. Heißt das, du wirst die Insel aufgeben?«

»Nein, wo denkst du hin?«, entgegnete Sylvia erschrocken.

»Die Kosmetikserie wollte ich doch ohnehin auf den Markt bringen. Deshalb haben wir die *Camellia Oleifera* gepflanzt. Und jetzt haben Gwen und ich festgestellt, dass die Labors richtig teuer sind, unsere Marge wäre ziemlich gering. Nur deswegen habe ich …«

»Vielleicht ist es tatsächlich Zeit, sich von Altem zu verabschieden«, unterbrach Solenn sie.

»Das ist nicht dein Ernst«, entgegnete Sylvia. Ihre Stimme zitterte. Solenns Stimmung gefiel ihr ganz und gar nicht. Alles strebte auseinander. Maël war viel zu lange weg. Solenn konnte es offenbar nicht erwarten, so schnell wie möglich wieder abzureisen. Pierrick war … nun ja, er war nicht mehr derselbe. War sie etwa die Einzige, der noch etwas an der Kamelieninsel lag? Aus der Küche drangen die Stimmen von Gurvan und Coco zu ihnen, dann schallendes Gelächter. Nein. Sie war nicht allein. »Ist es wegen Aaltje? Oder bist du der Insel überdrüssig?«, fragte sie. »Hast du nicht neulich gesagt, die Kamelieninsel sei etwas Besonderes?«

»Ich weiß auch nicht«, antwortete Solenn unglücklich und ließ sich auf ihr Sofa fallen. »Natürlich wäre es etwas anderes, könnte sich Aaltje entschließen, in die Bretagne zu ziehen.«

»Fühlst du dich denn wohl in Julianadorp?«, hakte Sylvia nach.

Sie war noch nie dort gewesen. Doch eigentlich konnte sie sich nicht vorstellen, dass Solenn auf die Dauer in den Niederlanden glücklich werden würde.

»Ach, was weiß ich«, antwortete Solenn schroff. »Wohlfühlen. Was heißt das schon?« Sylvia merkte, dass die Bretonin das Gespräch gern beenden wollte. Und doch hatte sie ihre Frage nicht mit einem klaren Ja beantwortet. »Früher«, fügte sie hinzu, »war die Insel mein Leben. Meines und Lucies. Aber heute …«

»Sie gefällt dir nicht mehr?«, half Sylvia nach.

»Es kommen mir zu viele fremde Leute her«, brach es aus Solenn heraus. »All diese Touristen. Ja sicher«, wehrte sie ab, als sie sah, wie Sylvia erschrocken die Luft anhielt, »wir haben es so gewollt. Auch ich. Als ich dich damals gebeten habe, uns zu helfen und den Betrieb bekannter zu machen, da haben wir eine Entscheidung getroffen. Und du hast das alles vorbildlich umgesetzt. Hast die Gärtnerei aufgebaut, das Besucherzentrum, das Bistro und den Laden. Wir hatten Erfolg damit, weil du so unglaublich tüchtig bist. Du führst alles zum Erfolg, was du in die Hand nimmst.«

Von der Küche rief jemand Solenns Namen. Doch sie reagierte nicht.

»Es ist dir zu viel geworden?«, fragte Sylvia behutsam.

»Ich glaube, mir war einfach nicht klar, wie sehr sich alles verändern würde«, sagte Solenn traurig.

»Jetzt ändert sich erneut alles«, wandte Sylvia ein und beschloss, über die Worte ihrer Freundin gründlich nachzudenken. »Ich finde nur, dass es nicht gleich das Ende der Insel bedeuten muss. Oder?«

Solenn sah sie an und lächelte. »Ihr müsst nichts ändern, nur weil es mir nicht mehr so gut gefällt«, sagte sie liebevoll. »Ich bin eine alte Frau mit einer Vergangenheit. Ihr seid die Zukunft.«

»Der Sturm hat ohnehin neue Fakten geschaffen«, meinte Sylvia. »Hab ich dir schon erzählt, dass in der Nähe des Schlundes eine Höhle freigelegt wurde? Du musst sie dir ansehen. Sie ist nur mit dem Boot zu erreichen. Wir sollten sie gemeinsam erkunden.«

»Eine Höhle?« Solenn sah sie ungläubig an.

»Lass uns morgen hinfahren«, schlug Sylvia vor. »Und Pierrick nehmen wir auch mit.« Sylvia schloss ihre Freundin spontan in die Arme. »Du wirst sehen«, sagte sie leise, »es wird alles gut werden.«

»Das ist eine großartige Idee«, rief Veronika, nachdem Sylvia ihr von der Kosmetikmanufaktur erzählt hatte.

Die beiden Kinder schliefen. Rozenn hatte ihnen ihren Wintergarten überlassen und sich selbst nach dem Abendessen zum Fernsehen zurückgezogen. Hier saßen sie nun, und Veronika machte es sich auf einem Rattanzweisitzer bequem.

Sylvia hatte mit Quéméneur gesprochen. Gleich am nächsten Morgen um acht wollte er ihr das Firmengelände zeigen.

»Ja, aber das Ganze ist doch ziemlich illusorisch«, gab Sylvia kleinlaut zu. Das Gespräch mit Solenn hatte ihr ein Stück von ihrer Zuversicht genommen.

»Warum?«, wollte Veronika wissen und schlang die Wolldecke um ihre Füße, die Rozenn ihr hingelegt hatte. »Du hast ein Gebäude, na ja fast. Du hast eine Laborantin. Und die Produktlinie ist ja schon so gut wie fertig. Sie sind übrigens toll, deine Cremes. Sie werden sich super verkaufen.«

»Mir fehlt etwas Entscheidendes«, erklärte Sylvia mit einem Seufzen. »Das notwendige Kapital.«

Veronika schürzte die Unterlippe, ganz so, wie ihre Tochter es tat, wenn etwas nicht so war, wie sie es gern hätte, und schien nachzudenken.

»Wie viel brauchen wir denn für so eine Manufaktur?«, fragte sie nach einer Weile. »Ich meine, als Startkapital?«

Sylvia nannte eine Zahl und staunte selbst. Ohne sich darüber bewusst zu werden, hatte sie im Kopf längst alles überschlagen. Veronika strahlte sie an.

»Dann ist ja alles gut«, behauptete sie. »Wenn du mich an Bord holst, steig ich bei dir ein.«

»Wie meinst du das?«, fragte Sylvia perplex. Sie wusste

nicht, ob sie lachen sollte oder weinen. »Du willst bei mir einsteigen? Ich finde, du solltest erst Laurent fragen, ehe du eine Hypothek auf seine Autowerkstatt aufnimmst.«

»Laurent muss ich überhaupt nichts fragen«, erklärte Veronika empört. »Der bekommt gerade die Werkstatt modernisiert und erweitert. Und was ich mit dem Rest des Geldes anfangen soll, darüber zerbreche ich mir seit ein paar Wochen den Kopf. Jetzt hab ich die Lösung! Wir machen eine Kosmetikfirma auf, du und ich.«

Sylvia starrte ihre Freundin an und fragte sich, ob Veronika ihren Verstand verloren hatte.

»Wovon redest du, Vero?«, fragte sie.

»Mein Vater hat das Hotel in Garmisch verkauft«, erklärte Veronika. »Er sagt immer, dass er sein Geld lieber mit warmer Hand verteilen will und nicht erst, wenn er tot ist und wir eine Menge Erbschaftssteuer bezahlen müssen. Und ich hab keine Lust, irgendwelche Aktien zu kaufen oder das Geld in Fonds anzulegen. Ich will etwas Richtiges damit machen, verstehst du? Etwas Gescheites, wie wir in Bayern sagen. Du tust mir einen echten Gefallen, wenn …«

»Vero«, unterbrach Sylvia sie. »Was hat Rozenn in deinen Weißwein getan? Bist du betrunken oder …«

Veronika wollte aufspringen, verhedderte sich in der Wolldecke und wäre beinahe vom Sofa gefallen.

»Ich bin stocknüchtern, Sylvia«, rief sie. »Wirklich! Lass uns das machen. Es ist mein voller Ernst.«

Veronika war es derart ernst, dass sie am nächsten Morgen bereits um sieben aufstand, um mit Sylvia das alte Fabrikgebäude in Augenschein zu nehmen, und das, obwohl sie eine eingefleischte Langschläferin war. Rozenn versprach, nach Lili zu sehen, die das ausgeprägte Bedürfnis nach Ausschlafen von ihrer Mutter geerbt hatte, und auch Lucinde zu füttern, sollte das Baby hungrig werden.

Als sie zu der Stelle kamen, an der sich Sylvia mit Quéméneur verabredet hatte, und sie die kräftige Gestalt des Bauunternehmers von Weitem sah, wurde ihr bewusst, dass sie diesem Mann noch nie persönlich begegnet war.

»Dem möchte ich nachts nicht allein über den Weg laufen«, murmelte Veronika, als sie den Wagen neben dem des Unternehmers abstellten.

Sylvia gab ihr im Stillen recht. Quéméneur war bestimmt zwei Meter groß und hatte die Figur eines Schwergewichtsboxers. Sein pockennarbiges Gesicht war von der Sonne verbrannt, die kleinen schwarzen Augen wurden von dichten dunklen Augenbrauen überschattet. Selbst als sie ihm die Hand schüttelte, in der die ihre völlig verschwand, und ihm Veronika vorstellte, blieb seine Miene unbewegt.

»Wollen wir?«, fragte er.

Ohne eine Antwort abzuwarten, marschierte er über den brüchigen Asphaltweg, der einmal die Einfahrt zur Konservendosenfabrik gewesen war. Jetzt war er von Rissen durchzogen, aus dessen Fugen Strandhafer wucherte, Sandnelken, Spitzwegerich und Gänsefingerkraut. Der Bauunternehmer zog einen Schlüsselbund aus der Tasche und öffnete das Werkstor, das mit Vorhängeschlössern zusätzlich gesichert war.

Sie passierten die Pförtnerloge und die alte Stempeluhr, die gegenüber an der vergilbten Wand hing. Zu beiden Seiten des Ganges befanden sich Türen, die zu Umkleideräumen mit einer Menge grauer Spinde führten, einem für die Frauen und einem für die Männer. Dann öffnete Quéméneur eine riesige doppelflügelige Eisentür.

»Hier wanderte der Fisch in die Konserven«, sagte er und hielt ihnen die Tür auf.

Erstaunt sahen sich die beiden Frauen um. Sie standen in einer riesigen Halle. Bis auf ein paar Dutzend Plastikwannen, die in einer Ecke gestapelt waren, war sie vollständig leer.

»Davon ist nicht mehr viel zu sehen«, meinte Sylvia verblüfft.

»Ich hab die alte Anlage gleich ausbauen lassen«, brummte Quéméneur. »Hier verliefen die Förderbänder«, erklärte er und beschrieb mit einer Hand einen Bogen, der die gesamte Halle auszufüllen schien. »Dort drüben war die Siedewanne, da wurde der Fisch blanchiert, ehe er von Hand in die Konservendosen geschichtet wurde. Am schwierigsten war es, den alten Autoklaven auszubauen, das Ding war mehrere Tonnen schwer.«

»Was ist ein Autoklav?«, fragte Veronika beeindruckt.

Quéméneur musterte sie kurz. »Ein überdimensionaler Dampfkochtopf«, erklärte er dann. »Darin wurden die Konserven sterilisiert.« Er kratzte sich gedankenverloren am Kopf, sodass einige seiner borstigen Haare abstanden. »Meine Mutter hat hier gearbeitet«, sagte er. »Und vor ihr meine Großmutter und meine Urgroßmutter.«

»Haben Sie das Gebäude deshalb gekauft?«, wollte Veronika wissen. Doch Quéméneur machte eine wegwerfende Handbewegung.

»Es war ein Fehler«, gestand er. »Mit dem Kasten ist nichts anzufangen.« Er fasste Sylvia ins Auge. »Ich wüsste gern, weshalb ausgerechnet Sie sich für ihn interessieren.«

Sylvia sah sich gründlich um in der Halle. Wie sie von außen gesehen hatte, waren die beschädigten Fenster mit Holz vernagelt worden. Irgendwann einmal, als Quéméneur wohl noch hoffte, etwas daraus machen zu können, war das Gebäude gründlich gereinigt und gekalkt worden. Das war zwar einige Jahrzehnte her, doch die Substanz hatte nicht gelitten.

Sie würde mit dem Bauleiter herkommen, der auf der Insel für das Besucherzentrum verantwortlich gewesen war, und ihn um ein Gutachten bitten. Doch das, was sie sah, sagte Sylvia zu.

»Wie würden Sie es finden«, fragte sie, »wenn Ihre zukünftige Schwiegertochter die Tradition fortsetzen und hier ebenfalls arbeiten würde?«

Quéméneur starrte sie an, als fürchtete er, sie sei nicht recht bei Verstand.

»Wie sollte das wohl gehen?«, fragte er. »Muriel hat studiert«, fügte er dann stolz hinzu. »Sie arbeitet in der Kosmetikbranche.«

Sylvia nickte. »Und in einigen Wochen wird sie Ihren Sohn heiraten und wieder in die Gegend ziehen, stimmt's?«

Der Bauunternehmer zog die Brauen zusammen und nickte ungeduldig. Sylvia beschloss, ihn nicht weiter auf die Folter zu spannen.

»Wir werden eine Firma gründen«, sagte sie. »Eine Kosmetikmanufaktur. Dafür suchen wir geeignete Räumlichkeiten. Und natürlich auch qualifiziertes Personal.« Sie ließ den Blick erneut durch die Halle schweifen. »Was meinst du, Veronika? Wir müssten hier eine Menge investieren. Vielleicht finden wir geeignetere Räumlichkeiten ...«

»Mesdames«, unterbrach Quéméneur sie. »Wenn Sie sich mit mir nicht gerade einen üblen Scherz erlauben, und das würde ich Ihnen nicht raten, dann werden wir sicherlich eine Lösung finden. Vergessen Sie nicht, dass ich ein Bauunternehmen führe. Wir können diese Halle hier genau so gestalten, wie es für eine Kosmetikmanufaktur notwendig ist.« Er sah von Sylvia zu Veronika und wieder zurück. »Jetzt verraten Sie mir aber bitte eines: Wo wollen Sie das Kapital hernehmen? Wie ich höre, steht Ihnen auf der Insel das Wasser buchstäblich bis zum Hals.«

»Madame Riwall hat eine Investorin«, erklärte Veronika und schenkte ihm aus ihren grünen Augen ein bezauberndes Lächeln. »Und die steht gerade vor Ihnen.«

21

Heimkehr

Der Bauunternehmer lud sie ins Nachbarstädtchen auf ein *Mor Braz* ein, ein Bier aus dem Département Morbihan, das mit Meerwasser aus fünfzehn Meter Tiefe gebraut worden war, und obwohl normalerweise weder Sylvia noch Veronika um diese Zeit Alkohol tranken, widersprachen sie nicht. Den Damen empfahl er das etwas malzigere *ambrée*, für sich selbst bestellte er die hellere Weizenbiervariante.

Mit einem herzhaften *Yec'hed mat* stießen sie an.

Während Sylvia ihren ersten Schluck nahm, ließ Quéméneur sie nicht aus den Augen. Das Schmunzeln, das seine Augen umspielte, nahm seinem Gesicht etwas von seiner Härte.

»Salzig, was?«, fragte er und ließ ein dröhnendes Lachen hören. »So ist es nun mal bei uns in der Bretagne. Salz in der Luft, Salz in *ar Mor*, dem Meer, Salz in unserem Blut.«

Sylvia nickte. Sie hatte verstanden, warum er mit ihnen nicht in die Hafenkneipe oder an die Theke eines der anderen Lokale im Städtchen gegangen war. Es war nicht notwendig, dass man sich im Ort die Köpfe darüber heißredete, was um alles in der Welt Sylvia Riwall mit dem alten Quéméneur zu besprechen hatte.

»Wie stellen Sie sich das vor?«, fragte er. »Ich meine, mit der Konservenfabrik?«

»Wir hörten, dass Sie die Halle gern verkaufen wollen«, erklärte Veronika. »Machen Sie uns ein Angebot, und wir sehen, ob wir zusammenkommen.«

Der Geschäftsmann nahm einen weiteren Schluck von seinem Bier und ließ mit keiner Regung erkennen, was er darüber dachte.

»Ich biete Ihnen Folgendes an«, sagte er schließlich bedächtig. »Mein Sohn und ich bauen die Halle aus, und ich vermiete sie Ihnen. Was halten Sie davon?« Veronika runzelte die Stirn und schürzte die Lippen. »Natürlich wird alles genau so gemacht, wie Sie es brauchen«, fügte er hinzu.

»Wir müssen das in Ruhe besprechen und kalkulieren«, erklärte Sylvia. Quéméneur nickte. »Haben Sie alte Pläne von der Halle?«, fragte sie. »Ich würde gern meinen Architekten …«

»Brauchen wir nicht«, fiel ihr der Unternehmer ins Wort. »Wenn Sie wissen, was Sie benötigen, machen wir das alles selbst. Ich baue seit vierzig Jahren, und immer ohne einen von diesen Studierten, die für ein paar Linien auf dem Papier ein Vermögen verlangen. Ich habe fähige Leute, die nehmen es mit jedem Architekten auf. Was haben Sie für das Besucherzentrum bezahlt? He?« Er machte eine wegwerfende Handbewegung. »Ich nehme an, der hat sie tüchtig ausgenommen.«

Sylvia setzte ihr unverbindlichstes Lächeln auf. So unverschämt der Mann klang, es war offensichtlich, dass sie ihn an der Angel hatte. Offenbar wollte er seiner zukünftigen Schwiegertochter imponieren. Und ihr womöglich auch.

»Was Sie nicht sagen! Wenn es am Ende nicht umfällt, praktikabel ist und außerdem gut aussieht …«

»Glauben Sie mir«, warf Quéméneur ein und reckte sich zu seiner vollen Größe auf, »umgefallen ist noch keiner meiner Bauten. Und was das andere anbelangt, lade ich Sie gern ein, den einen oder anderen zu besichtigen.«

Sylvia nickte und nahm einen Schluck von dem Meerwasserbier. »Danke für das Angebot. Ich werde es mir überlegen«, sagte sie. »Mir stellt sich eine weitere Frage.«

»Was immer Sie wissen wollen«, antwortete Quéméneur leutselig und lehnte sich entspannt gegen den Tresen.

»Warum hatte all die Jahre niemand Interesse an der Fabrik? Gibt es dafür einen Grund? Ist der Boden kontaminiert? Oder ist sonst irgendein Haken dran?«

Quéméneur sah sie an, und seine kleinen dunklen Augen funkelten. »Einen Haken?«, wiederholte er. »Es gibt keinen Haken.« Als er sah, dass Sylvia nicht recht überzeugt war, fügte er hinzu: »Als ich die Fabrik damals gekauft habe, wollte ich ein Hotel daraus machen. Mit schönen Zimmern, ein paar Suiten und ganz oben Luxusappartements. Meine Pläne liegen noch immer bei mir im Tresor. Erstklassig wäre das geworden, das sag ich Ihnen.« Er wollte einen Schluck aus seinem Bierglas nehmen, doch es war leer.

»Und? Was ist passiert?«, fragte Veronika.

»Nichts ist passiert«, antwortete Quéméneur. »Überhaupt nichts. Ich bekam die Baugenehmigung nicht. Und wissen Sie, wer schuld daran war?« Er sah Sylvia direkt ins Gesicht. »Ihre Tante.«

Sylvia runzelte unwillig die Stirn. »Meine Tante? Das kann ich nicht glauben.«

Quéméneur verzog das Gesicht zu einer Grimasse, die ein schmerzliches Lächeln andeutete. Sylvia musste an Solenn denken und an das, was sie ihr gesagt hatte. War es ein Fehler, mit diesem Mann Geschäfte machen zu wollen? Nun, wenn er gleich zu Beginn zeigte, dass er nachtragend und verbittert war, konnte sie rechtzeitig ihre Konsequenzen daraus ziehen.

»Fragen Sie Solenn«, knurrte Quéméneur schließlich und machte dem Kellner ein Zeichen. »Geht auf meine Rechnung«, fügte er hinzu, als Sylvia nach ihrem Portemonnaie greifen wollte, und legte einen Schein auf den Tresen. Dann blickte er Sylvia offen ins Gesicht. »Ich hab was gutzumachen«, erklärte er finster. »Jedenfalls behauptet das meine Frau. Und deshalb helfe ich Ihnen. Wenn es meinen Sohn und seine Zukünftige glücklich macht, umso besser. Soll ja jeder was davon haben.« Er zögerte, fuhr sich mit der Hand über sein Gesicht und fügte hinzu: »Und falls Sie auf der Insel Hilfe brauchen, lassen Sie es mich wissen.«

Als sie zu Rozenns Haus kamen, glaubte Sylvia, ihren Augen nicht zu trauen. Der alte Renault von der Insel stand in der Einfahrt. Das konnte nur bedeuten …

»Maël«, rief Sylvia und biss sich doch sofort auf die Unterlippe. Es war nicht möglich, dass er hier war. Oder doch?

Sie eilte ums Haus, und da saß er tatsächlich auf einem der Liegestühle, Lucinde liebevoll im Arm und Lilianne auf dem Schoß. Er sah müde aus, aber auch unendlich glücklich. Als Lili ihre Mutter und Sylvia sah, sprang sie von seinem Schoß und rannte auf sie zu. Maël erhob sich und zog Sylvia mit seinem freien Arm an sich. Erleichtert atmete sie tief seinen Duft ein, fühlte seine Wärme.

»Sylvie«, flüsterte er. »Endlich!«

»Warum hast du nicht angerufen?«, raunte sie ihm ins Ohr.

»Ich wollte dich überraschen«, antwortete er zärtlich. »Ich hatte mir vorgestellt, wie ich leise in dein Zimmer komme und zu dir unter die Decke schlüpfe. Und dann warst du gar nicht da.« Sylvia lachte leise. »Wo warst du?«

»Geschäftlich unterwegs«, antwortete sie geheimnisvoll.

Sie lösten sich ein wenig voneinander und sahen sich in die Augen. Die Gespenster der vergangenen Tage, all die schlimmen Gedanken, lösten sich auf und verschwanden.

»Hast du es endlich geschafft?«, fragte Sylvia und dachte an Fabienne.

»Ja«, sagte Maël. »Meine Mutter ist friedlich wie ein Lamm. In dem Pflegeheim scheint es ihr zu gefallen.«

»Ich brauche jetzt unbedingt ein ordentliches Frühstück«, ließ sich Veronika vernehmen. »Bier auf nüchternen Magen! Selbst bei uns daheim in Bayern gibt es wenigstens eine Brezen dazu.«

»Ihr wart Bier trinken?«, fragte Maël und hob erstaunt die Brauen. »Um diese Zeit? Was sind denn das für Geschäfte?«

»Wichtige«, erklärte Sylvia und kicherte.

Beim Frühstück berichteten sie Maël und Rozenn von ihren Plänen.

»Was hat dieser Bär von einem Mann denn gutzumachen?«, wollte Veronika von Rozenn wissen. »Er hat gesagt, wir sollen Solenn fragen. Du als ihre Schwester weißt darüber doch sicher auch Bescheid, oder?«

»Dieser alte Bär hat eine Menge gutzumachen«, antwortete Rozenn und blickte ungewohnt streng drein. »Er hat Lucie und Solenn das Leben zur Hölle gemacht. Eine richtige Kampagne hat er gegen sie angezettelt und Lügen verbreitet.« Rozenn schüttelte sich allein bei der Erinnerung.

»Er hat behauptet«, warf Veronika ein, »dass Lucie daran schuld war, dass er kein Hotel bauen durfte.«

»Schuld?« Rozenns blaue Augen blitzten zornig. »Er trägt selbst daran die Schuld.«

»Jetzt erzähl schon«, bat Sylvia. »Wieso hat er die Baugenehmigung nicht bekommen?«

Rozenn nahm einen Schluck Kaffee und half Lili dabei, ihre Scheibe Weißbrot mit Honig zu bestreichen. Dann sah sie in die Runde.

»Wer Übles sät, muss sich nicht wundern, wenn Übles gedeiht und sich gegen ihn selbst wendet«, sagte sie. »Der damalige Leiter des Bauamts war ein großer Kamelienliebhaber. Außerdem war er mit dem alten Nolff um zwanzig Ecken verwandt. Aber das Wichtigste war: Er hat unsere Lucie verehrt wie kein Zweiter. Und er hat dem alten Quéméneur nie verziehen, was er ihr und Solenn angetan hat.« Sie sah triumphierend von einem zum anderen und bemerkte, dass Maëls *bol* leer war. Eilig füllte sie ihn wieder auf.

»Du meinst«, fragte Sylvia ungläubig, »er hat ihm deshalb die Baugenehmigung verweigert?«

»So ist es«, antwortete Rozenn mit Genugtuung in der Stimme. »Er fand immer etwas, um es zu verhindern. Und irgendwann hat der Alte zähneknirschend aufgegeben.«

Veronika pfiff leise durch die Zähne und Lili versuchte auf der Stelle, es ihr nachzumachen.

»Ich hab den Eindruck«, warf Sylvia nachdenklich ein, »dass er Frieden schließen möchte. Er hat uns Hilfe angeboten.«

»Niemals«, entgegnete Rozenn. »Solenn würde sich eher einen Finger abhacken, als von diesem Mann Hilfe anzunehmen.«

Sylvia fing von Veronika einen Blick auf, der sagte: Da wartet eine Menge Überzeugungsarbeit auf dich.

»Nun«, Sylvia nahm Maël das Baby ab, das zu wimmern begonnen hatte, »mit einem abgehackten Finger ist allerdings niemandem geholfen.«

Während der Überfahrt auf die Kamelieninsel herrschte ausgelassene Urlaubsstimmung. Lili erzählte in leuchtenden Farben von dem Palast der kleinen Meerjungfrau, den sie bei ihrem Ausflug entdeckt hatten.

»Da soll eine Höhle sein? Die möchte ich sehen«, rief Maël und legte seinen Arm um Sylvias Taille. Er hatte das Tuch umgebunden und trug die schlafende Lucinde wie einen kostbaren Schatz. »Ich kann kaum glauben, dass ich nur ein paar Tage weg war. Es kommt mir vor wie ein ganzer Monat. Sieh doch nur, Lucinde hat mehr Haare bekommen!« Sylvia schmiegte sich an ihn. »Inzwischen hast du ein Boot gekauft«, fuhr Maël staunend fort, »eine neue Geschäftsidee entwickelt, eine Investorin dafür gefunden, und jetzt wirst du womöglich noch zur großen Friedensstifterin. Falls es dir gelingt, Solenn zu überzeugen.«

»Nicht zu vergessen, dass sie einen Lahmen gehend machte«, fügte Veronika mit einem Grinsen hinzu. »Weißt du überhaupt schon, dass Pierrick wieder zu Hause ist?«

»Solenn hat es mir erzählt«, erwiderte Maël sorgenvoll. »Sie war nicht sehr begeistert. Ich hoffe, es geht ihm bald besser.«

»Weißt du was?«, schlug Sylvia vor, »wir nehmen ihn mit zu einer Inselumrundung. Gleich morgen. Das weckt seine Lebensgeister. Und Solenn muss auch mitkommen.«

Je näher sie der Insel kamen, desto mehr verstummten sie allerdings. Nach wie vor lagen die Trümmer der zerstörten Boote auf den schwer zugänglichen Felsen oberhalb des Naturhafens. Und an den Anblick der Überreste des Fahrdamms würde sich Sylvia wohl nie gewöhnen.

Auf der Insel wurden sie mit großem Hallo empfangen. Zu ihrer Erleichterung sah Sylvia, wie ein großes Strahlen über Solenns Gesicht ging, als sie Lucinde auf den Arm nahm. Herzlich hieß sie Veronika und die kleine Lili willkommen, die Elise sogleich an der Hand in die Küche führte, um ihr ein Glas selbst gemachte Limonade einzuschenken. Dort roch es verführerisch nach Thunfisch in Knoblauchkruste, und Sylvia lief das Wasser im Mund zusammen. Als sie ihre Tasche hinauf in das Gästezimmer tragen wollte, hielt Elise sie zurück.

»Warum zieht ihr nicht wieder in euer Haus?«, fragte sie mit einem verschmitzten Glitzern in den blauen Augen.

»Wie meinst du das?«, fragte Sylvia erstaunt. »Heißt das …«

»Geh und sieh nach«, antwortete Elise mit einem zufriedenen Lächeln.

Das ließ sich Sylvia nicht zweimal sagen. Sie ergriff Maëls Hand und zog ihn mit sich. Auf dem Weg durch den Garten sah sie, dass die heruntergerissenen Äste und Zweige beiseitegeräumt worden waren. Wer hatte das getan? Doch nicht etwa Morganes Schulkinder?

Als sie vor dem *Ti Bag* ankamen, blieben sie stehen.

»Ich war so lange nicht mehr hier«, sagte Sylvia, und Maël legte seinen Arm um sie. »Seit …« Sie musste schlucken. Unwillkürlich wanderte ihr Blick zu dem zerstörten Mauerabschnitt. Den ungeschützten Blick direkt aufs Meer empfand sie nicht nur als ungewohnt, sondern auch als bedrohlich. »Wir müssen das schließen lassen.«

Maël nickte. »Gleich morgen kümmere ich mich darum«, versprach er und zog sie an sich. »Komm, lass uns ins Haus gehen.« Vor dem Eingang war der Schlamm abgetragen und frischer Kies aufgeschüttet worden. Sylvias Herz klopfte bis hinauf in den Hals. Maël war zur Tür gegangen und sah sich nach ihr um. »Komm«, wiederholte er und öffnete.

Sie folgte ihm in den Windfang und weiter in die große Halle. Der Fußboden war gereinigt, die Steinplatten glänzten noch vor Feuchtigkeit. Alles war erfüllt von einem feinen Duft nach Zitrone. Wer immer das Haus gesäubert hatte, war gründlich vorgegangen und hatte sogar die Möbel abgewischt. Die Kufen von Sylvias Schaukelstuhl hatten sich verfärbt, auch an der Kommode und an der Küchentheke waren Feuchtigkeitsränder zu erkennen. Doch das war überhaupt nicht schlimm. Durch die geöffneten Fenster drang frische Luft herein, es duftete nach Sommer und Sonne, nach Salz und frischen Kräutern.

»Wer hat das gemacht?«, fragte Sylvia leise und voller Dankbarkeit. »Was für eine mühevolle Arbeit!« Rasch ging sie durch den großen Raum und öffnete die Tür zu ihrem Schlafzimmer. Bis hierher war das Meerwasser nicht vorgedrungen. Dennoch hatte jemand den Boden gesäubert, die Fenster weit geöffnet und das Bett frisch bezogen.

Auf einmal hörte Sylvia Schritte im Dachgeschoss und gleich danach auf der Treppe.

»*Donemat*«, rief Yvonne. »Willkommen zu Hause!«

Sie hielt einen Putzeimer in der einen und einen Wischmopp in der anderen Hand.

»Yvonne«, brachte Sylvia gerührt heraus, »hast *du* das ...«

»Zusammen mit Tristan«, antwortete das Mädchen und strahlte. »Man muss sicher noch eine Menge tun«, fügte sie selbstkritisch hinzu, »es ist aber schon mal ein Anfang ...«

»Nein, das ist fantastisch«, rief Sylvia gerührt aus. »Was für eine Arbeit!«

»Ach was«, entgegnete das Mädchen. »So schlimm war es gar nicht. Wir haben einfach alle Möbel vors Haus gestellt, und dann hat Tristan mit dem Hochdruckgerät die Halle ausgespritzt. Ein bisschen rustikal, aber sonst wären wir nie fertig geworden. Zum Glück scheint die Sonne, so kann alles gut trocknen. Übrigens hatten wir Verstärkung aus der Stadt«, fügte sie mit einem Grinsen hinzu. »Tristan hat seine *gouren*-Kumpels mitgebracht.«

»Was für Kumpels?«, fragte Sylvia erstaunt.

»Das sind bretonische Ringer«, erklärte ihr Maël mit einem Grinsen. »Und die waren hier und haben geholfen?«

Yvonne nickte. »Die Möbel waren innerhalb von einer Viertelstunde vor der Tür. Und hinterher ging es genauso schnell. So, jetzt geh ich hoch zu Elise. Mittagessen ist sicher bald fertig. Wenn du willst, Sylvie, komm ich morgen früh noch mal und schau, ob ich die Wasserränder wegbekomme. Es kann gut sein, dass du hier und dort noch ein bisschen Sand findest.«

»Du bist ein Engel«, erklärte Sylvia gerührt. »Wirklich. Du hast keine Ahnung, wie froh du mich damit machst.«

Yvonne grinste verlegen. »Wir wollen eben alle, dass du dich hier wieder wohlfühlst. Reicht ja schon, dass Solenn in letzter Zeit so schlechte Laune hat.«

»Hat sie das?«, fragte Maël erschrocken.

Yvonne schlug die Hand vor den Mund. »Ich hab nichts gesagt«, beteuerte sie und raffte die Putzutensilien zusammen. »*À tout a l'heure!* Heute wird sich Elise mit dem Essen selbst übertreffen, glaub ich.« Und damit eilte sie hinaus.

Sie saßen gerade alle beim Mittagessen, als das Telefon läutete.

»Lass es läuten«, schlug Elise vor, doch Solenn erhob sich mit einem unterdrückten Seufzen.

Sie erwartet einen Anruf von Aaltje, dachte Sylvia und hoffte, dass Solenns Partnerin nicht allzu großen Druck auf sie ausübte. Doch wenig später kam Solenn in die Küche, den Hörer in der Hand.

»Für dich, Maël«, sagte sie mit einem sorgenvollen Blick.

»Ich würde gern zu Ende essen«, sagte er. »Wer ist denn dran?«

»Dr. Bertini aus Le Havre«, antwortete Solenn und streifte Sylvia mit einem kurzen, vielsagenden Blick. »Sie sagt, es sei dringend.«

22

Die Bootsfahrt

»Dieses Mal komme ich mit!«

Sylvia baute sich entschlossen vor Maël auf. Sie trug die weinende Lucinde auf ihrem Arm in der Hoffnung, sie beruhigen zu können. Sonst war die Kleine so zufrieden, doch ausgerechnet an diesem Abend schrie sie wie am Spieß.

»Das will ich aber nicht!«

»Ich lasse dich nicht wieder allein fahren!«, erklärte Sylvia und wunderte sich selbst über die Entschlossenheit in ihrer Stimme.

»Und das Baby?«

»Das nehmen wir mit!«

Maël ließ sich rücklings auf das Sofa fallen. Nach dem Telefonat mit Rosalie Bertini hatte er lustlos in seinem Essen herumgestochert und sich noch vor dem Nachtisch ins *Ti Bag* geflüchtet. Sylvia war ihm mit der Kleinen gefolgt.

»Was ist denn eigentlich passiert?«, fragte sie und wiegte ihr schreiendes Kind.

»Fabienne ist aus dem Heim weggelaufen«, berichtete Maël. »Die Polizei hat sie stundenlang gesucht. Schließlich haben sie sie mitten auf einer Autobahnauffahrt gefunden. Im Nachthemd. Stell dir das einmal vor.«

Sylvia sank betroffen in einen Sessel neben dem Sofa. Sie versuchte, Lucinde die Brust zu geben. Endlich begann das Kind zu saugen.

»Nun«, sagte sie erleichtert. »Dann ist ja im Augenblick alles gut.«

»Nein«, widersprach Maël dumpf. »Nichts ist gut. Sie hat angefangen zu toben und ist wieder bei Rosalie auf der Station gelandet. Wir stehen genau da, wo wir vor einer Woche waren.«

»Für heute Nacht zumindest ist sie in Sicherheit«, beharrte Sylvia. »Und morgen auch.« Sie legte ihrem Mann eine Hand auf den Oberarm. »Maël«, beschwor sie ihn, »du bist gerade erst gekommen und übermüdet. Versuch an etwas anderes zu denken. Morgen sehen wir weiter.«

Er schwieg, doch sein Atem ging unregelmäßig, und seine Augen wanderten unruhig an der Decke hin und her.

»Ich hab es so satt«, sagte er leise. »Diese Frau macht mich fertig. Ich geb mir so große Mühe, doch alles ist umsonst.« Er legte den Unterarm über sein Gesicht und stöhnte. Dann blickte er Sylvia an. »Ich hab dich gar nicht gefragt, wie es *dir* eigentlich geht. Was macht deine Gehirnerschütterung? Hast du noch Kopfschmerzen?«

»Keine Zeit, daran zu denken«, sagte Sylvia und versuchte ein aufmunterndes Lächeln. »So viel passiert gerade. Aber jetzt, da du fragst … Nein, ich hab keine Kopfschmerzen mehr.«

Maël sah sie liebevoll an. »Du steckst schon wieder voller Pläne«, sagte er bewundernd. »Wo nimmst du nur immer diese Energie her? Ich fühle mich leer und nutzlos.«

»Kein Wunder«, entgegnete Sylvia zärtlich. »Du kommst ja nicht zur Ruhe. Das muss sich ändern. Ganz ehrlich, Maël, ich seh mir das nicht mehr länger mit an. Wenn du willst, fahren wir in ein paar Tagen gemeinsam nach Le Havre. So lange muss Fabienne wahrscheinlich sowieso in der Klinik bleiben. Hast du nicht gesagt, dass sie Medikamente bekommt? Offenbar haben die nicht angeschlagen, und sie braucht andere. Das dauert, oder?« Sylvia betrachtete ihren Mann. Ob ihre Worte ihn erreichten? »Vor allem musst du dich ausruhen«, fuhr sie fort. »Und dich bei deinen Mitarbeitern blicken lassen. Auch auf dem Festland redet man darüber, dass der *patron* dauernd weg ist. Das ist nicht gut. Solenn spricht sogar vom Aufgeben.«

Maël schwieg. Er hatte die Augen geschlossen. Nach einer Weile stand Sylvia auf, um Lucindes Windel zu wechseln. Sie ließ im Badezimmer lauwarmes Wasser in die Babywanne ein und legte das Thermometer hinein. Ihr wurde bewusst, dass sie diese Gegenstände, die sie vor Wochen voller Vorfreude angeschafft hatte, noch nie zuvor benutzt hatte. Für Lucinde würde es die allererste Nacht in ihrem eigentlichen Zuhause sein …

Wie jedes Mal, wenn sie gebadet wurde, machte die Kleine riesengroße Augen, als Sylvia sie behutsam ins Wasser gleiten ließ. Sie mochte das gern, und auch jetzt entspannte sie sich in der Armbeuge ihrer Mutter im Wasser schwebend. So viel Vertrauen, dachte Sylvia und summte die Melodie eines der Kinderlieder, die Lili ständig sang. Sie hoffte so sehr, dass ihre kleine Tochter dieses Urvertrauen nie verlieren müsste. Sanft reinigte sie die Kleine mit einem Naturschwamm, und erst nach einer Weile bemerkte sie Maël, der in der Badezimmertür stand und sie mit einem liebevollen Lächeln beobachtete.

»Komm rein«, bat sie ihn. »Wenn du willst, zeig ich dir, wie du sie halten musst beim Baden. Ja, siehst du? So …«

Maël hatte sich die Ärmel seines Hemdes hochgekrempelt und tauchte seinen Unterarm neben Sylvias in die Babybadewanne. Vorsichtig übergab sie ihm den winzigen nackten Körper, und Lucinde sah aufmerksam von ihrem Gesicht in das ihres Vaters. Dann stieß sie einen wohligen Laut aus und strampelte mit den Beinchen. Maël bewegte sie sanft im Wasser hin und her, was sie offensichtlich genoss.

»Was für eine süße Wasserratte«, sagte er und strahlte.

Sylvia breitete ein Badetuch auf der Wickelablage aus, und Maël legte die Kleine darauf. Er trocknete den zarten Körper behutsam ab und ölte ihn ein, ließ sich zeigen, wie man eine Windel anlegte, und während all dieser Verrichtungen schien er Kummer und Ärger vollkommen vergessen zu haben. Als Lucinde bereit fürs Bettchen war, duftend und wieder im Reinen mit sich und der Welt, war es Sylvia, als hätte Maël seine Vaterrolle jetzt endgültig eingenommen.

Am nächsten Morgen bedurfte es einer gewissen Überredungskunst, bis Solenn sich zu dem Bootsausflug bereit erklärte, den Sylvia vorgeschlagen hatte. Sie verschwand in ihrem Zimmer, und Sylvia rechnete damit, dass sie es sich anders überlegen würde. Doch als Veronika und Lili den Proviantkorb, den ihnen Elise gepackt hatte, zur Anlegestelle trugen und Maël Pierrick die steilen Stufen hinunterhalf, erschien Solenn, eine Segeltuchtasche über der Schulter.

»Alle Mann an Bord?«, fragte Sylvia. »Frauen und Kinder auch? Hat jeder seine Rettungsweste angezogen? Na, dann kann es ja losgehen.«

Wie neulich folgte sie der Inselküste entlang des Kameliengartens. Schweigend passierten sie den Abschnitt mit der beschädigten Mauer. Sylvia bemerkte, dass Pierricks Augen wie gebannt die Küste scannten. Hin und wieder hob er seine rechte Hand als Zeichen dafür, dass Sylvia das Tempo verlangsamen sollte. Als sie die Stelle erreichten, wo früher das Naturbecken gewesen war, schaltete sie den Motor für eine Weile ganz aus. Für Maël, Solenn und Pierrick war dies die erste Gelegenheit, den vollkommen umgestalteten Küstenabschnitt in Augenschein zu nehmen. Sylvia wollte ihnen Zeit lassen, hatte doch auch sie dieser Anblick zwei Tage zuvor aufgewühlt.

»Vielleicht kann man das Geröll ja abtragen«, murmelte Maël, doch Pierrick schüttelte den Kopf.

»Das Meer gibt es, das Meer nimmt es«, sagte er schlicht. »Fahr weiter, *ma fille*. Was vorbei ist, ist vorbei.«

Sie nahmen Fahrt auf und umrundeten in einem weiten Bogen das südliche Kap der Insel, an dem sich wie immer die Wellen brachen. Von hier aus betrachtet wirkte es wie der leicht abgerundete Bug eines Eisbrechers. Schroff erhob sich die Steilküste aus der See. Auf der dem Westen zugewandten Seite steuerte Sylvia die *Espérance* näher an die Küste heran und folgte ihr in Richtung Norden, auf dem Weg zu jener Stelle, wo *ar Mor Atlantel* in der Sturmnacht den Schlund ins Inselinnere geschlagen hatte.

»Dort ist es!«, rief Veronika und wies zur Küste.

Sofort nahm Sylvia wahr, wie sich die Stimmung an Bord änderte. Die Niedergeschlagenheit angesichts des zugeschütteten Naturwasserbeckens wich einer erregten Spannung. Langsam nahmen sie Kurs auf die gähnende Öffnung, die sich in der Felsenküste manifestierte, und mit jedem Meter, den sie sich näherten, wurde die Faszination größer.

An einer bestimmten Stelle hob Pierrick die Hand, und Sylvia drosselte sofort das Tempo. Der Bretone kramte umständlich einen schweren Gegenstand aus seiner Jackentasche – es war ein Senkblei an einem langen, dünnen Seil, in das in regelmäßigen Abständen Knoten geschlungen waren. Er warf das Gewicht ins Wasser und ließ die Schnur durch seine Finger gleiten. Maël wollte ihm behilflich sein, doch der Alte wehrte ab. Hoch konzentriert zählte er die Knoten, während das Lot in die Tiefe sank.

Sylvia sah ins sanft bewegte Wasser. Ein, zwei Meter tief, soweit das Sonnenlicht es durchdringen konnte, wirkte das Meer wie flüssiges Glas. Danach verlor sich Sylvias Blick in einer dumpfen Düsternis. Hier und dort wischten dunkle Schatten darin durch ihr Blickfeld und verschwanden wieder, flüchtig wie ein Wimpernschlag.

»Du kannst weiterfahren«, hörte sie Pierrick sagen.

Vorsichtig lenkte sie das Boot näher an die Steilküste heran. Drei weitere Male überprüfte Pierrick auf die bewährte altmodische Art die Meerestiefe, dann befanden sie sich unmittelbar vor dem Höhlenmund. Wie ein riesiges Tor wölbte er sich über das Boot und seine Besatzung und gab den Blick frei in etwas, das aussah wie eine Halle. Mit ihren Säulen und Bögen, die sich im aquamarinfarbenen Wasser spiegelten, ähnelte sie einer Kathedrale. Zitternde Sonnenreflexe tanzten auf den steinernen Oberflächen, als wollten sie deren Festigkeit in Licht und Luft auflösen.

»Ist das nicht wunderschön?«, flüsterte Veronika, die andächtig staunende Lili auf ihrem Schoß.

Sylvia warf Solenn einen Blick zu, konnte jedoch hinter deren Sonnenbrille keine Regung erkennen.

»Sollen wir hineinfahren?«, fragte sie Pierrick. Ihrer Meinung nach war die Halle groß genug für die *Espérance*.

Doch der Bretone schüttelte den Kopf. »Dafür brauchen wir ein Ruderboot«, sagte er. »Oder besser einen Kahn. Mit so wenig Tiefgang wie möglich. Und wendig muss es sein. Wer weiß, wie weit es dort nach hinten geht.«

Plötzlich kam Bewegung in Solenn. Zu Sylvias Erstaunen zog sie sich den Pullover über den Kopf und schlüpfte aus ihrer Hose. Darunter trug sie einen alten Neoprenanzug, den Sylvia noch nie an ihr gesehen hatte. Aus der Segeltuchtasche holte sie eine Taucherbrille samt Schnorchel, eine Stirnlampe und ein Paar Schwimmflossen. Ein Badetuch legte sie ebenfalls bereit.

»Du wirst doch nicht …«, begann Maël besorgt, doch Solenn hatte sich bereits am Heck über die Reling geschwungen und zog sich die Flossen über.

»Ich schau mir das jetzt mal genauer an«, sagte sie, tauchte ihre Brille ins Wasser, schüttelte sie aus und setzte sie auf. Sie ließ sich in die Wellen gleiten und schwamm in raschen Zügen in die Höhle hinein.

»Ich will auch«, piepste Lili, die erst jetzt die Sprache wiedergefunden hatte. »Ich will auch die kleine Meerjungfrau suchen!«

»Du musst erst einmal schwimmen lernen«, beschied Maël sie. »Wenn du willst, bring ich es dir bei.«

Sylvia hatte die *Espérance* ein Stück weit zurückgesetzt und den Anker geworfen. Um Lili ein wenig abzulenken, die am liebsten auf der Stelle mit dem Schwimmenlernen begonnen hätte, öffnete Veronika den Picknickkorb und verteilte Obst und Getränke.

»Hast du je daran gedacht, dass hier im Fels eine solche Höhle verborgen sein könnte?«, fragte Sylvia Pierrick und biss in einen Apfel.

Der antwortete lange nicht. Sein Blick wirkte abwesend. Sylvia fragte sich, ob ihn das Ganze nicht zu sehr aufwühlte. Immerhin hatte er erst vor Kurzem einen Schlaganfall erlitten. Zwar war seine rechte Körperhälfte wieder so gut wie hergestellt, seine linke allerdings gehorchte ihm nach wie vor nur eingeschränkt. Auch wenn er geschickt darin war, das zu kaschieren, hatte sie sehr wohl wahrgenommen, dass er häufig mit seiner rechten Hand die schwächere linke stützte oder sie an einer Stelle platzierte, wo sie offenbar noch nicht allein hinfand. Ob die Bootsfahrt nicht viel zu anstrengend für ihn war?

»Das alles gehörte vor langer, langer Zeit einmal zum Festland«, sagte er da und beschrieb mit seinem rechten Arm einen weiten Bogen. »Versuch es dir vorzustellen: Damals war die Insel die Spitze eines Gebirgszugs, vom Meer getrennt durch eine Ebene. Heute sind das die Fischgründe, ehe der Meeresboden in die Tiefe abstürzt. Dort draußen, wo die großen Containerschiffe kreuzen, da verlief damals die Küstenlinie.« Er wies hinaus aufs Meer, wo gerade ein Frachter, klein wie ein Spielzeugschiff, am Horizont erkennbar war. »Nach und nach hat sich *ar Mor Atlantel* das Land einverleibt, langsam, stetig, immer nagt es an ihm.« Sylvia blickte sich um, sah alles mit neuen Augen. So hatte sie das nie gesehen. Auch Maël lauschte aufmerksam und stellte die Wasserflasche beiseite, aus der er getrunken hatte. »Ich hab mir überlegt«, fuhr Pierrick fort, »ob dort, wo jetzt der Schlund ist, in früheren Zeiten ein Weg war, der von der Ebene heraufführte. Und dass Menschen über diesen Pfad hier hochkamen, um Zuflucht zu suchen. Sicher gab es auch in vergangener Zeit schon Sturmfluten, dann konnten sie sich auf den Berg retten, der die Insel damals war.«

»Meinst du wirklich?«, fragte Sylvia, die fasziniert gelauscht hatte. »Wann könnte das gewesen sein?«

»Das weiß ich nicht«, antwortete der Alte. »Ich bin kein Wissenschaftler. Vor zehntausend Jahren? Hunderttausend?« Er sah zur Höhle, das türkisblau leuchtende Wasser dort spiegelte sich in seinen Augen. »Wir haben ein paar Dinge gefunden, als wir vor langer Zeit die Felder anlegten. Pfeilspitzen und Keramikscherben. Und Steine, die zu einem Kreis zusammengefügt worden waren, wie wir es noch heute tun, wenn wir eine Feuerstelle anlegen.«

»Tatsächlich?«, fragte Maël verblüfft. »Das wusste ich gar nicht.«

»Lucie hat diese Dinge dem Heimatmuseum übergeben«, erklärte Pierrick. »Keine Ahnung, ob die damit etwas anfangen konnten. Ich selbst hab lange nicht mehr daran gedacht. Bis heute, wenn ich es mir recht überlege.«

Nachdenklich betrachtete Sylvia die Felsen, die den Höhlenmund einrahmten. Welche Kräfte mochten hier gewütet haben, um diese Öffnung freizulegen? War womöglich das Gestein, das hier abgetragen worden war, auf der anderen Seite über dem Wasserbecken aufgetürmt worden? Sie dachte an die gigantischen Wellen, die Noah und sie gesehen hatten. War in derselben Stunde diese Höhle freigelegt worden?

»Damals lag die Höhle also gar nicht halb unter Wasser«, sagte sie, »sondern oben auf einem Berg. Meinst du, sie wurde tatsächlich als Unterschlupf genutzt?«

Pierrick zuckte seine rechte Schulter. »Wenn sie damals zugänglich war … Vielleicht hat sie auch das Meer erst ausgehöhlt? Von diesen Dingen weiß ich zu wenig.«

»Da«, rief Veronika leise. »Da ist sie wieder.«

Aus der Dunkelheit des Höhlengrundes tauchte Solenn auf. Sie näherte sich ihnen rasch und ergriff die beiden Bügel der Leiter am Heck des Bootes.

»Brrr«, machte sie. »Ganz schön kalt!« Sie zog sich hoch und kletterte an Bord.

»Hast du sie gesehen?«, wollte Lili wissen. »Wie sieht sie aus?«

»Wen denn?«, fragte Solenn, schlüpfte aus dem Neoprenanzug und wickelte sich in das Badetuch. Ihre Lippen waren blau vor Kälte, sie zitterte am ganzen Leib.

»Komm«, meinte Sylvia. »Trink etwas Warmes. Vero, hat Elise nicht auch Tee eingepackt?«

»Na, die Meerjungfrau«, quäkte Lili ungeduldig, während Veronika Tee in einen Becher schenkte.

»Tut mir leid, die war nicht zu Hause«, antwortete Solenn und trank von dem warmen Tee. Dann setzte sie sich zwischen Maël und Sylvia.

»Und?«, fragte Sylvia. »Spann uns nicht so auf die Folter. Was hast du gesehen?«

»Die Höhle ist ziemlich tief«, erklärte Solenn und ließ sich Tee nachschenken. »Es ist ein System aus mehreren Hallen, verbunden durch Korridore. Drei habe ich durchschwommen, aber es gibt vielleicht noch mehr Verzweigungen. Die Hallen sind riesig und unter Wasser ungefähr genauso groß wie darüber. In einer nisten Vögel, die ich noch nie gesehen habe. Und Fledermäuse. In der letzten, da ... da war etwas Seltsames. Ich meine, falls ich mich nicht getäuscht habe.« Sie schwieg, trank von ihrem Tee.

»Was hast du gesehen?«, fragte Sylvia gespannt.

»In diese Höhle fiel Licht von außen. Es muss eine Öffnung geben dort oben.« Sie zeigte auf das Plateau über ihnen. »Und das Licht fiel auf eine Art ... eine Art Nische weit oben unter der Decke. Sie sah nicht aus wie vom Meer ausgewaschen. Sie wirkte, als wäre sie von Menschenhand herausgeschlagen worden. Und da war so etwas wie ... wie eine Figur.« Sie schlug verlegen den Handrücken gegen ihre Stirn und schüttelte den Kopf. »Bestimmt war es eine Täuschung. Wenn ich es mir recht überlege, kann das ja gar nicht sein. Wie hätte denn jemand dort oben den Fels bearbeiten sollen? Und wer?«

Sylvia starrte sie fasziniert an. Dann blickte sie zu Pierrick hinüber. Sie glaubte, ein feines Lächeln auf der rechten Seite seines runzeligen Gesichts zu erkennen oder vielmehr die Andeutung eines Lächelns. Er hielt die Augen gesenkt und wirkte, als ob er in sich hineinlauschte.

»Wir werden das herausfinden«, erwiderte er.

Als er Sylvia ansah, blitzten seine Augen, so als wollten sie sagen: Na, was hab ich dir vorhin gesagt?

23

Frauenpläne

»Kennst du dich mit Pflegeheimen hier in der Gegend aus?«, fragte Sylvia Gwen.

Ihre Assistentin sah auf und nahm ihre Lesebrille ab. Sie saßen wieder in Gwens Wohnzimmer und gingen die letzten Kontobewegungen durch. Es sah düster aus. Viel zu viele Abbuchungen und zu wenige Eingänge. Einige der säumigen Kunden hatten bezahlt, aber noch standen weitere große Beträge aus. Vor allem ärgerte Sylvia, dass jener Kunde, der für seine Betriebsfeier zwei Dutzend rot blühende Kameliensträucher geordert hatte, bislang nicht gezahlt hatte. Normalerweise war sie in dieser Hinsicht nachsichtig und begann erst ab dem zweiten Monat zu mahnen. Doch unter den aktuellen Umständen war jeder Zahlungseingang wichtig.

»Pflegeheime?«, fragte Gwen erschrocken. »Geht es Pierrick so schlecht?«

»Nicht für Pierrick«, antwortete Sylvia rasch. »Nein. Es geht um Fabienne. Bitte behalt das für dich, ja? Nicht einmal Maël weiß, dass ich über so etwas nachdenke.«

Gwen nickte verständnisvoll und zog die Stirn kraus, wie sie es immer tat, wenn sie intensiv nachdachte.

»Da war ein privat geführtes Heim in der Nähe von Concarneau, das wurde geschlossen wegen unzumutbarer Zustände. Ich hab es in der Zeitung gelesen, muss schrecklich gewesen sein. Sonst ist mir nichts bekannt. Ich finde das heraus.«

»Es wäre gut, wenn es eine spezielle Abteilung für Demenzkranke gäbe«, fügte Sylvia hinzu und beugte sich wieder tief über die Unterlagen.

Viel zu tief. War es richtig, hinter Maëls Rücken Erkundigungen einzuholen? Aber war es nicht immer besser, informiert zu sein für den Fall der Fälle?

»Wie war eigentlich dein Treffen mit Quéméneur?«, riss Gwen sie aus ihren Gedanken.

»Oh, das war gar nicht übel«, berichtete Sylvia. »Er hat angeboten, das Gebäude für unsere Zwecke umzubauen und es uns dann zu vermieten.« Gwen wirkte nicht gerade begeistert. »Für dich wäre es doch ideal«, fügte Sylvia hinzu. »Du müsstest nur über die Felder gehen und ...«

»Das wäre natürlich schön«, unterbrach Gwen sie. »Wenn ich dazu etwas sagen darf ...«, fügte sie vorsichtig hinzu, und als Sylvia nickte, fuhr sie fort: »Ich fände es besser, wenn du dich nicht an ihn binden müsstest. Wenn irgend möglich, kauf ihm den Kasten ab. Der alte Quéméneur ist mir nicht geheuer, und sein Sohn schlägt nach ihm. Als Mieterin hat er dich in der Hand.«

Sylvia betrachtete ihre Assistentin nachdenklich. Gwen war die Diskretion in Person, und wenn sie ihr jetzt diesen Rat gab, musste es ihr wichtig sein.

»Daran hab ich auch schon gedacht«, antwortete sie. »Es ist nur ... Diese Fabrik, ist sie nicht viel zu groß für unsere Manufaktur?«

»Wir könnten im Erdgeschoss ein Blumengeschäft einrichten und dort die Kamelien verkaufen«, entgegnete Gwen lebhaft. »Wolltest du nicht ohnehin in einigen Jahren damit beginnen? Verkaufsläden mit Kamelien unter dem Label *Jardin aux Camélias*, zuerst in Paris und danach in etlichen anderen großen Städten?« Gwens Wangen waren ganz rosig geworden, ihre Augen glänzten. Offenbar hatte sie sich das alles genau überlegt.

Sylvia nickte. Genau das hatte sie während der Eröffnungsfeierlichkeiten gesagt.

»Maylis könnte das Bistro dorthin verlegen«, fuhr Gwen fort, »und ein Ableger des Inselladens hätte vielleicht auch Platz.«

Sylvia fand zunächst keine Worte, so fasziniert war sie von Gwens Ideen.

»Das klingt wundervoll«, sagte sie.

Doch Gwens Begeisterung schwand auf einmal wieder. »Natürlich braucht man dafür Kapital«, fuhr sie kleinlaut fort. »Da fällt mir ein, gestern hab ich Fleurette getroffen. Sie würde sich gern mal mit dir über die Schwierigkeiten mit Bonnet unterhalten. Hat er sich eigentlich inzwischen bei dir gemeldet?«

»Nein«, sagte Sylvia niedergeschlagen. »Wahrscheinlich sollte ich doch in die Hauptstelle nach Quimper fahren. Oder es bei einer anderen Bank versuchen. Ach, wir haben so viele Baustellen«, fügte sie mit einem Seufzen hinzu, »und ich weiß überhaupt nicht, wo ich beginnen soll.«

»Fleurette würde gern auf die Insel kommen und euch allen einen ordentlichen Haarschnitt verpassen«, erzählte Gwen. »Sie weiß, dass keine von euch Zeit hat, zu ihr in den Salon zu kommen. Bei der Gelegenheit könntet ihr auch ein bisschen reden.«

»Großartig«, antwortete Sylvia und packte ihre Sachen zusammen. »Magst du sie anrufen? Vielleicht passt es ihr, und ich kann sie gleich mitnehmen.«

»Mein Salon platzt aus allen Nähten«, erklärte die Friseurin, diesmal mit einem platinblonden Kurzhaarschnitt. Fleurette hatte die Angewohnheit, die neuesten Trends aus Paris an ihrem eigenen Kopf auszuprobieren. Man wusste nie, wie sie ihre Haare bei der nächsten Begegnung tragen würde. Jetzt schimmerte ihr weißblonder Bubikopf im *Ti Bag*, wo sie ein provisorisches Haarstudio eingerichtet hatten. »Ich wollte umbauen und die zweite Etage mit einbeziehen. Der Laden befindet sich ja in meinem Elternhaus. Dann hätte ich zwar nicht mehr so viel Platz zum Wohnen, aber den brauch ich bald nicht mehr. Nun, wie dem auch sei, Bonnet schaltet auf stur. Dabei rennt mir die Kundschaft die Bude ein, immerhin bin ich die einzige Stylistin weit und breit.« Zornig ließ sie ihre Schere klappern, und Sylvias dunkelblonde Locken regneten nur so zu Boden.

»Schneide sie bitte nicht zu kurz«, bat sie. »Ich möchte sie noch hochstecken können.« Fleurette war bekannt dafür, dass sich ihre Schere, wenn ihr Temperament mit ihr durchging, gern selbstständig machte. »Und was willst du jetzt tun?«, erkundigte sich Sylvia.

»Ich such mir andere Räume«, sagte Fleurette entschlossen. »Dann kann ich auch wieder jemanden ausbilden, weißt du. Morgane liegt mir schon seit einer Weile in den Ohren, dass sie jede Menge interessierter Schülerinnen hat. Lehrstellen sind Mangelware bei uns. Alle jammern sie, dass unsere jungen Leute in die Städte abwandern. Der Holzkopf von Bonnet will nicht einsehen, dass es eine gute Investition wäre. Er behauptet, ich hätte zu wenig Eigenkapital, und mein Elternhaus hält er für zu marode für eine Hypothek. Hast du da noch Töne? Gut, es ist alt. Immerhin im bretonischen Stil erbaut, darauf sind die Touristen doch so scharf. Meinst du nicht, dass ich es an Leute aus Paris oder sogar aus dem Ausland als Sommerhaus verkaufen könnte?« Sie schüttelte Sylvias schulterlanges Haar locker zurecht und trat einen Schritt zurück. Nun begann sie, die Seiten durchzustufen. »Klar«, fügte sie hinzu, »es ist keine

Strandlage. Dafür mitten im *centre historique*. Und von ganz oben sieht man bei schönem Wetter sogar bis zur Insel.«

»Vielleicht solltest du es mal mit einer Annonce versuchen«, schlug Sylvia vor.

»Weißt du eigentlich«, warf Fleurette ein, »dass meine Schwester ein Kosmetikstudio in Nantes hat?«

»Nein, das wusste ich nicht«, antwortete Sylvia interessiert.

»Mimi würde gern wieder zurückkommen«, erzählte Fleurette und verzog schmerzlich das Gesicht. »Es ist aus zwischen ihr und ihrem Mann. Eine traurige Geschichte. Neulich hab ich mit ihr Pläne geschmiedet, um sie ein bisschen aufzuheitern. Dass wir uns zusammentun und gemeinsam ein Studio eröffnen könnten: Kosmetik und Haarstyling in einem Haus. Wäre das nicht toll?« Sie seufzte. Doch Sylvia hatte bereits Feuer gefangen. Sie spann in Gedanken weiter, was Gwen begonnen hatte. Eine Kosmetikmanufaktur, vielleicht sogar eine gläserne Fabrik, wo die Besucher Einblick in die Herstellung erhalten könnten, außerdem ein Kosmetikstudio, in dem die Produkte direkt angewendet würden, plus einem Friseursalon ... Wäre das nicht großartig? Sollte sie Fleurette in ihre Überlegungen einweihen? Wie diskret war die Friseurin? »Gefällt es dir?«, unterbrach diese ihre Gedanken. Dank der geschickten Stufung fielen die frisch geschnittenen Haare locker und umrahmten Sylvias ebenmäßiges Gesicht.

»Sehr!«, sagte sie. »Das hast du wie immer toll hingekriegt.«

Veronika kam vom Dachgeschoss herunter, wo sie Lili in Noahs Bett zum Mittagsschlaf hingelegt hatte.

»Bin ich jetzt an der Reihe?«, fragte sie, nachdem sie Sylvias Haarschnitt gebührend bewundert hatte. »Lili schläft, stellt euch das vor! Und bis ich mich zu Hause aufraffe, um zum Friseur zu gehen, sehe ich wieder aus wie ein brennender Dornbusch.«

Fleurette bog sich vor Lachen wegen dieses Vergleichs.

»Für mich ist es pures Vergnügen, bei dir in die Vollen zu greifen«, versicherte sie, als sie den Nylonumhang mit Schwung um Veronikas Schultern legte. »Du weißt gar nicht, wie gut du es hast. Die meisten Frauen haben viel zu dünnes Haar und können von einer solchen Pracht nur träumen. Wie magst du es denn haben?«

»Ach«, erklärte Veronika, »mach einfach, was du für richtig hältst!«

»Das würde ich Fleurette nicht so ohne Weiteres überlassen«, mischte Solenn, die eben hereingekommen war, sich schmunzelnd ein. »Am Ende färbt sie dein Haar blau oder violett.«

»Ausgeschlossen«, widersprach Fleurette empört. »Nicht so ein prachtvolles Haar«, und machte sich über Veronikas Locken her. »Wie gesagt«, fuhr die Friseurin fort, »ich suche Räume. Für mich und meine Schwester. Wenn ihr etwas hört, dann sagt Bescheid.«

Fleurette warf Sylvia einen kurzen prüfenden Blick zu, und auf einmal hatte sie das sichere Gefühl, dass die Friseurin von ihren Überlegungen wusste.

»Da wir gerade am Pläneschmieden sind«, begann sie vorsichtig, um nicht zu große Hoffnungen zu wecken für den Fall, dass sich alles in Luft auflösen würde, »Vero und ich überlegen, eine Kosmetikmanufaktur zu gründen.«

Fleurette blickte betont interessiert auf, und da war sich Sylvia sicher, dass sie im Bilde war. Vielleicht hatte Gwen geplaudert. Oder Quéméneur?

»Ja, genau«, sagte Veronika und spähte in den Spiegel, den Sylvia aus ihrem Schlafzimmer geholt und auf dem großen Esstisch mithilfe von Bücherstapeln aufgestellt hatte. »Wir sind an der alten Fischkonservenfabrik dran. Noch ist nicht klar, ob aus dem Deal was wird, oder, Sylvia? Wir sind jedoch fest entschlossen, unsere Pläne mit der Manufaktur weiterzuverfolgen, wenn es sein muss auch an einem anderen Ort.« Erst jetzt ging ihr offenbar auf, welche Möglichkeiten sich da boten. »Heißt das«, fragte sie, »dass du Interesse hättest, mit einzusteigen?«

Fleurette ließ Schere und Kamm sinken. »O ja, das wäre wundervoll«, sagte sie und sah von Sylvia zu Veronika. »Von der Manufaktur hat mir Suzanne vor Wochen erzählt. Habt ihr nicht schon Proben anfertigen lassen?«

»Ja«, antwortete Sylvia. »Ich finde sie vielversprechend. Vielleicht kann man sie verfeinern. Du musst sie unbedingt testen, Fleurette. Und deine Schwester natürlich auch. Nur sind die Herstellungskosten viel zu hoch. Aus diesem Grund dachten wir ...«

»Sylvia dachte«, fiel ihr Veronika ins Wort. »Und ich war begeistert. Und so kamen wir auf die Idee, Quéméneur zu fragen ...«

»Ich finde nach wie vor«, mischte Solenn sich ein, während sich Fleurette wieder Veronikas Haar widmete, »dass ihr vorsichtig sein müsst mit diesem Mann. Haltet mich nicht für nachtragend, aber ich werde das Gefühl nicht los, dass er Sylvie nur benutzen will. Das ist nun mal seine Art. Er hat durch diese Intrigen damals die Chance vertan, aus dem Gebäude Profit zu schlagen.« Solenn zögerte. »Weißt du eigentlich, warum er nie die Genehmigungen bekam, aus der Fabrik etwas zu machen?«, fragte sie dann.

»Rozenn hat es mir erzählt«, antwortete Sylvia. »Wegen Lucie und ihrem Bewunderer beim Bauamt?«

Solenn grinste. »Du bist außer mir wohl die Einzige, die ihm helfen kann, diese Hürde zu überwinden. Wenn er sich mit uns versöhnen will, hat das einen Grund, der sich in Geld aufwiegen lässt, Sylvie. Quéméneur hat einen Fehler gemacht. Mit einem gemeinsamen Projektantrag hofft er, den endlich korrigieren zu können. Verstehst du?«

Sylvia nickte. Sie verstand vollkommen und rief sich das Gespräch an der Bar mit dem salzigen Bier in Erinnerung. Hatten sie und Veronika auf ihn wie zwei naive Frauen gewirkt, die man um den Finger wickeln konnte? Gut möglich.

»Dann werden wir das Gebäude samt Gelände eben kaufen«, verkündete Veronika.

Fleurette sah erstaunt auf. »Ist es euch etwa doch gelungen, Bonnet weichzuklopfen?«, fragte sie.

Sylvia schüttelte grinsend den Kopf. »Ich habe einen Investor«, erwiderte sie geheimnisvoll. »Und du kennst ihn sogar.«

»Um Gottes willen«, brach es aus der Friseurin hervor. »Doch nicht etwa diesen Engländer?«

Da musste Sylvia hellauf lachen. »Nein«, antwortete sie und wies auf die kichernde Veronika. »Es ist die Dame mit dem brennenden Dornbusch auf dem Kopf. Vero ist entschlossen, ihr Erbe mit uns durchzubringen.«

»Durchbringen keineswegs«, entgegnete Veronika. »Denn ich weiß eines: Wenn man jemandem eine Investition anvertrauen kann, dann Sylvia. Die scheint nämlich mit der Müllertochter in Lilis Märchenbuch verwandt, die aus Stroh Gold spinnen kann.«

»Wir könnten uns auch beteiligen«, erklärte Fleurette und bekam leuchtende Augen. »Meine Schwester will ihr Studio in Nantes ohnehin verkaufen und sich etwas Neues suchen. Und vielleicht krieg ich unser altes Haus tatsächlich an einen *parigot* verkauft.«

»Und wo willst du wohnen?«

Fleurette lächelte geheimnisvoll. »Na«, feixte Solenn, »Fleurette zieht zu ihrem Verlobten, was denkt denn ihr?«

Nun war es an Sylvia zu staunen. »Du bist verlobt?«, fragte sie. »Wer ist der Glückliche?«

Die Friseurin machte ein geheimnisvolles Gesicht und schwieg beharrlich.

»Na komm«, drängte Solenn sie. »Wir haben dir ja auch all unsere Geheimnisse verraten. Oder soll ich es den Mädels sagen?«

Fleurette legte die Schere beiseite und zupfte an Veronikas Locken herum, die sie perfekt in Form geschnitten hatte.

»Wenn sie kürzer sind, fallen sie weicher«, sagte sie, als hätte sie Solenn überhaupt nicht gehört. »Gefällt es dir?« Sie schüttelte die abgeschnittenen Locken aus dem Umhang.

»Jetzt rede schon«, entgegnete Veronika gespannt. »Natürlich gefällt es mir. Raus mit der Sprache: Mit wem bist du verlobt?«

»Mit Yann Lenneck«, antwortete Fleurette und strahlte über ihr ganzes Gesicht.

»Mit dem gut aussehenden Fährmann?«, fragte Veronika. »Herzlichen Glückwunsch!«

Sylvia holte gleich eine Flasche Crémant Brut aus Maëls heiligen Vorräten, und damit stießen die vier Frauen an.

»Auf dein Liebesglück!«, rief Sylvia und hob ihr Glas mit der perlenden Flüssigkeit.

»Auf eure Zukunft«, warf Solenn ein und hob das ihre.

»Auf dass euch das Glück niemals verlässt«, fügte Veronika hinzu.

Sie stießen an, und mit dem Klingen der Gläser entstand auf einmal so etwas wie eine verschwörerische Stimmung zwischen ihnen.

»Ich möchte einen Toast aussprechen«, sagte Fleurette, nachdem sie einen Schluck getrunken hatte. »Lasst uns auf unsere Pläne trinken. Auf dass wir uns von Typen wie Bonnet oder Quéméneur nicht unterbuttern lassen. Wenn wir zusammenhalten, schaffen wir es auch ohne sie.«

Sie hob ihr Glas und sah fast provozierend in die Runde. Sylvia hielt kurz den Atem an. Eigentlich ging ihr das Ganze ein bisschen zu schnell. Band sie sich nicht an etwas, das bislang nur eine Idee gewesen war, wenn sie jetzt auf ihre Pläne anstießen? Kannte sie Fleurette denn gut genug? Deren Schwester hatte sie noch nie gesehen. Doch dann warf sie ihre Bedenken über Bord. Solenn wirkte zuversichtlich, und das wollte schließlich etwas heißen. Die Bretonin nickte Sylvia fast unmerklich zu.

»Auf unsere gemeinsamen Pläne«, sagte sie und erhob ihr Glas.

»Auf die Solidarität unter Frauen«, fügte Veronika begeistert hinzu.

In der fast schon feierlichen Stille, die nun folgte, leerten sie ihre Gläser. Und auf einmal fühlte Sylvia, wie Freude in ihr aufstieg. Auch das Kribbeln in ihrem Bauch war wieder da.

»Was ist denn hier los?«, fragte Coco, die eben hereingekommen war. »Sekt am helllichten Tag?«

»Mein Gott«, rief Fleurette theatralisch, als sie die Gärtnerin sah. »Ich hätte dich fast nicht mehr wiedererkannt.«

Coco war wegen der vielen Arbeit wochenlang nicht dazu gekommen, sich die Spitzen schneiden zu lassen. Nun war der Ansatz ihrer von Natur aus haselnussbraunen Haare weit herausgewachsen. Und während die Gärtnerin Fleurette erklärte, dass sie aus Rücksicht auf ihre Schwangerschaft vorerst auf das Färben verzichten wolle, und diese gekonnt die leuchtend roten Spitzen kürzte und Coco einen flotten Garçon-Schnitt verpasste, der ihr fabelhaft stand, hatte Sylvia immer mehr das Gefühl, dass nun alles gut werden würde. Irgendwie wusste sie es nun ganz genau.

Es kam aber auch in anderer Hinsicht so, wie Sylvia es erwartet hatte. Rosalie Bertini rief täglich an, und Maël wurde immer bedrückter.

Dennoch befolgte er Sylvias Rat und kümmerte sich um die Gärtnerei. Er verbrachte viele Tage mit Gurvan, Coco und den anderen in der Senke. Pierrick schloss sich ihnen so oft wie möglich an.

Der Lastenkahn aus Concarneau brachte endlich schwere Geräte auf die Insel. Mit der alten Planierraupe der Gemeinde begannen sie mit der mühseligen Arbeit, das über die Felder geschwemmte Sediment abzutragen und den darunter liegenden fruchtbaren Boden so gut es ging zu schonen. Solenn gesellte sich oft zu ihnen und verfolgte die notwendig gewordene Umgestaltung der Plantage, die leider nur im Schneckentempo voranschritt.

»Wir brauchen mehr Leute«, erklärte Maël eines Abends völlig erschöpft. »Und bessere Baufahrzeuge. Sonst werden wir in diesem Jahr nicht mehr fertig mit den Arbeiten.«

Sie schwiegen bedrückt. Jeder wusste, dass das viel Geld kosten würde. Geld, das ihnen fehlte.

»Was ist mit der Versicherung?«, fragte Solenn.

»Sie weigert sich zu bezahlen«, antwortete Sylvia niedergeschlagen. »Ich hab Marie-France beauftragt, sich darum zu kümmern.«

»Wenn die Versicherung nicht bezahlt, brauchen wir einen neuen Kredit.« Maël stöhnte. »Und zwar bald.«

»Und wenn wir Quéméneur um Hilfe bitten würden?«, schlug Sylvia vor. »Er hat sie immerhin angeboten.«

»Nein, das ist keine gute Idee«, antwortete Solenn. Und so, wie sie es sagte, gab es keinen Verhandlungsspielraum.

Am nächsten Morgen stand Sylvia lange vor dem großen Gemälde im Besucherzentrum. Wenn sie es verkaufen würden, wären sie all ihre Sorgen los. Doch das konnte sie unmöglich tun. Es war ein Geschenk und außerdem das Porträt ihrer Tante. Wäre es denkbar, der Bank den van Outen als Sicherheit anzubieten? Nein, dachte Sylvia, so unberechenbar, wie sich Bonnet bislang gezeigt hat, kann ich das nicht riskieren. Am Ende würde die Bank das Bild konfiszieren, und das wäre weit schlimmer als wenn sie es verkaufen müsste.

Sie beschloss, es noch einmal bei Bonnet zu versuchen, doch als sich der Filialleiter von der verlegenen Arlette mehrmals verleugnen ließ, riss Sylvia der Geduldsfaden, und sie wandte sich direkt an seinen Vorgesetzten in Quimper. Und auf einmal ging alles sehr schnell. Schon für den nächsten Tag erhielt sie einen Termin.

»Wir kommen mit dir«, versprach Veronika. »Ehe wir wieder nach Hause fahren, sehen wir uns diese hübsche Stadt an, was, Lili? Und wir passen auf Lucinde auf, solange Sylvia Geschäfte macht.«

»Gibt es da auch ein Schloss?«, wollte Lili wissen.

»Das nicht, dafür eine schöne Kathedrale. Wann geht es los, Sylvia?«

Sie brachen in aller Frühe auf, und Lili schlief in Veronikas Armen wieder ein, während sie zum Festland übersetzten. Erst in Veronikas Auto, das sie am Hafen geparkt hatten, wurde sie munter und verkürzte ihnen die Fahrtzeit mit ihrem Repertoire an deutschen und französischen Kinderliedern.

»Sie wird einmal Sängerin«, prophezeite Sylvia.

»Weiß der Himmel, woher sie das hat.« Veronika seufzte.

In Quimper trennten sie sich auf dem Parkplatz des Bankgebäudes. Sylvia sah den dreien einen Moment lang nach, wie sie in Richtung Altstadt verschwanden. Veronika hatte Lucinde im Tragetuch und hielt ihre Tochter an der Hand. Beide trugen breitkrempige weiße Baumwollhüte, die Veronika selbst genäht hatte. Lilis Locken schimmerten in einem hellen Kupferton darunter hervor, während die ihrer Mutter wie dunkles Rotgold glänzten.

Schließlich wandte sich Sylvia um und musterte den imposanten Neubau aus Glas und Stahl. Es wurde Zeit, dass sie sich auf das Gespräch mit dem Banker konzentrierte.

Im obersten Stockwerk der Bankzentrale, in dem sich die Büros der Geschäftsleitung befanden, wurde Sylvia gebeten, sich ein paar Minuten zu gedulden, Monsieur Villard sei noch in einem Gespräch. Doch bereits im nächsten Moment ging die Tür auf, und ein Mann trat heraus. Sylvia war so auf die bevorstehende Verhandlung konzentriert, dass sie ihn zunächst gar nicht beachtete. Erst als er sie ansprach, blickte sie auf.

»*Good morning*, Mrs. Riwall«, sagte er mit einem unangenehmen Grinsen und wandte sich dem Aufzug zu.

Es war Mr. Brown. Sylvia stutzte. Was hatte Sir James' Anwalt hier zu suchen?

24

Der Banker

»Wir haben uns dagegen entschieden«, erklärte Monsieur Villard, der Chef der Kreditabteilung. Er war jünger, als Sylvia gedacht hatte, vielleicht Anfang vierzig, etwa in Maëls Alter.

»Darf ich fragen, aus welchen Gründen?«

»Nun, lassen sie es mich offen sagen: Es gibt berechtigte Bedenken bezüglich Ihrer Solvenz, Madame Riwall.«

Sylvia ließ sich nicht anmerken, wie sehr sie dieser Vorwurf traf. »Wie kommen Sie darauf? Wir sind unseren Zahlungsverpflichtungen stets nachgekommen.«

»Es ist sehr fraglich, wie lange Sie dazu noch in der Lage sein werden«, konterte Villard.

»Wir haben Ihnen keinen Anlass gegeben, so zu denken«, erklärte Sylvia entschlossen. »Sie sagen, Sie wollen offen sein. Dann erklären Sie mir bitte, wie Sie zu dieser unglaublichen Annahme gelangt sind, denn die Fakten sprechen eindeutig für uns. Die Kamelieninsel ist zu einem wahren Tourismusmagneten geworden. Unsere Bilanzen der vergangenen drei Jahre können sich nicht nur sehen lassen, sie sind ausgezeichnet und belegen ein kontinuierliches Wachstum. Und …«

»Das ist leider Vergangenheit, Madame Riwall«, unterbrach Villard sie. »Die Sturmflut hat alles verändert. In diesem Sommer, fürchte ich, wird die Insel keine Besucher empfangen können. Habe ich recht?«

»Jedes Unternehmen muss darauf vorbereitet sein, widrige

Zeiten durchzustehen«, entgegnete Sylvia äußerlich ungerührt, obwohl sie innerlich kochte. »Und natürlich sind wir das auch. Wir haben in den guten Jahren Rücklagen gebildet, die uns über die Zeit hinweghelfen werden, bis wir mit den Fakten, die der Sturm geschaffen hat, zurechtkommen und unsere Insel wieder für Besucher öffnen können. Alles, was ich von Ihnen möchte, ist die Zustimmung, von der Möglichkeit Gebrauch zu machen, die in unserem Kreditvertrag festgeschrieben ist: dass wir die Rückzahlung des bestehenden Kredits für ein halbes Jahr aussetzen.«

Monsieur Villard schwieg. Er wippte leicht in seinem Ledersessel vor und zurück und schien die Kante seines Schreibtisches zu inspizieren. Sylvia atmete mehrmals tief durch. Es gab wirklich keinen vernünftigen Grund, ihrer Bitte nicht zu entsprechen.

»Wenn das alles so wunderbar läuft, wie Sie es beschreiben«, sagte Villard schließlich, beugte sich vor und faltete seine Hände vor sich auf dem Tisch, »dann verstehe ich nicht, warum Sie diese Aussetzung der Zahlungen so dringend benötigen. Wieso sollte die Bank auf ihre Interessen verzichten?«

»Es würde uns helfen«, erwiderte Sylvia in ihrem charmantesten Ton und sah Villard direkt in die Augen. Doch der ließ seinen Blick gleich wieder durch das Zimmer schweifen, so als wäre sie gar nicht da. »Und verzichten soll die Bank natürlich nicht. Sich lediglich gedulden. Im Rahmen des Vertrags.«

»Es ist ein Kann-Paragraf«, wandte Villard ein.

»Ich weiß«, antwortete Sylvia. »Und ich habe nie daran gezweifelt, dass Ihre Bank mit ihren Klienten an einem Strang zieht, statt gegen sie zu arbeiten. Das ergibt doch überhaupt keinen Sinn, Monsieur Villard. Auch Ihnen sollte daran gelegen sein, dass es der Kamelieninsel weiterhin gut geht.«

»Es geht ihr aber nicht gut«, widersprach Villard und öffnete eine Dokumentenmappe, die auf seinem Schreibtisch lag. Er entnahm ihr mehrere großformatige Luftaufnahmen und schob sie zu Sylvia hinüber.

Es waren Aufnahmen von der Insel, und sie zeigten aus der Vogelperspektive in aller Deutlichkeit die drastischen Spuren direkt nach dem Sturm. Sylvia blätterte sie bestürzt durch und stellte fest, dass die Insel systematisch erfasst worden war, nicht der kleinste Teil war ausgelassen worden.

Wie war das möglich? Wer hatte diese Fotos gemacht? Sylvia untersuchte die Blattränder, entdeckte in einer Ecke Buchstaben und Zahlenfolgen, außerdem ein Datum. Sie stutzte. Tatsächlich. Die Aufnahmen waren am Tag ihrer Rückkehr aus England gemacht worden. Und auf einmal fiel es ihr wie Schuppen von den Augen. Jemand an Bord des Hubschraubers, der sie zur Insel gebracht hatte, musste diese Bilder gemacht haben. Hatte sie nicht damals schon geahnt, dass das großzügige Angebot, Sylvia nach Hause zu bringen, für Sir James nichts anderes gewesen war als die ideale Gelegenheit für eine Art Aufklärungsflug?

»Mr. Brown hat sie Ihnen überlassen, nicht wahr?«, sagte Sylvia, als sie sich wieder gefangen hatte. »Damit hat er Sie davon überzeugt, dass wir am Ende sind. Offenbar hat Sir James noch immer nicht begriffen, dass er die Insel niemals bekommen wird.« Sie öffnete ihre Aktentasche und ließ die Luftaufnahmen hineingleiten.

»Was tun Sie da?«, fragte Villard irritiert. »Geben Sie mir die Fotos zurück!«

»Sie wurden ohne unser Einverständnis gemacht«, erklärte Sylvia und erhob sich. »Ich nehme diese Kopien an mich und werde mich mit meiner Anwältin darüber beraten, welche Schritte wir gegen Sir James Ashton-Davenport einleiten werden.« Sie warf dem Banker einen vernichtenden Blick zu. »Sie machen einen großen Fehler, Monsieur Villard. Sie sollten zu Ihren Kunden stehen, statt sich von Investoren über den Tisch ziehen zu lassen, die einige Nummern zu groß für Sie sind. Wir werden anderweitig Unterstützung erhalten. Einen schönen Tag noch.«

Hoch erhobenen Hauptes verließ Sylvia das Büro. So schrecklich die Umstände auch waren, wenigstens wusste sie jetzt, aus welcher Richtung der Wind wehte. Sie konnte von Glück reden, dass Villard so dumm gewesen war, ihr die Fotos zu zeigen.

Der Kellner des Bistros, in dem sie sich mit Veronika verabredet hatte, brachte Sylvia gerade einen *café au lait*, als ihr Handy klingelte. Es war Maël.

»Ich muss nach Le Havre«, sagte er. »Jetzt sofort.«

»Bitte fahr nicht allein«, beschwor Sylvia ihn. »Wir hatten ausgemacht, dass ich dieses Mal mitkomme!«

»Aber es ist dringend«, entgegnete Maël. »Ich kann nicht auf dich warten.«

»Was ist denn jetzt schon wieder passiert?«

»Rosalie kann meine Mutter nicht mehr länger im Krankenhaus behalten«, hörte sie ihren Mann sagen. »Ihr Chef macht Schwierigkeiten wegen der Sonderbehandlung, die sie Fabienne angedeihen lässt. Und ich habe noch immer keinen Ort für sie, an dem sie leben kann. Sie sitzt quasi mit ihrer Tasche im Flur und wartet darauf, dass jemand sie abholt.«

Sylvia dachte fieberhaft nach. »Hör zu, Maël«, erklärte sie dann. »Sei so lieb und bitte Elise, eine Tasche für mich und das Baby zu packen. Das kann sie hervorragend. Veronika wird mich zu der Tankstelle am Ende der Stadt bringen, wo wir immer Halt machen. Dort kannst du mich abholen. Einverstanden?«

Maël hatte allerhand Einwände, doch schließlich stimmte er zu ihrer Erleichterung zu.

»Was machen wir bloß mit Fabienne?«, fragte er verzweifelt.

»Wir werden eine Lösung finden«, antwortete sie.

Sie rief sofort Gwen an, um zu hören, was sie inzwischen über Pflegeheime in Erfahrung bringen konnte.

»Sie sind alle überbelegt«, lautete die niederschmetternde Antwort. »Es gibt Wartelisten. Und nicht jedes Heim hat Kapazitäten für Alzheimer-Patienten.«

Sylvia schloss die Augen. Hörten ihre Schwierigkeiten denn niemals auf?

»Bitte ruf alle, die infrage kommen, erneut an«, bat Sylvia. »Lass uns auf jede Liste setzen, und mach es wirklich dringend. Falls du einen positiven Bescheid hast, schick mir bitte gleich eine Nachricht.«

Gwen versprach es. »Wie war es bei der Bank?«, fragte sie.

Sylvia sah aus dem Fenster. Das Bistro lag in der Nähe der *Passerelle du Cap Horn*, einer bei Touristen beliebten Fußgängerbrücke über den Fluss Odet in der Nähe der früheren Quais.

»Nicht gut«, sagte sie knapp. »Bitte sprich noch mit niemandem darüber, ja?«

»*Mince*«, fluchte Gwen. »Diese Banker sind doch allesamt Verbrecher.«

Zwei Stunden später warteten Veronika, Lili und Sylvia samt Baby an der Tankstelle auf Maël.

»Wo wollt ihr Fabienne unterbringen?«, fragte Veronika.

»Keine Ahnung«, antwortete Sylvia mit einem tiefen Seufzen. »Wenn ich das nur wüsste.«

Eben hatte sie ihrer Freundin von dem Gespräch in der Bank erzählt.

»Ich habe einen *très joli* Teller von *Maman* bekommen«, plapperte Lili in ihrem Kindersitz. »Der ist eine richtige … Mama, wie heißt das?«

Lili, die zweisprachig aufwuchs, wechselte ständig zwischen Französisch und Deutsch hin und her.

»Fayence aus Quimper«, antwortete Veronika geduldig. An Sylvia gewandt schlug sie vor: »Wenn du Geld brauchst …«

»Nein, Vero, das will ich nicht«, schnitt Sylvia ihr das Wort ab. »Wenn du in die Manufaktur investieren willst und dafür eine Beteiligung erhältst, ist das in Ordnung. Aber ich will auf keinen Fall ein Darlehen für die Gärtnerei von einer Freundin. Das geht zu weit.«

»Sylvie«, mischte sich Lili wieder ein, »rate mal, was auf meinem Teller drauf ist.«

»Keine Ahnung«, erwiderte Sylvia, die Ausschau nach Maëls Wagen hielt. »Vielleicht eine kleine Katze?«

»*Mais non*«, antwortete Lili. »Die kleine Meerjungfrau.«

In diesem Augenblick bog Maëls Renault in den Parkplatz ein, und Sylvia stieg aus. »Macht es gut, ihr zwei«, sagte sie und umarmte Veronika und Lili zum Abschied. Die beiden würden am nächsten Tag nach Hause fahren. »Und danke für alles.«

»Ich komme bald wieder«, versicherte ihr Veronika. »Schließlich müssen wir die Gesellschaft gründen. Und jetzt wünsche ich euch toi, toi, toi.«

Die Fahrt nach Le Havre erschien Sylvia viel zu lang. Bis Rennes lief der Verkehr einigermaßen, doch auf der *autoroute 84* kam eine Baustelle nach der anderen. Gleich zu Beginn ihrer Fahrt hatte sie Maël von dem kurzen Gespräch mit

Villard berichtet, danach waren sie in Schweigen verfallen. Maël wirkte angespannt und war einsilbig, vermutlich fürchtete er die neuerliche Begegnung mit seiner Mutter.

Gegen sechs erreichten sie die psychiatrische Klinik, in der Fabienne untergebracht war. Sie hatten nur die allernotwendigsten Pausen eingelegt und sich am Steuer abgewechselt, und als Sylvia nun aus dem Wagen stieg, fühlte sie sich steif und benommen. Sie band sich das Tragetuch um und setzte Lucinde hinein, dann folgte sie Maël in das Gebäude. Im Aufzug versuchte er sie vorzuwarnen.

»Man weiß nie, in welchem Zustand man sie gerade antrifft«, sagte er. »Ich nehme an, im Augenblick ist sie ruhig, sonst würde sie nicht entlassen werden. Aber …«

Sylvia nahm ihren Mann wortlos in die Arme und drückte ihn an sich.

»Es wird alles gut werden«, flüsterte sie und fragte sich, woher sie die Gewissheit nahm. »Es wird eine Lösung geben.«

Als sie aus dem Aufzug traten, standen sie vor einer gläsernen Wand. Dahinter befand sich die Abteilung, und da die Wände dort in einem lichten Türkis gestrichen waren, hatte Sylvia im ersten Augenblick den Eindruck, vor einem riesigen Aquarium voller Menschen zu stehen. Wie in Zeitlupe glitt ein Mann einen Flur entlang, in fließenden, weichen Bewegungen, so als könnte er der Luft, die ihn umgab, nicht trauen. Eine alte Frau mit einer Babypuppe auf dem Arm saß in sich versunken auf einem weißen Schalenstuhl, der an der Wand befestigt war. Ein junges Mädchen kam aus einem Zimmer, legte beide Handflächen auf das Glas und drückte sein Gesicht dagegen. Langsam tastete es die glatte Fläche ab, vielleicht auf der Suche nach einer Lücke?

»Komm«, sagte Maël und nahm sanft ihren Arm. »Das ist alles ziemlich traurig.«

Er hatte bereits geklingelt, und eine Schwester erschien, um ihnen die doppelt gesicherte Tür zu öffnen. Sofort drängte ein Patient heran, versuchte hindurchzuschlüpfen, und wurde von einem Pfleger freundlich, aber bestimmt zurück zu den anderen geführt.

»Dr. Bertini wartet auf Sie, obwohl sie schon lange Dienstschluss hat«, sagte die Schwester beinahe vorwurfsvoll und musterte Sylvia und das Baby mit sichtlichem Interesse. »Sie wissen ja, wo ihr Zimmer ist.« Und damit wandte sie sich der jungen Frau zu, die im nächsten Augenblick einen lang gezogenen klagenden Ton ausstieß.

Sylvia folgte Maël bis ans Ende des breiten Ganges, an dessen Seiten sich in regelmäßigen Abständen Sitzgruppen und Tische befanden. Hier und dort saßen Patienten allein oder in kleinen Gruppen, die meisten stumm. Von irgendwoher ertönten Schreie, danach herrschte wieder eine unnatürliche Stille. Sylvia sah sich scheu um und fragte sich, wer von diesen Menschen wohl ihre Schwiegermutter war.

Endlich erreichten sie eine Tür, und Maël klopfte an.

»Entrez!«, hörte man eine weibliche Stimme, und als sie eintraten, fügte die Ärztin, die an ihrem Schreibtisch saß, ohne aufzusehen hinzu: »Gut, dass du endlich kommst!«

Sylvia sah eine zierliche Frau mit einem tiefschwarz glänzenden Zopf. Sie saß mit dem Rücken zu ihnen vor einem Computerbildschirm. Endlich drehte sie sich um. Bei Sylvias Anblick weiteten sich ihre dunkelbraunen Augen hinter der starken Brille und verweilten einen Moment lang bestürzt auf dem Baby, dann fing sie sich wieder. Rosalie Bertini war offensichtlich nicht darauf gefasst gewesen, dass Maël dieses Mal in Begleitung kam. Rasch erhob sie sich und stützte sich mit einer Hand auf ihrem Schreibtisch ab.

»Darf ich dir meine Frau vorstellen«, sagte Maël, der von

all dem nichts zu bemerken schien. »Sylvie, das ist Rosalie. Dr. Bertini. Wo ist meine Mutter?«

»Fabienne ist in ihrem Zimmer«, erwiderte sie und versenkte ihre schmalen dunklen Hände tief in den aufgesetzten Taschen ihres Arztkittels. Sie hatte einen zimtfarbenen Teint, Sylvia vermutete, dass wenigstens einer ihrer Elternteile aus dem Maghreb stammte. »Sie ist vom langen Warten müde geworden«, fuhr die Ärztin fort. »Ich glaube, sie hat sich hingelegt.«

Unschlüssig standen sie zu dritt in dem kleinen Büro. Sylvia fing die Befangenheit der Ärztin auf, die nicht wusste, wohin sie schauen sollte, und beschloss, die Initiative zu ergreifen.

»Wie geht es meiner Schwiegermutter?«, fragte sie freundlich.

»So weit ganz gut«, war die knappe Antwort. Doch Sylvia war noch nicht zufrieden.

»Bekommt sie neue Medikamente? Wie hat sie auf sie reagiert? Es wäre großartig, wenn Sie uns erzählen könnten, wie die vergangenen Tage verlaufen sind. Damit wir wissen, was sie in Zukunft braucht.«

Rosalie Bertini sah sie abschätzend an. »Bitte, nehmt Platz«, sagte sie schließlich und wies auf drei Stühle um einen winzigen runden Tisch in einer Ecke des Zimmers. Es war so eng, dass Maël sich regelrecht zusammenfalten musste, als er sich setzte. Die Ärztin berichtete von den Substanzen, die Fabienne seit zwei Wochen erhielt, auf die sie gut angesprochen hatte, was Anlass zur Hoffnung gab, dass ihr Zustand stabil bleiben könnte. »Diese Medikamente machen sie zwar ein bisschen müde, dafür hat sie keinen ihrer Tobsuchtsanfälle mehr bekommen«, schloss sie ihren Bericht. »Sie dürfen allerdings nie vergessen, dass sie unter Alzheimer leidet. Die

Krankheit wird fortschreiten. Und weil Sie fragten, was Ihre Schwiegermutter braucht, Madame, so hatte ich das, wenn ich mich nicht irre, schon vor Wochen bei unserem Telefongespräch deutlich erwähnt: Was sie braucht, ist ein Zuhause. Eine Familie.«

Es blieb für einige Sekunden totenstill in dem Konsultationszimmer.

»Du weißt, dass das nicht geht«, sagte Maël leise, doch hörbar verärgert.

Dr. Bertini zuckte mit den Schultern. »Ich hab getan, was ich konnte«, erklärte sie und presste die Lippen aufeinander. Sylvia fand, dass sie irgendwie enttäuscht wirkte. So als hätte sie sich unglaublich eingesetzt und keinen Dank dafür erhalten. Ob sie sich tatsächlich in Maël verliebt hatte? Er schien davon jedoch nichts bemerkt zu haben. »Jetzt hat der Oberarzt ein Machtwort gesprochen«, fuhr die Ärztin fort. »Entweder du bringst deine Mutter irgendwo unter, wo sie auch bleiben kann, wenn sie jemandem die Pfanne über den Kopf zieht. Oder sie muss in die geschlossene Abteilung. Und damit meine ich nicht diese Vorhölle hier«, fügte sie hinzu und wies auf ihre Tür, hinter der sich gerade zwei Patientinnen derart stritten, dass mehrere Pfleger zu schlichten versuchten, »sondern die Hölle selbst. Du warst dort. Du weißt, was ich meine.«

Maël war bleich wie die Wand geworden. »Ich würde Fabienne gern kennenlernen«, sagte Sylvia, der nicht entgangen war, welch subtilen Druck Rosalie Bertini auf Maël ausübte. »Danach werden wir eine Entscheidung treffen.« Die Psychiaterin sah von ihr zu Maël, dann nickte sie und erhob sich. »Kann Fabienne denn für eine letzte Nacht hierbleiben?«, fragte Sylvia.

Dr. Bertini schüttelte den Kopf. »Tut mir leid«, erwiderte

sie. »Sie ist offiziell entlassen. Wenn sie morgen früh noch hier ist, bekomme ich riesigen Ärger.«

Das hätte sie uns ein wenig früher mitteilen können, dachte Sylvia, während sie ihr gemeinsam mit Maël in einen Seitenflur folgte. An jeder Tür klebte das Bild eines Tieres. Sie kamen an einem Katzenporträt vorbei, einem Eichhörnchen und einem Pudel. Vor einer Tür mit einem Hasenbild blieb Dr. Bertini stehen. Sie öffnete sie vorsichtig und blickte hinein.

»Sie ist wach«, sagte sie halblaut zu Maël und hielt die Tür auf.

Sylvia trat als Erste ein. Es war ein lang gezogener, schmaler Raum mit drei Betten an einer der Wände. Alle waren frisch bezogen und unberührt. Ganz hinten vor dem Fenster stand ein kleiner quadratischer Tisch. Dort saß eine einsame Gestalt. Sylvia atmete tief durch und ging langsam auf sie zu. Es war bereits gegen sieben, und im Zimmer brannte keine Lampe, sodass Maëls Mutter vor dem Abendlicht wie ein Scherenschnitt wirkte, still und regungslos. Sie war schlank und hielt sich aufrecht auf ihrem Stuhl, so als hätte ein Fotograf zu ihr gesagt, sie solle sich auf keinen Fall mehr bewegen. Sylvia wurde bewusst, dass sie dagegen für Fabienne recht gut zu erkennen sein musste.

»*Bonsoir*«, sagte Sylvia. »Wie geht es Ihnen, Fabienne?«

Sie beschloss, sich zu der Frau an den Tisch zu setzen, damit diese nicht weiter zu ihr aufblicken musste. Außerdem hatte sie so die Möglichkeit, ihr Gegenüber besser zu sehen.

»Darf ich?«, fragte sie höflich, und als kein Widerspruch kam, nahm sie Platz.

Fabienne richtete ihre Augen auf sie. Sie waren angstvoll und weit geöffnet. Im weichen Abendlicht erkannte Sylvia ebenmäßige Züge in dem faltigen Gesicht. Fabienne musste einmal eine attraktive Frau gewesen sein mit ausdrucksvollen

Augen, geschwungenen Brauen und einem vollen Mund. Sie wirkte sehr blass, ihre Hände lagen auf dem Tisch und waren ineinander verkrampft.

»Ich möchte nach Hause, Madame«, sagte sie scheu. Sylvia erkannte die Stimme, sie war brüchig und rau wie von einer langjährigen Raucherin, wie von jemandem, der schon alles gesagt hatte, was es je zu sagen gab. »So gern möchte ich nach Hause. Ich bin müde, wissen Sie? Sind Sie gekommen, um mich abzuholen?«

Die ineinander verflochtenen Hände lösten sich. Eine tastete zögernd über den Tisch und legte sich auf Sylvias. Sie fühlte sich zart an und kühl. Wie Seide, dachte Sylvia.

Sie wandte den Kopf und sah ihren Mann noch immer in der Tür stehen. Was sollte sie antworten? Hier konnte Fabienne nicht bleiben. Was bedeutete für sie »zu Hause«? Ihre alte Wohnung kam jedenfalls nicht in Betracht.

Lucinde begann sich im Tragetuch zu strecken und stieß einen quäkenden Laut aus.

»Was ist das?«, fragte Fabienne erstaunt. »Ein Baby?«

»Ja«, antwortete Sylvia und hob Lucinde aus dem Tuch. »Das ist Ihr Enkelkind, Fabienne. Und ich bin Sylvia. Ihre Schwiegertochter.« Fabienne streckte ihre dünnen Arme nach dem Kind aus, und nach kurzem Zögern stand Sylvia auf, um ihr das Baby vorsichtig entgegenzuhalten. Fabienne berührte Lucindes Bäuchlein vorsichtig mit tastenden Fingerspitzen. »Sie heißt Lucinde«, sagte Sylvia. »Und sie ist hungrig.«

Sie setzte sich wieder, knöpfte ihre Bluse auf und legte ihr Kind an die Brust.

Gedämpftes Licht flammte auf. Rosalie Bertini trat an den Tisch. »Sie müssen jetzt gehen«, sagte die Ärztin.

»Zuerst stille ich mein Kind«, antwortete Sylvia freundlich, aber bestimmt. »Dann werden wir gehen. Nicht wahr, Fabienne?«

Erst jetzt sah sie die Tränen, die der Frau über die Wangen liefen, während sie mit einem glücklichen Lächeln das Baby betrachtete.

»Nach Hause?«, fragte sie fast unhörbar.

»Nach Hause«, antwortete Sylvia.

25

Die Schwiegermutter

»Tut mir leid, Madame«, sagte die Empfangsdame. »Wir sind ausgebucht bis unter das Dach. Wegen der Messe.«

Das Hotel war Sylvias letzte Hoffnung gewesen. Ganz Le Havre war ausgebucht wegen dieser dämlichen Messe.

»Und jetzt?«, fragte Maël, als sie wieder im Wagen war.

Auf der Rückbank saß Fabienne und sah Lucinde in ihrem Autositz beim Schlafen zu.

»Keine Ahnung …« Sylvia seufzte.

Sie war müde. Der Tag hatte früh begonnen und wenig Erfreuliches gebracht.

»Sollen wir die Nacht durchfahren?«, schlug Maël vor.

Sylvia schüttelte den Kopf. »Du bist doch sicher genauso müde wie ich«, wandte sie ein.

»Vielleicht finden wir unterwegs ein Motel«, schlug Maël halbherzig vor.

Doch Sylvia schüttelte erneut den Kopf. Sie kannte das. Man nahm sich vor, so bald wie möglich Rast zu machen, und ehe man sichs versah, fuhr man die ganze Strecke durch. Und das wollte sie nicht riskieren. Nicht mit ihrem Baby und der alten Dame im Wagen. Da fiel ihr etwas ein.

»Was ist mit Fabiennes Wohnung? Hast du den Schlüssel dabei?«

Maël sah sie ungläubig an. »Das ist nicht dein Ernst«, entgegnete er.

»Warum nicht?«, fragte sie zurück. »Dort wird es doch wohl ein Bett geben und vielleicht ein Sofa. Lass uns eine Runde schlafen, egal wie. Und morgen in aller Frühe fahren wir zurück.«

Maël hielt das Lenkrad umklammert und brütete vor sich hin. »Sie wird die Wohnung nicht mehr verlassen wollen, wenn sie erst wieder dort ist«, gab er zu bedenken. »Dann fängt der ganze Zirkus von vorne an.«

»Lass es uns einfach versuchen«, bat Sylvia. »Wir sind beide übermüdet. Und deine Mutter ist es auch.«

Maël schien nicht überzeugt. Doch nach einer Weile gab er sich einen Ruck und startete den Wagen.

Als ihr Mann die Wohnung aufschloss, war Sylvia alles andere als sicher, dass es eine gute Idee war, Fabienne herzubringen. Wie würde sie reagieren? Sylvia ließ ihre Schwiegermutter nicht aus den Augen, als sie vom Flur, in dem es wegen des Küchenbrandes noch immer verkohlt roch, ins Esszimmer traten.

Im Schein der zwölfarmigen Deckenlampe wirkte Maëls Mutter hilflos und verloren. Sie hatte so wenig Ähnlichkeit mit ihrem Sohn wie nur eben möglich mit ihrem hellen Teint und dem rötlich blonden Haar, aus dem die Dauerwelle herausgewachsen war. Ihre reine Haut, einstmals wohl so zart wie Porzellan, glich inzwischen zerknittertem Pergamentpapier. Ihre Augen, die von einem hellen Braun waren mit ein paar grünen Sprengseln in der Iris, irrten rastlos umher, so als suchten sie Halt und könnten keinen finden. Schließlich hefteten sie sich an Sylvia.

»Ich dachte, wir fahren nach Hause«, sagte sie vorwurfsvoll.

Sylvia stockte der Atem. Erkannte Fabienne ihre eigene Wohnung nicht mehr? Eine paradoxe Erleichterung durchflutete sie. Sie sah sich nach Maël um, doch der war hinter einer Tür, die vom Flur abging, verschwunden. Wahrscheinlich bereitete er Fabiennes Bett vor.

»Das tun wir auch«, erwiderte sie. »Nur diese eine Nacht verbringen wir hier. Es ist zu spät, um heute noch die weite Strecke nach Hause zu fahren.«

Sie biss sich auf die Zunge. War es Unsinn, was sie da redete? Würde Fabienne gleich wütend werden? Doch danach sah sie nicht aus. Sie wirkte eher wie ein hilfloses Kind.

»Zu spät …«, echote Fabienne besorgt und legte ihre Arme um ihren Oberkörper. Da fiel ihr Blick auf ein Fotoalbum auf dem Couchtisch. Mit einer Behändigkeit, die Sylvia überraschte, ergriff Fabienne es und drückte es an ihre magere Brust. »Meins«, sagte sie und sah Sylvia ängstlich an, als fürchtete sie, dass sie es ihr entreißen wollte.

»Natürlich.« Sylvia nickte. »Kommen Sie, wir wollen uns ein bisschen hinlegen.«

Willig ließ sich Fabienne von ihr in den Flur führen, wo Maël ihnen bereits entgegenkam. Er wollte den Arm seiner Mutter nehmen, doch sie wehrte ihn ab und umklammerte das Album nur noch fester.

»Die schöne junge Frau und ich, wir legen uns jetzt ein bisschen hin«, sagte sie und trat an ihm vorbei in ihr Schlafzimmer. Dort ließ sie sich von Sylvia beim Ausziehen helfen und schlüpfte ohne Umstände in ihrer Unterwäsche ins Bett. »*Bonne nuit*«, sagte sie und drehte sich auf die Seite. Im nächsten Augenblick war sie eingeschlafen.

»Was hast du ihr gegeben?«, fragte Maël verwundert und erleichtert zugleich, während er die Ausziehcouch für sie und das Baby herrichtete. »Einen magischen Zaubertrank?«

Sylvia konnte nicht antworten. Nie hätte sie gedacht, dass die Begegnung mit ihrer Schwiegermutter sie so tief anrühren würde. Diese Hilflosigkeit und das spontane Vertrauen, das sie zu ihr gefasst hatte, machten sie sprachlos.

Am nächsten Morgen verließ Fabienne, ohne sich auch nur ein einziges Mal umzuschauen, die Wohnung, in der sie mehr als vierzig Jahre gelebt hatte, und stieg zu ihnen in den Renault. Gegen fünf war sie im Wohnzimmer erschienen wie ein Gespenst und hatte höflich darum gebeten, nach Hause gebracht zu werden. Nur das Fotoalbum, das sie sogar mit ins Bett genommen hatte, ließ sie nicht mehr los, sie behielt es während der Fahrt auf dem Schoß. Später hielten sie bei einem Supermarkt, und Sylvia gelang es, ihr mit ein paar Löffeln Joghurt ihre Tabletten zu verabreichen.

»Was machen wir mit ihr?«, fragte Maël leise, als sie weiterfuhren.

Sylvia antwortete nicht gleich. Sie sah auf ihr Smartphone in der Hoffnung auf eine gute Nachricht von ihrer Assistentin, doch vergebens.

»Ich habe Gwen gebeten, uns bei mehreren Pflegeheimen auf die Warteliste setzen zu lassen«, sagte sie.

Maël warf ihr einen Blick zu. »Und bis ein Platz frei wird?«

Sylvias Handy klingelte. Vielleicht war es Gwen? Doch das Display zeigte eine fremde Nummer, und Sylvia beschloss, den Anruf zu ignorieren.

»Ich weiß es nicht«, antwortete sie und schloss erschöpft die Augen. »Wie es aussieht, müssen wir sie mit auf die Insel nehmen.«

»Das kommt überhaupt nicht infrage«, entgegnete Maël.

»Was sonst?«, fragte Sylvia. »Hast du eine andere Idee?«

Maël bog so abrupt auf einen Parkplatz ab, dass Sylvia sich am Türgriff festhalten musste. Er brachte den Wagen zum Stehen und sprang hinaus. Aufgebracht marschierte er in Richtung eines Picknicktisches und blieb dort stehen. Die Geste, mit der er die Arme um seinen Oberkörper schlang, erinnerte Sylvia an die seiner Mutter am Abend zuvor.

»Ich will nach Hause«, tönte es kläglich von der Rückbank. »Warum halten wir hier an?«

»Wir fahren gleich nach Hause«, erwiderte Sylvia und stieg ebenfalls aus. Sie lief zu Maël, der noch immer den Picknicktisch anstarrte, als könnte er dort eine Lösung finden.

»Was ist?«, fragte sie.

»Ich will das nicht.«

»Sie ist doch gar nicht so schlimm …«

»Du kennst sie nicht. Die Medikamente haben sie sediert. Du hast keine Ahnung, wie sie sein kann.«

»Haben wir eine andere Option?«

Maël wandte sich ab und versetzte dem Holztisch einen Tritt, dass es nur so schepperte.

Auf einmal hörten sie Lucinde schreien. Sylvia fuhr erschrocken herum. Fabienne war aus dem Auto gestiegen. Auf dem Arm hielt sie das Baby und spähte zu ihnen herüber. Panik durchwallte Sylvia. Für den Bruchteil einer Sekunde, die ihr wie eine Ewigkeit erschien, war sie wie gelähmt. Sie hatte ihr Kind allein gelassen. Allein mit einer kranken, unberechenbaren Frau.

Da kam Fabienne in kleinen Schritten auf sie zu. »Das Baby weint«, sagte sie mit einem unsicheren Lächeln und hielt Sylvia ihr Kind behutsam entgegen. »Man muss es trösten.«

Von da an sprachen sie nicht mehr darüber, was mit Fabienne geschehen sollte. Gegen Mittag erreichten sie die Küste, und Maëls Mutter bestieg an Sylvias Hand widerstandslos die *Espérance*, ließ sich die Rettungsweste überziehen und von Sylvia davon überzeugen, ein Kopftuch umzubinden.

»Ganz schöner Wind heute«, war ihr einziger Kommentar.

Sylvia hatte von unterwegs nur Elise verständigt, und die erwartete sie an der Anlegestelle.

»Das ist meine Freundin Elise«, stellte Sylvia sie Fabienne vor. »Sie wird Sie jetzt nach Hause bringen.«

Fabienne blinzelte gegen die Sonne und sah zögernd von Sylvia zu Elise und wieder zurück.

»Aber Sie bleiben auch?«, fragte sie. »Und das Baby? Sie gehen nicht weg?«

Sylvia schüttelte den Kopf. »Wir bleiben«, sagte sie. »Schließlich sind wir hier alle zu Hause.«

Da nickte Fabienne und reichte Elise den Arm. Erleichtert sah Sylvia ihnen nach, wie sie langsam die Felsenstufen erklommen.

»Ich war viel zu lange weg«, hörte sie Fabienne noch sagen.

Dann übertönten die Wellen und das Geschrei der Möwen ihre Stimme.

Erst am Abend kam Sylvia dazu, den verpassten Anruf abzuhören. Sie war vollkommen erledigt. Am meisten mitgenommen hatte sie Solenns erboster Widerstand gegen die Aufnahme von Fabienne im *Jardin aux Camélias*.

»Es ist doch nur vorübergehend«, hatte Sylvia sie beschworen. »Als Übergang, bis ein Pflegeheimplatz frei wird. Meine Güte, Solenn, was sollen wir deiner Meinung nach mit ihr tun? Sie im Meer ertränken?«

Da hatte Solenn nichts mehr erwidert und war türenschlagend in ihrem Zimmer verschwunden. Sicher, es wäre besser gewesen, man hätte die Sache vorher mit ihr besprechen können. Dazu war allerdings keine Zeit gewesen.

Sylvia setzte sich seufzend in ihren Schaukelstuhl und rief ihre Mailbox ab.

»Hallo Sylvia«, hörte sie Chloés Stimme. Sie klang angespannt und fast eine Oktave höher als sonst. Sylvia kannte Noahs Mutter inzwischen gut genug, um zu erkennen, dass sie äußerst nervös gewesen sein musste, als sie diese Nachricht sprach. »Ich wollte dir nur sagen, dass wir am Wochenende kommen werden. Und … äh … mein Vater kommt auch. Es wäre toll, wenn er das terracottafarbene Gästezimmer bekommen könnte und Noah und ich das blaue. Du bist ein Schatz. Bis übermorgen, *salut!*«

Sylvia starrte auf das Smartphone und unterdrückte einen hysterischen Schrei. Das musste sie sofort unterbinden. Welcher Tag war heute? Mittwoch? Die Letzte, die sie im Augenblick auf der Insel ertragen konnte, war Chloé. Von deren Vater ganz zu schweigen. Und das musste sie ihr auf der Stelle sagen.

Sie drückte die Rückwahltaste und zählte die Klingeltöne.

»Ja?«, meldete sich Chloés Stimme nach dem zehnten Läuten. »Bist du das, Sylvie?« Sie klang bedrückt, fast so, als hätte sie geweint. »Du, im Moment passt es leider gar nicht. James und ich …«

»Bitte hör mir zu«, unterbrach Sylvia sie. Sie fühlte sich außerstande, auf Chloés Gefühlszustand Rücksicht zu nehmen. »Was ich zu sagen habe, ist kurz und bündig. Ihr könnt auf keinen Fall am Wochenende kommen, hörst du? An diesem Wochenende nicht und auch die nächsten sechs …«

»Tut mir wirklich leid, Sylvie, es geht nicht anders«, unterbrach Chloé sie mit erstickter Stimme. »Mein Vater … er lässt mir keine Wahl. Ich habe ihm bereits die Koordinaten durchgegeben. Er kommt mit seiner Segeljacht am Freitagabend …«

»Nein, Chloé, das wird er nicht«, erklärte Sylvia streng. »Sag ihm ab. Es geht nicht.«

Doch Chloé hatte schon aufgelegt. Es hätte nicht viel gefehlt, und Sylvia hätte ihr Handy gegen die Wand geschleudert.

An Ruhe war jetzt nicht zu denken, sie war viel zu wütend. Nachdem sie sich davon überzeugt hatte, dass Lucinde schlief, schlang sie ein Wolltuch um ihre Schultern. Sie verließ das Haus, nahm den Pfad, der direkt an den Klippen entlangführte, und schritt zügig aus, um sich zu beruhigen.

Nach dem Sturm hatte sie sich angewöhnt, die Insel mit kritischen Augen nach verborgenen Schäden abzusuchen, doch nach einer Weile fühlte sie wieder den tiefen Frieden, den sie hier sonst immer gefunden hatte. Das Heidekraut hatte sich erholt und stand in voller Blüte, seine duftigen, zartvioletten Polster überdeckten viele der frischen Wunden. Ja, die Insel war dabei, sich zu erholen, und mit jedem Schritt, den sie tat, wurde auch Sylvia ruhiger.

Entgegen ihrer Gewohnheit bog sie nicht zur Inselmitte ab, um an jenen Punkt zu gelangen, von dem aus man das gesamte Eiland überblicken konnte. Stattdessen folgte sie dem fast unkenntlich gewordenen Pfad weiter in Richtung Westen, der zu einer Klippe führte, von der aus Pierrick und Maël manchmal ihre Angeln nach Felsenfischen auswarfen. In den vergangenen Wochen hatte dazu keiner Zeit gehabt, und doch bemerkte Sylvia hier und dort niedergetretenes Wollgras und Schuhabdrücke in den mit feinem Sand gefüllten Kuhlen. Jemand war diesen Weg vor Kurzem gegangen.

Da sah Sylvia sie. Es war Solenn, die auf der Klippe saß und nach Westen schaute, wo die Sonne noch eine Handbreit über dem Horizont stand. In gut zwanzig Minuten, so schätzte Sylvia, würde sie untergehen.

Sie zögerte. Wenn Solenn allein sein wollte, sollte sie sie ausgerechnet heute, wo sie so verärgert war, nicht stören. Doch da schreckte direkt neben ihr unter Protestgeschrei ein Papageientaucher auf, der im Ginstergestrüpp wohl seine Bruthöhle gebaut hatte, und Solenn wandte sich zu ihr um. Ein paar Sekunden lang maßen sie sich mit Blicken. Dann winkte Solenn sie mit einer für sie typischen Kopfbewegung zu sich heran.

Still nahm Sylvia neben ihr Platz. Sie und Solenn brauchten keine Worte, sie verstanden sich auch so. Sylvia dachte an die schwierige Zeit, als sie zum ersten Mal auf die Insel gekommen war und so viel Verwirrung gestiftet hatte. Es war durch ihre Schuld so weit gekommen, dass nicht nur Solenn, sondern die Kameliengärtnerei samt Belegschaft die Insel hatte verlassen müssen. Damals hätte Solenn sich von ihr abwenden können, Grund genug hätte sie gehabt. Aber sie hatte ihr die Chance gegeben, ihre Fehler wiedergutzumachen. Die Freundschaft, die in jener Zeit zwischen ihnen erwachsen war, hatte viele Krisen überstanden. Sie würden auch diese überstehen. Wenn sie zusammenhielten, so wie sie es seither getan hatten.

Doch da fiel Sylvia ein, dass Solenn sicher bald wieder abreisen würde, und jetzt, da sie Fabienne hergebracht hatte, vermutlich schneller als geplant. Wie sollte sie bloß den Schlamassel, der vor ihr lag, ohne ihre Hilfe überstehen?

»Zwischen mir und Aaltje ist es aus«, sagte Solenn plötzlich.

»O nein«, entfuhr es Sylvia.

»Doch«, entgegnete Solenn. »Sie sagt, dass sie keine Fernbeziehung wolle. Und ich sei zu lange weg.« Wie egoistisch, dachte Sylvia. So hatte sie die Niederländerin nicht eingeschätzt. Und augenblicklich überfiel sie ein schlechtes Gewissen. Waren nicht Maël und sie daran schuld, dass Solenn auf die Insel zurückgekehrt war und ihre Partnerin allein gelassen hatte? »Ich werde also bleiben«, fuhr Solenn fort.

Sie wandte Sylvia ihr Gesicht zu, und diese erschrak vor der Traurigkeit in den Augen ihrer Freundin. Spontan legte sie ihren Arm um Solenns Schultern, obwohl sie genau wusste, wie wenig ihr normalerweise an persönlichen Berührungen lag. Doch an diesem Abend wehrte sie sie nicht ab.

»Es tut mir so leid«, flüsterte Sylvia.

»Und mir erst«, sagte Solenn betrübt. »Auf der anderen Seite bin ich ... Ja, ich bin erleichtert. Es hat sich abgezeichnet. Und die vergangenen Wochen waren anstrengend. Jeden Tag dasselbe Lied. Wann kommst du endlich? Du fehlst mir so. Und keine Bereitschaft, sich selbst auch nur einen Zentimeter von ihrem Zuhause wegzubewegen.«

Solenn riss das harte Salzgras aus, das hier wuchs. Sylvia war sich sicher, dass sie es gar nicht bemerkte, selbst als ihre Finger schon blutig waren.

»Vielleicht überlegt sie es sich anders«, meinte Sylvia, doch Solenn schüttelte energisch den Kopf.

»Ich war es, die Schluss gemacht hat«, sagte sie. »Es ist besser so. Mein Leben ist die Insel. Hier werde ich gebraucht. Auch wenn du mir die unmöglichsten Leute anschleppst.«

Solenn lächelte schief, und doch konnte sie vor Sylvia die Tränen nicht verbergen, die in ihren Augenwinkeln schimmerten. Sylvia wusste, dass die Bretonin darauf nicht angesprochen werden wollte. Für ihre Verhältnisse hatte sie gerade unglaublich viel von sich preisgegeben.

»Es kommt noch besser«, sagte Sylvia deswegen mit sarkastischem Unterton.

»Wie meinst du das?«, fragte Solenn misstrauisch.

»Am Wochenende reisen Chloé und Noah an«, sagte sie.

»Was du nicht sagst«, antwortete Solenn. »Dann kann der Junge ja seine Großmutter kennenlernen.«

»Nicht nur die«, meinte Sylvia. »Er wird hier seinen Großvater treffen.«

Solenn starrte sie mit zusammengezogenen Augenbrauen an. »Welchen Großvater denn?«

»Chloés Vater.«

»Das ist nicht dein Ernst.«

»Meiner nicht, aber Chloés.«

Kurz dachte Sylvia, dass Solenn einen Wutausbruch bekommen würde. Sie hätte es ihr nicht verdenken können. Stattdessen brach die Bretonin in schallendes Gelächter aus, sodass sich eine ganze Wolke von Möwen von den umliegenden Felsklippen erhob und mit keckernden Schreien in den rotgoldenen Abendhimmel aufstieg. Sekundenlang war um sie her nichts als Flügelschlagen und Gekreische.

»Von mir aus«, rief Solenn, als sie wieder zu Atem kam. »Schickt sie alle her, die Verrückten dieser Welt. Auf einen mehr oder weniger kommt es jetzt wohl auch nicht mehr an.«

26

Chloés Vater

Als Sylvia am nächsten Morgen ins Büro gehen wollte, herrschte rund um das große Haus Aufregung. Fabienne war aus ihrem Zimmer im Obergeschoss des Herrenhauses verschwunden und wurde auf dem ganzen Anwesen gesucht.

»Vorhin war sie noch oben«, keuchte Yvonne, als sie an Sylvia vorbeihetzte, um im Park nach ihr zu suchen. »Und als ich sie zum Frühstück abholen wollte, war sie weg.«

»Hat sie heute schon ihre Medikamente bekommen?«, fragte Sylvia, doch Yvonne schüttelte den Kopf.

»Die soll sie doch erst nach dem Frühstück nehmen«, erklärte sie.

Im *Jardin aux Camélias* war Fabienne nirgends zu finden. Da nahm Sylvia einen der Pick-ups und fuhr, ihrem Bauchgefühl folgend, zur höchsten Stelle der Insel. Sollte Fabienne tatsächlich den umfriedeten Bereich verlassen haben, würde man sie von hier aus am ehesten sehen können.

Sie entdeckte ihre Schwiegermutter am äußersten Ende der südlichen Spitze, wo die Küste steil abfiel. Mit klopfendem Herzen lenkte Sylvia den Wagen über die von Wind und Wetter geglättete Felspiste, inständig hoffend, dass Fabienne nicht erschrecken und planlos davonrennen würde. Sie dachte an deren unbeholfene Bewegungen am Tag zuvor und mochte sich nicht ausdenken, was passieren würde, sollte sie stürzen. Deswegen hielt sie hundert Meter entfernt von ihr an und ging den

Rest des Weges zu Fuß. Noch hatte Fabienne sie nicht gesehen. Sie stand dicht am Rand der Steilküste und blickte übers Meer in Richtung Süden. Der Wind blähte ihr Baumwollkleid auf und wehte ihr das Haar aus dem Gesicht. Sie wirkte unendlich einsam, wie sie dort stand vor der Weite des Meeres. Unter ihnen tosten die Wellen gegen die Klippen.

»Guten Morgen, Fabienne«, sagte Sylvia so ruhig wie möglich, als nur noch wenige Meter sie voneinander trennten.

Fabienne fuhr herum, starrte sie verwirrt an, dann glitt ein Lächeln über ihr Gesicht.

»Ach, Sie sind es«, sagte sie. »Ich habe einen Spaziergang gemacht. Bitte … ich muss Sie etwas fragen.«

»Fragen Sie mich«, antwortete Sylvia und überlegte fieberhaft, wie sie es schaffen könnte, Maëls Mutter von der Steilkante wegzubekommen. Nur zwei, drei unbedachte Schritte, und sie würde in die Tiefe stürzen.

»Werden Sie auch ehrlich zu mir sein?«, fragte Fabienne und warf ihr einen prüfenden Blick zu. »Ich bin viel belogen worden in letzter Zeit.«

»Ich werde Ihnen ehrlich antworten«, versicherte Sylvia und versuchte, das Zittern in ihrer Stimme zu unterdrücken.

Fabienne studierte unaufhörlich ihre Miene, unschlüssig, ob sie ihr trauen konnte. Endlich nickte sie.

»Ich bin mir nicht sicher, denn in letzter Zeit vergesse ich vieles. Aber ich glaube, ich war hier noch nie«, sagte sie. »Das ist mir alles fremd. Ich bin nicht zu Hause, stimmt's?«

Sylvia schluckte. Was sollte sie tun? Würde Fabienne wütend werden, wenn sie erfuhr, dass sie gar nicht zu Hause war? Nun, sie hatte versprochen, ehrlich zu antworten.

»Nein«, sagte sie. »Sie waren tatsächlich noch nie hier, Fabienne.«

Maëls Mutter schien aufzuatmen.

»Wissen Sie«, sagte sie so leise, dass Sylvia Mühe hatte, sie zu verstehen, so laut donnerte die Brandung gegen die Felswand, »es ist schrecklich, sich nicht sicher zu sein. In meinem Kopf gehen merkwürdige Dinge vor. Mal ist alles ganz klar. Ich bin Fabienne Riwall und wohne in Le Havre. Dort bin ich geboren worden, dort habe ich mein Leben verbracht. Und dann ist wieder alles wie … so als ob jemand auf einer großen Tafel einen Teil der Schrift mit einem schmutzigen Lappen weggewischt hätte. Oder alles. Und zu sehen ist nichts weiter als eine graue, verschmierte Kreideschicht ohne Sinn.«

Sylvia nickte. Offenbar hatte Fabienne einen ihrer klaren Momente. »Ja, das ist schlimm«, sagte sie. »Es ist eine Krankheit, Sie wissen das wahrscheinlich, oder?«

Auf einmal ging eine erschreckende Veränderung mit Fabienne vor. Ihr Gesicht verzerrte sich, zornig funkelte sie Sylvia an.

»Ich bin nicht krank«, schrie sie und ballte die Hände zu Fäusten. »Schauen Sie mich doch an. Können Sie vielleicht etwas sehen? Ein Gebrechen? Irgendetwas? Ich bin völlig in Ordnung, alles andere sind Lügen. Man will mir das einreden. Diese … diese Ärztin. Und diese boshaften Schwestern. Die lügen wie gedruckt, glauben Sie mir. Und jetzt … jetzt fangen Sie auch noch damit an!«

Alles Blut war aus ihrem Gesicht gewichen, ihre Augenränder brannten feuerrot. Sie war vollkommen außer sich.

»Sie haben recht«, antwortete Sylvia. Sie hatte keine Zeit zu überlegen, was richtig war und was falsch. Alles, was sie wollte, war, dass sich diese Frau wieder beruhigte, damit sie sie von diesem gefährlichen Ort wegbringen konnte. »Jetzt ist mir das klar. Man hat auch mich versucht zu täuschen, Fabienne. In Wirklichkeit sind Sie völlig gesund. Wollen wir frühstücken gehen?«

Fabienne sah sie überrascht an, ihre Züge entspannten sich, und ein erleichtertes Lächeln glitt über ihr Gesicht.

»Ja«, sagte sie erfreut. »Frühstück ist eine gute Idee. Ich bin tatsächlich ein bisschen hungrig.«

Und damit wandte sie sich von der Felskante ab und ging in kleinen Schritten auf den Wagen zu.

»Widersprecht ihr nach Möglichkeit nicht«, riet Sylvia Elise und Yvonne später an diesem Morgen. Fabienne hatte mit großem Appetit zwei Croissants verspeist und ohne Widerstand ihre Tabletten genommen. Nun hatte sie sich ein wenig hingelegt, der Spaziergang zu der Klippe hatte sie verständlicherweise ermüdet. »Was immer sie sagt, sie hat recht. Dann kann man sie freundlich lenken.«

»Und sie war nicht wütend, als du bestätigt hast, dass sie hier überhaupt nicht zu Hause ist?«

»Nein«, antwortete Sylvia. »Sie war erleichtert, dass ihre Wahrnehmung richtig war. Wütend wurde sie erst, als ich von ihrer Krankheit sprach. Ihrer Meinung nach ist sie nicht krank. Obwohl sie sich darüber bewusst ist, dass sie vieles vergisst.«

»Das wird nicht ständig so sein«, wandte Elise ein. »Nicht immer wird sie sich dessen bewusst sein. Und die Verwirrtheit wird zunehmen.«

Sylvia nickte traurig. »Ja, so ist das wohl«, antwortete sie. »Aber ich denke, es ergibt überhaupt keinen Sinn, mit ihr zu streiten. Egal, in welchem Zustand sie sich gerade befindet.«

»Ich mag sie«, erklärte Yvonne mit einem scheuen Lächeln. »Sie ist freundlich, wenn man nett zu ihr ist.«

»Behaltet sie im Auge«, bat Sylvia und erhob sich. »Ich möchte nicht erleben müssen, dass sie von einer Klippe stürzt.«

Den Rest des Vormittags verbrachte Sylvia am Telefon. Ein zähes Ringen mit der Versicherung hatte begonnen. Ihre Anwältin in Paris hatte eine Sammelklage mehrerer sturmgeschädigter Parteien eingereicht, und ironischerweise konnte sie die von Ashton-Davenports Hubschrauber aus gemachten Aufnahmen nun gut gebrauchen, um die Schäden zu belegen. Gegen Sir James etwas zu unternehmen, davon riet Marie-France Bresson allerdings ab.

»Wir sorgen lieber dafür«, erklärte sie am Telefon, »dass seine Pläne nicht aufgehen. Alles andere ist reine Kraftverschwendung.«

Sylvia sprach gerade mit dem Umweltministerium, als Yvonne aufgeregt ins Büro gelaufen kam.

»Da ist ein Mann«, rief sie. »Der will dich sprechen.«

»Was denn für ein Mann?«, fragte Sylvia konsterniert. »Wie soll denn der hergekommen sein?«

»Na, mit dieser Segeljacht da draußen«, erklärte das Mädchen atemlos. »Und zur Insel hat er mit einem Schlauchboot übergesetzt. Tristan sagt, allein das ist ein Vermögen wert!«

Sylvia beschlich eine Ahnung. »Welchen Tag haben wir heute?«, fragte sie Yvonne, während sie ihr nach draußen folgte. »Es ist doch wohl noch nicht Freitag?«

»Nein«, antwortete Yvonne. »Heute ist Donnerstag.«

Am Tor stand ein braun gebrannter Mann mit einer kräftigen, athletischen Figur und schlohweißem dichtem Haar, der sich interessiert umsah. Er mochte Ende sechzig sein, trug beige Bermudashorts und ein beige-marineblau geringeltes Polohemd. Seine Füße steckten in ausgetretenen Segelschuhen aus Wildleder.

»*Bonjour*, Madame«, sagte er höflich. »Entschuldigen Sie bitte, dass ich hier so eindringe. Mein Name ist Jean-Paul Lambert, ich bin Chloés Vater. Sind Sie ihre Freundin Sylvia Riwall?«

»Ja, das bin ich«, antwortete Sylvia, nachdem sie kurz geschluckt hatte. Sie war also neuerdings Chloés Freundin? »Bitte kommen Sie doch herein«, fügte sie hinzu. Dann wandte sie sich an Yvonne. »Bist du so lieb und fragst Elise, ob die Gästezimmer schon vorbereitet sind?«

»Nein, das sind sie nicht«, antwortete das Mädchen und betrachtete den Gast mit großen Augen. »Das weiß ich, weil ... das ist nämlich meine Aufgabe. Nur ... vor morgen haben wir gar nicht ...«

»Oh, bitte keine Umstände«, fiel Jean-Paul Lambert ein. »Ich brauche kein Gästezimmer, vielen Dank. Ich schlafe auf meinem Boot, das mache ich immer so.« Sie waren in den Hof getreten, und Lambert ließ staunend seinen Blick über das große Haus und die Bäume wandern. »Dies ist eine private Insel, nicht wahr? Wirklich beeindruckend. Ein herrliches Haus. Und der gepflegte Park erst!«

»Willkommen auf der Kamelieninsel«, antwortete Sylvia. »Sicher haben Sie von uns gehört. Wir führen Frankreichs größte Gärtnerei für Kamelien. Normalerweise herrscht hier um diese Jahreszeit reger Betrieb. Leider gehen wir gerade durch eine schwierige Zeit.«

Sie bat Yvonne, Kaffee zu machen und ihn zu der steinernen Bank bei Lucies Grab zu bringen. Sie wollte mit Chloés Vater einen Moment lang allein sein und nicht riskieren, dass Solenn ihren Unmut über den verfrüht eingetroffenen Gast äußern oder Fabienne einen ihrer verwirrten Momente in Lamberts Beisein ausleben würde. Deshalb führte sie Chloés Vater zu ihrer Lieblingsstelle, wo sich der *Jardin aux Camélias* noch immer von seiner schönsten Seite zeigte.

»Sie sagten, Sie gehen durch eine schwierige Zeit«, nahm Lambert ihren Gesprächsfaden auf, als sie dort Platz genommen hatten. »Darf ich fragen, inwiefern?«

»Die Sturmflut«, sagte Sylvia. »Sie hat vieles verändert.

335

Davor war die Insel durch einen bei Niedrigwasser befahrbaren Damm mit dem Festland verbunden. Die Flut hat ihn vollkommen zerstört. Außerdem wurde ein Teil unserer Plantagen überschwemmt, ein Gewächshaus ist verwüstet, weitere wurden beschädigt. Mein Mann und unsere Leute sind dabei, die schlimmsten Schäden zu beseitigen. Dennoch wird es lange dauern, bis wir unsere Geschäfte wieder aufnehmen können.«

Sylvia schwieg erschöpft und sah über den Garten hinunter zum Meer. Sie dachte an ihre prekäre finanzielle Lage und an Sir James, der offenbar einmal mehr auf seine Chance lauerte. Mühsam riss sie sich zusammen und wandte sich erneut ihrem Gast zu. Lambert hatte ihr aufmerksam zugehört, seine klaren hellblauen Augen unter den buschigen Brauen ruhten auf ihr, so als wollte er sie auffordern weiterzusprechen.

»Sie sind hoffentlich gut versichert«, sagte er.

»Das dachte ich«, antwortete Sylvia mit einem traurigen Lächeln. »Tatsache ist, dass wir uns einer Sammelklage von anderen Geschädigten anschließen mussten. Die Versicherung beruft sich auf einen ominösen Paragrafen und weigert sich zu zahlen.«

»Haben Sie einen guten Anwalt?«, fragte Lambert.

»Marie-France Bresson aus Paris«, antwortete Sylvia.

Lambert hob die Brauen. »Dann kann Ihnen nichts passieren«, sagte er mit einem feinen Lächeln.

Sylvia kommentierte das lieber nicht. Sie wusste, dass Marie-France Bresson auch Lambert vertreten hatte, damals, als er sich von Chloés Mutter hatte scheiden lassen.

»Ich hoffe, dass wir Erfolg haben werden«, sagte sie lediglich. »Und zwar bald. Denn an jedem Tag, der vergeht, verlieren wir Geld. Nun, sprechen wir lieber von Ihnen. Führt Sie ein Segeltörn hier vorbei? Möchten Sie ein bisschen Urlaub bei uns machen?«

Lamberts Blick wurde ernst. »Nein, nach Urlaub ist mir nicht. Es war Chloés Idee, sich hier mit mir zu treffen. Wenn ich ehrlich mit Ihnen sein darf, Madame Riwall, ich mache mir Sorgen um meine Tochter. Ich habe das Gefühl, dass sie mir etwas verheimlicht. Auch Alain, mein Schwiegersohn, will nicht heraus mit der Sprache. Warum die beiden sich getrennt haben, das mag mich nichts angehen. Wobei ich immer der Meinung bin, dass zwei vernünftige Menschen sich wieder versöhnen können, oder nicht? Warum Noah jetzt in England ein Internat besucht, das will mir nicht in den Kopf. Die Schulen, die Alain für ihn ausgewählt hatte, sind allesamt ausgezeichnet. Ich …« Jean-Paul Lambert unterbrach sich und fuhr sich mit der Hand über das Gesicht. »Ich belästige Sie mit meinen familiären Problemen, Madame Riwall. Sie haben ja ganz andere Sorgen. Ich dachte nur, da Sie Chloés Freundin sind, könnten Sie das vielleicht verstehen.«

»Ich kann Sie sehr gut verstehen«, antwortete Sylvia.

Und doch war ihr unbehaglich zumute. Was hatte Chloé ihr da nur eingebrockt? Worauf würde dieses Gespräch hinauslaufen?

»Sehen Sie, ich bin erleichtert, Sie kennenzulernen«, fuhr Lambert fort. »Sie sind die vernünftigste Freundin meiner Tochter, die ich je getroffen habe. Doch«, fügte er mit einem kleinen Lachen hinzu, als sie verlegen widersprechen wollte, »um das zu erkennen, braucht man keine fünf Minuten, Sylvia. Ich darf Sie doch so nennen? Bitte sagen Sie Jean-Paul zu mir.«

Yvonne kam mit einem Tablett, und Sylvia bat sie, es zwischen ihnen auf der Bank abzustellen. Elise hatte auch an einen Teller mit Mandelgebäck gedacht, und so war Sylvia einen Moment lang damit beschäftigt, die *bols* zu füllen, Jean-Paul Zucker und Milch zu reichen und ihm die Kekse anzubieten.

»Das erinnert mich an unsere Urlaube hier in der Bretagne«, bemerkte Lambert versonnen, als er seinen *bol* in Händen hielt. »Ich habe ein Ferienhaus drüben auf dem Festland, keine dreißig Kilometer südlich. Das habe ich lange nicht mehr aufgesucht. Ehrlich gesagt hatte ich es beinahe vergessen.«

Sylvia senkte den Blick auf ihren Kaffee. Mit diesem Ferienhaus verband sie keine guten Erinnerungen. Dort hatte Maël vor nun bald zehn Jahren Chloé kennengelernt, in jenem Sommer ihrer kurzen Liebe, in der Noah gezeugt worden war.

»Es ist wirklich wunderschön hier«, fuhr ihr Vater nun fort, stellte seine Schale ab und legte beide Arme über die steinerne Rückenlehne, so als gehörte ihm die ganze Insel. Für einen kurzen Moment erinnerte Sylvia diese Geste an Chloé, die sich selbstverständlich nahm, was ihr gefiel. Ansonsten hatte sie natürlich keinerlei Ähnlichkeit mit ihrem attraktiven Ziehvater, der mit seiner weißen Löwenmähne wie ein echter Patriarch wirkte. »Ich kann gut verstehen, dass Noah seine Ferien so gern hier verbringt«, bemerkte Lambert. »Obwohl ich es seltsam finde, dass Alain das zulässt. Mir scheint, er sieht seinen Sohn fast gar nicht mehr.«

Der weltgewandte Geschäftsmann sah Sylvia fragend an.

»Soviel ich weiß, wird Noah morgen mit seiner Mutter hier ankommen«, sagte Sylvia ausweichend. »Er wird es Ihnen selbst erklären. Wir jedenfalls freuen uns immer, wenn er bei uns ist.«

Die himmelblauen Augen blieben auf ihr ruhen, so als hoffte Lambert, dass sie weitersprach. Doch Sylvia dachte nicht daran, für Chloé die heißen Kartoffeln aus dem Feuer zu holen. Sie musste ihrem Vater schon selbst erklären, dass Noah nicht Alains Sohn war.

»Ich hab mich erkundigt«, fuhr Jean-Paul fort. »Im Augenblick sind keine Ferien, auch nicht in England. Wieso holt ihn Chloé gerade jetzt aus der Schule?«

Sylvia zuckte mit den Schultern. »Ich nehme an«, sagte sie, »sie möchte, dass er seinen Großvater sieht?« Und bereute im selben Moment, sich überhaupt auf dieses Gespräch eingelassen zu haben.

»Das könnte er jederzeit«, wandte Chloés Vater prompt ein. »Früher war er oft mit seinem Vater bei uns an der Côte d'Azur. Die beiden waren unzertrennlich. Da liegt noch eine kleine Jolle bei mir im Bootshaus, die ihm gehört. Seit einem Jahr jedoch kommt er lieber hierher. Warum? Bitte sagen Sie es mir, ich sehe Ihnen doch an, dass Sie die Gründe kennen.«

Sylvia wandte unangenehm berührt den Blick ab. »Monsieur Lambert«, begann sie und korrigierte sich sogleich, »Jean-Paul, finden Sie nicht, dieses Gespräch sollten Sie mit Ihrer Tochter führen? Seien Sie mir nicht böse, aber … Sie bringen mich mit Ihren Fragen in eine unangenehme Situation.«

Lambert fixierte sie noch ein paar Sekunden, und eine V-förmige Falte erschien zwischen seinen Augenbrauen. »Sie haben recht«, sagte er. »Entschuldigen Sie. Ihre Haltung spricht nur für Sie. Bitte verstehen Sie, ich bin äußerst besorgt.« Er holte tief Atem und legte den Kopf in den Nacken. »Wissen Sie«, fuhr er fort, »ich liebe meine Tochter. Ich weiß allerdings auch, dass sie einen … nun ja, sagen wir mal … unsteten Charakter hat. Alain hat ihr gutgetan, er hat Struktur in ihr Leben gebracht und ihr die gesellschaftliche Basis gegeben, die sie gewohnt ist. Dass die Ehe in die Brüche gegangen ist, erfüllt mich mit Sorge. Vor allem wegen Noah. Er ist ein großartiger Junge. Und unter Trennungen leiden die Kinder oftmals sehr. Auch Chloé hat darunter gelitten, als ich mich von ihrer Mutter scheiden ließ. Leider blieb mir keine andere Wahl.« Er griff nach seinem *bol* und trank ihn leer. Dann erhob er sich. »Danke für die Zeit, die Sie mir geopfert haben«, sagte er bedrückt. »Immerhin weiß ich jetzt, dass ich mir zu Recht

Sorgen mache.« Und als Sylvia ihn fragend anblickte, fügte er hinzu: »Jede Ihrer Gesten bestätigt mir, dass irgendetwas nicht stimmt. Nun, ich werde Chloé selbst fragen. Entschuldigen Sie, dass ich Sie mit unangenehmen Fragen belästigt habe. Ist es in Ordnung für Sie, wenn mein Schiff bis morgen vor Ihrer Insel liegen bleibt?«

»Ja, natürlich«, antwortete Sylvia und erhob sich ebenfalls. »Sind Sie sicher, dass Sie nicht lieber in einem unserer Gästezimmer schlafen möchten? So könnten Sie Ihrem Enkel doch näher sein.«

»Noah wird wie immer bei mir auf dem Boot schlafen«, antwortete Lambert selbstsicher.

»Dann essen Sie wenigstens mit uns«, insistierte Sylvia. Sie mochte Chloés Vater, ihr Gefühl sagte ihr, dass er ein guter Mensch war und Chloés Heimlichkeiten nicht verdient hatte. Außerdem wollte sie auf keinen Fall, dass er sie als ungastlich empfand. »Mittagessen gibt es um zwölf. Wir essen immer alle gemeinsam in der Küche des großen Hauses, wie eine Familie.«

Lambert betrachtete sie einen Moment unschlüssig. »Wenn es keine Umstände macht«, sagte er dann.

»Nein, das macht es nicht«, erklärte Sylvia mit einem herzlichen Lächeln. »Setzen Sie sich einfach zu uns an den Tisch, wenn Sie mögen. Es würde mich freuen. Und bis dahin – sehen Sie sich ruhig ein bisschen auf unserer Insel um. Die Menschen kommen von weit her, um sie zu besuchen. Es lohnt sich.«

Jean-Paul Lambert erschien tatsächlich pünktlich um zwölf Uhr in der großen Küche, gemeinsam mit Maël, den er in der Gärtnerei angetroffen hatte. Nach dem angeregten Gespräch zu urteilen, das die beiden führten, hatte er sich ein Bild von der Situation in der Senke gemacht und stellte eine Menge Fragen, die Maël zu Sylvias Freude bereitwillig beantwortete.

Solenn hatte kaum reagiert, als Sylvia ihr von dem Überraschungsgast erzählt hatte. Überhaupt wirkte die Bretonin still und in sich gekehrt. Sylvia brach es fast das Herz mitanzusehen, wie ihre Freundin unter Liebeskummer litt.

Ein köstlicher Duft nach Meer und Süße erfüllte die Küche. Tristan war an diesem Morgen auf dem Festland gewesen und hatte von seinem Vater eine große Styroporbox mit fangfrischen Felsenfischen und verschiedene Meerestieren mitgebracht, woraus Elise eine *Godaille* gezaubert hatte, die typisch bretonische Fischsuppe. Alle langten kräftig zu, denn seit Pierrick nicht mehr zum Angeln hinausfahren konnte, stand Fisch nur noch selten auf dem Speisezettel. Auch Jean-Paul Lambert ließ es sich schmecken, er unterhielt sich weiter angeregt mit Maël. Sylvia hörte den beiden gern zu. Jean-Paul hatte eine Art, die richtigen Fragen zu stellen, ohne aufdringlich zu wirken, was Sylvia gefiel. Sie konnte sich Chloés Vater gut als Geschäftsmann vorstellen, so wie sie früher wohl häufiger anzutreffen gewesen waren. Männer, die bei allem Eigeninteresse auch stets das Wohl ihrer Partner im Auge behielten, das ihrer Kunden und ihrer Zulieferer und nicht zuletzt das ihrer Mitarbeiter.

»Interessiert sich Noah eigentlich für die Gärtnerei?«, fragte er gerade.

Sylvia wurde hellhörig. Noch immer suchte Jean-Paul nach dem wahren Grund für die häufigen Besuche seines Enkels auf der Insel.

»Nein, bis jetzt nicht«, antwortete Maël. »Er hat sich nach der schwierigen Anfangszeit mehr Pierrick angeschlossen. Nicht wahr, *mignon*?« Er benutzte das bretonische Wort für »Freund«, und Pierrick lächelte herzlich.

»Noah ist ein feiner Bursche«, sagte der Alte. »Einen großartigen Enkelsohn haben Sie da, Monsieur.«

Lambert lächelte verhalten, und sein Blick wanderte forschend zwischen Maël und Pierrick hin und her.

»Dann muss es das köstliche Essen von Madame sein, weshalb Noah so gern hier ist«, sagte er schließlich und schenkte Elise ein großes, charmantes Lächeln. »*Pardon*, ich weiß Ihren Namen gar nicht.«

»Ich heiße Elise«, antwortete die Hauswirtschafterin und errötete bis zu den Haarwurzeln. »Danke für das Kompliment, Monsieur. Aber Noah kommt wegen seines Vaters hierher, nicht wegen des Essens. *C'est la famille*. Er will bei seiner Familie sein, das ist doch verständlich.«

Sylvia wäre beinahe das Herz stehen geblieben. Warum um alles in der Welt hatte sie nicht auch Elise beiseitegenommen und sie über die komplizierte Situation aufgeklärt? Jetzt war es geschehen. Lambert saß da wie vom Donner gerührt.

»Noahs Vater?«, fragte er tonlos. »Sie meinen Alain Dufèvre?«

Elise wollte antworten, da fing sie Sylvias Blick auf und stockte. Sie errötete noch tiefer und senkte bestürzt den Blick auf ihren Teller.

»*Ich* bin Noahs Vater«, sagte Maël in die Stille hinein, die an diesem Ende des Tisches plötzlich herrschte.

Er sagte es schlicht und ruhig, so wie es nun einmal seine Art war. Sylvia wusste, dass er jegliches Versteckspiel missbilligte, Chloés unbeholfene Strategien und dass sie Ränke schmiedete, konnte er nicht leiden.

Zu Sylvias Entsetzen quoll an Jean-Paul Lamberts Schläfe eine Ader hervor. Er starrte Maël an, als hätte er ihm soeben sein Todesurteil verkündet.

»Das kann ich nicht glauben«, stieß er hervor.

»Es ist die Wahrheit«, antwortete Maël und aß ungerührt weiter.

»Wann?«

Das Wort peitschte durch die Küche, sodass auch die Mitarbeiter am anderen Ende des Tisches verstummten und erstaunt hersahen.

»Nun, Sie werden doch wohl wissen, wie alt Noah ist«, entgegnete Maël sachlich.

Lambert stand so heftig auf, dass sein Stuhl polternd umstürzte. Wutentbrannt verließ er die Küche.

»Warten Sie«, rief Sylvia ihm nach, doch Pierrick legte ihr eine Hand auf den Arm.

»Lass ihn«, sagte er. »Dieser Mann hat einiges zu verdauen.«

27

Der Überraschungsgast

Jean-Paul Lamberts Schlauchboot befand sich nicht mehr am Anleger, und Sylvia nahm an, dass er mit seiner Segeljacht bald abdrehen und auf Nimmerwiedersehen verschwinden würde. Doch das war nicht der Fall, das Schiff blieb vor Anker. Sie versuchte, sich in ihre Arbeit zu vertiefen, doch Jean-Pauls entsetztes Gesicht stand ihr ständig vor Augen. Am späten Nachmittag hielt sie es nicht mehr aus.

Sie nahm die *Espérance* und fuhr hinüber zur Ankerstelle. Es war eine überaus prächtige Jacht, ein Zweimaster, komplett aus Holz gebaut. Je näher Sylvia kam, desto mehr luxuriöse Details fielen ihr auf. Am Bug war in Goldschrift der Name *Madeleine* aufgemalt, Sylvia erinnerte sich, dass Jean-Paul Lamberts zweite Frau so hieß. Sie hielt nach dem Besitzer Ausschau, doch er schien nicht an Deck zu sein. Ihr blieb nichts anderes übrig, als zu rufen. Sie wollte gerade aufgeben und wieder abdrehen, als Lambert mit abweisender Miene an der Reling erschien.

»Darf ich an Bord kommen?«, fragte Sylvia dennoch.

Chloés Vater zögerte, dann nickte er. Er fing die Leine auf, die Sylvia ihm zuwarf, vertäute sie und zog die *Espérance* mit einem Enterhaken näher heran, sodass Sylvia aus ihrem viel kleineren Sportboot über die Außenleiter zu ihm hochsteigen konnte.

»Eine schöne Jacht«, sagte sie, doch Lambert ging nicht darauf ein.

»Wie kann ich Ihnen helfen?«, fragte er distanziert.

»Ich wollte mit Ihnen sprechen«, antwortete Sylvia.

»Jetzt also doch?«

»Nun«, begann Sylvia, »ich hätte mir gewünscht, dass Chloé es Ihnen selbst sagt. Elise … Sie dürfen es ihr nicht übel nehmen …«

»Ihrer Haushälterin nehme ich überhaupt nichts übel«, unterbrach Lambert sie heftig. »Aber Ihrem Mann sehr wohl. Schließlich hat er meine Tochter geschwängert!«

Sylvia war verstimmt. Sie kam sich vor wie eine Bittstellerin, und Groll gegen Chloé flammte in ihr auf. Sie war nicht gekommen, um sich Beleidigungen anzuhören. Und doch konnte sie Jean-Paul Lambert in gewisser Weise verstehen.

Heftige Wellen brachten das Boot zum Schwanken, und Sylvia griff nach der Reling, um sich festzuhalten. Diese war aus hochwertigem Messing, so wie alle Metallbesätze. Eine steife Brise war aufgekommen. Sylvia fröstelte.

»Können wir uns setzen?«, fragte sie unwillig.

Sie sah Lambert direkt in die Augen. Er blickte so kummervoll zurück, dass sie augenblicklich ihren Ärger vergaß.

»Natürlich«, erwiderte er und fand zu einer gewissen Höflichkeit zurück. »Möchten Sie etwas trinken?«

Sylvia folgte ihm unter Deck in eine Art Salon. Lambert wies auf eine mit feinem Kalbsleder bezogene Sitzecke. Sich selbst schenkte er einen *Armagnac* ein, während Sylvia dankend ablehnte.

»Ist es nicht seltsam«, fragte er, als er sich dann ihr gegenüber niederließ, »dass ausgerechnet Sie das Gespräch mit mir suchen? Deswegen sind Sie doch gekommen, *n'est-ce pas?* Sie, die das alles am wenigsten zu verantworten hat, wie ich annehme.« Er betrachtete sie aus seinen klaren Augen.

»Vielleicht ist es für mich gerade deswegen etwas leichter«, antwortete Sylvia nachdenklich. »Nicht dass es überhaupt einfach wäre. Als Chloé vor einem Jahr plötzlich hier auftauchte, Noah an der Hand, und uns eröffnete, er sei Maëls Sohn, das … nun ja, das war ziemlich schrecklich für mich. Maël und ich waren nicht mal ein Jahr verheiratet.«

»Sie können unmöglich mit meiner Tochter befreundet sein«, schloss Lambert daraus. »Für Sie muss Chloé doch ein Störenfried sein. Eine Feindin. Ich weiß, wie Frauen ticken, Sylvia. Machen Sie mir doch nichts vor. Sie müssen Chloé hassen.«

»Ich hätte Chloé auch nicht unbedingt als eine Freundin bezeichnet, Jean-Paul«, versicherte ihm Sylvia. »Mittlerweile haben wir unsere Kontroversen beigelegt. Es war ein harter Weg, zeitweise verkehrten wir nur über unsere Anwälte miteinander. Zum Glück hat sich unser Verhältnis inzwischen gebessert.«

»Warum?« Wie vorhin in der Küche stieß Lambert diese Frage heftig aus, die beiden Silben klangen wie Peitschenhiebe. Sylvia wurde klar, dass dies Lamberts andere, weniger joviale Seite war. Die Stimme eines Mannes, der es gewohnt war zu befehlen, wenn es sein musste.

»Noah zuliebe«, antwortete Sylvia knapp. »Er hat es nicht verdient, dass Erwachsene ihm das Leben noch schwerer machen, als es ohnehin schon geworden war, als Alain von einem Tag auf den anderen nichts mehr von ihm wissen wollte.«

Lambert starrte sie entsetzt an. »Alain hat …?«

Nun erzählte Sylvia doch, wie sich alles zugetragen hatte. Wie verwirrt und unglücklich Noah gewesen war, als er zu ihnen kam. Dabei bemühte sie sich, möglichst bei den Fakten zu bleiben und Chloé nicht in einem allzu schlechten Licht darzustellen.

»Maël wusste damals nicht, dass Chloé verlobt war«,

schloss sie. »Für ihn brach eine Welt zusammen, als sie so plötzlich verschwand, wie sie gekommen war. Ich nehme an, er hat sie wirklich geliebt. Genauso wenig wusste er davon, dass Ihre Tochter schwanger geworden war. Und Chloé beharrt darauf, immer davon ausgegangen zu sein, dass Alain der Vater ihres Kindes war. Bis zu jenem Tag, an dem er erfuhr, dass er zeugungsunfähig ist.«

»Wieso haben mir die beiden nichts davon erzählt?«, donnerte Lambert los. Erregt stand er auf und ging in dem kleinen Salon auf und ab. »Warum muss ich das von Ihnen erfahren?«

»Ich fürchte«, erwiderte sie, »Chloé hatte zu große Angst, es Ihnen zu gestehen. Sie hat mir erzählt, wie Sie … nun ja, wie die Trennung zwischen Ihnen und ihrer Mutter verlief. Sie ging wohl davon aus, dass Sie sie ebenfalls von sich stoßen würden. Deswegen kam sie auch auf die glorreiche Idee mit dem Treffen hier bei uns auf unserer Insel.« Sylvia seufzte tief auf. »Sie war felsenfest der Meinung, ich könnte Sie irgendwie … besänftigen.« Sie hob ratlos die Schultern und ließ sie wieder fallen. »Na ja«, fügte sie hinzu, »ich schätze, auf eine schlimmere Art und Weise hätten Sie es wohl kaum erfahren können.«

Sie wollte gerade resigniert aufstehen, um sich zu verabschieden, als sie Lamberts merkwürdigen Gesichtsausdruck wahrnahm. Er stand da und betrachtete sie mit einem Blick, den sie nicht deuten konnte.

»Chloé mag kapriziös und verantwortungslos sein«, sagte er mit einem traurigen Lächeln, »doch dumm ist sie nicht. Sie hat genau die richtige Botschafterin für diese unmögliche Geschichte gewählt, das muss ich ihr lassen.« Sylvia wusste nicht, was sie antworten sollte. Doch das war auch nicht nötig. »Sie sind eine erstaunliche Frau, Sylvia«, fuhr Lambert fort. »Danke, dass Sie gekommen sind.«

Sylvia erhob sich, und Chloés Vater begleitete sie hinauf

an Deck. Sie war schon auf der Außenbordleiter, um zu ihrem Boot hinunterzuklettern, als sie kurz innehielt.

»Was immer Sie entscheiden«, bat sie, »denken Sie an Noah. Es wäre schlimm für ihn, wenn er seinen Großvater verlieren würde.«

Lambert sah sie an, und sein Blick wurde weich.

»Er wird seinen Großvater nicht verlieren, Sylvia«, sagte er. »Solange ich lebe, werde ich für den Jungen da sein. Da können Sie ganz sicher sein.«

Dann griff er nach der Enterstange und sorgte dafür, dass die *Espérance* ruhig dalag, bis Sylvia an Bord gesprungen war.

Am nächsten Morgen kam Gwen mit Tristan auf die Insel, um mit Sylvia die letzten Bankbewegungen durchzugehen. Sie hatten kaum mit ihrer Arbeit begonnen, als Lambert in Sylvias Büro erschien.

»Erzählen Sie mir alles über Ihren Betrieb und Ihre Zukunftspläne«, forderte er Sylvia ansatzlos auf, setzte sich auf einen Stuhl und legte ein Bein über das andere. Gwen musterte ihn über ihre Lesebrille hinweg mit Befremden. »Stellen Sie sich vor, ich wäre Ihr Steuerprüfer, und Sie müssten mir alles erklären.«

»Sind Sie denn bei der Steuerprüfung, Jean-Paul?«, fragte Sylvia mit einem Lächeln, um Zeit zu gewinnen. Lambert schüttelte den Kopf. »Wieso sollte ich Ihnen dann alles offenlegen?«

»Vielleicht, weil Sie nichts zu verlieren haben«, entgegnete Lambert selbstbewusst. »Oder weil es hin und wieder hilfreich sein kann, sich mit einem erfahreneren Geschäftsmann zu beraten. Ich bin zwar seit einiger Zeit im Ruhestand, gehöre jedoch noch mehreren Aufsichtsräten an. Meine Meinung ist gefragt. Es ist ein Angebot, weiter nichts.«

Sylvia tauschte mit Gwen einen raschen Blick. Tu das nicht,

schien ihre Assistentin sagen zu wollen. Doch Sylvia entschied sich anders.

»In Ordnung«, sagte sie. »Wie viel Zeit haben wir?«

»Bis zu Chloés Ankunft«, lautete die Antwort. »Und da keiner weiß, wann das sein wird, legen Sie besser gleich los.«

Sylvia bat Gwen, einige Finanztabellen auszudrucken, und erläuterte Lambert konzentriert die Abläufe der Gärtnerei, die Entwicklung ihrer Umsätze in den vergangenen drei Jahren, die Investitionen und Finanzierungen. Nach einer Weile begann ihr die Sache Spaß zu machen. Jean-Paul hatte recht. Es tat gut, sich mit einem ebenbürtigen Gesprächspartner über ihr komplexes Unternehmen auszutauschen.

Als sie auf ihr Problem mit dem Bankkredit zu sprechen kamen und auf ihre Finanzierungslücke, die durch die Sturmschäden entstanden war, stellte Lambert viele Fragen. Schließlich sagte er: »Ich kann nicht nachvollziehen, warum Ihnen die Bank nicht helfen will. Verschweigen Sie mir etwas? Hatten Sie in der Vergangenheit Zahlungsschwierigkeiten? Eine Insolvenz vielleicht?«

Sylvia dachte an ihren ersten Mann Holger, dessen Firma tatsächlich pleitegegangen war. Doch sie selbst war davon nicht betroffen gewesen, und es war ausgeschlossen, dass ihre Bank davon wusste.

»Nein«, sagte sie. »Ich habe allerdings eine Vermutung, warum die Bank sich so verhält, wie sie es tut.«

»Und die wäre?«

»Eine Intrige. Da gibt es jemanden, der die Insel unbedingt haben will. Er ist ein sehr reicher, mächtiger Mann. Es ist nicht das erste Mal, dass er uns Schwierigkeiten bereitet.«

»Wer soll dieser Mann sein?«, fragte Lambert skeptisch.

Sylvia stockte. Konnte sie den Namen des Mannes nennen, mit dem Chloé inzwischen zusammenlebte? Doch dann beschloss sie, keine falsche Rücksicht mehr zu nehmen. Außerdem war fraglich, dass Lambert von der neuen Beziehung seiner Tochter überhaupt wusste.

»Sein Name ist Ashton-Davenport«, sagte Sylvia. »Sir James Ashton-Davenport.«

Lambert runzelte die Stirn. »Der Name sagt mir etwas«, meinte er. »Ein Investor, nicht wahr?«

»Er besitzt Ferienresorts der Edelklasse«, sagte Gwen. »Auch aus der Kamelieninsel wollte er so etwas machen.«

Jean-Paul schwieg und blickte nachdenklich aus dem Fenster. »Und Sie glauben, er hat Ihre Bank dazu bewogen, Ihnen das Messer an den Hals zu setzen?«

»Sein Anwalt verließ das Büro des zuständigen leitenden Mitarbeiters, als ich dort auf meinen Termin wartete«, erklärte Sylvia. »Und dies hier hatte er ihm gegeben, um zu belegen, dass wir uns seiner Meinung nach nicht mehr erholen können.« Sie schloss eine Schublade auf, holte Kopien von den Luftaufnahmen heraus und reichte sie Lambert. »Ich vermute, er hat angeboten, meinen Kredit großzügig abzulösen«, fuhr sie fort. »Anders kann ich mir die Haltung der Bank nicht erklären. Wir haben immer pünktlich gezahlt, nie gab es Unregelmäßigkeiten, davon können Sie sich überzeugen.«

Sie wies auf die Ordner, in denen Gwen die ausgedruckten Kontoauszüge nach Jahren und Monaten abgeheftet hatte.

Lambert zog einen Stift und ein abgegriffenes Moleskine-Notizbuch aus einer Seitentasche seiner Bermudas. Er ließ sich von Gwen Sir James' vollständigen Namen buchstabieren und notierte sich auch den des Bankiers.

»Ich werde der Sache nachgehen«, sagte er. »So. Und nun erzählen Sie mir doch bitte von der Kosmetikmanufaktur, die Sie vorhin erwähnt haben. Wo wollen Sie die denn ansiedeln? Hier auf der Insel?«

»Nein«, antwortete Sylvia. »Es gibt da ein interessantes Objekt auf dem Festland.«

Nach dem Mittagessen bat Lambert sie, ihm die alte Konservenfabrik zu zeigen, und da Sylvia ohnehin versprochen hatte, Gwen zurückzubringen, fuhren sie gemeinsam mit der *Espérance* hinüber zum Festland.

Stumm umrundeten sie zu dritt das alte Gebäude, während die Zikaden in der Mittagshitze zirpten und der spröde Strandhafer unter ihren Schuhen knirschte.

»Was ist Ihr Eindruck?«, fragte Sylvia, nachdem Gwen sie zurück zum Hafen gebracht hatte und sie über die Mole zum Boot gingen.

»Nicht übel«, antwortete Lambert. »Aber ich würde es an Ihrer Stelle kaufen. Nicht mieten. Mir scheint, es ist eine gute Investition, selbst für den Fall, dass die Sache mit Ihrer Kosmetik ein Misserfolg werden sollte. Die Lage ist gut, direkt am Strand. Sie könnten immer noch ein Hotel daraus machen. Oder Ferienappartements.«

»Das weiß der aktuelle Besitzer ebenfalls«, wandte Sylvia ein. »Er will nicht verkaufen.«

Lambert sah sie mit einem breiten Lächeln an. »Überzeugen Sie ihn«, sagte er. »Ich bin mir sicher, das schaffen Sie spielend.«

Auf der Insel angekommen zeigte Sylvia ihrem Gast das Besucherzentrum. Laden und Bistro schienen ihn nur mäßig zu interessieren, dafür blieb er im Eingangsbereich vor Tante Lucies Gemälde stehen.

»Sie haben ein außerordentliches Talent, mich zu überraschen«, sagte er nach einer Weile. »Ich kenne mindestens drei wichtige Pariser Persönlichkeiten, die dieses Bild gern gekauft hätten. Und auf einmal war es weg.« Er drehte sich zu Sylvia um und betrachtete sie mit völlig neuen Augen. »Offen gestanden ist die Kamelieninsel der allerletzte Ort, an dem ich diesen van Outen vermutete hätte. Oder ist es womöglich eine Kopie?«

Sylvia schüttelte den Kopf. Einmal mehr brachte sie das kostbare Bild in Verlegenheit. »Hendryk van Outens Witwe hat es mir geschenkt«, erwiderte sie.

»Und warum sieht es Ihnen so verdammt ähnlich?«, fragte Lambert.

»Die Frau auf dem Bild ist meine Tante«, erklärte Sylvia. »Lucie Hofstetter. Sie hat gemeinsam mit Solenn Lambaol die Kamelieninsel aufgebaut.«

Lambert sah von ihr zu Lucie und wieder zurück. »Ich bin nicht auf dem Laufenden, was dieses Gemälde aktuell wert ist«, sagte er. »Doch eines ist sicher: Sie brauchen es nur zu verkaufen, und Sie sind alle finanziellen Sorgen los.«

Sylvia schüttelte den Kopf. »Ich kann es nicht verkaufen«, antwortete sie. »Ich sagte doch, es ist ein Geschenk. Das würde mir Aaltje niemals verzeihen.« Und ich mir selbst auch nicht, fügte sie in Gedanken hinzu. »Nein«, fuhr sie fort. »Ich muss es irgendwie anders schaffen. Es gibt Dinge, die sind einfach wichtiger als Geld.«

Sylvia bemerkte sehr wohl, dass Chloés Vater sie mit einem schwer zu deutenden Blick bedachte. Er konnte ihre Haltung wahrscheinlich nicht verstehen, und es war ihr egal. Als sie über den Parkplatz gingen, entdeckte Sylvia Yanns Wassertaxi, das sich der Insel näherte.

»Das wird Chloé sein«, sagte sie und beschirmte ihre Augen mit der Hand. »Und Noah.« Sie fühlte, wie Vorfreude in ihr aufstieg bei dem Gedanken, den Jungen bald wieder um sich zu haben.

Gemeinsam gingen sie zum Naturhafen hinunter, um die beiden zu begrüßen. Doch als Yann Lennecks Boot anlegte, glaubte Sylvia, ihren Augen nicht zu trauen. An Bord befand sich weder Chloé noch ihr Sohn. Sondern Alain Dufèvre.

28

Das Angebot

Alain wurde bleich, als er seinen Schwiegervater erkannte. Ganz offensichtlich hatte er nicht damit gerechnet, ihn hier zu treffen. Auf Sylvias höfliche Frage, was ihn zu ihnen führe, erklärte er, dass er Noah wiedersehen wolle.

»Er schrieb mir, dass er das Wochenende hier verbringt«, sagte er. »Aber natürlich kann ich aufs Festland zurückkehren und dort warten, bis …«

»Bleib«, sagte Jean-Paul Lambert, als Dufèvre bereits Anstalten machte, aufs Boot zurückzuspringen. »Ich hab mit dir zu reden.«

Sylvias Handy klingelte, und sie nahm es als willkommenen Anlass, die beiden Männer allein zu lassen. Rasch stieg sie die Stufen zum *Jardin aux Camélias* hinauf. Es war Chloé, die anrief, und sie klang ziemlich niedergeschlagen.

»Ist *Papa* schon da?«, fragte sie ängstlich.

»Woher weißt du das?«

»Ach«, meinte Noahs Mutter nervös, »ich hatte so eine Ahnung. Wir werden wohl zum Abendessen da sein. Noah bringt übrigens Yves mit, seinen besten Freund.«

Sylvia seufzte. Nun ja, eine zusätzliche Matratze für Noahs Zimmer im Dachgeschoss des *Ti Bag* würden sie vermutlich noch übrig haben.

»Hast du auch Alain herbestellt?«, fragte Sylvia. Die Stille am anderen Ende der Leitung, die nun herrschte, sprach für sich.

»Alain? Um Himmels willen, nein. Sag bloß, er hat sich angekündigt?«

»Er ist soeben angekommen. Ohne sich anzumelden.«

»Das gibt es doch gar nicht. Was will er denn?«

»Er sagt, er will Noah sehen«, antwortete Sylvia.

Sie konnte hören, wie Chloé verächtlich die Luft ausstieß.

»Noah, hast du Alain geschrieben, dass wir zur Kamelieninsel fahren? Ja? Und dass Yves dich begleitet, auch? Na dann.«

Sylvia wartete ungeduldig, bis Chloé wieder geruhte, mit ihr zu sprechen. »So ein raffinierter Opportunist!«, hörte sie sie sagen. »Ihm geht es doch gar nicht um Noah. Ihm geht es um Yves. Oder besser um dessen Vater. Der wird nämlich Minister …«

»Ich verstehe nur Bahnhof, Chloé«, warf Sylvia ein. »Am besten erzählst du mir das alles, wenn ihr hier seid.«

»Ich … ich weiß gar nicht, ob ich überhaupt kommen soll.«

»Das kannst du nicht machen«, rief Sylvia entrüstet in den Hörer. »Erst bringst du mir alle möglichen Leute auf die Insel, und jetzt willst du dich drücken?«

»Ich glaube, es ist kein besonders guter Zeitpunkt, um *Papa* die Wahrheit zu sagen.« Chloé hörte sich tatsächlich kläglich an. »Weißt du, es geht mir nicht besonders …«

»Jetzt hör mir mal gut zu«, beschwor Sylvia sie. »Dein Vater weiß längst Bescheid. Jemand vom Haus hat sich verplappert. Da blieb mir nichts anderes übrig, als ihm alles zu erklären.« Nun war es still in der Leitung geworden. »Chloé?«, rief Sylvia. »Bist du noch dran?«

»Wie hat er reagiert?«, fragte Chloé ängstlich.

»Komm her, und frag ihn selbst«, antwortete Sylvia. »Ich glaube nicht, dass er dir den Kopf abreißen wird.«

»Oh, Sylvie«, stöhnte Chloé, »du hast ja keine Ahnung, wie verzweifelt ich bin.«

Sylvia konnte es nicht erwarten, nach Lucinde zu sehen, die von Yvonne liebevoll gehütet wurde. In den letzten Tagen war sie mehr und mehr auf Babynahrung umgestiegen, und Sylvia fühlte, wie ihre Milch langsam versiegte. Halb bedauerte sie das, doch auf der anderen Seite brauchte ihr Kind viel mehr Nahrung, als sie ihm geben konnte. Das Schöne daran war, dass nun auch Maël die Kleine mit der Flasche füttern konnte, was er für sein Leben gern tat.

Sie nahm Lucinde mit in ihr Büro, wo am Nachmittag ein paar Bestellungen eingegangen waren, zu ihrer Erleichterung lauter noch vorrätige Sorten.

Dann wählte Sylvia spontan jene Nummer, die Gwen ihr besorgt hatte. Es war die Durchwahl von Muriel Mevel, die ihre Stelle als Kosmetiklaborantin bei L'Oréal Ende des Monats aufgeben würde, um Denez Quéméneur zu heiraten und in die Bretagne zu ziehen. Die junge Frau hörte sich äußerst sympathisch an, und Sylvia bot ihr spontan das Du an. Muriel war über Sylvias Pläne bereits im Bilde und äußerte großes Interesse an einer Position in der geplanten Manufaktur.

»Es wird natürlich noch dauern, bis wir in die Produktion gehen können«, erklärte Sylvia, um keine falschen Erwartungen zu wecken. »Aber es wäre sicher sinnvoll, dass du uns bei der Planung des Labors berätst.«

»Kein Problem«, antwortete Muriel. »Mir ist es recht, wenn wir es langsam angehen lassen. Wir wünschen uns Kinder«, fügte sie hinzu. »Könntest du dir vorstellen, dass ich zeitweise halbtags arbeite?«

Sylvia fand nichts, was dagegensprach. »Wir müssen diese Marke erst aufbauen«, erklärte sie. »Zunächst werden wir nur mit einer Handvoll Produkten auf den Markt gehen. Ich denke, wir können die Arbeitszeiten individuell gestalten,

Muriel. Auch ich habe ein Baby und arbeite so, wie es zeitlich passt. Ich bin sicher, das bekommen wir hin.«

Sie verabredeten sich für eines der folgenden Wochenenden, wenn Muriel ohnehin in die Bretagne kommen würde, um sich persönlich kennenzulernen.

»Ich weiß genau, wer du bist, Sylvie«, sagte Muriel mit einem fröhlichen Lachen. »Bei deiner Hochzeit war ich mit meinen Eltern in der Kirche. Ich bin mir sicher, wir werden uns gut verstehen.«

Beschwingt von diesem Gespräch rief Sylvia auch Maylis an und vereinbarte mit ihr, das Inselbistro bald neu zu eröffnen, wenigstens für ein paar Stunden am Nachmittag. Sie würde mit Yann darüber sprechen, wie man den Fährverkehr auf die Insel am sinnvollsten gestalten könnte. Die Gespräche mit Jean-Paul Lambert hatten ihr ein Stück weit ihre alte Zuversicht zurückgegeben. Es wurde Zeit, dass sie peu à peu zur Normalität zurückfanden.

Alain und sein Schwiegervater hatten einen langen Spaziergang über die Insel unternommen, und der Jungpolitiker wirkte verschlossen und in sich gekehrt, als sie wieder im Hof erschienen. Elise hatte Alain das Zimmer zugewiesen, das sie ursprünglich für Jean-Paul eingeplant hatten, und zu Sylvias Unbehagen befand es sich direkt neben dem von Fabienne, die allerdings seit ihrem morgendlichen Ausflug am Vortag still und abwesend wirkte, stets mit ihrem Fotoalbum unter dem Arm herumlief, dabei den Park aber nicht mehr verlassen hatte.

Es war ein lauer Abend, und da der Platz in der großen Küche ohnehin nicht für alle ausreichen würde, trugen Iven und Tristan Tische und Stühle in den Hof. Es wurde später und später, und Chloé war mit den Kindern noch immer nicht angekommen. Sylvia befürchtete schon, Noahs Mutter, konfliktscheu wie sie war, hätte ihre Pläne im letzten Moment doch geändert, als endlich Yanns Boot gesichtet wurde.

Jean-Paul Lambert ging seiner Tochter nicht entgegen. Er blieb im Hof und gesellte sich wie zufällig zu Maël. Die beiden begannen ein Gespräch, das ernst und doch freundschaftlich wirkte, und wie sie beide so breitbeinig dastanden, einander schräg gegenüber, die Hände in den Hosentaschen und jeder auf seine Weise in sich selbst ruhend, konnte Sylvia nicht umhin, ihren Mann mit Alain zu vergleichen, der auf dem ihm fremden Terrain einen viel unsichereren Eindruck machte. Sie war stolz auf Maël und die souveräne Art, wie er mit Chloés Vater umging.

Als die Neuankömmlinge durchs Tor traten und Noah seinen Großvater entdeckte, gab es für ihn kein Halten mehr. Und wenn Sylvia je Zweifel an einer innigen Beziehung zwischen den beiden gehabt haben sollte, wurden sie restlos hinweggefegt, als Noah sich mit einem Jubelschrei in Jean-Pauls Arme warf. Ihm folgte ein hochaufgeschossener blonder Junge, der Noah um einen halben Kopf überragte und höflich wartete, bis er Lambert und Maël begrüßen konnte. Chloé dagegen eilte auf Sylvia zu und fiel ihr theatralisch um den Hals.

»*Je t'en prie!* Du musst mir beistehen«, flehte sie sie an und hauchte ihr *bisous* auf die Wangen.

»Stell dich nicht so an«, blaffte Solenn, die neben Sylvia stand. »Zeig, dass du Mumm in den Knochen hast, damit sich dein Sohn deiner nicht schämen muss.« Solenn war wieder ganz die Alte.

Sylvia unterdrückte ein erleichtertes Grinsen. »Komm«, sagte sie und nahm Chloé an die Hand. »So schlimm wird es nicht.« Und damit zog sie die Widerstrebende hinüber zu Lambert. »Hier bringe ich Ihnen Ihre Tochter, Jean-Paul«, sagte sie mit einem Lächeln. »Außerdem habe ich Elise gebeten, einen

Familientisch Lambert-Lefèvre zu decken, sodass Sie alle gemeinsam in Ruhe zu Abend essen können. Dort drüben, sehen Sie, die fünf Gedecke?«

Dabei beobachtete sie, wie Noah seinen einstigen Ziehvater Alain begrüßte und ihm seinen Freund vorstellte, den der Politiker sofort in ein Gespräch verwickelte.

»Aber ... möchtest du uns nicht Gesellschaft leisten, Sylvie?«, bat Chloé und warf ihrem Vater einen scheuen Blick zu.

»Lass sie in Ruhe«, sagte Lambert und musterte seine Tochter streng. »Du hast dieser Frau schon genug Scherereien gemacht. Komm zu Tisch. Später sprechen wir uns unter vier Augen.«

Nach dem Essen zog Noah seinen *Papi*, wie er seinen Großvater nannte, zu Sylvias Tisch.

»Ich will dir meine Freunde vorstellen«, sagte er, und alle rückten ein wenig zur Seite, sodass die beiden Platz fanden. »Ich werde heute Nacht nicht bei dir auf dem Boot schlafen«, erklärte er seinem Großvater. »Denn Yves ist mein Gast, und wir beide wohnen in meinem Zimmer im *Ti Bag* unter dem Dach. Das musst du verstehen«, fügte er hinzu, als er sah, wie enttäuscht Lambert war. »Dort hab ich alle meine Sachen. Ich schlafe immer im *Ti Bag*, wenn ich auf der Insel bin. Oder bei Pierrick. Nicht wahr, *mignon?*« Er legte seinen Arm um die Schulter des alten Bretonen, und Sylvia sah, wie dessen wasserblaue Augen feucht wurden vor Rührung. Noah hatte mit keiner Regung gezeigt, ob ihn die körperliche Veränderung seines Freundes schockierte oder nicht, so sehr hatte er sich in der Gewalt. »Pierrick hat mir das Fischen beigebracht«, erklärte Noah Jean-Paul Lambert, »und das Schiffebauen. Und Sylvie, die hat mir das Leben gerettet.«

»Und du mir meines«, fügte Sylvia verlegen hinzu.

»Hast du eigentlich schon meine kleine Schwester kennengelernt?«, fragte Noah seinen Großvater und wies auf das Baby, das Solenn im Arm hielt. »Das ist Lucinde. Darf ich sie mal halten?«

Solenn stand auf und legte ihm das Kind in die ausgestreckten Arme. Stolz zeigte er die Kleine seinem Freund Yves.

»Das ist also jetzt deine Familie«, sagte Jean-Paul Lambert, und um seine Mundwinkel zuckte es.

»Irgendwie, ja«, antwortete Noah. »Jedenfalls bin ich hier lieber als da, wo *Maman* jetzt wohnt.« Er sah hinüber zu dem Lambert-Dufèvre-Tisch, wo sich Chloé und Alain eisig anschwiegen. »Und nach Paris will ich eigentlich auch nicht mehr zurück«, fügte er hinzu.

Elise kam mit einem Tablett voller kleiner Schnapsgläser in Tulpenform und fragte, wer einen *Lambig* wünsche, und Jean-Paul sagte nicht Nein. Als er mit Maël und Solenn angestoßen hatte, fragte er Noah: »Und das Internat? Gefällt es dir dort?«

»O ja!«, versicherte sein Enkel mit strahlenden Augen und knuffte seinen Freund liebevoll in den Arm. »Es ist toll dort, stimmt's, Yves?«

»Das Internat ist voll in Ordnung«, bestätigte der große blonde Junge. »Können wir jetzt die Bootswerkstatt sehen?«

Sylvia wollte gerade sanft widersprechen, doch Pierrick erhob sich bereits.

»Natürlich«, sagte er mit einem großen Strahlen im Gesicht. »Ich dachte schon, du interessierst dich überhaupt nicht mehr dafür, Noah.«

»Er hat mir die ganze Zeit davon erzählt«, sprudelte es auf einmal aus dem bislang schweigsamen Yves nur so heraus. »Am liebsten würde ich auch ein Modellschiff bauen. Aber dazu reicht ein Wochenende wahrscheinlich nicht aus? Was meinen Sie, Monsieur?«

»Na, da haben wir ja allerhand zu tun«, meinte Pierrick und griff nach seinem Stock.

Er hatte große Fortschritte gemacht und brauchte die Krücken nicht mehr. Noah legte wie selbstverständlich den linken Arm des alten Mannes um seine Schulter und stützte ihn auf diese Weise.

»Da scheint ja alles in bester Ordnung zu sein«, meinte Jean-Paul Lambert fast ein wenig traurig, während er den dreien versonnen nachblickte. »Zumindest für Noah. Ich bin Ihnen allen zu Dank verpflichtet.«

Doch Maël schüttelte nur den Kopf. »Er ist mein Sohn«, sagte er mit Nachdruck. »Dies hier ist sein Zuhause. Sie müssen sich nicht bedanken.«

»Zuhause«, echote Fabienne und betrachtete Lambert mit vorwurfsvoller Miene. »Das hier ist unser Zuhause.«

Lambert lächelte gequält und erhob sich. Unschlüssig sah er zu seiner Tochter hinüber, die mit verschränkten Armen stumm am anderen Tisch saß und demonstrativ in die Baumwipfel blickte. Alain versuchte vergeblich, mit ihr ins Gespräch zu kommen. Falls irgendjemand gehofft hatte, die beiden würden sich versöhnen, so hatte er sich gründlich getäuscht. Lambert gab sich einen Ruck und bat seine Tochter, ihm zu folgen.

Am Ende war es Chloé, die an Bord ihres Vaters übernachtete, während Alain laut Elise eine unruhige Nacht verlebte. Fabienne war offenbar von schlimmen Träumen geplagt worden, eine mögliche Nebenwirkung der Tabletten, die sie nehmen musste. Oder die vielen unbekannten Gesichter am Abend hatten sie verwirrt.

»Sie hat die halbe Nacht gerufen: Wo ist mein Kind? Wo ist mein Kind?«, berichtete Elise mit Ringen unter den Augen.

Im Morgengrauen hatte Alain Yann aus dem Bett geklingelt und darum gebeten, abgeholt zu werden.

»Was ist das nur für ein seltsames Kommen und Gehen«, wunderte sich Solenn, als Sylvia und die beiden Jungen mit ihr frühstückten. »Dabei hatte er doch vor, das Wochenende mit dir zu verbringen«, meinte sie zu Noah.

»Ich glaub, er wollte sich nur bei mir einschmeicheln«, sagte der Junge bekümmert, während er die von Elise selbst zubereitete *Crème caramel au beurre salé*, eine Karamellcreme aus Zucker, Sahne und Meersalz, auf seine *tartine* strich. »Weil ich mit Yves befreundet bin.«

»Aber warum das denn?«, wollte Solenn stirnrunzelnd wissen.

»Mein Vater wird bald Minister«, erklärte der blonde Junge, als wäre es das Normalste von der Welt.

»Und da wurde ich anscheinend auf einmal wieder interessant für ihn«, fügte Noah enttäuscht hinzu.

Er sah Sylvia an, und einmal mehr ging ihr seine Ähnlichkeit mit Maël zu Herzen.

»Das glaube ich nicht«, sagte sie leise. »Sicher hatte er Sehnsucht nach dir.«

»Er hatte die ganze Zeit keine Sehnsucht nach mir«, entgegnete Noah. »Er wollte ja nicht einmal mehr mein Freund sein. Weißt du noch, damals in Paris?«

Sylvia seufzte.

»Er hat gefragt, ob ich ihn mit meinem Vater bekannt machen kann«, sagte Yves und strich auch ein wenig von der bretonischen Karamellcreme auf sein Croissant, um sie zu probieren. Gleich darauf nahm er sich mehr von dieser Köstlichkeit.

»So etwas ist peinlich«, entschied Noah und trank einen großen Schluck Kakao. »Findest du nicht?«

Sylvia antwortete nicht. Sie fand die Geschichte eher schrecklich traurig.

Die Tür ging auf, und Lambert erschien, gefolgt von Chloé, die einen mitgenommenen, aber auch erleichterten Eindruck machte. Sylvia vermutete, dass Lambert seine Tochter mächtig in die Mangel genommen hatte, doch wie es aussah, hatten die beiden sich miteinander versöhnt.

»Können wir in Ihrem Büro miteinander sprechen?«, fragte Lambert Sylvia. »Jetzt gleich?«

Sie lachte. »Seit meiner Zeit in Los Angeles, als ich Angestellte einer großen Agentur war, hat niemand mehr so mit mir gesprochen. Darf ich zu Ende frühstücken, Jean-Paul?«

Unwillig setzte sich der Patriarch an den Küchentisch. An diesem Morgen glich er mehr denn je einem ergrauten Löwen, der es gewohnt war, sein Rudel zu leiten.

»Trinken Sie einen Kaffee mit uns«, sagte Elise besänftigend und stellte zwei frische *bols* auf den Tisch.

»Den Kaffee nehmen wir mit ins Büro«, entschied Lambert und sah Sylvia auffordernd an. »Kommen Sie, ich werde Ihnen einen Vorschlag machen, den Sie nicht ablehnen können.«

»Ich komme mit«, erklärte Chloé, doch ihr Vater machte ihr mit einer einzigen Handbewegung klar, dass er das nicht wollte. »Kümmere dich lieber um die Kinder«, wies er sie an.

Sylvia konnte nicht fassen, wie gehorsam sich Chloé ihm fügte.

»Worum geht es?«, fragte sie unverbindlich, als sie sich in ihrem Büro gegenübersaßen.

»Gestern nannten Sie die Summe, die Sie gern als Kredit aufnehmen würden«, begann er. »Ich übernehme diesen Betrag und zahle ihn Ihnen in dieser Woche aus.«

Wenn Lambert geglaubt hatte, Sylvia würde ihm nun um

den Hals fallen, hatte er sich gewaltig getäuscht. Ihr war vollkommen klar, dass dieser Mann eine Bedingung an sein Angebot knüpfen würde. Diese Art von Unternehmer machte keine Geschenke. Wieso sollte er auch?

»Und was wollen Sie im Gegenzug von mir?«

»Eine Beteiligung von zehn Prozent an den Gewinnen der Kosmetikmanufaktur. Nicht für mich. Für Chloé.«

»Ausgeschlossen«, antwortete Sylvia empört. »Ich werde Chloé niemals als Geschäftspartnerin in eines meiner Projekte aufnehmen. Eher gebe ich die Insel auf.«

Zu Sylvias Überraschung begann Lambert zu lachen, klangvoll und dröhnend, und er wollte gar nicht mehr damit aufhören.

»Ich weiß genau, was Sie meinen«, sagte er schließlich. »Sie können unbesorgt sein. Chloé wird als stille Gesellschafterin keinerlei Mitspracherecht haben. Sie werden Sie nie um eine Einwilligung bitten müssen, ja nicht einmal ihre persönliche Meinung wird irgendeine Relevanz haben. Denn ich bin ganz Ihrer Ansicht, dass meine Tochter nicht die geringste Ahnung von Geschäften hat, und glauben Sie mir, ich habe nicht vor, Sie in Teufels Küche zu schicken. Ich will nur, dass Chloé versorgt ist, und zwar auch ohne einen Mann, der sie aushält. Deshalb möchte ich diese Investition tätigen.«

Sylvia dachte nach. Sie hatte immer großen Wert darauf gelegt, ihre Eigenständigkeit zu bewahren. Doch die Umstände zwangen sie dazu umzudenken. Wenn sie von der Bank kein Geld mehr erhielt, konnte Lamberts Vorschlag sie retten. Der Betrag, den er zu leisten versprach, war hoch, doch der geforderte Anteil hatte es ebenfalls in sich.

»Ich brauche keinen Zuschuss zu der Manufaktur«, erklärte sie. »Meine Sponsorin hat ausreichende Mittel, um das abzudecken. Ich brauche Geld für unsere Gärtnerei.«

»Investieren Sie ruhig in die Gärtnerei«, antwortete Lambert. »Ich hab mir gestern alles zeigen lassen. Ihr Mann hat vernünftige Vorstellungen, die umgesetzt werden sollten. Aber die Beteiligung für Chloé möchte ich an der Kosmetikmanufaktur.«

Sylvia nickte. Das klang gut.

»Fünf Prozent«, sagte sie und blickte Lambert fest in die Augen. »Besonders am Anfang brauche ich einen größeren finanziellen Spielraum. Wenn der Umsatz steigt, sind fünf Prozent ein schöner Ertrag.«

Lambert lehnte sich gelassen zurück und schlug ein Bein über das andere.

»Acht«, sagte er. »Und das ist mein letztes Wort.« Er stand auf und ging zur Tür. »Nach dem Mittagessen steche ich übrigens wieder in See«, fuhr er fort. »Bis dahin erwarte ich Ihre Antwort.« Er war schon fast draußen, als er sich noch mal zu ihr umdrehte. »Wie sagten Sie gestern so schön, bevor Sie mein Boot verließen? Was immer Sie entscheiden, denken Sie an Noah. Bitte tun Sie das jetzt auch. Denn für ihn ist es wichtig, eine Mutter zu haben, die finanziell unabhängig ist von … sagen wir mal … Männern wie Sir James Ashton-Davenport.« Die Tür fiel hinter ihm ins Schloss.

Bildete sie es sich nur ein oder hatte er ihr gerade tatsächlich kurz zugezwinkert? Ein paar Atemzüge lang lauschte Sylvia in sich hinein. Vielleicht war es wirklich an der Zeit, die Ressentiments gegenüber Chloé ein für alle Mal aufzugeben. Doch diese Entscheidung konnte sie nicht allein treffen. Die Kosmetikmanufaktur war zwar ihre und Veronikas Angelegenheit. Dennoch wollte sie Maëls und Solenns Meinung dazu auf jeden Fall einholen.

29

Das Fotoalbum

»Ob es uns passt oder nicht, sie gehört über Noah zur Familie«, meinte Solenn, nachdem Sylvia ihnen die Situation dargelegt hatte. »Und wenn ihr Vater diese Investition machen will, finde ich es fair, dass Chloé einen Anteil erhält. Hauptsache, sie kann dir in nichts hineinreden.«

Sie hatten sich zurückgezogen, um sich ungestört miteinander zu beraten, und saßen nun auf der Bank an Lucies Grab. In der Küche war es ihnen zu unruhig, und im *Ti Bag* gingen die Jungen aus und ein.

»In den Vertrag sollte eine Klausel aufgenommen werden für den Fall, dass Chloé wieder heiratet«, schlug Maël vor. »Die Teilhaberschaft muss an sie gebunden sein und darf nicht übertragen werden. Nicht dass wir auf einmal diesen Sir James mit im Boot haben oder sonst jemanden.«

Sylvia nickte und machte sich eine entsprechende Notiz.

»Sprich auch mit Vero«, riet Solenn. »Immerhin wird sie den Hauptanteil bestreiten. Sie muss einverstanden sein.«

»Ich hab vorhin mit ihr gesprochen«, antwortete Sylvia. »Sie hat nichts dagegen.«

Solenn nickte. »Dann gratuliere ich dir«, sagte sie herzlich. »Einmal mehr hast du das sinkende Schiff Kamelieninsel auf Kurs gebracht.«

»Es wäre mir lieber gewesen«, wandte Sylvia ein, »wir hätten das aus eigener Kraft geschafft.«

»Ich finde es gut, dass Noahs Großvater sich bei uns engagiert«, fiel Solenn ein. »Auch er gehört zur Familie. Und wie du siehst, sorgt er für die Seinen. Noah wird einmal gemeinsam mit Lucinde das alles hier erben. Dieser Lambert denkt an die Zukunft seiner Tochter und seines Enkelsohns. Da ist es doch nur recht und billig, dass er uns unter die Arme greift, wenn uns schon die Versicherung und die Bank im Stich lassen.«

Sylvia betrachtete die Kameliensträucher, die Lucies Grabstein verbargen. An einem einzigen Stiel hingen noch zwei Blütenblätter, bald würde der Wind auch diese verwehen.

»Wie wird es weitergehen?«, fragte Sylvia und wandte sich an Maël. »Wann kann die Senke neu bepflanzt werden?«

»Mit Lamberts Investition können wir in ein paar Wochen viel erreichen«, antwortete Maël. »Wir werden allerdings den Anbau verkleinern und uns auf die wirklich kostbaren Kamelien konzentrieren, auf meine Neuzüchtungen und die patentierten Exemplare. Die gängigen Sorten bekommt man heute in jedem Supermarkt, der Preisverfall ist unaufhaltsam. Wir werden wieder die exklusive Gärtnerei sein, die wir früher waren.« Er warf Sylvia einen scheuen Blick zu. »Bist du nun sehr enttäuscht?«

»Ich?«, fragte Sylvia konsterniert. »Nein, warum sollte ich? Dies ist genau der richtige Weg. Massenware war nie mein Ziel. Und wenn wir erst die Konservenfabrik umgebaut und dort eine Kamelienhandlung eingerichtet haben, müssen nicht mehr so viele Menschen auf die Insel kommen. Sondern nur diejenigen, die sich wirklich für ihre Schönheit interessieren.«

»Am Ende ist es wohl ein Segen«, sagte Solenn nachdenklich, »dass die Landbrücke nicht mehr existiert. Wer mit dem Boot übersetzt, überlegt sich zweimal, ob er wirklich herüberkommen möchte.«

»Wie willst du Quéméneur davon überzeugen, dir den alten Kasten zu verkaufen?«, wollte Maël wissen.

»Lass mich das machen«, erklärte Solenn und erhob sich. »Ich spreche mit ihm. Dann kann er zeigen, ob er es wirklich ehrlich meint mit seinem Wunsch nach Versöhnung.«

Sylvia riss erstaunt die Augen auf. »Das willst du wirklich tun?«, fragte sie ungläubig. Soviel sie wusste, hatte Solenn seit mehr als dreißig Jahren kein Wort mehr mit dem Bauunternehmer gewechselt.

»Warum denn nicht?«, antwortete Solenn mit einem Grinsen. »Lucie wäre dafür. Es ist Zeit, ganz neu anzufangen, würde sie sagen. Und wie immer hätte sie damit recht.« Sie räusperte sich kurz. Es war lange her, dass sie Lucie erwähnt hatte. »Es ist gleich Zeit zum Mittagessen«, fuhr die Bretonin fort. »Du solltest Lambert deine Entscheidung besser sofort mitteilen, ehe er es sich anders überlegt.«

Chloé bekam riesengroße runde Augen, als sie erfuhr, was ihr Vater gemeinsam mit Sylvia beschlossen hatte.

»Das willst du wirklich für mich tun?«, fragte sie perplex. »Ich dachte, du bist richtig böse auf mich.«

»Ich bin auch böse auf dich«, antwortete Jean-Paul Lambert, doch sein liebevoller Ton strafte seine Worte Lügen. »Vor allem nehme ich dir übel, dass du keinerlei Vertrauen mir gegenüber hattest. Von jetzt an möchte ich, dass du dich an mich wendest, wenn du in Schwierigkeiten steckst. Oder besser vorher. Und komm nicht wieder auf die Idee, Sylvia vorzuschicken. *Promis?*«

»Versprochen, *Papa*«, antwortete Chloé leise. Dann sah sie Sylvia an, und ein großes Strahlen ging über ihr Gesicht. »Weißt du, das hab ich mir immer gewünscht«, brach es aus ihr heraus. »Eine eigene Kosmetikreihe.«

»Es wird nicht deine Kosmetikreihe, liebe Chloé«, sagte Sylvia bestimmt. »Und du wirst dich in keiner Weise in die

Geschäfte einmischen. Jean-Paul, sind Sie so freundlich, und erklären es ihr noch einmal?«

Lambert seufzte und setzte seiner Tochter das Arrangement erneut im Detail auseinander. »Das Unternehmen gehört Sylvia. Du erhältst lediglich am Ende eines jeden Jahres einen Anteil aus den Gewinnen, die sie erwirtschaften wird. Es ist nicht deine Firma und auch nicht dein Produkt. Ist das klar?«

»Aber ich kann doch mithelfen«, beteuerte Chloé eifrig. »Wenn ich all meinen Freundinnen und Bekannten von unserer Kosmetik erzähle, wird sie rasend schnell bekannt werden. Sylvia, erinnerst du dich nicht mehr daran, wie ich vergangenes Jahr die Kunden durch die Gärtnerei geführt habe? Keiner hat die Insel ohne eine Kamelie verlassen. Und vor allem die teuren haben sie gekauft.«

Sylvia musste lächeln. Was Chloé da sagte, war richtig. Sie hatte sich im vergangenen Jahr als wahres Verkaufstalent erwiesen.

»Das stimmt«, meinte sie. »Ich werde darüber nachdenken. Doch selbst wenn wir eine Aufgabe für dich finden, Chloé, hat das nichts mit dieser Teilhaberschaft zu tun. Verstehst du?«

»Nein, natürlich nicht«, warf Jean-Paul Lambert ein. »In diesem Fall hätte meine Tochter zusätzlich Anspruch auf ein Gehalt.«

»Gewiss«, antwortete Sylvia reserviert. »Doch so weit ist es noch lange nicht.«

Sie warf Chloé einen skeptischen Blick zu, kannte sie doch ihre Art, gern die ganze Hand zu nehmen, reichte man ihr auch nur den kleinen Finger. Doch ihre Sorge war unbegründet. Chloé wirkte niedergeschlagen und verletzlich. Unter ihrem perfekten Make-up röteten sich ihre Augen, so als würde sie gleich zu weinen beginnen.

»*Merci*«, sagte sie, und Sylvia fühlte, dass sie es ehrlich meinte. »Dass du mir immer wieder eine … eine Chance gibst, Sylvie«, fuhr sie mit erstickter Stimme fort und brach in Tränen aus.

Lambert verschränkte die Arme vor der Brust und starrte missbilligend aus dem Fenster.

»Was hast du denn?«, fragte Sylvia erschrocken und reichte Chloé ein Papiertaschentuch. »Warum weinst du jetzt?«

Und als Chloé noch heftiger zu schluchzen begann, ergriff ihr Vater das Wort.

»Dieser Ashton-Davenport hat ihr den Laufpass gegeben«, erklärte er offenbar kein bisschen unzufrieden. »Ich hab ihr bereits gesagt, dass das kein Grund zum Heulen ist, denn dieser Mann passt nicht zu uns. Ich hab mich erkundigt, zwei Telefonate haben genügt, um im Bilde zu sein. Chloé, bitte hör auf zu weinen, *je t'en prie!*« Jean-Paul Lambert schüttelte peinlich berührt sein Löwenhaupt.

»Was haben Sie denn über ihn erfahren?«, fragte Sylvia interessiert.

»Genug, um zu froh zu sein, dass meine Tochter nicht mehr mit ihm zusammenlebt«, entgegnete Lambert scharf. »Dieser Mann ist ein Spieler. Er geht nicht ins Casino, nein, er ist vermögend genug, um dieses Laster in seinem Geschäftsleben auf dem Rücken anderer auszuleben. Er hat schon so manchen mittelständischen Betrieb in den Ruin getrieben, um ihn hernach billig aufzukaufen. Dabei geht er völlig skrupellos vor. Sie hatten vollkommen recht, Sylvia. Villard, der Bankier aus Quimper, mit dem Sie es zu tun hatten, ein kleines, jämmerliches Licht in der gesamten Hierarchie, hat sich von diesem Engländer bestechen lassen. Nun, im Augenblick ist er wohl damit beschäftigt, seinen Schreibtisch zu räumen. Er wird jede Menge Zeit haben, darüber nachzudenken, was ihm das Ganze eingebracht hat.« Er betrachtete Chloé voller Unmut, die nicht aufhören konnte, in das Papiertaschentuch zu schluchzen. »Dein James ist keine Träne wert, *ma chérie*«, versicherte er. »Er hat auch mit dir nur gespielt. Wir werden einen besseren Mann für dich finden.«

Damit schien für ihn das Thema erledigt. Er erhob sich und reichte Sylvia die Hand.

»Auf eine gute Zusammenarbeit«, sagte er herzlich. »Soll mein Anwalt den Vertragsentwurf an die Kanzlei Bresson schicken?«, fragte er auf dem Weg nach draußen.

Sylvia nickte. Die Neuigkeiten über Sir James musste sie erst verdauen.

»Warum bleiben Sie nicht noch einen Tag?«, fragte sie ihn draußen im Hof. »Noah reist doch erst morgen Abend ab.«

Lambert stemmte die Hände in die Hüften und ließ seinen Blick über das große Haus und den Park schweifen. Das Laub der Kamelienbäume glänzte wie dunkelgrün lackiert vor dem blauen Frühsommerhimmel.

»Es sieht so aus, als hätte Noah keine Zeit für seinen alten *Papi*«, sagte er mit einem schiefen Grinsen. »Ich führe mit dem jungen Mann gerade Verhandlungen, welche Ferien er möglicherweise wieder bei uns zu verbringen gedenkt. Vielleicht Weihnachten?«

»Warum kommen Sie und Ihre Frau nicht einfach auf die Kamelieninsel?«, schlug Sylvia vor. »Mir täte es leid, wenn Noah Entscheidungen treffen müsste, die sein Herz auseinanderreißen würden. Vergessen Sie nicht, er wird in diesem Monat erst neun Jahre alt, auch wenn er älter wirkt. Sie und Madeleine sind uns immer willkommen, Jean-Paul. Ich würde sie wirklich gern kennenlernen.« Lambert wirkte unschlüssig. Sicher vertrug es sich nicht gut mit dem Stolz dieses Mannes, seinem Enkel hinterherzureisen. »Und wenn Sie nicht auf der Insel wohnen möchten«, fuhr Sylvia fort, »warum nutzen Sie nicht Ihr Haus an der Küste? Das wäre nicht so weit. Noah könnte Sie dort besuchen und müsste dennoch nicht auf die Insel verzichten.«

Einen Moment lang schien Lambert mit sich zu kämpfen. Dann sah er sie an, und seine hellblauen Augen blitzten mit dem Himmel um die Wette.

»Sie haben wahrscheinlich recht«, räumte er ein. »Noah kann von Glück reden, dass er eine so verständnisvolle und diplomatische Stiefmutter hat. Dabei sind Stiefmütter doch normalerweise böse und garstig«, fügte er mit einem Grinsen hinzu. »Jedenfalls im Märchen.«

Sylvia lachte. »Ich hab Noah einfach schrecklich gern«, sagte sie schlicht. »Das haben Sie und ich gemeinsam. Wenn Noah lieber zu Ihnen an die Côte d'Azur möchte, werden weder ich noch mein Mann dagegenarbeiten, das verspreche ich Ihnen. Uns geht es darum, ihn glücklich zu sehen. Das ist alles.«

»Das ist in der Tat alles«, stimmte Lambert ihr nachdenklich zu. »Jedenfalls alles, was zählt. Leben Sie wohl, Sylvia. Oder besser: *À bientôt.*«

Chloé zog sich in ihr Zimmer zurück. Sie wollte allein sein mit ihrem Liebeskummer, und Sylvia bemerkte erst, als sie in ihrem Büro saß, wie riesengroß die Anspannung gewesen war, die auf ihr gelastet hatte und die nun von ihr abfiel. Einen Moment lang fragte sie sich, ob sie die vergangenen vierundzwanzig Stunden geträumt hatte, ob die Insel wirklich gerettet war, ob tatsächlich bald wieder Kamelien auf den Plantagen und in Gewächshäusern gedeihen würden und alles so sein würde wie vor dem Sturm.

Nein, sagte sie sich, nicht wie vor dem Sturm. Es wird anders werden, aber nicht weniger schön. Sie wusste, dass eine

Menge Arbeit vor ihr lag, doch darauf freute sie sich. Sie konnte es kaum erwarten, mit der Planung des neuen Kamelienhauses an der Festlandküste zu beginnen. Ja, so wollte sie die ehemalige Fischkonservenfabrik nennen, wenn sie erst einmal umgebaut sein würde: das Kamelienhaus.

Sie schaltete den Computer aus und lief in den Hof, auf der Suche nach Solenn und Maël, nach Elise und all den anderen, um ihre Freude mit ihnen zu teilen. Doch an dem Tisch, den man des guten Wetters wegen im Hof hatte stehen lassen, saß Fabienne ganz allein, vor sich das Fotoalbum, das sie aus ihrer Wohnung mitgenommen hatte.

»Darf ich mal sehen?«, fragte Sylvia und setzte sich neben ihre Schwiegermutter. Die sah mit zusammengekniffenen Lippen zu ihr auf, schlug das Album zu und presste es gegen ihre Brust.

»Meins«, sagte sie feindselig.

»*Pas de problème*«, antwortete Sylvia und stand rasch auf. »Ich wollte Sie nicht stören.«

Fabienne sah ihr misstrauisch nach, bis sie in der Küche verschwunden war, erst dann lockerte sie ihren Griff und legte das Album vorsichtig auf den Tisch zurück, wie Sylvia durchs offene Fenster beobachten konnte.

»Kommt ihr mit ihr klar?«, fragte sie Elise, die gerade Biskuitteig auf ein großes Backblech strich. Sylvia vermutete, dass sie eine ihrer berühmten Zitronenrollen zubereiten wollte.

»Mit Fabienne? *Mais oui*«, antwortete die Haushälterin. »Sie hilft mir gern in der Küche. Vor allem, wenn es etwas zum Naschen gibt.« Sie lachte. »Und neulich hat sie mir erklärt, wie ihre Mutter *Poulet au cidre* machte. Das ist ein altes normannisches Rezept, heute Abend probiere ich es aus. Aber wehe, du weist sie darauf hin, dass sie etwas vergessen hat. Oder durcheinanderbringt. Das darf man niemals tun.«

Sylvia konnte sehen, wie Maëls Mutter, die mit dem Rücken zu ihr am Tisch draußen saß, vorsichtig das Album wieder aufschlug und sich in die Betrachtung der Fotos vertiefte.

Da kam Noah durchs große Tor und steuerte die Küche an. Wahrscheinlich hatten die Kinder, die mit Pierrick in der Bootswerkstatt werkelten, Durst bekommen, und er wollte rasch etwas zu trinken holen. Als er an Fabienne vorbeikam, rief sie ihn zu sich.

»Wie gut, dass du endlich gekommen bist«, sagte Fabienne und strich Noah eine Locke aus der Stirn. »Ich muss dir nämlich etwas sagen.«

»Was wollen Sie mir sagen?«, fragte er höflich.

»Dass es mir leidtut«, sagte Fabienne.

»Was denn, Madame?«

»Nenn mich nicht Madame, das tut mir weh«, wimmerte Fabienne und ergriff Noahs Hand. »Ich bin doch deine *Maman*, Maël. Hast du das vergessen?«

Noah runzelte irritiert die Stirn. Er schien etwas entgegnen zu wollen, überlegte es sich jedoch anders. Sylvia hatte ihm von Fabiennes Krankheit erzählt, und Noah hatte aufmerksam zugehört. Offenbar hatte Elise auch ihm erklärt, dass man Fabienne besser nicht widersprechen sollte, was immer sie sagte.

»Was tut Ihnen denn leid?«, fragte Noah nun seine Großmutter.

»Dass ich dich nicht geschützt habe«, sagte Fabienne mit zitternder Stimme. »Dass ich das alles zugelassen habe. Ich war zu schwach. Ich … ich hätte niemals erlauben dürfen, dass er dir das antut. Bitte vergib mir. Es tut mir so leid. Kannst du mir verzeihen? Sag, kannst du …?«

Fabiennes Stimme versagte, ihre Schultern zitterten. Sie weinte. Noah betrachtete sie mit diesen grünblauen Augen, die trotz seines jungen Alters so viel zu verstehen schienen.

»Ist schon okay«, sagte er. »Ich verzeihe Ihnen. Kann ich jetzt gehen?«

Fabienne ließ seine Hand los und lehnte sich erschöpft zurück.

»*Merci*«, flüsterte sie. »Jetzt ist mir … ich fühl mich leichter. Weißt du? Aber …«, erneut wirkte sie besorgt. »Meinst du es auch ernst? Du sagst es nicht bloß so dahin? Du … du vergibst mir wirklich?«

Noah nickte. »Klar. Machen Sie sich keine Gedanken«, versicherte er großzügig. »Ich hab das alles längst vergessen. *À tout à l'heure*, Fabienne. Ich hol nur schnell was zu trinken, dann muss ich wieder zu meinen Freunden. Die warten auf mich.«

»Geh, mein Junge«, sagte Fabienne und ihre Stimme zitterte vor Glück. »Gott segne dich.«

Die Küchentür ging auf und Noah kam herein. Er wirkte nachdenklich.

»Fabienne ist wirklich ziemlich durcheinander«, meinte er. »Stell dir vor, sie dachte, ich wäre Maël. Weißt du, was das zu bedeuten hat?«

»Das war wohl ein Gruß aus der Vergangenheit«, antwortete Sylvia, selbst noch ganz benommen. »Ich glaube, sie ist in ihre Erinnerung gereist. Sie hat dich für Maël gehalten, als er so alt war wie du. Wegen der Ähnlichkeit. Weißt du was? Ich glaube, ihr ist gerade ein riesengroßer Stein vom Herzen gefallen.«

»Na, dann ist ja gut«, meinte Noah zufrieden. »Kann ich eine Flasche Limo haben, Elise? Von der leckeren roten? Und drei Becher?«

»Du meinst die Himbeerlimonade?«, fragte die Haushälterin und räusperte sich. Auch sie hatte die Szene mitbekommen, ihre Augen schimmerten feucht. Rasch packte sie alles in einen Henkelkorb und gab ihn dem Jungen mit.

Fabienne schien Noah nicht mehr wahrzunehmen, als er an ihr vorüberging, so vertieft war sie in ihr Album. Seite um Seite blätterte sie um. Auf einmal löste sie ein Foto heraus, studierte es genau, dann riss sie es in viele Teile. So verfuhr sie noch mit drei weiteren Bildern, ehe sie das Album schloss.

Als Sylvia zu ihr trat, blickte sie zufrieden zu ihr auf. »Ich hab gerade meine Vergangenheit aufgeräumt«, erklärte sie und reichte Sylvia die Fotoschnipsel. »Du kannst sie wegwerfen. Die braucht keiner mehr.«

Aber Sylvia warf sie nicht weg. Sie brachte es nicht übers Herz, sondern trug die Schnipsel in ihr Büro und fügte sie auf der Schreibtischplatte aneinander. Drei der Fotos zeigten einen kräftigen Mann mittleren Alters. Auf dem dritten stand Fabienne direkt neben ihm, sein Arm lag schwer und besitzergreifend auf ihrer Schulter. Auf dem Foto war sie vielleicht dreißig Jahre alt und von einer zerbrechlichen Schönheit, genau wie Sylvia bereits vermutet hatte.

Und der Mann? War er Maëls Vater? Sylvia konnte es nicht glauben. Hatte Maël nicht von einer großen Ähnlichkeit zwischen ihm und seinem Vater gesprochen? Sie überlegte, ob sie ihm die Schnipsel zeigen sollte, doch sie entschied sich dagegen. Und auf einmal fiel es ihr wie Schuppen von den Augen: Es musste sich um jenen Mann handeln, mit dem Fabienne nach dem Tod von Maëls Vater zusammengelebt hatte. Weil er ihn schlecht behandelt hatte, war Maël von zu Hause weggelaufen. Was hatte Fabienne zu Noah gesagt? Sie habe ihn nicht beschützt. Hatte dieser Mann Maël gar misshandelt?

Rasch strich Sylvia die Papierfetzen zusammen, schob sie in einen leeren Umschlag und verstaute ihn in einer ihrer abschließbaren Schubladen. Fabienne hatte das Glück erfahren, sich über Noah eine Art Absolution zu holen. Sie hatte ihre

Vergangenheit »aufgeräumt«. Doch wie stand es um Maël? Er lebte nach wie vor mit diesen schrecklichen Erinnerungen.

Zurück im Hof stutzte sie. Maël saß neben seiner Mutter am Tisch, und gemeinsam waren sie in das Album vertieft. Scheu setzte sie sich zu ihnen, Fabienne schien es nicht einmal zu bemerken. Schließlich kam die letzte Seite. Fabienne schlug das Buch zu.

»Hier«, sagte sie und reichte es ihrem Sohn. »Ich brauche es nicht mehr. Du kannst es jetzt haben.«

»Willst du es nicht mehr?«, fragte er überrascht.

»Nein«, versicherte Fabienne. »Du hast mir doch verziehen. Das hätte ich nie zu hoffen gewagt, mein Junge. Ich bin sehr froh.« Maël wirkte verwirrt. Zögernd nahm er das Album an sich. »Ich habe schlecht an dir gehandelt«, fuhr Fabienne fort. »Aber das ist jetzt vorbei. Nicht wahr? Es stimmt doch? Du trägst es mir nicht mehr nach?«

Maël überlegte kurz, dann schüttelte er den Kopf. »Nein«, sagte er. »Das alles liegt lange zurück.«

»Wirklich?«, fragte Fabienne verwundert. »Mir kommt es vor, als wäre es erst vor wenigen Minuten gewesen. Du hattest es sehr eilig, du wolltest Limonade für deine Freunde holen. Aber du hast dir trotzdem kurz Zeit genommen und deiner alten Mutter vergeben.«

Maël warf Sylvia einen fragenden Blick zu. »Ja«, bestätigte sie leise. »Noah hat mit ihr gesprochen. Sie hat ihn mit dir verwechselt.«

»Was flüsterst du da?«, fragte Fabienne irritiert. Wieder röteten sich ihre Augenlider, während ihr Gesicht weiß wie Papier wurde. »Es war Maël. MAËL!«, schrie sie und ihre Miene begann sich zu verzerren. »Begreifst du das nicht?«

Sylvia nickte beschwichtigend. »Natürlich«, antwortete sie rasch. »Es war Maël. Und er hat dir verziehen.«

Fabienne atmete erleichtert auf. Ihre Züge entspannten sich. »Nun kann ich mich endlich ausruhen«, sagte sie erleichtert und erhob sich. »Ich werde mich ein bisschen hinlegen.« Sie nickte ihnen beiden zu und ging ins Haus.

»Was hat das alles zu bedeuten?«, fragte Maël.

»Noah kam vorbei, und Fabienne dachte, du wärst das. Als du so alt warst wie er. Schade, dass du das nicht gehört hast.«

»Was hat sie denn gesagt?«

»Sie hat ihn gebeten, ihr zu verzeihen«, berichtete Sylvia. »Weil sie dich damals nicht geschützt hat. Und Noah hat gesagt, es sei schon okay, sie solle sich keine Gedanken mehr machen.«

Maël sah sie bestürzt an. »Es ist nicht in Ordnung, Noah in diese Geschichte hineinzuziehen«, erklärte er. »Warum bist du nicht dazwischengegangen?«

Sylvia zögerte. »Ich glaube nicht, dass es ihm etwas ausgemacht hat«, erwiderte sie nachdenklich. »Er hat gar nicht recht verstanden, was sie von ihm wollte. Sie hingegen hat ihren Frieden machen können.« Maël seufzte und begann, gedankenverloren in dem Album zu blättern. »Bist du ihr denn noch böse?«, fragte Sylvia leise. »Hättest du ihr verziehen, wenn sie dich gefragt hätte?«

Maël lehnte sich zurück und legte den Kopf in den Nacken. Nachdenklich sah er in die Kronen der alten Kamelienbäume.

»Wie könnte man dieser alten, kranken Frau noch böse sein«, erwiderte er schließlich und sah Sylvia liebevoll an. »Es ist doch so lange her.« Er schlug ein paar Seiten um und schob Sylvia das Album hin. »Sieh mal«, sagte er, »mein Vater.« Sylvia sah einen Mann in Kapitänsuniform, es war unglaublich, wie sehr Maël ihm glich. Maël blätterte weiter und stutzte. »Da fehlen ja ein paar Fotos.«

»Sie hat sie herausgelöst und zerrissen«, erzählte Sylvia. »Willst du die Schnipsel sehen? Ich hab sie verwahrt.«

Maël schüttelte den Kopf und lächelte. »Nein«, sagte er und klappte das Album zu. »Du kannst sie wegwerfen. Diese Bilder braucht keiner mehr.«

30
Die Taufe

Schon als sie im Hafen des kleinen bretonischen Küstenstädt-
chens einliefen, hörten sie das Festtagsgeläut der Glocken
von Sainte-Anne, so wie damals an Sylvias und Maëls Hochzeitstag. Wieder hatten Berthe und ihre Freundinnen von der
Klöppelgruppe ihr Bestes gegeben, dieses Mal, um für Lucinde
das prachtvollste Taufkleid zu erschaffen, das man sich nur
vorstellen konnte. Die Kleine sah allerliebst aus in ihrem Spit-
zengewand, dessen breite Schleifenbänder fast bis zum Boden
reichten, sodass ihre Taufpatin Veronika achtgeben musste,
nicht auf die Enden zu treten.

»Du musst das Kind höher halten«, erklärte Berthe Veronika schmunzelnd und nahm ihr resolut Kissen samt Kind vom
Arm, um die Bänder und Schleifen zu ordnen. »So, siehst du?«

Lucinde lugte fröhlich unter ihrem Spitzenhäubchen hervor, sie hatte die gleichen kornblumenblauen Augen wie ihre
Mutter, und mit denen blickte sie fasziniert von Gesicht zu
Gesicht. Lucinde liebte große Gesellschaften, je mehr Menschen um sie herum waren, desto wohler schien sie sich zu
fühlen.

Alle waren sie gekommen: Veronika mit Laurent und Lili,
die auf Zehenspitzen ging, um nur keinen Blick auf das Tauf-
kind zu verpassen. In ihrem weißen Rüschenkleid sah sie einmal mehr aus wie eine leibhaftige Prinzessin. Yann hatte seine
Verlobte in aller Frühe zur Insel gebracht, damit Fleurette al-

len, die es wünschten, die Haare schön machen konnte, und Lili hatte sie eine hübsche Flechtfrisur verpasst, worauf die Kleine ungeheuer stolz war.

Noah zuliebe hatte man die Taufe in die Sommerferien gelegt. Wie immer in letzter Zeit hatte er Yves im Schlepptau, und Chloé hatte es sich selbstverständlich nicht nehmen lassen, aus Paris anzureisen, wo sie seit Neuestem in einer Wohnung ihres Vaters lebte. Der gab sich selbst in Begleitung seiner Frau Madeleine, einer sportlichen Mittfünfzigerin, die Ehre, was Sylvia besonders freute. Sie hatten ihr lange vernachlässigtes bretonisches Ferienhaus bezogen, und Sylvia hoffte, dass sie es in Zukunft noch oft nutzen würden. Marie-France Bresson, Sylvias Anwältin, war am Vortag gekommen und hatte Lucinde zur Taufe einen versilberten Becher mit deren eingravierten Namen mitgebracht.

»Wir müssen uns beeilen«, mahnte Gwen. »Es ist schon fast zehn.«

»Ohne uns fangen die nicht an«, brummte Pierrick, der inzwischen wieder ohne Stock und fremde Hilfe gehen konnte, wenn auch langsam und bedächtig.

Gemächlich zog die kleine Prozession hinauf ins Städtchen. Unterwegs stießen Rozenn und Morgane zu ihnen, und nach und nach schlossen sich immer mehr Küstenbewohner an. Auf dem Kirchplatz glaubte Sylvia, ihren Augen nicht zu trauen, denn dort drängten sich die festlich gekleideten Besucher.

»Drinnen ist es rappelvoll«, erklärte Berthe stolz. »Genau wie zu deiner Hochzeit, Sylvie. Ich hoffe, die anderen haben mir einen Platz freigehalten.«

Am Kirchenportal erwartete sie der Priester, gleich neben ihm standen Loig und Pola Mevel, der Bürgermeister und seine Gattin. Sylvia entdeckte auch Muriel und Denez und viele andere wohlbekannte Gesichter.

Dass die Kamelieninsel keinesfalls am Ende war, sondern ganz im Gegenteil mit umgestalteter Gärtnerei und renovierten sowie neuen Gewächshäusern in Kürze wiedereröffnen würde, hatte für viel Gesprächsstoff im Städtchen gesorgt. Die meisten waren darüber erleichtert und freuten sich mit Solenn, Maël und Sylvia. Doch wie immer bei Schicksalsschlägen gab es andere, die schon wieder Wetten darüber abgeschlossen hatten, wie lange Lucies deutsche Nichte durchhalten oder ob sie bald auf Nimmerwiedersehen verschwinden würde, genau wie im vergangenen Jahr, als Chloé mit Noah aufgetaucht war. Manche hatten Mühe gehabt, ihre Schadenfreude zu verbergen. Sätze wie »Hochmut kommt vor dem Fall« waren gefallen, die sich auf Solenn bezogen, deren unbeugsamen Stolz jeder nur zu gut kannte.

Natürlich gab es auch solche, die angesichts von Sylvias Plänen mit der alten Fischkonservenfabrik von Neid erfüllt waren und es unerhört fanden, dass Quéméneur, den man als eingefleischten Geizkragen kannte, ihr am Ende Gebäude samt Grund für denselben symbolischen Preis verkauft hatte, für den er das Ganze vor Jahrzehnten erworben hatte. Es wurde viel darüber spekuliert, wie Solenn ihn wohl dazu gebracht haben mochte, auf ein lukratives Geschäft zu verzichten, obwohl Sylvia mit ihrer Sponsorin im Rücken sicherlich bereit gewesen wäre, eine ordentliche Summe zu zahlen. Insgesamt waren sich aber alle darüber einig, dass Sylvia Respekt dafür verdiente, dass sie sich nicht entmutigen ließ, weder von einer Sturmflut noch von korrupten Bankangestellten.

All das spielte an diesem wunderschönen Tag im August, an dem Veronika Lucinde über das Taufbecken hielt, jedoch keine Rolle. Sogar Bonnet, der nach Villards Entlassung persönlich auf die Insel gekommen war, um sich in aller Form bei Sylvia zu entschuldigen, obwohl er sonst nie ein Boot bestieg, saß heute mit seiner Frau in einer der hinteren Kirchenbänke und lauschte mit allen anderen Lucindes fröhlichem Singsang, mit dem sie die Predigt kommentierte.

Sylvia hatte Iwa gebeten, nach dem Taufgottesdienst einige Tische vor ihrem *Salon de thé* am Kirchplatz aufzustellen und dort für alle Sekt, Cidre und *canapés* bereitzuhalten, jene winzigen fantasievoll belegten Weißbrotscheiben, wie man sie in Frankreich schon seit dem 18. Jahrhundert zu solchen Gelegenheiten reichte. Und hier standen nun nach dem Gottesdienst alle beisammen, erhoben die Gläser auf Maëls und Sylvias Tochter und konnten es sich nicht verkneifen, die Ereignisse der vergangenen Monate lebhaft zu kommentieren.

»Stimmt es«, erkundigte sich Briocs klatschsüchtige Schwester Katell bei Gwen, »dass Sylvie in der ehemaligen Fischkonservenfabrik eine Schönheitsklinik eröffnen wird? Ich habe gehört, sie hat einen berühmten Arzt aus Paris unter Vertrag genommen.«

Gwen verschluckte sich fast an ihrem Sekt, als sie das hörte, und beeilte sich, das Gerücht zu zerstreuen.

»Ich weiß nicht, woher diese Leute all das hernehmen.« Sie stöhnte kopfschüttelnd, als sie Sylvia davon erzählte.

»Katell sollte Romane schreiben mit ihrer blühenden Fantasie«, schlug Fleurette kichernd vor.

»Eigentlich gar keine so schlechte Idee.« Veronika grinste. »Chloé kennt bestimmt einen plastischen Chirurgen. Sollen wir sie mal fragen?«

»Auf gar keinen Fall«, erklärte Sylvia mit einem Lachen. »Setz ihr bloß keinen Floh ins Ohr.«

Ihr Blick glitt über die Menge, und auf einmal entdeckte sie ein Gesicht, das sie nicht erwartet hatte. Zuerst glaubte Sylvia, sich getäuscht zu haben, doch dann war sie sicher. Hinter den

Frauen der Klöppelgruppe tauchte immer wieder kurz die Gestalt einer schlanken Frau mit modischer Kurzhaarfrisur auf. Es war Aaltje van Outen. Rasch entschuldigte sich Sylvia und ging unauffällig zu ihr hinüber.

»*Bonjour*, Aaltje«, sagte sie. »Wie schön, dich zu sehen!«

Die Niederländerin fuhr erschrocken herum. »Sylvie«, sagte sie. »Ich ... ich will euch nicht stören. Ich ...« Sie wirkte äußerst verlegen.

»Warum hast du nicht angerufen?«, fragte Sylvia. »Oder hat Solenn vergessen, es mir zu sagen?«

»Nein, ich hab sie nicht angerufen«, gestand Aaltje. »Ich wusste nicht, ob ich noch willkommen bin.«

Sylvia sah hinüber zum Kirchenportal, wo sie Solenn zuletzt im Gespräch mit Brioc gesehen hatte. Doch sie war nicht mehr dort.

»Kann ich dir irgendwie helfen, Aatlje?«, fragte sie sanft.

Die Niederländerin schluckte und sah zu Boden. »Ich habe viel nachgedacht«, erklärte sie. »Und ... weißt du, heute sehe ich, dass ich einen großen Fehler gemacht habe. Ich hätte nicht so egoistisch sein dürfen. Solenn gehört hierher. Und deshalb habe ich beschlossen ...« Sie stockte. Jetzt entdeckte Sylvia Solenn ganz in ihrer Nähe. Noch hatte sie Aaltje nicht gesehen. »Ich wüsste nur gern«, fuhr Aaltje leise fort, »ob ich wohl eine zweite Chance bekommen könnte.«

»Da wirst du Solenn selbst fragen müssen«, antwortete Sylvia freundlich.

Als hätte sie ihren Namen gehört, sah Solenns zu ihnen herüber. Ihre Augen weiteten sich, als sie Aaltje erkannte, und ihr Blick wurde für eine Zehntelsekunde ganz weich. Dann verschloss sich die Miene der Bretonin, und sie wandte sich brüsk ab.

»Jetzt oder nie«, riet Sylvia. »Sprich einfach mit ihr.«

Aaltje holte tief Atem und ging Solenn nach. Sie legte die Hand auf ihre Schulter. Solenn erstarrte.

»Ich liebe dich«, hörte Sylvia Aaltje sagen. »Bitte verzeih mir.«

Solenn drehte sich um und sah sie finster an. »Ich gehe nicht mehr nach Holland zurück«, sagte sie barsch.

»Das musst du auch nicht«, antwortete Aaltje. »Das Haus in Julianadorp ist verkauft. Ich ziehe hier ins Städtchen. Schon kommenden Monat. Ich hab das Haus dieser Friseurin gekauft.« Sie versuchte ein unsicheres Lächeln.

»Das glaub ich nicht!«, rief Solenn konsterniert. »Hast du das wirklich getan? Warum?«

»Weil es weit genug vom Meer entfernt ist für meinen Geschmack«, antwortete Aaltje. »Und nah genug bei dir.«

»Sag das noch mal«, flüsterte Solenn.

»Warte, es stimmt nicht ganz«, entgegnete Aaltje, und Solenns Miene verdüsterte sich. »Es ist nicht nah genug bei dir. Aber so nah wie eben möglich für mich. Kannst du das verstehen? Gibst du unserer Liebe noch eine Chance?«

Ein Lächeln erhellte Solenns Gesicht und verjüngte es jäh um viele Jahre. Sanft fasste sie Aaltje bei den Schultern und legte ihre Stirn gegen die der Niederländerin. So blieben sie ein paar Sekunden lang stehen, dann küssten sie sich. Sie achteten nicht auf die Umstehenden, die sich zu ihnen umgedreht hatten, nicht auf das Getuschel und nicht auf Lili, die sich von ihrer Mutter losgerissen hatte und angelaufen kam.

»Tante Aaltje. Tante Aaltje«, rief sie fröhlich. »Hast du gesehen, wie schön meine Haare heute sind?«

Sylvia und Maël hatten Freundeskreis und Familie, wobei keiner so genau zu sagen vermochte, wo der eine aufhörte und wo die andere begann, in den *Jardin aux Camélias* zum

385

Mittagessen geladen. Elise hatte der Taufe ebenfalls beiwohnen wollen und deshalb für die traditionelle *Cotriade* bereits am Abend zuvor einen Gemüseeintopf gekocht. Nun musste sie die vorbereiteten Meerestiere nur noch kurz darin simmern lassen, dann ließen sich die Gäste die Fischsuppe und das am frühen Morgen gebackene *pain breton* schmecken.

Sylvia hatte Lucinde schlafen gelegt, die völlig erschöpft gewesen war, und setzte sich zu Veronika und Laurent, der Lili auf dem Schoß hatte. Auch Muriel und Morgane saßen an diesem Tisch und Yann und Fleurette samt deren Schwester Mimi. Zögernd näherte sich nun Chloé mit ihrem Teller.

»Darf ich mich zu euch setzen?«, fragte sie scheu.

»Natürlich«, antwortete Sylvia und zog einen zusätzlichen Stuhl heran.

Einen Moment lang schwiegen alle befangen. Dann ergriff Veronika das Wort. »Sylvia hat erzählt, dass du jetzt wieder in Paris lebst«, sagte sie.

Chloé nickte.

»Und … was machst du so?«, wollte Morgane wissen.

»Ich werde studieren«, antwortete Noahs Mutter zur allgemeinen Verblüffung. Nicht einmal Sylvia hatte das gewusst. »Damals hab ich ja damit aufgehört, weil Noah kam. Jetzt hab ich mich für das Wintersemester eingeschrieben.«

»Was studierst du denn?«, wollte Muriel wissen.

»Marketing«, antwortete Chloé. »Ich möchte meinen Bachelor nachholen.«

Alle starrten sie verblüfft an. Fleurette hielt ihren Suppenlöffel auf halbem Weg zu ihrem Mund in der Luft, so erstaunt war sie.

»Das ist absolut großartig«, brach Sylvia das Schweigen. »Da hast du meinen Respekt. Ich wünsch dir viel Erfolg.«

»Danke«, antwortete Chloé. »Ich schätze, es wird endlich Zeit für mich, erwachsen zu werden«, fügte sie mit einem schiefen Grinsen hinzu. »Jedenfalls will ich es versuchen.« Sie lachte, und die anderen fielen gutmütig mit ein. »Zu Lucindes Taufe habe ich übrigens einen Rosenstock mitgebracht«, fuhr Chloé fort. »Ich weiß, ihr seid hier auf Kamelien eingeschworen. Ich hoffe, ihr macht eine kleine Ausnahme. Es ist eine Kletterrose und ich könnte mir vorstellen, dass es hübsch aussieht, wenn sie die Fassade eures Hauses überwächst.«

»Was für eine schöne Idee«, antwortete Sylvia gerührt. »Danke!«

»Welche Sorte ist es denn?«, fragte Gwen interessiert. »Eine der berühmten englischen Rosen?«

Chloé schüttelte energisch den Kopf. »O nein«, sagte sie. »Von allem Englischen hab ich erst einmal die Nase voll.« Sie lachte traurig auf. »Es ist eine *Ghislaine de Feligonde*, eine historische Rose aus Frankreich. Sie blüht lachsfarben und hat einen feinen Duft. Ich finde, sie passt wunderbar zu deinem Töchterchen.«

»Das ist wirklich unglaublich lieb von dir, Chloé«, brachte Sylvia gerührt heraus und nahm die Pariserin spontan in die Arme. »Ich werde Gurvan bitten, dass er sie gleich heute Abend einpflanzt.«

»Lass uns lieber Iven fragen«, antwortete Chloé und rollte mit den Augen. »Ich fürchte, Gurvan ist mir nach wie vor böse. Du weißt schon. Wegen dieser Kamelie …«

Sylvia suchte nach einer unverfänglichen Antwort, als Elise ein dreistöckiges kunstvolles Gebilde voller brennender Wunderkerzen aus der Küche brachte, das große Ähnlichkeit mit einer Hochzeitstorte hatte. Maël erhob sich und schlug mit der Gabel gegen sein Weinglas.

»Wir haben heute außer der Taufe unserer Tochter noch einen weiteren Anlass zu feiern«, verkündete er. »Coco und Gurvan haben nämlich gestern in aller Heimlichkeit auf dem Standesamt geheiratet. Ich bitte das frisch vermählte Paar zu mir.«

Mit einem verlegenen Grinsen erhob sich Coco und zog Gurvan mit sich zu Maël. Sie war mittlerweile im siebten Monat, und mit ihrer schicken neuen Frisur in ihrer natürlichen Haarfarbe wirkte sie femininer als je zuvor. Sie trug ein weit geschnittenes Baumwollkleid mit einem neonfarbenen Blütenmuster, und Sylvia wurde bewusst, dass sie Coco nie anders als in Latzhosen oder Jeans gesehen hatte.

»Auf Coco und Gurvan«, rief Maël.

Die Festgesellschaft erhob sich und ließ das Paar hochleben.

»Warum habt ihr das so still und heimlich getan?«, wollte Morgane empört wissen. »Ich wäre mit meinen Erstklässlern gekommen und hätte euch mit Reis beworfen.«

Alle lachten.

»Und ich dachte, ihr wolltet ein Fest machen«, rief Rozenn.

»Das holen wir nach«, versicherte Coco. »Im nächsten Frühjahr. Sylvia hat uns angeboten, hier auf der Insel zu feiern. Und ich hoffe, ihr seid alle mit dabei.«

Unter Hochrufen schnitt Coco die Torte an, eine neue Kreation von Elise aus Ganache und gesalzener Karamellcreme, von der nicht nur Noah und Yves zwei große Stücke verdrückten.

»Möchtest du dir nachher die Plantage ansehen?«, fragte Maël Lambert beim Kaffee. »Ich meine, was nach dem Sturm dank deiner Unterstützung daraus geworden ist.«

»Unbedingt«, antwortete Chloés Vater so prompt, als hätte er nur auf dieses Angebot gewartet. »Ich platze fast vor Neugier.«

»Darf ich mich euch anschließen?«, erkundigte sich Madeleine, und auch Marie-France Bresson erhob sich sofort.

Am Ende quetschten sich alle Gäste in die Pick-ups, während die Kinder auf die Ladefläche kletterten, um hinüber zur Senke zu fahren. Denn natürlich wollte jeder die Neugestaltung der Plantage in Augenschein nehmen.

An der höchsten Stelle der Insel machten sie die erste Station. Lucinde war inzwischen aufgewacht, Sylvia hatte sie im Tragetuch dabei.

Sie war in den vergangenen Wochen nicht mehr dazu gekommen, sich die Gärtnerei anzusehen, sondern viel zu sehr damit beschäftigt gewesen, die behördlichen Schritte zur Übertragung des Fabrikgeländes auf ihren und Veronikas Namen in die Wege zu leiten. Quéméneur hatte sich überraschend entgegenkommend gezeigt, und Sylvia gewann immer mehr den Eindruck, dass der alte Unternehmer, der in Kürze die Geschäfte ganz seinem Sohn Denez übergeben wollte, ehrlich erleichtert war.

»Dieser alte Kasten saß mir all die Jahre im Fleisch wie ein eiternder Dorn«, gestand er ihr eines Abends bei einer weiteren Runde Meersalzbier, für das er eine Schwäche zu haben schien. »Wenn ihr jungen Leute damit etwas Vernünftiges anfangen könnt, *tant mieux.* Ihr habt meinen Segen.«

Sylvia trat an die Felskante und blickte wie alle anderen hinunter in die Senke.

Das Niveau von gut drei Viertel der früheren Anbaufläche war deutlich erhöht worden. Dafür musste das während der Flut angeschwemmte und gesäuberte Material aufgeschichtet und der fruchtbare Inselboden, der zuvor abgetragen worden war, darauf wieder ausgebracht werden. Die Investition von Jean-Paul hatte es ermöglicht, einen ganzen Trupp Bauarbeiter zu engagieren, denn Maël und seine Leute hätten das niemals allein bewältigen können. Außerdem war hochwertiges, stark basisches Pflanzsubstrat eingearbeitet worden, um einen guten Nährboden für die Kamelien zu schaffen.

Zum Schlund hin, wie sie die Öffnung zum Atlantik wohl für alle Zeit nennen würden, fiel das Gelände jetzt in mehreren Terrassen ab, und die neu strukturierte Anbaufläche wurde durch eine dichte Reihe beeindruckender Menhire zusätzlich geschützt. Der Schlund selbst war durch Gesteinsblöcke verkleinert worden, die die einströmende Flut brechen, verlangsamen und umleiten sollten.

»Das alles wäre ohne Baufahrzeuge nicht möglich gewesen«, sagte Maël zu Lambert. »Wir haben hier einige Tonnen Gestein bewegt.«

Lambert nickte anerkennend. »Ich muss gestehen, dass ich von dieser Arbeit keine Ahnung habe«, bemerkte er beeindruckt. »Doch ich finde, das sieht richtig gut aus.«

Unwillkürlich stiegen vor Sylvias geistigem Auge wieder diese unfassbar hohen Wellen aus der Sturmnacht auf, und sie fragte sich, ob die Schutzmaßnahmen einer solchen Naturgewalt in Zukunft standhalten würden.

Pierrick war neben sie getreten, und als könnte er ihre Gedanken lesen, sagte er: »Eine solche Nacht werden du und ich nicht mehr erleben, Sylvie. So etwas macht *ar Mor Atlantel* nur alle paar Jahrhunderte.«

Sie spürte seine knorrige Hand auf ihrer Schulter und legte ihren Arm um seinen zerbrechlich gewordenen Körper.

»Ich hoffe, du hast recht«, antwortete sie und drückte ihn sanft.

»*Mais oui, ma fille*«, versicherte er ihr. »Außerdem glaube ich, dass die Höhlen dort hinten einen natürlichen Abfluss auf der anderen Seite der Klippe haben müssen. Ich war letztens noch mal mit Solenn dort, und wir haben die Strömungen untersucht. Wenn die Flut einmal höher steigen sollte als bei normaler Tide, dann kann sie über das Höhlensystem wieder abfließen. Die Sturmflut hat selbst dafür gesorgt, dass der

Druck auf den Schlund nie mehr so groß sein wird wie in jener Nacht.« Der Alte blickte gen Westen, wo der Atlantik am Horizont mit dem Himmel in einem zarten Dunstschleier zu verschmelzen schien. »Das Meer nimmt etwas«, fügte er versonnen hinzu, »und dafür gibt es etwas. So war es immer. Und so wird es bleiben.«

Maël hatte den Fahrweg verbreitern und zur Hangseite hin befestigen lassen. Aus der abschüssigen Piste war eine sichere und bequem zu befahrene Straße geworden. Dafür war ein großer Betrag von Lamberts Investition abgezweigt worden, doch Maël hatte beschlossen, keine Kompromisse mehr einzugehen. »Sicherheit geht vor«, hatte er erklärt und dabei Sylvia zärtlich angesehen. »Ich darf gar nicht daran denken, was passiert ist. So etwas soll nie wieder geschehen.«

Unten angekommen führte er seine Gäste stolz durch die neu verglasten Gewächshäuser. Auch die alte Glaskuppel erstrahlte in neuem Glanz. Am glücklichsten war Sylvia darüber, dass am Ende die meisten der älteren Kamelien hatten gerettet werden können.

»Coco, Gurvan und Iven und all die freiwilligen Helfer aus der Stadt haben Tage damit zugebracht, das Salzwasser aus den Wurzelballen zu spülen«, erzählte Sylvia ihrer Anwältin, die sich interessiert umsah.

»Sie alle haben Ungeheures geleistet«, antwortete Marie-France Bresson anerkennend. »Wenn ich mir dagegen die Luftaufnahmen von diesem Ashton-Davenport vor Augen führe, die den Zustand kurz nach dem Sturm zeigen, kann ich kaum fassen, wie es heute hier aussieht. *Chapeau*, sage ich da nur.«

Während der Führung durch die Gewächshäuser und über die Plantagen vergaßen die Besucher die Zeit, überall gab es so viel zu sehen und zu erläutern. Die Sonne stand schon tief, als sie den hinter einer Felsgruppe geschützten *Camellia-Olei-*

fera-Feldern einen Besuch abstatteten. Auch hier waren die Blüten längst verwelkt, und die befruchteten Stempel schwollen bereits zu glatten, runden Nüssen heran. Bis September würden sich die Früchte braun färben, jede einzelne enthielt drei Kammern mit je zwei Samenpaaren, aus denen das kostbare Öl für Sylvias Naturkosmetik gepresst werden würde.

»Ich bin auf die Qualität gespannt«, sagte Muriel mit glänzenden Augen. »Ich habe mir verschiedene Chargen Kamelienöl aus China und Japan zuschicken lassen«, erzählte sie Sylvia. »Mit denen habe ich ein wenig experimentiert. Die Probe vom letzten Jahr, die du mir gegeben hast, kann auf jeden Fall mithalten.«

»Oh, wirklich?«, fragte Sylvia erfreut. »Das ist gut.«

Eine Menge Arbeit lag vor ihr. Doch daran wollte sie heute nicht denken. Maël und sie hatten beschlossen, nach der Taufe ein paar Tage wegzufahren, nur sie beide und ihr Kind. Was sie brauchten, war ein bisschen Erholung und endlich Zeit für sich.

»Wo fahrt ihr denn hin?«, wollte Veronika wissen, als sie sich am Abend verabschiedeten.

»Wir werden endlich den Gutschein einlösen, den mir unsere Mitarbeiter zum Geburtstag geschenkt haben«, verriet Sylvia. »Und dann hängen wir einfach einige Tage dran.«

»In diesem Wellnesshotel? Aber das ist doch hier um die Ecke«, wandte ihre Freundin erstaunt ein. »Wollt ihr nicht lieber weiter wegfahren? Ein bisschen Tapetenwechsel?«

»Ach weißt du«, antwortete Sylvia mit einem Lächeln, »das ist mir alles viel zu aufwendig. Außerdem kenne ich die Bretagne noch gar nicht richtig. Ich hatte ja nie Zeit. Das muss sich ändern. Wir wollten schon lange mal nach Roscoff fahren und auf die *Île de Batz*. Dort gibt es einen berühmten Park, den *Jardin Georges Delaselle* …«

Veronika wirkte nicht sehr überzeugt. »Ich finde, ihr solltet euch mal richtig was gönnen«, sagte sie.

Doch Sylvia lächelte in sich hinein. Sich richtig etwas zu gönnen, das bedeutete für sie im Augenblick nur Zeit gemeinsam mit Maël und ihrem Kind.

Am Montagmorgen packten sie in aller Ruhe ihre Reisetaschen und eine dritte mit all den Dingen, die Lucinde benötigte, und trugen alles auf die *Espérance*. Dann verabschiedeten sie sich von Solenn.

»Werdet ihr mit Fabienne klarkommen?«, erkundigte sich Maël besorgt.

»Gar kein Problem«, erwiderte Yvonne, und Elise fügte hinzu: »Das Mädchen hat wirklich ein Händchen für Fabienne. Sie nennt Yvonne neuerdings ›ihren Engel‹. Macht euch also bloß keine Gedanken.«

Erleichtert gingen sie hinunter zur Anlegestelle. Maël trug die Wippe mit dem Baby. Drüben auf dem Festland wartete der alte Renault darauf, dass die Reise begann.

Sie legten gerade ab, als Sylvias Handy klingelte.

»Wir hatten doch vereinbart, die Dinger abzuschalten«, beschwerte sich Maël.

»Es ist Marie-France«, antwortete Sylvia unschlüssig. »Ich glaube, da sollte ich rangehen. Hoffentlich gibt es keine Probleme.«

»Tu's lieber nicht«, riet Maël, doch ihm war klar, dass Sylvia das nicht schaffen würde.

»Wir fahren gerade für ein paar Tage in den Urlaub«, erklärte sie ihrer Anwältin.

»Ich weiß«, antwortete Marie-France Bresson. »Deshalb rufe ich ja an. Ich habe nämlich Neuigkeiten, die Ihnen die Auszeit versüßen werden.«

»Wirklich?«, fragte Sylvia überrascht. »Was ist denn passiert?«

»Das Gericht hat heute Morgen entschieden«, antwortete die Anwältin. »Und die Versicherung ist dazu verurteilt worden, die Schadenskosten in voller Höhe zu übernehmen.«

Sylvia war sprachlos. An den Prozess hatte sie überhaupt nicht mehr gedacht. Tatsächlich hatte sie sich innerlich längst darauf eingestellt, dass sie mit ihrer Sammelklage scheitern würden.

»In voller Höhe?«, fragte sie nach.

»Sie haben richtig gehört, Sylvia«, antwortete Marie-France gut gelaunt. »Soll ich einen Sachverständigen damit beauftragen, den Schaden anhand von Sir James' Luftaufnahmen zu schätzen?«

»Das wäre … das wäre großartig«, stammelte Sylvia.

»Öffnen Sie heute Abend ruhig eine Flasche Champagner«, riet Marie-France Bresson. »Sie stillen doch nicht mehr? Na dann, ich bestehe darauf. Schöne Grüße an Maël und nochmals herzlichen Dank für Ihre Gastfreundschaft. Es war ein wunderschönes Tauffest.«

Ein wenig benommen berichtete Sylvia Maël von der Neuigkeit. »Ich kann es gar nicht fassen«, schloss sie. »Was machen wir jetzt mit all dem Geld?«

»Ich bin mir sicher, dir fällt etwas ein.« Maël grinste.

»Was hältst du davon, wenn wir zuallererst unseren Mitarbeitern einen Bonus auszahlen?«, schlug sie vor. »Jeder Einzelne von ihnen hat unfassbar hart gearbeitet. Und sie standen so treu zu uns. Ich finde, das haben sie mehr als verdient.«

»Ich bin dafür«, erwiderte Maël. Dann drosselte er den Motor und stellte ihn kurz entschlossen ab. Die See war ruhig, und die *Espérance* schaukelte sanft in der Dünung hin und her. Sie befanden sich mitten zwischen Festland und Insel. Zwei-, dreihundert Meter entfernt ragte einer der buckligen Überreste des Fahrdamms aus den Wellen auf. Ein paar Möwen saßen darauf und putzten ihr Gefieder. Maël legte seinen Arm um Sylvia und zog sie an sich. »Ich liebe dich«, sagte er. »Es gibt keine Worte dafür, wie sehr.« Sylvia gab sich ganz seiner Umarmung hin. »Ich glaube, ich muss mich bei dir entschuldigen«, fuhr er dicht an ihrem Ohr fort. »Für all die Momente, in denen ich unmöglich zu dir war.«

Sylvia schmiegte sich noch fester an ihn. »Das musst du nicht«, antwortete sie.

»Doch«, insistierte Maël. »Es tut mir leid, und ich möchte, dass du das weißt. Ich habe keine Ahnung, wie ich das alles ohne dich geschafft hätte. Auch das mit meiner Mutter. Wenn es nach mir gegangen wäre, hätte ich sie niemals auf die Insel geholt. Und jetzt ... Weißt du, ich kann es selbst kaum fassen, aber ich bin überhaupt nicht mehr böse auf sie.«

Er küsste sie, und für eine gefühlte Ewigkeit vergaß Sylvia alles um sie herum. Erst als die Möwen mit großem Geschrei aufflatterten, kehrte sie in die Gegenwart zurück. Sie sah nach Lucinde, die mit neugierigen Augen auf die Vögel am Himmel blickte und dann kleine Schreie ausstieß, die klangen, als wollte sie ihnen antworten.

Sylvia sah zurück zur Insel, und Erleichterung durchflutete sie. »Sie ist so schön wie zuvor«, flüsterte sie, und Maël antwortete ihr mit einem weiteren Kuss. »Weißt du was?«, fragte Sylvia, als sie wieder sprechen konnte.

»Was denn?«, fragte Maël zurück.

»Ich freu mich jetzt schon auf unsere Heimkehr«, sagte Sylvia glücklich.

»Ich mich auch, Sylvie«, antwortete er und startete den Motor.

Sie hielten sich an den Händen und steuerten gemeinsam

die *Espérance*, sie mit der linken, er mit der rechten Hand. Zwischen ihnen lag Lucinde sicher in ihrer Wippe und lachte vergnügt in den Himmel, hinauf zu den Wolken, den Winden und dem Tanz der Möwen.

ENDE

Danksagung

Oft werde ich gefragt, wie es kommt, dass all die vielen Details in meinen Romanen so authentisch dargestellt sind. Meine Antwort ist stets: Ohne die freundliche und bereitwillige Mithilfe vieler Menschen wäre das nicht möglich.

Obwohl ich über die Jahre selbst zu einer Kamelien-Kennerin geworden bin, haben mir doch die freundlichen Mitarbeiter der Wilhelma Stuttgart Spezialfragen, zum Beispiel wie diese Pflanzen die Überflutung mit Meerwasser überstehen können, beantwortet. Ich bedanke mich dafür sehr herzlich.

Patrick Seifert wusste darüber Bescheid, ob Sir James' Helikopter auch tatsächlich bei Sturm auf der Insel landen könnte und wie lange der Flug von Cornwall in die Bretagne dauern würde. Herzlichen Dank dafür, Patrick!

Meiner Agentin Petra Hermanns gebührt wie immer großer Dank, ebenso den wundervollen Mitarbeitern von Bastei Lübbe, allen voran Melanie Blank-Schröder und Margit von Cossart für ihr Lektorat.

Was letztendlich zählt, ist immer die Liebe – deshalb gilt mein herzlichster Dank meinem wunderbaren Mann Daniel.

Eine mitreißende Geschichte um eine Erb-schaft, eine Liebe und eine Kameliengärtne-rei in der Bretagne

Tabea Bach
DIE KAMELIEN-INSEL
Roman
336 Seiten
ISBN 978-3-404-17631-1

Sylvia scheint alles erreicht zu haben, doch glücklich ist sie nicht in ihrem terminreichen Leben und in ihrer scheinbar perfekten Ehe. Als sie eine Kamelien-Insel in der Bretagne erbt, lässt sie München hinter sich. Aber Sylvias finanztüchtiger Mann hat die Insel bereits zum Verkauf angeboten. So ist man in der Kameliengärtnerei nicht gut auf die unbekannte Erbin zu sprechen. Gefangen vom Zauber der Insel und berührt von der Herzlichkeit der Menschen, gibt Sylvia ihre Identität nicht preis. Als sie sich in Maël verliebt, der als Gärtner auf der Insel arbeitet, wird ihre Lage erst recht kompliziert ...

Bastei Lübbe

Große Frauenunterhaltung vor traumhafter
bretonischer Küste

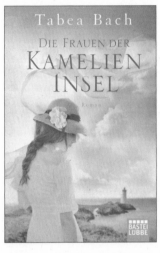

Tabea Bach
DIE FRAUEN DER
KAMELIEN-INSEL
Roman
400 Seiten
ISBN 978-3-404-17724-0

Nach einem rauschenden Hochzeitsfest auf der Kamelieninsel
wünschen sich Sylvia und Maël – bislang vergeblich – ein Kind.
Da steht plötzlich Maëls einstige große Liebe Chloé vor der Tür
mit ihrem siebenjährigen Sohn, den sie zur Überraschung aller
als Maëls Kind vorstellt. Doch das ist nicht alles: Chloé will Maël
zurückgewinnen. Kann Sylvia um ihre große Liebe kämpfen, ohne
sich zwischen Vater und Sohn zu stellen? Und dann droht der
Kameliengärtnerei auch noch das Aus, eine Gefahr, die Sylvia und
Maël nur gemeinsam abwenden können.

Bastei Lübbe